BIANCA™

AF274425

ROBYN DONALD
UNA NOCHE
EN ORIENTE

Editado por Harlequin Ibérica.
Una división de HarperCollins Ibérica, S.A.
Avenida de Burgos, 8B - Planta 18
28036 Madrid

© 2025 Harlequin Ibérica, una división de HarperCollins Ibérica, S.A.
N.º 492 - 21.2.25

© 2011 Robyn Donald Kingston
Una noche en Oriente
Título original: One Night in the Orient

© 2011 Abby Green
La llamada del desierto
Título original: The Call of the Desert

© 2011 Lucy Ellis
En la torre de marfil
Título original: Innocent in the Ivory Tower
Publicadas originalmente por Harlequin Enterprises, Ltd.
Estos títulos fueron publicados originalmente en español en 2012

I.S.B.N.: 978-84-1074-467-7
Depósito legal: M-25733-2024
Impreso en España por: BLACK PRINT
Fecha impresión para Argentina: 20.8.25
Distribuidor exclusivo para España: LOGISTA
Distribuidor para México: Distibuidora Intermex, S.A. de C.V.
Distribuidores para Argentina: Interior, DGP, S.A. Alvarado 2118.
Cap. Fed./Buenos Aires y Gran Buenos Aires, VACCARO HNOS.

Capítulo 1

MAMÁ, papá... ¡por vuestros treinta años juntos! Porque los venideros sean todavía más felices –brindó Siena Blake, levantando su copa de champán francés.

En el lujoso hotel del centro de Londres, Diana Blake sonrió con la belleza serena y elegante que la caracterizaba.

–Cariño, con que sean sólo la mitad de felices que los años que he pasado con tu padre, me conformo.

El padre de Siena miró a su esposa con amor.

–Serán mejores –aseguró él–. En parte, porque hemos tenido mucha suerte con nuestro hijos. Por eso, quiero brindar por nuestras gemelas, Siena y Gemma, por haber llenado nuestras vidas de alegría –dijo y levantó su copa–. Aunque, a nuestra edad, espero que no nos hagan esperar mucho más para darnos nietos.

El diamante del anillo de compromiso de Siena brilló bajo la luz de las velas.

–Bueno, no creo que Gemma tenga prisa por ser mamá. Todavía no ha encontrado a un hombre con quien quiera casarse y es mejor que le deis a Adrian un poco de tiempo más –señaló Siena, ignorando una molesta sensación en el estómago–. De todas maneras, lo importante ahora es vuestro aniversario.

–Lo único que faltaría para que fuera perfecto sería que Gemma estuviera aquí también –dijo su madre con tono nostálgico y sonrió–. Bueno, ella no ha podido, pero ha sido una sorpresa maravillosa que vinieras tú. Solo siento que Adrian no pudiera acompañarte.

–Adrian os manda recuerdos y sus mejores deseos –repuso Siena, tragándose la incómoda ambivalencia que anidaba en su pecho–. No ha podido tomarse tiempo libre del trabajo.

Sus padres lo comprendían. Juntos, habían levantado un negocio de la nada y sabían lo que era el sacrificio y el trabajo duro.

–De todas maneras, dentro de unas semanas volveréis a casa, a Nueva Zelanda, y podremos celebrarlo otra vez con Gemma, Adrian y todos vuestros amigos –propuso Siena y levantó su copa de nuevo–. Porque tengáis un buen viaje y disfrutéis mucho en el crucero.

Siena sabía que sus padres siempre habían soñado con irse de crucero por el mar Caribe y América Central. Después de ahorrar durante años, al fin habían reservado un viaje que salía del Reino Unido.

Entonces, algo llamó la atención de Siena al otro lado del restaurante. El maître del hotel aceleró el paso de forma visible para recibir a unos recién llegados. Sin duda, eran gente importante, pues el camarero apenas se había molestado en saludarlos a ella y a sus padres.

Al ver al hombre que acababa de entrar, a Siena le dio un brinco el corazón.

–¿Va a venir Nick a celebrarlo con nosotros? –preguntó Siena de forma abrupta, dejando su copa.

–¿Nuestro Nick? –inquirió Diane con perplejidad.

–Nicholas Grenville –respondió Siena y el sonido de su nombre en la lengua le supo a pena y a amargura.

Encogiéndose ante el gesto de sorpresa de su madre, Siena trató de mantener a raya sus nervios.

–Acaba de entrar acompañado de una rubia impresionante.

–¿Una rubia? –preguntó Diane, sin girarse–. ¿Alta, muy guapa y muy bien vestida?

–Creo que sí –contestó Siena. Aunque todas las amantes de Nick habían sido altas, guapas y bien vestidas.

Todas, excepto una...

–¿Sabéis? No me parece justo que yo apenas mida un metro sesenta y, en el resto de la familia, seáis todos altos y elegantes.

De forma inconsciente, Siena volvió a posar los ojos en Nick y su pareja, mientras el camarero los guiaba a una mesa alejada de las demás.

¡Vaya casualidad tan desagradable!, se dijo ella. Al menos, él no los había visto.

–¿Estáis seguros de que las enfermeras del hospital no me confundieron con otro bebé? –bromeó Siena con una sonrisa.

–Seguros –afirmó Diane, riendo–. Creo que te pareces mucho a la abuela de tu padre, que murió joven. Según cuentan, era pequeña, práctica y muy sensible. Tenía el pelo negro y rizado como tú y los mismos ojos azules.

–Me alegro de que sigas considerando a Nick parte de la familia –comentó Hugh pensativo.

Siena se encogió de hombros.

–Bueno, mientras vosotros erais sus tutores, Gemma y yo lo estuvimos viendo durante años y todos los veranos, mientras su madre trabajaba. Nos encantaba. Siempre nos trataba muy bien –explicó ella y, esforzándose en no volver a posar los ojos en él, añadió–: ¿Y quién es esa mujer con la que está?

Diana intercambió una enigmática mirada con su marido.

–Portia Makepeace-Singleton. Cenamos en casa de Nick la noche que llegamos a Londres y ella apareció en mitad de la comida de forma inesperada.

–Supongo que será su última conquista –comentó Siena, intentando sonar indiferente.

–Es posible –replicó su madre–. No le preguntamos.

–No os cayó bien, ¿verdad? –adivinó Siena, mirando a su padre y a su madre.

–¿Nos ha visto? –inquirió Diane, evadiendo la pregunta.

–No. Los han sentado lejos de la vista de comensales menos distinguidos, como nosotros.

Pero la velada no había hecho más que comenzar y había tiempo de sobra para que Nick los viera, pensó Siena.

De todos modos, no iba a dejar que eso le estropeara la noche, se dijo, mirándose el anillo de diamante que Adrian le había regalado.

Adrian era un encanto. Y ella tenía muchas ganas de casarse con él. Sabía que su prometido nunca la lastimaría.

Sin embargo, Nick...

Nick casi la había hecho pedazos, reconoció Siena para sus adentros.

Con solo dieciséis años, había estado profundamente enamorada del protegido de su padre. Pero lo había superado y había comprendido que Nick no había sido para ella. Cuando había salido del instituto, él ya había cosechado su primer millón y se había establecido fuera del país durante un tiempo.

Nick había seguido en contacto con Hugh, su mentor, enviándoles tarjetas de felicitación en las fechas señaladas y había ido a visitarles siempre que había viajado a Nueva Zelanda.

Luego, cuando Siena había tenido diecinueve años, él había regresado a Nueva Zelanda durante unos meses.

Y Siena había tenido que aceptar que su enamoramiento de adolescencia no solo no había desaparecido, sino que había crecido hasta convertirse en el más puro deseo. Oh, había intentado resistirse, hasta que él...

–¿Siena?

Sobresaltada al oír la voz de su madre, Siena levantó su vaso y le dio un trago demasiado largo a su champán.

–Lo siento. Estaba soñando despierta. Todo este lujo me abruma un poco –comentó Siena, mirando a su alrededor en el exclusivo restaurante del hotel–. Me pregunto cómo sería vivir así.

–Te aburrirías enseguida –adivinó su padre con una sonrisa–. ¿Por qué no se lo preguntas a Nick? Desde que se ha convertido en un gran empresario, convive con el lujo a diario.

–Ya. La prensa lo ha definido como genio de las finanzas y como arrogante millonario, demasiado guapo como para ser cierto –observó Siena, sin poder disimular un tono de amargura.

–Así es –repuso su padre, sin demasiada aprobación.

Y eso por no mencionar los cotilleos de las revistas del corazón sobre sus múltiples conquistas...

Siena deseó que Nick no hubiera entrado.

Habían pasado cinco años desde la última vez que

lo había visto. Ella había dejado atrás sus tontas fantasías del príncipe azul y se había propuesto construirse un futuro estable y feliz con un hombre agradable.

Era una estupidez sentirse tan afectada por su llegada.

Lo cierto era que su presencia le añadía peso a una extraña sensación de incomodidad que se había apoderado de ella desde hacía unas semanas, la sensación de que su vida era cada vez más gris.

Bueno, era lógico que se sintiera así, pues hacía una semana había dejado un trabajo bastante bueno.

Pero no era momento para pensar en eso, se dijo a sí misma, tratando de concentrarse en disfrutar de la velada con sus padres.

Por suerte, la banda comenzó a tocar una música que a sus padres les encantaba. Ambos compartían una gran pasión por el baile.

—¿A qué estáis esperando? Id a bailar –sugirió Siena, mirando a sus padres.

—Nada de eso –repuso Diane–. No vamos a dejarte sola.

—Mamá, claro que sí. ¡Tengo veinticuatro años! No me importa sentarme sola en un restaurante un rato. Y me gustaría mucho veros bailar en vuestro treinta aniversario.

Tras insistir un poco más, Siena consiguió que sus padres salieran a la pista y se quedó contemplándolos con una media sonrisa. Hacían buena pareja y se movían al mismo ritmo. Igual que ellos, su hermana Gemma tenía una piel dorada y una silueta alta y espigada, perfecta para ser modelo.

La clase de mujer que le gustaba a Nick...

¡Debía parar!, se reprendió a sí misma. De acuerdo,

sus rizos eran negros y su piel más blanca que la leche. Pero había heredado la pasión por el baile de sus padres, pensó, sonriendo al darse cuenta de que estaba siguiendo el compás con los pies. Usar todos sus ahorros para comprarse un billete y atravesar el océano para darles una sorpresa había sido una buena decisión, aunque se hubiera quedado en números rojos. Cuando se había presentado en el hotel el día anterior, a sus padres se les habían saltado las lágrimas de emoción.

Siena miró de reojo a una mujer vestida con suma elegancia, acompañada de un atractivo y famoso actor.

De pronto, se le tensaron los hombros. Negándose a girarse, mantuvo la vista en la pista de baile, atravesada por una poderosa sensación de aprensión.

–Hace cinco años, te habrías girado para ver quién te estaba mirando por la espalda –dijo una voz masculina detrás de ella.

Nick.

Dentro de Siena, algo fiero y salvaje cobró vida.

Haciendo un esfuerzo, ella fijó los ojos en el diamante que llevaba en el dedo, sin volverse.

–Cinco años es mucho tiempo, Nick.

Entonces, poco a poco, ella se giró para encontrarse con su hermoso rostro. Él tenía las cejas un poco arqueadas, los ojos verdes y profundos...

De adolescente, Siena siempre había admirado esos ojos, sobre todo, enmarcados en aquellas pestañas densas y negras. Al sumergirse en ellos, se esforzó para no estremecerse como le había pasado siempre de niña.

–¿Todavía te das cuenta cuando alguien te mira?

–A veces –replicó ella, mientras la inundaban imágenes desbocadas de su erótico encuentro de hacía cinco años.

–Siéntate, Nick... me haces sentir como una enana hablando con un elfo –dijo ella, sin pensar.

Nicholas Grenville era impresionante en todos los sentidos. Su traje hecho medida resaltaba sus poderosos hombros y sus largas piernas, la camisa blanca inmaculada contrastaba con su piel bronceada y su cabello moreno. Pero lo que le hacía sobresalir entre tantos hombres guapos y bien vestidos era su aura de autoridad y poder.

–¿Qué estás haciendo en Londres? –preguntó Nick, sentándose en la silla que Hugh había dejado vacía–. Tus padres no me dijeron que fueras a venir.

–Ellos no lo sabían. Llegué ayer para darles una sorpresa.

–¿Estás de vacaciones?

–No –negó ella–. He dejado mi trabajo.

Nick arqueó las cejas otra vez y Siena se alegró de, por una vez, ser ella quien lo sorprendiera.

–¿Por qué? Creí que estabas contenta con tu trabajo de encargada de una tienda de plantas.

Sus padres debían de habérselo contado, pensó Siena.

–No era solo una tienda de plantas, también estaba a cargo de un vivero.

–¿Y te gustaba?

–Mucho.

Nick se inclinó hacia delante, observándola. En cinco años, Siena había cambiado bastante. El vestido azul que llevaba se le ajustaba a la perfección al cuerpo, marcando sus tentadoras curvas y enfatizando el increíble azul de sus ojos. Aunque no había conseguido domar aquellos salvajes rizos suyos, caviló y trató de reprimir la respuesta involuntaria de su cuerpo.

–¿Y cuándo lo dejaste?

Ella titubeó y levantó la barbilla con gesto desafiante.

–Vendieron la empresa y, por desgracia, el nuevo dueño se encaprichó conmigo. Me acosaba.

–¿Y qué hiciste? –preguntó Nick, sin disimular su rabia.

–Le dije que no estaba interesada –contestó ella y, apretando los labios, levantó la mano para mostrarle su anillo de compromiso–. Pero la situación comenzó a ser incómoda, por eso, me fui.

Al ver su anillo, Nick sintió algo a lo que prefirió no ponerle nombre. Debería alegrarse de que ella se hubiera enamorado, sobre todo si era de un hombre que la valoraba y en quien podía confiar.

En cierta manera, ese anillo debería hacerle sentir menos culpable por haberse llevado su virginidad hacía años. Pero no fue así.

–Supongo que te irías con una jugosa indemnización –comentó él.

–Claro –repuso ella con una amplia sonrisa–. Se la di a una ONG para mujeres víctimas de abusos. En su nombre. Se mostraron muy agradecidas y, sin duda, le llamarán de vez en cuando para pedirle futuras donaciones.

–Bonita venganza –señaló él, sonriendo–. Y muy típica de ti. ¿Tenías contrato?

–Un contrato que yo misma rescindí.

–Por razones que podrían haber enviado a tu jefe ante los tribunales –apuntó él–. ¿Y qué piensa tu prometido?

La situación había irritado a Adrian, pero había dejado que ella se ocupara sin más.

–Le parece bien –contestó ella, tratando de no ponerse a la defensiva.

–¿No hizo nada? –preguntó Nick, afilando la mirada.

Siena recordó lo protector que Nick había sido siempre con su hermana y con ella cuando habían sido niñas. Pero Adrian no se parecía en nada a Nick. Adrian nunca la habría hecho el amor como si hubiera sido la única mujer del mundo, para abandonarla a la mañana siguiente sin más explicación que unas cuantas disculpas por haberse dejado llevar.

Adrian no le habría roto el corazón.

–No todo el mundo tiene tus instintos asesinos –indicó ella con una tensa sonrisa–. Adrian sabe que puedo encargarme de mis propios problemas.

Nick se recostó en la silla, con los ojos puestos en el anillo. Siena tuvo que contener el impulso animal de esconder la mano debajo de la mesa.

–¿Entonces te fuiste escapando de una situación inadmisible, sin más dinero que tu última paga, y decidiste meterte en un avión para ver a tus padres en Londres?

–Eres un buen adivino –dijo ella con tono alegre.

–No, lo que pasa es que recuerdo a una niña llena de fuerza de voluntad, decidida y con un gran corazón. ¿Qué piensas hacer cuando regreses a casa?

–Encontrar otro trabajo, claro.

–¿Sin más?

–Tengo muy buenas referencias, de mi jefe anterior y del cerdo que me acosó. Además, en mi último trabajo, he aprendido mucho sobre paisajismo.

Nick asintió.

–Tu madre me dijo que tú habías diseñado su jardín. Un buen trabajo... está estupendo.

–La jardinería siempre ha estado de moda en Nueva Zelanda –comentó ella, ocultando el placer que le había producido su alabanza–. Auckland es un buen sitio para ello. Es una tierra muy fértil. Y la recesión ha hecho crecer el interés en ser autosuficientes, cada vez hay más gente que quiere tener su propio huerto en casa. Encontraré un empleo, mejor que el anterior.

–Sigues teniendo la misma confianza de siempre –señaló él–. Y sigues siendo dominante y persistente.

–Recuérdame que me hagas una carta de recomendación, tu opinión de mí me ayudará –dijo ella con ironía.

–Cuando quieras –contestó él–. Bueno, entonces, después de haber dejado el empleo y haberle dado a una ONG el dinero en vez de meterlo en tu cuenta bancaria... ¿te parece una decisión lógica haber venido a Inglaterra?

–Es el treinta aniversario de mamá y papá –explicó ella.

–No lo mencionaron cuando cené con ellos el otro día –replicó él sorprendido.

–Ya sabes cómo son.

–Sí. No les gusta hacerse notar.

–Pensábamos hacerles una fiesta en casa y, luego, ellos iban a volar hasta Londres para salir de crucero. Pero la agencia de viajes les hizo una oferta estupenda para hacer un tour por el Reino Unido primero. Gemma no podía estar con ellos en la fiesta, pues está trabajando en la semana de la moda en Australia. Por eso, les convencí para que aceptaran la oferta y decidí hacerles una visita aquí.

Él asintió.

–¿Y qué le ha parecido a tu novio?

–¿Adrian? –repuso ella y se le encogió el estómago al encontrarse con los ojos de Nick–. Le pareció una buena idea.

–Está claro que es un hombre muy complaciente –dijo Nick con ironía.

–Adrian proviene de una gran familia y comprende las dinámicas familiares.

De pronto, Siena recordó que Nick provenía de un matrimonio roto y una familia con problemas. Se sonrojó, furiosa consigo misma por su comentario.

–¿Y yo no?

–No me estaba refiriendo a ti –se disculpó ella–. Lo siento... ha sido un comentario desafortunado.

–Pero acertado –apuntó él y volvió a posar los ojos en el anillo–. ¿Y cuándo es la boda?

–No hemos fijado la fecha todavía, pero será la primavera del año que viene.

–Falta mucho para eso –observó él, arqueando las cejas–. ¿Vivís juntos?

–No –negó ella y se sonrojó de nuevo.

En ese instante, Nick miró por encima del hombro y se levantó con expresión controlada.

Al principio, a Siena le sorprendió ver a aquella mujer delante de su mesa, pero sólo un segundo.

Enseguida, se dio cuenta de que tenía que ser la última conquista de Nick.

Capítulo 2

ASALTADA por una mezcla de celos y envidia, Siena miró a la alta rubia que tenía delante con resignación.

–Nicholas –dijo la rubia–. Ya ves que no he tardado mucho.

–Portia, esta es Siena Blake –las presentó él.

Con mirada experta y escrutadora, Portia recorrió el vestido de seda azul de Siena y apartó la mirada con ademán despreciativo. Siena levantó la barbilla en un gesto de rebelión.

–Conociste a los padres de Siena hace un par de noches –añadió Nick.

–Lo recuerdo. Tus amigos de Nueva Zelanda –replicó Portia, asintiendo–. Entonces, tu hermana y tú sois... –comenzó a decir, dirigiendo su aristocrática nariz hacia Siena– ¿cómo lo expresó Nick? Ah, sí. Lo más parecido a unas hermanas para él. ¿Es eso cierto, querido? –añadió, mirando a Nick.

–Cuando era joven, sí –señaló Nick con cierto tono de irritación–. Sin embargo, hace mucho que no considero a Siena y a Gemma como hermanas.

–Y estoy segura de que ninguna de ellas te confunde con un hermano –comentó Portia en voz baja, sonriendo.

Aquella sonrisa, llena de seguridad femenina y de posesión, se le clavó a Siena en el alma.

¿Qué le estaba pasando?, se reprendió a sí misma.

No podía culpar a Portia. Nick irradiaba un aura irresistible, el magnetismo de los ganadores.

—Tanto Siena como su hermana me consideraban un intruso —observó él, posando los ojos en Siena.

Con esfuerzo, Siena consiguió soltar una suave carcajada.

—Sobre todo, cuando intentabas enseñarnos ajedrez.

—Pensaba que lo habías olvidado —replicó él con una sonrisa.

—Estoy segura de que eras un maestro excelente —se apresuró a decir Portia.

—Siena me ganaba.

—Porque me dejabas ganar —protestó Siena.

—Durante la primera mitad del juego, sí —admitió él—. Pero, después, me costaba la misma vida remontar.

—¿Y tu hermana era también una niña prodigio? —preguntó Portia con tono burlón.

—A Gemma no le gustaban los juegos de mesa —intervino Nick.

En ese momento, llegaron los padres de Siena. Nick los felicitó y le hizo una seña al camarero para que llevara más champán.

Tras unos minutos, Portia y él regresaron a su mesa. Tensa como un alambre, Siena se obligó a recostarse en el asiento y miró a su alrededor.

—Es agradable ver a Nick otra vez —comentó Diane—. Era un muchacho tan rebelde... pero la vida le ha ido bien —añadió y le dio una palmadita en el brazo a su marido—. En gran parte, gracias a ti, Hugh.

—Nick lo hubiera logrado también solo —aseguró Hugh con confianza—. Lo que nosotros hicimos por él fue mostrarle cómo es vivir en una familia feliz.

–¿Eso crees? –preguntó Siena, sorprendida–. No creo que conviviera con nosotros tanto como para fijarse en eso. Por lo que yo recuerdo, se pasaba casi todo el tiempo haciendo cosas de chicos contigo.

–Claro que se fijaba –repuso Hugh, meneando la cabeza–. Nick siempre ha sido muy astuto. Cuando el matrimonio de sus padres se rompió, le dieron la custodia a su padre primero y, luego, a su madre. Poco después, su padre murió. Me parece curioso que Nick nunca hablara de él.

–A mí me habló una vez –comentó Diane en voz baja–. De una manera fría y muy de adulto. Me dijo que nunca se permitiría ser como su padre. Yo me pregunté si su padre lo había golpeado, pero no creo que Nick se comportara como un niño que temiera el daño físico.

Siena se sintió horrorizada. El comentario que le había hecho a Nick sobre dinámicas familiares no podía haber sido menos afortunado.

–¿Crees que su padre pegaba a su madre?

–Es posible –respondió Diane.

Conmocionada, Siena intentó digerir la información. De alguna manera, había asumido que no había tenido una familia feliz, pero nunca había oído hablar de su infancia.

Tal vez, su niñez traumática había tenido algo que ver con la forma en que había terminado su... ¿Su qué? ¿Romance?

No estaba segura de que una sola noche juntos pudiera considerarse un romance.

Pero, para ella, había sido mucho más que una aventura de una noche. A los diecinueve años, había estado segura de haber estado enamorada de él.

Su madre interrumpió sus pensamientos.

–Es hora de que Nick se case. ¿Cuántos años cumplió en octubre? Treinta, ¿no?

–En noviembre –le corrigió su esposo.

Le encajaba el signo zodiacal. Escorpio hasta la médula. Oscuro, dominante, controlador y apasionado al mismo tiempo. Al recordar, la piel se le puso de gallina...

–Espero que no sea Portia la afortunada –señaló su madre.

Siena estaba de acuerdo. La rubia le había parecido muy fría.

–Estoy segura de que Nick sabrá elegir por su cuenta. ¿Por qué no vais a bailar de nuevo?

–No, ahora no. Pero ve tú –replicó su madre–. Yo voy al baño de señoras a empolvarme la nariz. Baila con papá.

La velada fue muy agradable, aunque Siena tuvo que esforzarse en no buscar a Nick con la mirada cada dos por tres. Bailaron y sus padres le contaron todo lo que iban a ver en su viaje por Gran Bretaña.

–Pareces cansada –comentó su padre cuando la vio bostezar–. Debes de estar bajo los efectos del jet lag. Es una pena que no pudieras encontrar habitación en este hotel.

–Papá, no podría pagarme una noche ni el armario de las escobas en este hotel –señaló Sienta–. Me alegro de que vosotros hayáis decidido tirar la casa por la ventana en este viaje.

–Solo vamos a dormir una noche aquí –repuso su padre, riendo.

–¡Pues disfrutadlo! Mi hotel no es tan lujoso como este, pero es muy cómodo –aseguró Siena, se puso en pie y le dio un abrazo a su padre–. Solo estaré en la ciudad esta noche y mañana... Me quedaré con mi amiga Louise en Cornwall hasta finales de semana y, luego, volveré a casa.

–Eres una locuela –observó su madre con cariño y la abrazó–. Pero me ha encantado verte, ¡ha sido una sorpresa maravillosa! Me gustaría que pudieras venir con nosotros al crucero.

–No seas tonta... no querrás que nadie os moleste en vuestra segunda luna de miel –replicó Siena sonriendo. Todavía no les había contado a sus padres que había dejado el trabajo, pero pensaba encontrar otro empleo nada más regresar a casa–. Disfrutad mucho. ¡Nos vemos dentro de un mes!

–Te acompañaré a tomar un taxi.

Siena ocultó una sonrisa. Como Nick, su padre era muy protector. Tampoco le sorprendió que su madre se ofreciera de inmediato a acompañarlos.

Por desgracia, Nick y su acompañante eligieron ese mismo momento para irse y Nick se ofreció a llevarla al hotel.

–No, gracias, no hace falta –contestó Siena, sintiendo una mirada heladora por parte de Portia. Al parecer, a la otra mujer no le apetecía tener que llevar a Siena con ellos–. Gracias, pero no –repitió–. ¿Qué podría pasarme por ir en taxi?

Nick se encogió de hombros.

–¿Dónde está tu hotel? –preguntó él y, cuando ella se lo dijo, le aseguró que les tomaba de camino. Señaló la limusina que acababa de traer el chófer–. Ahí está nuestro coche.

–Nick, es muy amable por tu parte –señaló la madre de Siena, sonriéndolos a él y a Portia–. Muy amables.

Siena supo que no tenía nada que hacer. Igual que Portia, que esbozó una débil sonrisa como respuesta.

Por suerte, su hotel estaba solo a unos cinco minutos de distancia. Ella podía comportarse con educación durante ese tiempo y, por lo visto, la amante de Nick, también.

–Muchas gracias –dijo Siena cuando llegaron–. Buenas noches.

Sin embargo, él insistió en escoltarla hasta la puerta.

–¿Qué vas a hacer cuando tus padres se vayan?

–Mañana voy a dar una vuelta por la ciudad y, al día siguiente, iré a Cornwall para quedarme en casa de una amiga del colegio.

–¿Cuándo te prometiste?

El abrupto cambio de tema sorprendió a Siena.

–Hace unos meses.

–Nadie me lo había dicho –dijo él arqueando las cejas.

Siena parpadeó ante su tono acusatorio.

–¿Conozco yo a ese Adrian?

–Adrian Worth. Su familia tiene una fábrica en South Island –informó ella.

–Su nombre me suena –comentó él, sin decir más. Con una sonrisa, inclinó la cabeza hacia ella.

¿No iría a besarla?, se dijo Siena. Y él lo hizo, posando un suave beso en su mejilla.

–Que duermas bien –se despidió él.

Siena se quedó perpleja, llena de excitación, como si por dentro la recorrieran miles de burbujas de champán.

–Buenas noches –consiguió responder ella y entró en el hotel, notando cómo él la miraba por la espalda.

Al subirse al ascensor, Siena lo vio girarse e irse con la mujer que lo esperaba en el coche. Lo más probable era que pasaran la noche juntos. En la cama.

No debía pensar esas cosas, se reprendió a sí misma.

No tenía derecho a entrometerse en los asuntos privados de Nick.

Esa noche, Siena no pudo parar de dar vueltas en la cama, escuchando el tráfico bajo su ventana, preguntándose por qué no le hacía ninguna ilusión estar en Londres. Tal vez, era por que, de noche, se sentía igual allí que en Auckland: bastante sola.

Al fin, consiguió caer dormida. Se despertó más tarde de lo que había pretendido, se vistió y salió del hotel con la intención de visitar la ciudad.

A mediodía, recordó que no había revisado su correo electrónico y abrió su móvil para ver si tenía mensajes. Sintiéndose culpable, vio que había uno de Adrian.

Tardó un momento en leerlo, mientras el murmullo del tráfico se fundía con el sonido acelerado de su corazón.

Lo siento mucho. Soy un cobarde por hacer esto por correo electrónico, pero no sé cómo decirte que me enamorado de otra persona. No es tu culpa y me siento fatal, pero no puedo evitarlo. Por favor, perdóname. Nadie puede pensar peor de mí que yo mismo. Te deseo toda la felicidad del mundo. Sinceramente, Adrian.

Siena se quedó sentada en el autobús, paralizada, perpleja, con la vista clavada en la pantalla del móvil.

Una dolorosa sensación de vacío se mezcló con una catarata de lágrimas. Se esforzó en contenerlas, diciéndose que era mucho mejor que Adrian se lo hubiera dicho entonces y no después de que se hubieran casado.

A pesar de su sorpresa, en el fondo de su corazón, Siena sabía que había estado esperando ese día. De alguna manera, había tenido la intuición de que algo así podía pasar, desde antes de haberse ido de Nueva Zelanda. Durante semanas, Adrian se había mostrado distante e irritable, sin querer decirle lo que le pasaba.

Nick la había llamado mandona y seguramente lo era. Lo cierto era que Siena había aprendido a luchar por lo que quería. Sus padres siempre habían sido muy justos, pero no había sido fácil crecer a la sombra de una gemela que era preciosa, alta y rubia y que había dejado enamorados a todos los chicos que ella había llevado a casa.

Tragando saliva, Siena sintió náuseas. Por nada del mundo quería tener nada que ver con un hombre que amaba a otra.

Por eso, tenía que rehacerse. Pero, primero, necesitaba privacidad, estar a solas en su habitación de hotel. Al día siguiente, se iría a Cornwall con su mejor amiga del colegio y eso la animaría.

Con resolución, guardó el móvil en el bolso, mirando por la ventana.

De regreso en su habitación, posó los ojos en el mueble bar, pero decidió que un trago no podía hacerle bien en ese momento. En vez de eso, optó por una taza de té, se sentó y bebió, tratando de recuperar la calma.

Sin embargo, no lo consiguió. Le dio un par de tragos a la bebida caliente y se puso en pie de un salto para arrancarse el anillo de compromiso.

Conteniendo un sollozo, lo metió en un bolsillo dentro del bolso con un movimiento firme.

Al día siguiente, se lo enviaría a Adrian.

En ese momento, sonó el teléfono de la habitación, sobresaltándola.

Atónita, se quedó mirándolo, sin saber qué hacer. Podía ser Louise, se dijo, y respondió.

—¿Han salido ya tus padres? —preguntó Nick al otro lado del auricular.

—Me han mandado un mensaje de texto desde Heathrow justo antes de embarcar —contestó ella.

—¿Qué planes tienes para esta noche?

—Ninguno.

—Entonces, ven a cenar conmigo.

Durante un instante, ella no supo qué decir.

—No, no es posible —contestó Siena al fin, por impulso.

—¿Por qué?

Ante su silencio, Nick insistió.

—Estaremos solo tú y yo, Siena. No me gusta que estés sola en Londres.

Siena quiso negarse, pero no fue capaz de hablar.

—¿Qué pasa? —preguntó Nick.

—Na...nada —balbuceó ella.

—Siena, voy para allá ahora mismo.

—¡No!

Sin embargo, Nick ya había colgado. Tras un momento, Siena colgó también.

«Maldito instinto protector», refunfuñó ella y tomó su taza de té.

No podía salir a cenar sintiéndose así, como si todo dentro de ella hubiera sido aplastado.

Como Gemma, Nick estaba acostumbrado a recibir atención. Incluso cuando había sido adolescente, las chicas se habían peleado por él y, después de su éxito fulminante en los negocios, estaba segura de que la cosa habría empeorado.

–Con solo posar esa mirada verde que tiene en una mujer, la pobre ya está perdida –había comentado la madre de Siena en una ocasión–. Es como un imán.

La noche anterior, casi todas las mujeres en el restaurante habían clavado los ojos en él, muchas de forma abierta y otras de reojo.

No era raro, pues su aura y su energía masculina sutilmente delataba sus dotes de amante, pensó Siena y se estremeció. Intentando controlar las reacciones de su propio cuerpo, tomó el teléfono para llamar a Nick, pero colgó al darse cuenta de que no sabía su número. Buscó el de su oficina y lo marcó, sin embargo, la recepcionista la informó de que no estaba allí.

Sin saber qué hacer, Siena se acercó a la ventana. Los ojos se le empañaron y parpadeó con fuerza para detener las lágrimas. Tal vez, una ducha le sentaría bien.

Salió del baño vestida, por si Nick hubiera conseguido convencer al recepcionista de que le diera una llave de su habitación. Entonces, sonó de nuevo el teléfono.

En esa ocasión, era Louise.

Minutos después, Siena dejó su móvil. Las palabras tensas de su amiga resonaban en su cabeza.

–Mi suegro acaba de tener un ataque al corazón –le había dicho Louise–. Y la madre de Ivan está en su lecho de muerte, con dos niños pequeños en casa, así que vamos a ir para allá mañana. Lo siento mucho, Siena, pero no puedes quedarte en nuestra casa en este momento. Si quieres, puedes quedarte en la casita de campo y... Oh, Siena, tenía tantas ganas de verte...

Siena había rechazado su oferta de la casita de

campo y se había esforzado en calmar a su amiga. Sin embargo, después de haber colgado, se quedó paralizada en la habitación de hotel.

–¿Y ahora, qué? –pensó Siena en voz alta.

No era el fin del mundo, trató de decirse. Su amiga había tenido una emergencia y sus padres se habían ido de crucero... pero todo había pasado al mismo tiempo.

Tampoco era algo extraordinario que su prometido se hubiera enamorado de otra persona...

Nadie había muerto nunca de desamor. Antes o después, su dolor cedería, se repitió.

Siena respiró hondo. Organizaría su viaje de regreso a Nueva Zelanda y bajaría a esperar a Nick en el vestíbulo del hotel. Le diría que no podía ir a cenar con él. Tal y como se encontraba, no sería buena compañía.

Sin duda, Nick la había invitado porque sabía que sus padres se habían ido y se había quedado sola. Como siempre, se seguía comportando con ella solo como un hermano mayor.

Nick la vio nada más llegar al vestíbulo y algo en ella le hizo fruncir el ceño y acelerar el paso. Era una mujer pequeña, morena y sus ojos azules, que contrastaban con su piel de porcelana, le daban apariencia de muñeca... menos por la boca. Sensual y jugosa, su boca era un milagro hecho para sonreír... y para besar.

En ese momento, Siena tenía los labios apretados. Ella no lo había visto llegar. Estaba muy tiesa, abrazándose a sí misma. Nick maldijo para sus adentros y siguió acercándose.

Parecía derrotada. Además, no estaba vestida para salir a cenar.

¿Les habría pasado algo a sus padres?

—¿Qué te pasa? —le preguntó Nick a un metro de ella.

Siena parpadeó como si no lo reconociera. Luego, pareció esforzarse en recuperar las fuerzas antes de hablar.

—Oh, un par de cosas, pero no es el final del mundo.

Entonces, no les había pasado nada a Hugh y a Diane, pensó él con alivio.

—¿Qué cosas?

Siena se puso más tensa todavía y él se fijó en sus manos. No llevaba anillo. ¿Qué diablos...?

—Bueno, creo que te mencioné que iba a quedarme con una amiga en Cornwall, pero ya no.

Nick escuchó su explicación y asintió.

—¿Y qué vas a hacer?

Siena se mordió el labio inferior. Nick se excitó al posar los ojos en aquellos labios tan apetitosos. Maldición, no había sido buena idea invitarla a cenar, se dijo. No debería haber sucumbido a sus impulsos.

—Estoy intentando adelantar el vuelo para volver a casa —respondió ella, poniéndose en pie.

—¿Y?

—Por ahora no he tenido suerte, pero seguiré intentándolo.

Nick frunció el ceño.

—¿Así que tienes una semana para pasarla en Londres?

—No.

—¿Por qué?

—No puedo permitírmelo —admitió ella, levantando la barbilla—. Tengo que volver a mi casa.

No era buen momento para preguntarle por qué no llevaba el anillo de compromiso, caviló Nick. Debía cuidar de ella, aunque solo fuera porque se lo debía a sus padres.

—Podemos hablar de tus opciones mientras cenamos. Vamos.

Tras un momento de titubeo, ella meneó la cabeza.

—Prefiero que no, Nick. No estoy vestida para salir a cenar...

—No pasa nada. Comeremos en mi casa.

Nick sintió una irritante sensación de triunfo cuando ella asintió.

—Muy bien —aceptó Siena, como si estuviera demasiado cansada para protestar—. Pero te advierto que no voy a ser muy buena compañía, Nick.

—¿Por qué?

—Oh, por nada —contestó ella.

Prometiéndose que Siena le diría lo que le pasaba antes de que terminara la noche, Nick dio un paso hacia a ella.

—Iré a mi habitación para cambiarme. No tardaré más de diez minutos.

—Estás bien así —repuso él.

—Voy a cambiarme —insistió ella.

Con la cabeza alta, Siena se dirigió al ascensor. Aunque era pequeña, sus proporciones eran perfectas, observó él para sus adentros. Unos vaqueros gastados marcaban sus piernas bien torneadas y su pequeña blusa rosada resaltaba cada curva de los pechos y las caderas.

Pero él no era el único que la contemplaba. El recepcionista, un joven muchacho moreno, también la estaba siguiendo con al mirada. Una oleada de celos tomó a Nick por sorpresa.

Miró al chico a los ojos y se quedó contento con que el joven bajara la mirada, sonrojándose. Luego, posó la atención en los otros dos hombres que estaban observando a Siena y ambos apartaron la vista.

Satisfecho, Nick murmuró algo y se quedó esperando.

Capítulo 3

S IENA miró el vestido azul. Se notaba que no estaba recién lavado, pues lo había usado la noche anterior. Sin embargo, era lo único que tenía. Nick había conseguido convencerla. Había descartado su instinto de esconderse en una esquina como animal herido. Y había comprendido que iba a sentirse mejor acompañada de un hombre como él que sola en la habitación de hotel, preguntándose por qué todos acababan dejándola.

Una sensación de amargura la invadió. Se resistió al impulso de arrancarse las ropas y meterse en la cama. No sería buena idea. Sabía muy bien que Nick era un hombre muy tenaz y que, de una manera u otra, conseguiría sacarla de su habitación.

Además, la autocompasión era cosa de perdedoras.

De todas maneras, no tenía hambre, caviló mientras bajaba en el ascensor. Le daban náuseas solo de pensar en comida.

Cuando vio a Nick, Siena se esforzó en sonreír. Él no le devolvió la sonrisa. Con la cabeza alta, ella soportó su atento escrutinio y el corazón se le aceleró un poco.

–Solo he traído un vestido para salir –explicó ella con voz titubeante.

–¿Y qué? Estás muy guapa –repuso él y le ofreció el brazo–. Supongo que viajas solo con equipaje de mano.

–Me temo que no. Esperaba estar aquí solo una semana y he traído ropas de abrigo nada más. No tengo la suerte de contar con una casa con armarios llenos de ropa en cada ciudad.

–Ni yo –respondió él, haciéndole una seña al portero.

–Pero casi.

–Poseo dos viviendas –señaló él con una sonrisa.

–¿Y cuál es tu hogar?

Durante un instante, Siena pensó que él no iba a responder.

–La de Auckland –contestó él al final y la guió al coche que los estaba esperando.

–Y, aparte de lo de tu amiga, ¿has tenido un buen día? –inquirió él, una vez dentro del vehículo.

–Más o menos, gracias –replicó ella y le contó un incidente gracioso que había presenciado en un parque con una señora mayor y un niño.

Nick rio y Siena intentó darse ánimos, diciéndose que podía conseguir pasar la noche sin derrumbarse.

Una vez que se abrochara el cinturón en el avión, podía derrumbarse, si quería. A nadie le importaría que se pasara todo el viaje hundida en sus lúgubres pensamientos.

Pero, primero, tenía que cambiar el billete...

–He llamado a mi asistente personal mientras estabas cambiándote –indicó Nick–. Tienes la posibilidad de tomar un vuelo inmediato a Nueva Zelanda. Puede que me llame para confirmármelo mientras estamos cenando.

–Oh, Nick, eres muy amable, pero no era necesario que te molestaras –aseguró ella y el pulso se le aceleró al fijarse en sus inmensos ojos–. Tu pobre asistente... no tiene por qué trabajar a estas horas.

–No te preocupes por eso. Le pago bien y está acostumbrada a estar a mi disposición siempre que la necesito.

Siena se imaginó a una mujer de mediana edad, eficiente, abnegada y enamorada en silencio de su jefe.

–¿Por la noche, también? –preguntó ella, sin intentar ocultar su escepticismo–. No tendrá familia...

–Al contrario, tiene dos hijos pequeños –explicó Nick con suavidad–. Su esposo es el vigilante de mi casa.

–Muy bien pensado –comentó ella.

–A ellos le viene bien. Creo que te gustarían... son una pareja muy interesante.

Siena asintió con la mirada perdida.

–¿No necesitará saber mi número de billete y otros detalles? –preguntó ella–. Deberías habérmelo dicho en el hotel para que lo apuntara.

–Si necesita algo, mañana por la mañana podrás dárselo.

El coche aminoró la marcha en una calle tranquila, flanqueada por preciosas mansiones.

Siena miró por la ventanilla, admirando el paisaje.

–Había esperado que vivieran en un ático ultramoderno en un rascacielos.

–Me gusta más esto.

–Y a mí –admitió ella con una sonrisa–. La verdad es que te va. Elegante y discreto.

Siena bajó la mirada, recordando cómo con diecinueve años había fantaseado con la casa en que Nick viviría, soñando con compartirla con él. Pero, incluso entonces, había sabido que su relación había sido frágil e imposible. Sin embargo, eso no había impedido que se le hubiera roto el corazón. Aunque tenía que admitir que Nick nunca le había hecho promesas.

No debía haber salido con él, se dijo Siena, deseando estar en cualquier otro sitio.

Nick la guió dentro y ella lanzó una rápida ojeada a su alrededor.

—Es muy bonito.

—Me alegro de que te guste.

El salón estaba decorado con austeridad y belleza, muy de acuerdo con la forma de ser de su dueño. La decoración mezclaba muebles modernos y antiguos con mucho estilo.

—El decorador hizo un buen trabajo.

—¿Quieres algo de beber? —ofreció él, ignorando su comentario—. ¿Te sigue gustando el Sauvignon Blanc?

—Sí, gracias —contestó ella. Habían pasado años desde que ella le había dicho que era su vino preferido y le satisfizo que él lo recordara.

Era un vino blanco de Nueva Zelanda, seco y delicioso. Después de darle un trago, Siena dejó la copa y miró a Nick. El pulso se le aceleró de nuevo.

—Sabor de Nueva Zelanda.

—Me gustan otros vinos también —afirmó él—, pero este me parecía el más apropiado para esta noche. Por tu felicidad —brindó—. ¿Por qué no llevas tu anillo de compromiso?

Siena se encogió y bajó la vista a su dedo desnudo. Adrian no había aguantado mucho con ella. Apenas se notaba el fragmento de piel más pálida donde había llevado el anillo hasta ese día.

Todavía lo tenía en su habitación de hotel. Había preguntado cuánto le costaría enviárselo, pero el seguro era demasiado caro y no podía permitírselo.

Echando mano de toda su fuerza de voluntad, Siena miró a Nick a los ojos con la cabeza alta. No iba a mentir.

–Cuando regresé a mi habitación de hotel, recibí un correo electrónico de mi prometido diciéndome que había encontrado a otra persona –explicó ella, enderezando la espalda.

Nick dejó su copa en la mesa con un poco más de fuerza de la necesaria. Se acercó a ella con expresión furiosa.

–¿Un correo electrónico? –preguntó él con incredulidad.

Siena asintió, apretando su copa entre las manos.

Cuando Nick abrió la boca y la cerró de nuevo, Siena se alegró de no tener que escuchar sus palabras.

Él le quitó la copa de las manos para abrazarla. Suspirando, ella se relajó entre sus brazos y apoyó la cabeza en sus poderosos hombros, mientras él le acariciaba la espalda con manos fuertes y protectoras.

Siena respiró hondo y se abandonó a la cálida sensación de ser abrazada.

–Llora, si quieres –ofreció él con tono frío.

–No quiero –repuso ella, tragándose las lágrimas. Si lloraba, era por la amabilidad de Nick... porque se portaba como un hermano mayor con ella...

Bueno, y eso no tenía nada de malo, se dijo Siena.

–Déjame que te diga que no necesitas en tu vida a nadie que rompe su compromiso a través de un correo electrónico –aseguró él y, tras un momento, añadió–: Ni ahora, ni nunca.

Siena asintió.

–Lo sé. Está bien. No voy a derrumbarme.

–No esperaba que lo hicieras. Eres fuerte.

Algo se derritió dentro de ella. La calidez y la fuerza de su abrazo, a pesar de estar desprovisto de sensualidad, le daba fortaleza. Sus músculos se relajaban, se sentía más libre y su respiración se hacía más tranquila.

Despacio, la sensación de dolor fue pasando. Aun así, ella no se apartó, ni Nick dejó de abrazarla.

Al principio, sin darse cuenta, Siena comenzó a responder a las caricias de su mano en la espalda. Su cuerpo se estremeció, enviando señales inesperadas y secretas de invitación, sumergiéndose en la tentación y en el delicioso placer de estar pegada a él.

Un escalofrío de excitación y aprensión la recorrió y se apartó. Al instante, Nick la soltó y dio un paso atrás, mirándola con atención y gesto indescifrable.

Avergonzada, Siena se sonrojó.

—Gracias —consiguió articular ella con una sonrisa forzada—. Deberías haber tenido hermanas... hubieras sido un excelente hermano.

Nick arqueó las cejas y sonrió con ironía.

—Cada vez que necesites un hombro fraternal, llámame —indicó él, haciéndola sonrojar un poco más.

—Espero no volver a necesitarlo —replicó ella, apartando la mirada.

Con mano ligeramente temblorosa, Siena volvió a tomar su copa de vino y le dio un rápido trago.

Nick se miró el reloj y, como por arte de magia, una mujer apareció en el salón con una bandeja con aperitivos. Él se la presentó como el ama de llaves.

—Come algo —ofreció él—. Estás pálida como un fantasma.

Era obvio que Nick no se había percatado de lo que su cercanía le estaba provocando, caviló Siena.

Menos mal.

—¿No sabías que siempre estoy pálida? Aunque prefiero pensar que tengo un tono claro y etéreo —señaló ella, tratando de recuperar la compostura.

Él sonrió.

–¿Etéreo? Con esos rizos morenos y esa boca carnosa, eso es imposible. Ahora tengo que dejarte, solo serán cinco minutos. Cuando vuelva, quiero que te hayas comido unos cuantos canapés.

Siena lo vio salir de la habitación y posó los ojos en la bandeja. Aunque no tenía hambre, aquellos canapés tenían un aspecto delicioso y olían a gloria. Casi sin pensar, tomó uno y lo mordisqueó, intentando poner en orden sus pensamientos.

Había superado su atracción por Nick, se dijo. Desde hacía años. Ya no quería saber por qué él le había hecho el amor con tanta ternura y se había ido sin más, con la única explicación de que había perdido la cabeza y que lo sentía.

Además de demostrarle lo apasionado que podía ser, Nick la había lastimado. La había herido de una forma que Siena no había comprendido en el momento. Entonces, ella se había prometido no volver a sentir nada tan intenso jamás.

Con todo el esfuerzo de que había sido capaz, había conseguido superar el desamor y continuar con su vida. Había encontrado a un hombre que había creído que nunca la traicionaría como Nick...

Siena se encogió al caer en la cuenta de algo. ¿Había sido esa la razón por la que había elegido a Adrian? No podía creer que su amor por él hubiera sido una mera forma de dejar atrás al brujo que la había hechizado con sus encantos y la había abandonado sin mirar atrás...

Si había sido así, si su dolor por el rechazo de Nick había sido la razón por la que había elegido a Adrian, tal vez su prometido lo había notado...

¿Y cómo era posible que con un simple abrazo fraternal Nick pudiera despertar sus instintos sexuales más salvajes?, se preguntó.

De acuerdo. En el mismo día, había recibido un par de sorpresas desagradables. Se había quedado sin planes y sin dinero, en la otra punta del mundo, lejos de su hogar.

Entonces, había aparecido Nick...

¿Y qué?

A su manera, él se había mostrado protector y amable, cumpliendo con su deber por agradecimiento a sus padres, quienes lo habían ayudado cuando había sido joven y vulnerable.

El sonido de la puerta sacó a Siena de sus pensamientos. Se le encogió el estómago al ver entrar a Nick con el ceño fruncido.

–¿Qué pasa?

–Eso mismo me pregunto yo –repuso él–. Pareces conmocionada.

–Estoy bien.

–Y yo –afirmó él y la observó con atención–. De acuerdo –admitió–. Acabo de hablar con mi asistente personal y me ha dicho que tengo que reorganizar mi agenda. No es más que eso.

–Cuando era niña, solía estar resentida contigo –le espetó ella, sin preámbulos.

–Lo sé –admitió él, arqueando un poco las cejas–. Siempre querías venir con nosotros cuando tu padre y yo íbamos a practicar algún deporte juntos.

–Igual crees que era una mimada.

–Nada de eso –aseguró él–. Eras una niña muy tozuda y siempre decías lo que pensabas. Me acostumbré a tus ceños fruncidos y tus pucheros.

–¡Yo no hacía pucheros!

–Sí, y te quedaban muy bien. Yo lo entendía.

–Muy generoso por tu parte –replicó ella con una sonrisa burlona–. ¿Cómo terminaste siendo el protegido de mi padre? –añadió. Era algo que siempre había querido saber.

–Después de que mi padre muriera, me volví un poco rebelde –explicó él con gesto un poco tenso–. Mi madre estaba tan desesperada que pensó en enviarme a una institución para niños huérfanos, donde tu padre había trabajado como voluntario. Allí nos conocimos y nos caímos bien –recordó y, tras una pausa, añadió–: Le debo mucho. Cuando decidí labrarme mi propio camino en el mundo de la tecnología, él no pudo prestarme dinero para mis inversiones, pero me presentó a gente que sí podía y me ofreció apoyo moral e intelectual.

–No está mal –repuso ella, bastante conmovida–. Pero tú también hiciste algo por él, ya lo sabes. Fuiste el hijo que nunca tuvo.

–Eso espero –admitió él, incómodo, y cambió de tema–. La cena está lista.

Siena había tenido bastante con los dos canapés que se había comido, aunque el vino estaba empezando a subírsele a la cabeza. Se sentía desconectada de lo que le había pasado, como si el rechazo de Adrian fuera una nube borrosa en sus recuerdos. Necesitaba comer para recuperar la sobriedad, pensó.

Sin embargo, a mitad del segundo plato, no pudo comer más. Se detuvo, temblando, incapaz de mantener una conversación.

–Es probable que todavía estés un poco conmocionada –observó él de forma abrupta y se puso en pie–. Puedes pasar la noche aquí.

–No, yo...

–Necesitas descansar –le interrumpió él–. Y no estás fuerte para estar sola. Haré que te preparen la habitación y mañana hablaremos de tus opciones.

—Ni… Nick, no tienes por qué... Creo que he bebido demasiado —balbuceó ella.

—Dudo que media copa de vino te haga ponerte así —opinó él con tono serio—. Siena, deja de esforzarte en fingir. Has tenido un día horrible. Te ayudará dormir un poco, pero no voy a dejarte sola en ese hotel. Quiero asegurarme de que estés bien.

Sería fácil rendirse ante su tono fuerte y autoritario, dejar que Nick la cuidara, pero Siena reunió todas sus fuerzas para negarse.

—No.

—Entonces, llamaré a tus padres y les diré que no estás bien.

Siena se puso rígida y lo miró con incredulidad.

—No te atre… verás —dijo ella, titubeante—. Llevan… llevan años queriendo hacer este viaje. ¿De verdad les harías eso?

—Claro que sí —repuso él con tono frío—. Es lo que ellos esperarían de mí.

—Eso sería una traición —le discutió ella.

—Creo que, desde su punto de vista, no decírselo sería una traición mayor.

Mirándole a los ojos, a Siena se le encogió el corazón al ver su frialdad y sus rasgos duros. Intentó camuflar un sollozo.

—Quieres decir que vas a chivarte —señaló ella, usando una terminología infantil para dejarle claro lo que pensaba de su amenaza.

—Si quieres verlo así, sí —respondió él y esperó—. ¿Entonces?

Siena se rindió.

—Maldito seas. De acuerdo.

—Espera aquí, voy a hacer que te preparen el cuarto. Y come un poco más.

Pero a Siena la comida le sabía a cartón y tuvo que beber agua para poder tragársela.

Cuando Nick regresó, levantó la vista.

—Odio sentirme así.

—Sí, me lo imagino. Pero lo superarás. Tienes mucha energía y mucha fuerza de voluntad... no dejarás que la vida pueda contigo. Y dormir te sentará bien.

Lo más probable era que Nick tuviera razón, pensó Siena, metiéndose desnuda en la cama del cuarto de invitados. Sin embargo, en ese momento, no se sentía nada fuerte, ni capaz de poner orden en sus pensamientos.

Cuando sonó su móvil, lo ignoró pero, ante su insistencia, encendió la lámpara de la mesilla para responder.

Era un correo electrónico de su hermana. En él, Gemma se le pedía perdón. ¿Por qué?

Cuando terminó de leerlo, se quedó perpleja. ¿Gemma... y Adrian?

Gemma había intentado localizarla en el hotel por teléfono, pero no la había encontrado. Siena reconoció la desesperación de su hermana, disculpándose por amar a Adrian, diciéndole que había tratado mantenerse al margen, no verlo...

—No puedo... —balbuceó Siena y se dejó caer sobre las almohadas con la cabeza dándole vueltas.

Tras un momento, respiró hondo y se incorporó. Su amor por su hermana y su costumbre de cuidarla le impedían dejar a Gemma sumida en tanta desesperación.

Tardó media hora en escribirle un correo de respuesta, calmándola. Incluso le aseguró que estaba bien y que iba a pasar la noche en la preciosa casa de Nick.

Después se quedó tumbada, muy quieta, en la enorme cama y quedó profundamente dormida.

Soñó que buscaba a alguien por los más extraños escenarios, llamando un nombre desconocido, vagando por la jungla, frenada por las ramas vivas de los árboles y, al mismo tiempo, temiendo que, si se detenía, perecería y nunca podría ver a la persona que buscaba.

—¡Siena, despierta!

La orden de Nick hizo pedazos su sueño. Una mano fuerte en le hombro la sacudió, haciéndole recobrar la conciencia. Cuando abrió los ojos, vio el rostro de él, muy cerca. El corazón le dio un brinco en el pecho.

—Todo está bien —dijo él, calmándola—. Es solo un sueño. Ya ha pasado.

Siena se estremeció, sin poder evitar las lágrimas. Murmurando algo entre dientes, Nick se sentó a su lado en la cama y la tomó entre sus brazos.

La abrazó como había hecho antes, ofreciéndole consuelo silencioso. Combatiendo las lágrimas con fiereza, ella se relajó en la calidez de su cuerpo, rindiéndose a la seguridad que la envolvía.

Despacio, muy despacio, Siena fue dándose cuenta de que la piel del hombre estaba desnuda y mojada por sus lágrimas.

Y ella también estaba desnuda. Estaban pegados de cintura para abajo, piel con piel. Y ella podía notar el latido acelerado de su corazón.

Un montón de recuerdos reprimidos la asaltaron. Recuerdos de su noche juntos, cuando Nick le había enseñado lo que era la pasión y le había robado la virginidad.

Ella no había tenido ni idea de que el deseo pudiera ser tan fuerte y, al mismo tiempo, tierno, sensual y suave... No había sabido que la excitación podía envolverla en un tornado y consumirla con el ansia de darlo y tomarlo todo, de rendirse hasta lo más íntimo de su alma.

Pero no debía olvidar lo que había pasado después.

Con decisión, Siena se aferró a la amargura de su separación, pero su mente traidora no abandonaba la imagen de sus dos cuerpos entrelazados bajo el calor de la pasión.

Aterrorizada, se dijo que debía apartarse de él.

–Antes te dije que lloraras –dijo él con voz vibrante–. Debí haber sabido que lo harías con tanta entrega y pasión como haces todo lo demás.

Siena tomó aliento entre sollozos. Estaban demasiado cerca, podía percibir su aroma... a jabón y a Nick, una combinación demasiado tentadora.

Un incontrolable estado de sensualidad la envolvió, contra su voluntad, hasta el punto de no querer apartarse...

Pero se trataba de Nick, se advirtió a sí misma, el mismo hombre que la había dejado sola y humillada. Sin embargo, tenía la mente abotargada por su presencia y no conseguía reaccionar.

La traición de Adrian le parecía un eco lejano en esos momentos...

Siena levantó la vista a sus ojos verdes y el deseo la atravesó, inundándola de calor.

Como si no pudiera controlarse, Nick inclinó la cabeza y la besó. Ella se puso rígida al principio pero, de inmediato, dejó de pensar y se rindió a la pasión.

–No practico el sexo por compasión, Siena –le espetó él cuando sus bocas se apartaron–. Si quieres continuar, debes comprender quién soy. Y que no habrá nada de compasión ni de amistad en esto.

Siena tardó un par de segundos en digerir sus palabras. Avergonzada, abrió los ojos, encontrándose de frente con una mirada enigmática y metálica.

–No puedo... No, no quiero eso –murmuró ella y se apartó, dejando sin querer su pecho al descubierto.

Nick posó los ojos en sus pechos. Ella agarró la sábana para taparse, pero no pudo, pues él estaba sentado encima.

Nick se levantó y se giró, mientras ella se tapaba con desesperación, poseída por un maremoto de emociones contradictorias.

Él llevaba solo unos pantalones de pijama y, al verlo, fuerte, alto, bronceado, a ella se le quedó la boca seca.

Siena tragó saliva.

–Lo siento. No sé... no sé qué me ha pasado.

–Se llama proximidad y no tiene nada de raro. Nos pasó ya en una ocasión, ¿recuerdas?

¡Ojalá pudiera olvidarlo!, pensó ella.

–Sí, me acuerdo –admitió Siena, ignorando el color que se le subía a las mejillas.

–Lamento mucho mi comportamiento de esa noche. Me gustaría haber manejado la situación mejor, para que hubiéramos podido seguir siendo amigos.

¿Proximidad? ¿Amigos?

Su tono frío y desapegado la dejó helada.

–No pasa nada, Nick. No te preo… cupes. Es agua pasada –consiguió decir ella y, tras una pausa, añadió–: Gemma me ha enviado un correo electrónico. Adrian y ella... están enamorados. Y ella está sufriendo mucho por la situación.

–Y tú quieres volver a casa para cuidar de ella –adivinó Nick.

–Quiero volver cuanto antes. Siento haber llorado.
No había tenido una pesadilla desde que era niña –repuso ella y, tratando de quitarle hierro, apostilló–: No debes preocuparte, no le diré a Portia lo que ha pasado.

–No me preocupa. Portia y yo no estamos comprometidos.

¿Entonces por qué la rubia le había llamado «cariño»?, se preguntó Siena, consumida por los celos. Apretando los labios, contuvo su curiosidad.

Nick se volvió hacia la puerta y a ella le dio un brinco el corazón. Incluso de espaldas era un hombre imponente, de anchos hombros, caderas estrechas y músculos apretados y perfectos.

Sin pensar, dejándose llevar, Siena se sintió compelida a decir su nombre.

–¿Qué? –preguntó él, girándose.

–Gracias por... por consolarme –balbuceó ella con voz ronca y se enfureció por su propia estupidez–. ¡Ojalá pudiera decir una frase entera sin atragantarme con las palabras!

–Acabas de hacerlo –comentó él con una breve sonrisa–. ¿Crees que podrás dormir ahora?

Capítulo 4

SIENA lo comprendía. Nick estaba intentando dar marcha atrás al reloj, tratando reestablecer su relación casi de hermanos a antes de lo que había sucedido entre ellos hacía cinco años.

–Sí, claro –dijo ella, tragándose sus ganas de protestar.

–Te traeré algo para beber –ofreció él–. Tienes que hidratarte después de haber llorado tanto.

–Gracias, pero yo misma puedo ir a por agua –repuso ella, deseando quedarse a solas, y miró hacia el baño.

–Quédate aquí –ordenó él.

Dolida por su tono autoritario, Siena trató de contener el cúmulo de sentimientos y pensamientos que la atenazaba.

Si él hubiera querido, en ese momento, estaría derritiéndose entre sus brazos, en su cama, reconoció para sus adentros. Por suerte, él había tenido el autocontrol necesario para detenerse a tiempo.

Nick le había dado la oportunidad de apartarse.

Y ella debía estarle agradecida. Rendirse al deseo hubiera sido lo más estúpido que hubiera hecho en su vida... aparte de la noche que había pasado con él hacía cinco años.

–La mayoría de la gente prefiere dormir tumbada –señaló él, sobresaltándola–. Toma, bébete esto.

–Gracias –repuso ella con voz ronca y agarró el vaso. Con mano temblorosa, se lo llevó a los labios y consiguió tragar un poco.

–Que duermas bien –dijo él con gesto indescifrable y se giró para salir de la habitación.

Siena sintió un escalofrío ante aquel rechazo definitivo.

¿Pero qué había esperado?, se dijo a sí misma y bebió otro trago, tratando de poner orden en sus caóticos pensamientos.

El primer impulso de Nick había sido consolarla. La situación había cambiado cuando ella se había calmado lo bastante como para darse cuenta de lo que le estaba pasando. Los hombres podían desear a mujeres que no amaban, por eso, no era de extrañar que él hubiera respondido a su cercanía de esa manera.

Lo que Siena no podía comprender era cómo ella había perdido el control de esa manera. ¿Cómo había permitido que el abrazo de Nick bastara para dejarle la mente en blanco?

¿Acaso su amor, sereno y sólido, por Adrian no había sido amor en realidad?

Siena sintió asco de sí misma, al pensar en esa posibilidad. No podía haberse estado engañando a sí misma de esa manera... ¿o sí? Después de todo, si Adrian no le hubiera importado, no se habría tomado tan mal su correo...

El mensaje de Gemma había añadido más estrés a su abrumada cabeza. Su hermana parecía estar de veras angustiada. Necesitaba volver cuanto antes a casa para asegurarle a Gemma, y de paso a sí misma, que no le había destrozado la vida.

Sin ganas, bebió más agua, dejó el vaso en la mesilla y cerró los ojos. Tenía que enfrentarse a la verdad.

Sus sentimientos podían definirse como sorpresa y cierta rabia, pero no tenían nada que ver con el hondo dolor que la había atenazado durante meses cuando Nick la había dejado después de su noche juntos.

De todos modos, lo que la había impulsado a acostarse con él entonces no había sido amor. Solo deseo.

Un deseo tan poderoso como para volver a encender los rescoldos de unas llamas que llevaban cinco años vivas. Entre los brazos de Nick, se había sentido transportada a otro mundo...

Pero estaba segura de que a él no le había pasado lo mismo. Sí, la había deseado, pero no tanto como para no haber podido controlarse.

Siena se atragantó con el último trago de agua, pensando en el beso que acababan de darse.

No debía darle más vueltas, se ordenó a sí misma.

Había aprendido lo vulnerable que era al poderoso carisma de Nick y debía protegerse. Debía recordar que él no quería relaciones serias y, de momento, ella tampoco.

Cuando llegara a su casa, lejos de Nick, le sería más fácil quitárselo de la cabeza. Se centraría en encontrar un buen empleo en el que su jefe fuera una mujer o un hombre felizmente casado.

La intensidad del beso de Nick no había significado nada, se repitió.

Por la mañana, le despertó el ama de llaves con la bandeja del desayuno. Ella le dio las gracias, pensando que había sido una buena idea por parte de Nick. Así, no tendrían que encontrarse para desayunar. Se comió casi todo, se tomó el café y se levantó para ir al baño.

Cuando Siena salió, reapareció el ama de llaves en su habitación.

–El señor Grenville quiere verla en su despacho, señorita, si no le importa.

–¿Puede enseñarme dónde está? –pidió Siena, nerviosa.

–Por aquí.

El despacho de Nick era enorme, con una gran mesa con un completo equipo de comunicaciones, una estantería con ficheros y libros y un óleo. El paisaje era familiar para ella: la playa que había bajo su casa en la Costa Norte de Auckland.

Nick estaba de pie junto a la ventana, observándola. Por supuesto, él no parecía distinto. Sin embargo, ella se sentía una persona diferente a la que había sido hacía veinticuatro horas, como si su vida hubiera tomado un nuevo rumbo.

Y aquel pensamiento la asustaba.

La enigmática mirada de Nick le recorrió la cara, haciéndola estremecer, y se posó en su vestido. Él sonrió.

–Lo sé, lo sé –dijo ella, intentando sonar calmada–. Es el mismo vestido de siempre.

–Estás muy guapa, como siempre.

–Te estarás refiriendo a mi hermana –le corrigió ella, pues no se consideraba a sí misma una mujer guapa. Sí, tenía una piel bonita y un pelo sano, pero nada más.

–Gemma es hermosa –aceptó él–. Y tú siempre me has parecido muy atractiva. ¿Acaso envidias la belleza de tu hermana?

Aunque sorprendida por su pregunta directa, Siena no necesitó pensarse la respuesta.

–No. Lo que me gustaría tener son sus largas piernas. Creo que tengo complejo de bajita, porque todo el mundo me parece más alto que yo.

Nick rio.

—Tus piernas son proporcionadas con el resto de tu cuerpo. Y no creo que tengas ningún complejo. Tu madre suele decir que tienes determinación más que de sobra para buscar tu lugar en el mundo.

—Ya. Lo que pasa es que las personas bajitas tenemos que hacer mucho ruido para que no nos miren por encima del hombro.

—Me niego a creer que la gente te mire por encima del hombro —señaló él y se miró al reloj—. Estoy esperando una llamada, pero antes quiero hablar contigo. ¿Aceptarías que yo pagara tu estancia en el hotel?

—No —negó ella, ofendida.

—¿Por qué? Así, no tendrías que preocuparte por el dinero. Podrías visitar Londres con calma e irte a casa con el billete que habías comprado.

Nick lo hacía sonar como si fuera algo de lo más normal. De hecho, era probable que, para él, pagarle una semana de hotel fuera algo insignificante.

Pero, para ella, no.

—No —repitió Siena con determinación—. No aceptaré tu dinero y quiero regresar a casa cuanto antes.

—¿Tienes prisa por consolar a Gemma y decirle que no pasa nada, que no te importa que te haya robado al novio? —replicó él con tono burlón—. ¿No crees que ya es hora de que tu hermana crezca y deje de depender de ti?

Siena se quedó estupefacta.

—Quiero irme a casa —insistió ella tras un momento.

—Esta tarde me voy a Hong Kong —informó él—. Puedes venir conmigo, si quieres.

Siena se quedó mirándolo, preguntándose si había oído bien.

–Debe de ser la primera vez que no sabes qué responder –observó él con expresión velada–. Un simple sí o un no bastarían.

–¿Por qué? –preguntó ella, para ganar tiempo.

–¿Por qué me voy? Es un viaje de negocios... He quedado con una delegación del gobierno chino.

–No puedo ir a Hong Kong contigo sin más –dijo ella al fin con el corazón acelerado.

–¿Por qué no? Luego, podrás volver a casa.

Su tono autoritario y distante dejaba claro que él había superado el pequeño episodio de la noche anterior. Siena deseó poder estar por encima de la situación con la misma facilidad.

–La reunión que tengo prevista durará todo el día de mañana. Después, tengo que ir a Nueva Zelanda. Si me acompañas, tendrás tiempo de echarle un vistazo a Hong Kong antes de regresar a Auckland. ¿Has estado alguna vez en China?

Siena negó con la cabeza.

–Suena genial, pero ni siquiera tú podrías conseguir un billete de última hora a la otra punta del mundo, sobre todo, cuando no hay ninguna urgencia y, además, yo no me puedo permitir...

–No te costará nada... ni a mí. Soy propietario de la aerolínea –informó él, como si fuera lo más normal del mundo.

–Claro –repuso ella, parpadeando, y respiró hondo. Sería demasiado peligroso ir a ninguna parte con él–. ¿Y dónde dormiremos...?

–Si crees que pretendo seducirte, no te preocupes –le interrumpió él con tono frío–. Estarás a salvo. Tú quieres volver a casa y yo voy en esa dirección, solo tengo que hacer una parada técnica en China. Es lo más fácil para ti.

Siena se mordió el labio, sintiéndose avergonzada.

–No creo que pienses intentar nada, es solo que... –balbuceó ella–. No quiero ser una molestia.

–Confía en mí, me molestarás menos si puedo cuidar de ti que si te dejo aquí sola en Londres y sin dinero. Tengo una suite en uno de los hoteles más grandes de Hong Kong, así que no me costará nada que vengas conmigo –explicó él y, sin dejarla hablar, continuó–: Además, tus padres se preocuparían de que estuvieras aquí sola.

Siena dio un respingo.

–Eres un manipulador, pero eso no te servirá conmigo. No solo tengo veinticuatro años, sino que soy muy capaz de cuidar de mí misma y mis padres lo saben. Tú también deberías saberlo.

Nick se puso rígido. Siena no podía haber dado más en el blanco. Le había tocado un punto débil. Sus dotes manipuladoras no le enorgullecían y solo las usaba como último recurso. Y le molestaba sobremanera que ella se diera cuenta.

Después de su estúpido comportamiento de la noche anterior, le parecía una locura invitarla a acompañarlo, reconoció Nick. Pero no pensaba dejarla sola en Londres, de ninguna manera, sobre todo, después de la noticia que ella había recibido. No podía evitar su instinto protector. Haría lo mismo por una hermana, se dijo a sí mismo.

–Estoy seguro de que puedes enfrentarte al mundo maniatada y con los ojos cerrados, pero en estos días las líneas aéreas estarán repletas de australianos y neozelandeses que regresan a casa por Navidad. No es muy probable que puedas adelantar tu billete.

–Estamos solo a comienzos de diciembre –protestó ella–. No será tan difícil. Nick, no tienes que preocuparte por mí... no es necesario.

De nuevo, Nick se maldijo por haber sido tan imprudente la noche anterior. Si no la hubiera besado, ella habría confiado en él y lo habría acompañado sin rechistar.

La pérdida de su confianza le dolía más de lo que había esperado.

–Tengo que informar a tus padres, entonces.

Eso hizo que Siena se quedara paralizada.

–Si estuvieran en casa, les contarías lo que ha pasado.

–Eso no tiene nada que ver –replicó ella.

–Sí tiene que ver y lo sabes. Conozco a tus padres y sé que no les gustaría que se lo ocultara.

Ella lo miró con ojos brillantes, como si fuera su peor enemigo. Tras unos instantes, suspiró.

–De acuerdo, tú ganas. Gracias por la invitación.

–Bien. Es un trato. ¿Quieres que pida que traigan tu equipaje?

–No –se apresuró a responder ella–. Lo haré yo –dijo y, un momento después, añadió–: Gracias, Nick. Igual sientes que le debes algo a mi padre por los años que cuidó de ti, pero ahora ya puedes considerar pagada tu deuda.

Por alguna razón, su comentario lo irritó.

–No estoy pagando ninguna deuda. Lo hago solo porque es lo más razonable –aseguró él e hizo una pausa–. ¿Qué piensas hacer cuando regreses?

–Encontrar otro trabajo –afirmó ella–. No me gusta la inseguridad de no saber cuánto tiempo voy a sobrevivir en números rojos.

–Me refiero a qué harás con Adrian Worth.

–Nada –contestó ella, apretando los labios.

–¿No le echarás nada en cara? –insistió él. Sin saber por qué, quería conocer la respuesta.

–Sería una pérdida de tiempo –opinó ella, como si no le importara–. Lo nuestro ha terminado.

Nick se encogió de hombros. Ese Adrian era, sin duda, un idiota y ella estaba haciendo lo correcto al pasar de él.

–Bien –dijo Nick–. El coche te llevará al hotel y te esperará allí para traerte de nuevo.

Siena se quedó mirando a su alrededor en el opulento salón.

–Pensé... –comenzó a decir y se interrumpió.

Cuando Nick le había dicho que la aerolínea era suya, ella no había imaginado que viajarían en un lujoso jet privado.

Ni que iban a ser los dos únicos pasajeros.

Estar a solas con él la preocupaba. Y, aparte de eso, la emocionaba, lo que era más preocupante todavía.

Se sentía como una exploradora en un territorio desconocido, sin saber qué tenía por delante, intuyendo que podía estar adentrándose en el peligro...

Durante un momento, tuvo miedo, pero consiguió calmarse. Algunas veces, los exploradores encontraban maravillosos tesoros.

Después de pasar por la aduana, un coche los había llevado hasta el avión y una azafata los había llevado a la cabina principal, exquisitamente amueblada, con sofás y una enorme pantalla de televisión.

Lo mejor que podía hacer era disfrutar de la experiencia, se dijo Siena. No iba a tener muchas oportunidades más de viajar así.

Nick señaló a un par de asientos con cinturones de seguridad.

–Estamos a punto de despegar, así que siéntate y abróchate el cinturón. Dime, ¿y qué pensabas?

–La verdad es que no esperaba que viajáramos en un avión privado.

–¿Preferirías ir en un vuelo comercial? –quiso saber él, frunciendo el ceño.

–No. No me da miedo volar –aseguró ella. Su pulso acelerado se debía, más bien, a su cercanía, no a las alturas–. Lo que pasa es que no estoy acostumbrada a tanto lujo. Pero no te preocupes, pienso disfrutarlo al máximo.

–¿Has revisado ya todos tu correos electrónicos?

–Sí... Me ha escrito mi padre.

–Sois una familia muy unida.

Su tono, un tanto nostálgico, llamó la atención de Siena. No sabía si a él le quedaba algún pariente. Nick nunca lo había mencionado. Ella sabía que su madre había muerto poco después de que Nick le hubiera comprado una casa con vistas a la bahía de Auckland. Casi inmediatamente después, él se había mudado de Nueva Zelanda.

–Tenía que ponerles al día del cambio de planes –continuó Siena, sin mirarlo.

También le había enviado un mensaje, corto y difícil, a su exprometido. Por alguna extraña razón, había empezado a sentirse culpable con Adrian. Mientras había estado escribiéndole el mensaje, no había podido dejar de pensar en lo excitante que le parecía la perspectiva de pasar una noche en Hong Kong con Nick...

Si, al menos, no lo hubiera besado..., pensó Siena. Pero no podía culpar a Nick por su sensación de haber timado en cierta forma a Adrian.

—¿Están divirtiéndose tus padres? —preguntó Nick, sacándola de sus pensamientos.

—Se lo están pasando genial. Mi padre está volcado con los juegos de mesa y la biblioteca y mi madre ya ha hecho varias amigas. Y cada noche se quedan bailando casi hasta el amanecer.

—¿Y cómo está Gemma?

El avión comenzó a moverse y Siena miró por la ventanilla, despidiéndose en silencio de Londres.

—Parece mejor —repuso ella y le lanzó una rápida mirada—. Es muy sensible.

Nick arqueó las cejas con gesto burlón, pero Siena no contestó, distrayéndose con el despegue del avión. Se relajó en su asiento, apoyándose en el respaldo.

De pronto, la invadió la extraña sensación de estar entrando en otra dimensión, como si su futuro estuviera tomando un nuevo rumbo, emocionante, inesperado, lleno de peligros.

Quizá, era normal sentir eso cuando se viajaba en un jet privado, se dijo a sí misma para tranquilizarse.

—¿Siempre viajas en tu propio avión?

—Casi siempre. Me ahorra tiempo y me permite trabajar mientras viajo. Suele ser más sencillo así.

—¡Apuesto a que sí! —exclamó ella y suspiró—. Este viaje me va a malacostumbrar para siempre.

Nick sonrió.

—Lo dudo —dijo él y se miró el reloj—. He notado que ayuda a reducir el jet lag, si al llegar a mi destino comienzo a trabajar con el horario de allí. Enseguida nos servirán el té. ¿O prefieres beber otra cosa?

—Té está bien, gracias —repuso ella y sacó un libro del bolso—. Si quieres trabajar, adelante. No necesito que me des conversación.

—Ya.

Siena lo miró, tratando de averiguar qué estaba pasando por su cabeza. Él sonrió con su intensa mirada verde, sin darle ni una pista de lo que pensaba.

Nick siempre había sabido ocultar sus sentimientos, desde que ella lo había conocido. ¿Qué le habría hecho desarrollar tan firme autocontrol de sus emociones?

Tal vez tuviera que ver con el trauma que había vivido en su niñez, caviló Siena.

O igual era algo innato en él.

—Tengo que trabajar, pero esperaré hasta que quiten la señal de abrocharse el cinturón.

Ella se sumergió en su libro, hasta que un breve timbre anunció que había alcanzado velocidad de crucero y Nick se puso en pie.

—Iré a trabajar a mi escritorio —informó él—. Si necesitas algo, díselo a la azafata.

Ese hombre era una sorprendente mezcla de hombre de negocios y *sex symbol*. Su aspecto imponente lo era todavía más gracias a su aura de poder.

Era un tipo peligroso, se dijo ella, contemplándolo de reojo.

Y, muy a pesar suyo, no podía evitar sentirse cautivada.

Capítulo 5

MEDIA hora después, Siena hizo un descanso de su lectura. No había conseguido meterse en la trama de misterio de su novela, ni en la piel de sus protagonistas. Así que cerró el libro y se acercó al sofá que había delante de la televisión.

–Si quieres, enciéndela –dijo Nick.

Ella sonrió y, cuando sus ojos se encontraron, se le encogió el estómago.

–No, gracias, pero si tú quieres...

–Todavía no he terminado con esto –indicó él y volvió a posar la atención en la pantalla de su ordenador.

Siena tomó una revista y la ojeó. Le llamó la atención un artículo sobre un castillo en los Pirineos y otro sobre un exclusivo spa en Bali. Admirando las fotos de aquellos refugios de lujo, decidió que un día visitaría aquella hermosa isla tropical. Tal vez. Cuando encontrara un trabajo y ahorrara dinero.

Poco después, mientras contemplaba las fotos de paisajes nevados, oyó a alguien aclarándose la garganta a su lado.

Al levantar la vista, vio a la azafata con un carrito con deliciosos bocados.

–¿Té, señorita Blake?

Siena miró a Nick, que levantó la cabeza de su ordenador.

–Yo quiero té inglés, sin azúcar ni leche y cualquier bollo que tenga buen aspecto.

¿Le estaba pidiendo que le eligiera uno?, se dijo Siena y recordó cuando él había devorado la tarta de chocolate y merengue decorada con pedazos de kiwi que, a veces, había preparado su madre para ellos en Nueva Zelanda. Pero, aparte de eso, no conocía sus gustos.

–Deje aquí el carrito, gracias –le pidió ella a la azafata.

Cuando Nick se sentó a su lado, Siena le sirvió té y le tendió la taza, con mucho cuidado de que sus dedos no se rozaran.

–Esto me recuerda al día en que me gradué y mis padres nos invitaron a unas amigas y a mí a tomar té en un hotel de cinco estrellas. Primero, nos sirvieron champán y pequeños pastelitos como estos –señaló ella para romper el silencio y añadió leche a su taza–. Y el camarero estaba tan ocupado mirando a Gemma que casi se le cae el champán encima de mi vestido, un traje que había alquilado para la ocasión.

Nick torció la boca.

–Muy poco profesional por su parte.

–Bueno, si salieras de vez en cuando con Gemma, te acostumbrarías a ese tipo de cosas. Lo pasamos muy bien –añadió ella y sonrió, recordando.

–Yo intenté asistir, pero me fue imposible. Tuve que ocuparme de una urgencia, fueron días muy delicados para las finanzas internacionales.

Entonces, Siena se había sentido decepcionada pero, también, un poco aliviada.

–La economía mundial tenía que entrar en crisis justo el día de mi graduación.

–¿No quisiste hacer estudios de postgrado?

–Tú no eras el único que tenía que enfrentarse a la crisis económica –contestó ella, negando con la cabeza–. Mis padres ya me habían ayudado bastante. Y yo quería empezar a trabajar cuanto antes.

–Y empezaste a trabajar en un vivero... después de estudiar un curso de Empresariales –observó él con cierto tono de sorpresa.

–Me gustan los jardines y las plantas –explicó ella, un poco a la defensiva–. De hecho, estudié un módulo de Paisajismo antes que Empresariales. Y me caía muy bien la mujer que me contrató. Además, me necesitaba.

–¿Por qué?

–Su marido, que acababa de morir, siempre había sido el encargado de la parte financiera. Ella era jardinera, no empresaria, y se sentía perdida y hundida. Le encantó que yo me ocupara de la administración del vivero.

–No me sorprende –comentó él y tomó un sándwich del carrito–. Das mucha confianza y seguridad. Debiste de ser de gran ayuda para una mujer que acababa de quedarse viuda.

–Bueno, gracias –repuso ella, sorprendida–. Nick, acabo de acordarme de que te gustaban los bollos de crema. A mí no me gustan, ¿por qué no te los comes tú?

Él rio y, durante un instante, a Siena le recordó al muchacho que solía bromear con ella y su hermana de pequeños, que les había enseñado juegos, que había consolado a Gemma cuando se habían metido con ella por ser tan alta en el colegio, que había trepado a un árbol para ayudarle a bajar a ella en una ocasión...

Con los adultos, Nick siempre se había mostrado

distante y cauto, hasta que había hecho amistad con su padre y, poco a poco, se había ido relajando.

Tal vez, había sido porque de niño había aprendido que no había sido seguro confiar en los adultos.

—Pues los miras mucho. ¿Seguro que no los quieres tú?

—¡No! —negó ella, riendo, sintiéndose como si le hubiera leído la mente—. Pero no te creas que voy a dejar que te comas todos los sándwiches de jamón y queso.

—Siempre has tenido buen apetito —comentó él de buen humor—. Solía preguntarme dónde metías tanta comida, pero me di cuenta de que lo quemabas todo con tanta actividad. Es un gusto tratar con mujeres que no son delicadas con la comida.

—Lo dices como si fuera una tragona —replicó ella y suspiró, posando los ojos en un trozo de pastel—. De todas maneras, voy a probar ese pedazo de tarta, aunque será como comerse una obra de arte. ¿Te acuerdas de que mi madre solía cortar la parte de arriba de chocolate y pegársela con nata a los lados a los pedazos de tarta, como si fueran alas?

—Claro que sí —afirmó él—. Tú las llamabas tartas de mariposas.

Ella rio.

—Me acuerdo de una vez que te comiste cinco. Me impresionaste mucho.

Más tarde, Siena se sentó en una enorme cama de matrimonio que había en uno de los departamentos del avión. Era una sala muy acogedora, con baño incluido.

Con su pijama comprado en unos grandes almacenes, se sentía fuera de lugar entre tanto lujo.

De pronto, sus pensamientos volaron de nuevo a

los últimos sucesos. Los ojos se le llenaron de lágrimas al pensar que, tal vez, no había sido fiel a sí misma cuando se había prometido con Adrian. Había hecho el amor con él, habían hecho planes de futuro juntos... y era posible que ella solo hubiera estado representando un papel.

Sin embargo, con Nick se sentía emocionada, estimulada, más viva, más...

Parpadeando, Siena trató de frenar su tren de pensamiento. Miró a su alrededor, admirando los tonos suaves de la decoración. Aquel no era su lugar, se repitió a sí misma. Estaba en el mundo de Nick, un mundo que nunca le pertenecería a ella.

Cuando él se casara, si lo hacía, elegiría a alguien que encajara en ese entorno, alguien acostumbrado a recorrer el mundo en un jet del más puro lujo. Cualquier interés que pudiera tener en ella, no iba a durar, adivinó. La había besado, sí, pero después de eso no había intentado volver a tocarla. Al ser hija de su padre, él no podía considerarla como... ¿qué?

¿No podía considerarla como amante?

–Oh, déjalo ya –se dijo Siena a sí misma. Nick podía elegir a la mujer que quisiera... ¿por qué iba a fijarse en ella?

Entonces, alguien llamó a la puerta. Siena iba a decir que pasara, pero se calló de golpe cuando se vio en el espejo. Sus pantalones cortos y su pequeña camiseta de pijama dejaban al descubierto demasiada piel.

Se levantó y se puso la bata que había encontrado en la habitación al llegar, aunque le quedaba demasiado grande.

Cuando abrió la puerta, sin poder calmar los latidos de su corazón, Nick estaba allí.

–Has estado llorando.

–Yo... no –balbuceó ella, sintiéndose como una niña con ropas de adulta.

Nick alargó la mano para acariciarle la mejilla con suavidad, dejándola petrificada. Fue una caricia tierna y tan seductora como una copa de champán en una tarde de verano...

–Estoy bien. No voy a ponerme a lloriquear en tu hombro otra vez –aseguró ella, sacando fuerzas–. ¿Querías algo?

–Solo quería asegurarme de que no te faltara nada –repuso él con voz tensa.

–Todo está bien, gracias –afirmó ella de forma un tanto abrupta.

–Bien. Nos veremos por la mañana.

Nick se dio media vuelta y se fue.

Siena cerró la puerta y se apoyó en ella, mirándose al espejo con gesto sombrío. Parecía una...

–Una mujer insignificante –se dijo ella entre dientes.

Entonces, se quitó la bata y se metió en la cama, apagó la luz y se quedó mirando al techo, escuchando los sonidos del motor del avión.

Siempre se había enorgullecido de su sentido común, se recordó a sí misma. Y solo una idiota podía enamorarse de un hombre que no hacía más que demostrarle lo mucho que lamentaba haberla besado. Sin duda, le había ofrecido acompañarla hasta Nueva Zelanda por una única razón: por gratitud a su padre.

Sumida en sus elucubraciones, Siena tomó una decisión. Ni una tontería más, se dijo.

Desde ese momento, se limitaría a disfrutar del lujo y de su visita a Hong Kong. Y no olvidaría que su relación con Nick se limitaba a ser amigos de la infancia.

Por otra parte, desde que había subido al avión, apenas había pensado en Adrian. ¿Tan fácil le iba a resultar olvidarlo? Al parecer, era mucho más desapegada y fría de lo que había creído...

Nick miró la hora y apagó el ordenador. Tenía la primera reunión con la delegación china dos horas después de que el avión llegara a Hong Kong y quería estar preparado.

Eso significaba que debía dormir. Sin embargo, no tenía sueño, sino demasiada energía. Lo que necesitaría sería hacer ejercicio, quedarse exhausto en el gimnasio.

Apretando los labios, se dirigió al otro cuarto. Se dio una ducha caliente para relajar los músculos después de haber estado sentado tanto tiempo en la misma postura. Se tumbó luego en la cama, pero no podía dormir. Al recordar la imagen de Siena con esa bata demasiado grande sonrió.

Sin embargo, no podía seguir huyendo de la verdad. Incluso con aquella bata tan poco sexy, la había deseado.

Y seguía deseándola. Al pensar en ella, le subía la temperatura, igual que le había pasado hacía años.

Hubiera sido más fácil de comprender si se hubiera sentido atraído de esa manera por su hermana. Pero Gemma le dejaba frío.

Hacía cinco años, cuando había perdido la cabeza y le había hecho el amor a Siena, se había sentido en su hogar. Después, mientras ella había dormido entre sus brazos, había luchado para combatir una abrumadora sensación parecida al amor. Furioso por haber perdido el control, se había obligado a ignorar la calidez y suavidad de su cuerpo femenino y la sensación de plenitud que le provocaba.

El amor había sido un riesgo con el que no había contado. Durante toda su vida, había convivido con el lado oculto del amor y había sido testigo de toda la destrucción que podía causar. Hacía a las personas prisioneras, las convertía en esclavas a merced de la crueldad del ser amado.

Además, hacía cinco años, él había sido un joven inmaduro y había tenido un futuro por delante en el mundo de los negocios, un futuro que le había exigido toda su entrega y concentración.

Cuando Siena había reaparecido en su vida hacía unos días como un pequeño terremoto, sin embargo, toda su decisión y seguridad se habían tambaleado. Aunque siempre había sido fiel con sus parejas, nunca había consentido entregarse emocionalmente. Hasta ese momento, su vida le había resultado satisfactoria. Pero, de pronto, le había empezado a parecer vacía y estéril.

De todos modos, lamentaba haberla besado la noche anterior, se dijo y se volvió intranquilo en la almohada, sin poder evitar preguntarse cómo sería tenerla de nuevo en su cama.

¿Por qué había bajado la guardia y se había dejado llevar, besándola? El novio de Siena acababa de dejarla y lo último que ella había necesitado había sido que él traicionara su confianza intentando aprovecharse de la situación.

Por otra parte, Nick no quería servirle de consolador ni pensaba ocupar el lugar de otra persona, justo cuando ella acababa de romper con otro hombre.

Si se acostaba con Siena, lo quería todo de ella.

Su propio pensamiento le sorprendió. Pero tenía que aceptarlo. Era lo que sentía. Y la verdadera razón por la que la había invitado a acompañarlo en su viaje a Hong Kong. Debería haberle comprado un billete de primera clase para ir a Nueva Zelanda, en vez de llevarla con él.

Lo malo era que Siena no habría aceptado su oferta y él no habría podido convencerla.

De todos modos, solo serían dos días. Después de que volvieran a Nueva Zelanda, podrían volver a mantener las distancias, como habían estado haciendo en los últimos cinco años.

Al menos, ella colaboraría en eso, pensó Nick. Aparte de la forma apasionada en que había respondido a su beso, Siena se había mostrado distante todo el tiempo, sin lanzarle miradas seductoras ni comentarios insinuantes.

Frunciendo el ceño, Nick se agarró a la almohada e intentó dormir. Poco a poco, se sumergió en un sueño en el que Siena se perdía en la oscuridad y en la distancia.

Sintiéndose como una extraña entre tanto esplendor, Siena esperó a estar a solas con Nick antes de mirar a su alrededor sin recato en su suite. La llegada a Hong Kong había sido de lo más surrealista.

Una limusina los había recogido en el aeropuerto y los había llevado hasta el aparcamiento de un hotel. Allí, los había recibido un hombre de traje y los había acompañado a una suite en el ático.

Todo muy privado y discreto...

Siena se giró despacio para ver la enorme habitación con detalle. Estaba amueblada con piezas chinas y otras de estilo clásico colonial. La mezcla de colores y formas convertía al lugar en un refugio de solaz, a gran altura sobre las calles llenas de tráfico y gente.

Apartando los ojos de un armario chino labrado, probablemente de gran valor, Siena se volvió hacia Nick. El corazón le dio un brinco al contemplarlo.

Alto, vestido de forma inmaculada con ropa informal, su sonrisa demostraba que él se sentía como en casa entre tan sofisticada belleza.

–No pensé que nada superaría al avión, pero esto... es impresionante –comentó ella, señalando a su alrededor–. Bello, sin ser ostentoso.

–De eso se trata –replicó él–. Y mira las vistas. Se ve casi todo Hong Kong.

Desde un amplio balcón, Siena admiró estupefacta el panorama... la bahía llena de barcos, los rascacielos de alrededor, verdes colinas al fondo...

–Muy impresionante –repitió ella–. ¡Y lleno de vida! ¡Siento un cosquilleo en la piel, como si hubiera recibido una inyección de adrenalina! –exclamó y, cuando se giró, se topó con Nick, que apenas estaba a unos centímetros de ella. De nuevo, su corazón se aceleró.

–¿Cómo estás? ¿Cansada? –quiso saber él.

–Estoy de maravilla. ¡Nada de cansada! Al menos, no como cuando viajé a Heathrow en clase turista hace unos días.

–Menos mal –replicó él, observándola–. El objetivo de los jets privados es que sus pasajeros lleguen a su destino en la mejor forma posible.

–Pues cumplen con su función.

–Tienes mejor aspecto –comentó él–. Pareces tan fresca como una rosa.

Siena estuvo a punto de contestarle que él también tenía muy buen aspecto, pero se contuvo, pues ya tenía bastante con el cosquilleo que su cercanía le estaba produciendo.

–Voy a deshacer la maleta –dijo ella.

–Deja que lo haga la camarera –indicó él y se miró el reloj–. He pedido la comida. Después, pasaré toda la tarde en una reunión. ¿Qué quieres hacer tú mientras?

–Dar una vuelta –repuso ella–. He visto un mercado de camino al hotel.

–Haré que alguien te lleve.

–No hace falta. Puedo ir andando –se negó ella.

Nick frunció el ceño.

–No conoces el lugar y te aseguro que será más divertido ir con alguien de aquí a la hora de regatear.

–Nick... –comenzó a protestar ella.

–Siena, dame ese gusto, por favor.

Ella respiró hondo, incómoda consigo misma por su deseo de darle gusto, pero de otra manera.

–Tengo entendido que esta es una ciudad segura.

–Hong Kong es bastante seguro, pero si vas con alguien que conozca el mercado, verás más cosas y te costará menos que si intentas comprar sola. A los neozelandeses se les suele dar bastante mal regatear.

–Pero a ti te costará dinero pagar a un guía...

–Tu padre nunca pensaba en lo que le iban a costar las cosas cuando me llevaba de paseo de niño. De hecho, es posible que tu hermana y tú os quedarais sin ciertos caprichos por mí... sé que la situación económica de tu familia no era muy buena durante vuestra infancia. Gracias a él, yo puedo permitirme hacer lo que me gusta y lo que quiero hacer ahora es asegurarme de que no corras peligro.

Con esas palabras, él la estaba poniendo en su lugar, pensó Siena, sintiéndose dolida. Nick la estaba cuidando solo porque se lo debía a su padre.

No debía de extrañarle, se dijo a sí misma. Nick siempre salía con mujeres impresionantes y ella no entraba dentro de esa categoría.

Sin embargo, a pesar de lo guapas que habían sido todas sus novias, Nick nunca se había casado.

Pero eso no era asunto suyo, se dijo Siena. Ella había cometido un error con Adrian y no tenía intención de tropezar dos veces con la misma piedra respecto a Nick, por muy excitante y atractivo que fuera.

—Siena —dijo él con impaciencia—. No puedo obligarte a que vayas acompañada, pero me quedaría mucho más tranquilo si aceptaras.

Levantando la barbilla, ella lo miró a los ojos y reconoció en ellos su gran sentido de la obligación. Y, aunque le irritaba rendirse, aceptó.

—De acuerdo. Tráeme a tu guía experto en regatear.

—¿Cuánto dinero tienes?

Siena miró al techo.

—Si las cosas son tan baratas como dices, tendré suficiente. Además, gracias a ti, me van a devolver lo que me costó el billete de avión.

—¿Y tienes moneda de Hong Kong?

—No —admitió ella con reticencia—. Podré cambiar en la recepción del hotel.

—¿Prefieres hacer eso antes que aceptar dinero mío? —preguntó él con una sonrisa retadora.

—Está bien —dijo ella, molesta—. Te lo devolveré.

Nick sacó su cartera, tomó un montón de billetes y se los tendió.

–Gracias, pero me gustaría que esto no fuera necesario.

Él se encogió de hombros, con gesto duro.

–Deja de pensar que eres una molestia. Y diviér-
tete.

Capítulo 6

CUATRO horas después, cansada y acalorada, Siena esparció sobre el sofá de su dormitorio un montón de baratijas. La guía y ella habían elegido con esmero sus compras y la otra mujer le había ayudado a conseguirlo todo a un precio asombrosamente pequeño.

Alguien llamó a su puerta, haciéndole levantar la cabeza.

–Adelante –dijo Siena, intentando calmar su pulso acelerado.

Nick abrió la puerta, asomó la cabeza y posó los ojos en las baratijas y, luego, en ella.

–¿Lo has pasado bien?

–Tenías razón –reconoció Siena con una sonrisa–. Grace Lam ha sido de gran ayuda para regatear. Además, sin ella, me habría perdido.

–Muy noble por tu parte admitirlo –comentó él con una sonrisa.

–Pero habría encontrado el camino de vuelta de todos modos –añadió ella de inmediato.

Nick rio.

–Claro, antes o después. ¿Quieres enseñarme lo que has comprado?

–No –contestó ella y le explicó para quién había comprado cada cosa–. Y este perro ladra cuando le aprietas la barriga. Es para la niña que vive enfrente de mi casa –comentó, señalando el último regalo–. Grace, la guía, me ha dicho que le has pedido que me acompañe mañana también. Y me ha sugerido ir al Museo Heritage.

–Buena idea.

Siena asintió.

–Sí. O al parque Westlands. Me gustaría verlo, porque muchas aves migratorias que vienen de Nueva Zelanda paran allí cuando van de camino al Ártico. ¿Has estado en alguno de los dos sitios?

–En los dos. Si fuera tú, iría al museo. Es fascinante y muy típico de Hong Kong.

–De acuerdo.

Él hizo una mueca, abriendo la boca.

–¿Qué te sorprende?

Nick se encogió de hombros.

–Supongo que me llama la atención que aceptes algo sin discutir.

–¿Acaso me he estado comportando como una niña malcriada? –preguntó ella tras un momento, avergonzada.

–Más bien como una niña decidida a marcar su territorio.

–Me he portado como una adolescente rebelde –confesó ella, pensativa–. Lo siento... Te estoy muy agradecida...

–No quiero que me des las gracias –le interrumpió él.

–Entonces, nada más que hablar –replicó ella–. Pero seguiré tu consejo e iré al museo mañana.

–Yo ya he terminado por hoy. ¿Te apetece ir a cenar y subir al Pico? –invitó él y, ante su mirada confusa, explicó–: Todos los turistas suben al Pico Victoria... es de visita obligada, además las vistas son impresionantes desde allí.

–Me parece genial –afirmó ella. Hacer turismo parecía algo seguro que hacer con él. Habría un montón de gente a su alrededor y les tomaría el resto de la tarde y parte de la noche. Así, tendría algo con que entretenerse y calmar la excitación que sentía cada vez que estaba con Nick.

–¿Prefieres comer aquí o en un restaurante?

–Un restaurante –se apresuró a responder ella, pensando que, de esa manera, la cena sería menos íntima–. Aunque si estás cansado y quieres quedarte aquí...

Nick no parecía cansado, pero había estado trabajando todo el día, observó ella.

–Hablas como tu madre –replicó él con una sonrisa–. No estoy cansado. ¿Adónde quieres ir? Hay varios restaurantes excelentes en el hotel y miles en la ciudad. ¿Te apetece probar la comida de aquí?

–Sí, por favor –aseguró ella, dándole vueltas a lo que él acababa de decirle.

¿Hablaba como su madre? Por si necesitaba otra prueba de que Nick no estaba interesado en ella, ahí la tenía, se dijo.

–Déjame que yo invite –propuso ella con rigidez–. Si aceptan mi tarjeta de crédito, claro.

Nick la miró y sonrió, sorprendiéndola con su respuesta.

–Aceptan cualquier tarjeta. De acuerdo, gracias. Hay un sitio pequeño aquí al lado que está muy bien. ¿O prefieres...?

–Un sitio pequeño me parece buena idea –interrumpió ella, pensando en el único vestido para salir que tenía.

Mientras había estado de compras, alguien había deshecho su maleta y había colgado sus ropas en el armario. Su vestido azul parecía muy usado, pero se lo puso de todas maneras.

Más tarde, cuando entraron en el restaurante, Siena se dio cuenta de que, aunque se hubiera puesto vaqueros, nadie se habría dado cuenta. El sitio estaba lleno de gente del lugar, algunos con ropa de trabajo, otros con complicados atuendos de diseño. Los pocos turistas que había llevaban ropa informal.

—¿Cómo es que conocías este restaurante?

—Me lo recomendaron la primera vez que vine a Hong Kong —le explicó Nick mientras un camarero los guiaba a su mesa.

—¿Comes aquí a menudo?

—Siempre que vengo a la ciudad.

Entonces, Siena cayó en la cuenta de que lo único que ella sabía de su vida era lo que había leído en las revistas del corazón y en la prensa económica. Pero no tenía por qué saber más, se recordó a sí misma. Al fin y al cabo, ella no era parte de su mundo...

Nick pidió varios platos sabrosos y especiados, algunos fritos, otros al vapor, todos deliciosos.

Siena se concentró en la comida, para no quedarse absorta mirando a su acompañante. Aunque no era fácil. Cada vez que sus ojos se encontraban, una tentadora reacción se apoderaba del cuerpo de ella.

—¿Lo estás pasando bien? —preguntó él.

—Mucho —respondió ella—. Me encanta esta cena.

Cuando él le devolvió la sonrisa, con cierto tinte de picardía, a ella volvió a acelerársele el corazón.

—Hong Kong es famoso por su comida. Si has terminado, podemos ir al Pico. Para tu primera visita, lo más apropiado es ir en tranvía —propuso él.

Siena echó un vistazo a los raíles y se preparó para subir por la empinada colina, tratando de concentrarse en cualquier cosa menos en la irresistible cercanía de Nick...

Cuando se bajaron del tranvía, Siena miró a su alrededor. Estaban rodeados de turistas que habían decidido visitar el Pico y casi todas las mujeres tenían los ojos puestos en el imponente hombre que iba a su lado. Luego, la miraba a ella y esbozaban un ligero gesto de sorpresa. Ella se esforzó en ignorarlo.

Había ido a disfrutar de las vistas y punto, se recordó a sí misma.

Lo cierto era que el panorama merecía la pena. Una explosión de luces, rascacielos y barcos en la bahía, con todo el esplendor de la puesta de sol en las montañas que había al fondo.

–Oh, cielos –susurró ella–. Esto es increíble. ¿A qué altura estamos?

–A unos cuatrocientos metros –informó Nick.

Ella respiró hondo.

–¿Sabes? Mezclado con el aroma a hojas frescas de los arbustos, creo percibir el olor de millones de deliciosas comidas. ¿Cuánta gente vive aquí?

–Alrededor de ocho millones, el doble de la población de Nueva Zelanda, en solo mil kilómetros cuadrados –dijo él e hizo una pausa antes de añadir–: Y, a pesar de toda la gente que vive apiñada en un espacio tan pequeño, Hong Kong sigue conservando sus bosques.

Nick la miró. Estaba un poco sonrosada. Ella se colocó un rizo negro detrás de la oreja. Sin duda, después del frío invernal de Londres, estaba notando el cambio de temperatura. Incluso de noche, hacía calor en Hong Kong.

Siena tenía los ojos puestos en la imponente belleza del escenario. ¿Contemplaría con el mismo entusiasmo los paisajes rojizos del desierto de Petra o las ruinas de la sensual jungla de Angkor Wat?, se preguntó él.

–Pareces bien informado –comentó ella, volviéndose hacia él.

–Me gusta investigar.

Cuanto mejor conociera las cosas, menos sorpresas desagradables podía llevarse, se dijo Nick. Era algo que había aprendido a temprana edad.

–Claro. El conocimiento es poder, ¿no? –replicó ella con una sonrisa.

De repente, contemplándola, Nick sintió el vehemente aguijón del deseo.

–¿Nos vamos ya? –preguntó él de golpe.

–Sí. Pero algún día volveré –repuso ella con ojos emocionados por las vistas.

¿Con quién?, se preguntó él.

Perplejo por el rumbo de sus propios pensamientos, Nick siguió mirándola.

–Además, seguro que tienes mucho que hacer mañana –continuó ella.

Sin esperárselo, Nick se sintió conmovido por su comentario. No recordaba que ninguna de sus amantes hubiera mostrado nunca el menor interés por su bienestar.

Aunque tampoco ninguna de ella había tenido que preocuparse porque se quedara sin fuerzas, caviló con sarcasmo.

Entonces, al repasar sus recuerdos de su vida sexual, le parecieron borrosos y de mal gusto y tuvo la extraña sensación de haber estado siendo infiel a alguien... ¿A Siena? Imposible.

En el camino de vuelta al hotel, Nick se esforzó por mantener una conversación superficial. Al entrar en el vestíbulo, los envolvió la música procedente de la sala de baile. Siena giró la cabeza hacia allí.

–Algunas noches las dedican al vals y el foxtrot –señaló él–. ¿Te gustaría ir? –invitó él, sin pensarlo.

Siena lo miró sorprendida y titubeó un momento.

–No estamos vestidos de forma adecuada...

–No creo que a nadie le importe.

Ella le dedicó una de sus relucientes miradas.

–Supongo que quieres decir que eres tan rico que puedes ir donde quieras y que siempre serás bienvenido –comentó ella con ojos brillantes, meneando la cabeza.

Nick sonrió.

–¿Vamos a ver?

–¿Por qué no? Así podré decir que una vez estuve bailando en Hong Kong.

Cuando entraron, el portero saludó a Nick con deferencia.

–Es un placer verlo, señor Grenville.

–No me digas que saben el nombre de todos los huéspedes del hotel –comentó Siena cuando se hubieron sentado.

«Solo de los más ricos», pensó Nick. De alguna manera, ella le hacía sentirse hastiado de tanto lujo.

–No es la primera vez que vengo.

–¿Es que te subiste a bailar a los altavoces y por eso te recuerdan?

–Ese no es mi estilo.

–Oh, claro –repuso ella, riendo–. Siempre has sabido mantener la compostura.

Su suave risa le tocó a Nick en un punto sensible, haciéndole recordar el beso que habían compartido.

Sin embargo, pronto salió de sus ensoñaciones al

ver cómo los dos hombres de la mesa de al lado estaban mirando a Siena con apreciación.

–Cerré hice mi primer trato importante. Luego, pedí cerveza para celebrarlo. Desde entonces, siempre tomo cerveza cuando vengo –explicó él, tratando de centrarse en la conversación.

–¿Por razones sentimentales?

–Por razones sentimentales.

En ese momento, llegó el camarero con las bebidas que Nick le había pedido, champán para ella y cerveza para él.

–Por Hong Kong. Y por la vuelta a casa –brindó Nick.

Siena le dio un trago a su copa.

–Me alegro de que no vayamos a pasar mucho tiempo aquí juntos –comentó ella–. Podría acostumbrarme a esta vida.

Entonces, entró una pareja. La mujer iba vestida con un elegante traje de alta costura, llevaba un collar de perlas y un anillo con un enorme pedrusco en el dedo.

–Cielos –dijo Siena, perpleja–. Está demasiado arreglada, ¿no crees? ¿Eso que lleva es un diamante? Y esas perlas no serán de verdad, ¿o sí?

Antes de que Nick tuviera la oportunidad de responder, la pareja los vio y se encaminó a su mesa.

Nick se levantó y Siena se quedó en silencio, rezando porque los recién llegados no hubieran oído su comentario.

–Querido Nick –saludó la mujer al llegar a la mesa, sonriente, y recorrió el vestido de Siena con la mirada, esbozando un sutil gesto de desaprobación–. Me alegro mucho de verte.

–Nick, chico –saludó el hombre de mediana edad que la acompañaba y le tendió la mano a Nick.

Después de estrechársela, Nick presentó a Siena. Ambos la saludaron con amabilidad, pero siguieron hablando con Nick sin tenerla en cuenta y, tras un momento, fueron a reunirse con otra pareja que había en la otra punta de la pista de baile.

–Lo siento –dijo Nick cuando se hubieron quedado a solas.

–Este es tu mundo –observó ella, dándose cuenta de lo fuera de lugar que estaba en él–. Si hubiera sabido que los conocías, no habría sido tan indiscreta.

Nick sonrió con una mezcla de desprecio y crueldad.

–No te preocupes. Tengo amigos de todas clases, pero no considero al barón y a su esposa como tales. No me gustan los buitres.

–Ah –dijo ella, estupefacta.

–Él ha amasado su fortuna vendiendo armas. Cada vez que los veo, imagino todas las vidas que han sido segadas por su culpa.

Siena sintió un escalofrío.

–Olvidémoslos –propuso él, poniéndose en pie–. Vamos a bailar. ¿Qué tal se te da el vals?

–Bien –dijo ella con gesto desafiante–. Mamá nos enseñó a Gemma y a mí. Pero esto no es un vals.

–Solo preguntaba –repuso él, sonriendo, y la tomó entre sus brazos.

En ese instante, Siena se sintió transformada en una hoguera. Su cercanía la llenaba de vida, excitación y adrenalina. Nick la sujetaba por la espalda y por encima de los hombros. Cuando ella levantaba la mirada, se rozaba con su masculina mandíbula y esos labios tan sensuales y apetitosos.

Por eso, prefirió mantener los ojos fijos en el pecho de él.

Intentando ignorar el deseo que la atenazaba, Siena se concentró en los pasos de baile. Nick bailaba a la perfección y la llevaba con gran maestría. ¿Acaso había algo que él no supiera hacer?, se preguntó ella y no consiguió recordar una sola cosa.

—Siempre me olvido de lo pequeña que eres. Cuando hablas, das la impresión de ser muy fuerte.

—Tengo que hacerlo —afirmó ella— Si no, la gente me trataría como a una niña. Tengo ganas de que me salgan arrugas para que me den un aspecto más maduro.

—Creo que eres la única mujer del mundo que piensa eso —comentó él con ironía—. Dime algo, ¿por qué aceptaste el dinero de la indemnización en vez de denunciar a tu jefe por la vía legal?

—Tal vez, porque no quería que mis padres tuvieran que pasar por eso. Han ahorrado y trabajado toda su vida para poder hacer este crucero y siempre me han apoyado —señaló ella y lo miró a los ojos—. Es la razón por la que acepté venir contigo a Hong Kong.

—Lo sé.

—Y un policía que conozco me dijo que, sin pruebas, sería difícil que me dieran la razón en los tribunales.

—¿Entonces cómo conseguiste que diera la indemnización?

—Él temía que yo lo hiciera público. Está casado —contestó ella, haciendo una mueca—. Por eso, me ofreció el dinero. Yo pensé que me iba a dar un cheque, sin embargo, me lo dio en metálico. Me hizo sentir sucia. Al menos, lo doné para una causa justa.

—Así que, aparte de haber perdido algo de dinero, se ha salido con la suya —observó él—. ¿Cómo sabes que no intentará hacer lo mismo con la próxima empleada que contrate?

–Le dije que iba a advertírselo a todas las emplea-
das nuevas –repuso ella, tratando de convencerse a sí
misma.

–Simple, pero eficaz –opinó él, riendo–. ¿Crees
que habrá aprendido la lección?

–No lo sé. Eso espero.

–Siempre fuiste una apasionada de la justicia, pero
en este caso creo que hiciste lo correcto. No puedes
salvar el mundo y es una pérdida de energía inten-
tarlo. Debes elegir tus causas con cuidado.

–¿Es eso lo que haces tú?

Sus ojos se encontraron y Siena se derritió. Una
dulce sensación de deseo la atravesó, convirtiéndole
el cerebro en una masa informe de confusión.

Al instante, los brazos de él se tensaron, apretándola contra su cuerpo, e inclinó la cabeza un momento, dejando al descubierto una mirada brillante y
llena de pasión.

Debía romper contacto ocular cuanto antes, se dijo
Siena, pero no pudo. Debía decir algo, al menos.

Cualquier cosa...

Ella abrió la boca para decir algo, pero tuvo que
tragar saliva antes de poder hablar.

–Sí.

–¿Sí qué? Dime qué quieres –pidió Nick.

Siena deseó haber tenido otros amantes aparte de
Adrian para ser más experimentada y manejar mejor la
apabullante marea de emociones que la arrasaba.
Le ardía el cuerpo y lo único que quería era perderse
entre los brazos de él.

–Quiero esto –admitió ella, incapaz de seguir fingiendo.

–¿Qué es esto?

–Locura –repuso ella, tomando aliento–. Esto es la

clase de locura que quiero ahora mismo. Si tú lo quieres también.

Nick no dijo nada. No hacía falta. Siena sintió la respuesta de su cuerpo y su erección contra el vientre. Una oleada de gozo la envolvió.

–Sí lo quiero –afirmó él con suavidad.

Una deliciosa ansiedad se apoderó de Siena, junto con una excitación que no había sentido nunca antes.

–Salgamos de aquí –propuso él.

Siena lo siguió, esforzándose en contener sus sentimientos, y no se atrevió a decir nada en el camino a su habitación.

Tal vez por la misma razón, Nick tampoco habló.

Sin embargo, una vez dentro de la suite, Siena recobró un poco de su sentido común. ¿Qué diablos iba a hacer?

Volverse loca, se respondió a sí misma. Y no la importaba. Quizá, de esa manera, podría dejar atrás su enamoramiento de adolescencia y sumergirse en el más puro deseo, sin esperanzas ni expectativas, sin nada más que placer.

¿Y si no lo conseguía?

Se enfrentaría a ello, se dijo a sí misma.

–¿Estás cambiando de opinión? –quiso saber Nick.

¿Cómo podía ser tan... frío? No parecía enfurecerle, ni siquiera molestarle el que ella quisiera echarse atrás, caviló Siena.

Con indecisión, ella lo miró y, al contemplar su rostro y sus sensuales labios, supo lo que debía hacer.

Siena había creído amar a Adrian. Pero nunca había sentido con él nada parecido a lo que estaba experimentando en ese momento. Si no se equivocaba, aquella sensación aplastante de deseo no podía ser amor...

Y si se equivocaba...

No, no iba a pensar en eso. Amar a Nick estaba fuera de lugar por completo. Aunque su instinto le decía que, si no aprovechaba aquella oportunidad de tener sexo con él, se arrepentiría toda su vida.

Lo deseaba tanto que podía sentir cómo le ardían las venas y se le derretían los huesos ante tan dulce e irresistible tentación.

Capítulo 7

Y, SI NICK la abandonaba de nuevo, Siena lo superaría. Ya no era una niña inocente, aceptaría lo que él tuviera que ofrecerle y no se arrepentiría de nada después.

—No he cambiado de idea —aseguró ella—. ¿Y tú? —preguntó y, aunque creía que conocía la respuesta, contuvo el aliento mientras la esperaba.

—No —negó él y la recorrió el cuerpo con la mirada—. Y, esta vez, no te diré que lo siento y te dejaré. Me he estado arrepintiendo durante años de lo que hice.

—No digas más —propuso ella—. Los dos éramos demasiado jóvenes y cometimos errores.

—Yo fui muy inmaduro —admitió él, torciendo la boca.

Entonces, Nick le tendió la mano y, cuando ella le dio la suya, se la apretó con fuerza para atraerla a su lado. Y Siena se dejó llevar, rindiéndose a él y cerrando los ojos.

—Abre los ojos —pidió él, levantándole la barbilla con el dedo.

Siena entreabrió los párpados, lo suficiente para ver los labios de él.

—¿Por qué?

—Para que sepas a quién estás besando.

—Sé quién eres —le espetó ella, abriendo los ojos de

par en par, y se sumergió en la intensidad de su mirada–. Eres Nick y te deseo.

Siena le acarició la mandíbula y él sonrió.

–Y si me da la gana, cierro los ojos –se burló él, imitando su tono de voz.

Entonces, riendo, Nick inclinó la cabeza y la besó, arrancándole un suspiro de lo más hondo de su ser. Era un beso lleno de pasión y posesión, un beso que lo quería todo de ella, que demandaba una entrega total.

Siena estuvo a punto de entrar en pánico, pero el placer que la inundaba ganó la partida.

Cuando Nick apartó los labios, la tomó en sus brazos.

–Puedo andar –protestó ella.

–Déjame llevar a cabo mi fantasía –pidió él con una sonrisa y la besó para acallar cualquier protesta más.

Siena estaba tan perdida en el placer que no se dio cuenta de cómo él la llevaba hasta la cama, donde la tumbó. A continuación, él apagó todas las luces, menos una pequeña en la mesilla de noche.

Estaban en el cuarto de ella. Alguien había apartado la colcha y había preparado la cama para la noche. Siena sintió el suave lino sobre la piel al tumbarse. Se quitó los zapatos de una patada.

Nick se sentó a su lado y, despacio, le acarició el cuello.

–¿Cómo se quita este bonito vestido azul? –preguntó él con voz ronca.

–Por la cabeza –repuso ella en un susurro.

Nick le quitó la ropa con experimentados movimientos, mientras el frenesí de la anticipación poseía a Siena.

Aunque en la habitación no hacía frío ni calor, ella tembló cuando el pedazo de tela azul se deslizó por su cuerpo para aterrizar en la silla.

Él posó los ojos hambrientos en su sujetador y su tanga de encaje.

–¿Tienes frío?

–No seas tonto –negó ella, meneando la cabeza con decisión.

–¿Timidez? –preguntó él, sin intentar tocarla.

–Un poco –confesó ella, bajando la mirada.

–¿Por qué? Debes saber que tienes un cuerpo precioso.

–Gracias –repuso ella, sonrojándose–. Sé que es una tontería, pero ahora mismo me siento muy expuesta.

Él le colocó un rizo detrás de la oreja, acariciándole la mejilla. Siena se estremeció hasta el fondo de su ser.

–No es una tontería. A mí me resulta excitante –reconoció él, sonriendo, y se inclinó para besarla en el cuello.

A ella le dio un brinco el corazón.

–Puede que te dé menos vergüenza si estamos en igualdad de condiciones –sugirió él y se quitó la camisa.

Siena se quedó sin respiración. Era un hombre magnífico, con el pecho salpicado de vello negro, que se le difuminaba hacia la cintura de los pantalones.

Ella se quedó sin habla un largo instante, hasta que el silencio se hizo demasiado significativo.

–Eres... impresionante –balbuceó ella.

–No te haré daño –dijo él de forma abrupta.

–Lo sé –aseguró ella, sin pensar.

–¿De verdad? –preguntó él y su rostro se relajó un poco.

–De verdad.

Entonces, Nick se quitó los zapatos y los pantalones y se tumbó junto a ella. Bajo la luz dorada de la lámpara, su masculino rostro resultaba de lo más tentador.

Con un dedo tembloroso, Siena le acarició un hombro y bajó la mano hasta el pelo. La piel de él estaba tan caliente como la suya.

Presa de emociones contradictorias, una mezcla de timidez y de ansiedad, ella se esforzó en relajarse. El contacto del cuerpo de Nick incendiaba sus sentidos.

–Qué bien hueles –murmuró ella. A puro hombre, pensó.

–Iba a decirte lo mismo –repuso él, dándole un beso en el cuello–. ¿Llevas perfume o es tu aroma natural?

–Es perfume de fresia.

Fue lo único que consiguió articular Siena, mientras Nick la contemplaba con ojos ardientes, provocándola, convirtiéndole las venas en ríos de lava.

Los labios de él se movieron con sensualidad, hasta llegar a uno de sus pechos.

–Las fresias no huelen así... a pura Siena, cálida, deliciosa y sexy...

Siena estaba segura de que Nick podía escuchar los locos latidos de su corazón. Era un sonido ensordecedor y las palabras de él no hacían más que acelerarlo. Cuando él le deslizó un dedo bajo el sujetador, ella se quedó sin respiración y no pudo evitar rendirse al deseo que la consumía.

–Me gustaría quitártelo –susurró él.

Ella asintió y se dejó hacer.

Nick observó sus curvas con ojos brillantes.

–Eres exquisita.

Perdida en los brazos de la pasión, Siena se arqueó mientras él le besaba un pecho, rogándole en silencio que la poseyera. Nick la rodeó con sus brazos, apretándola contra sus caderas para que sintiera su potente erección.

Siena luchó por respirar y dejó escapar un profundo gemido. Él la besó en los labios, sumergiéndose en su boca con frenesí. Aquello, justo, era lo que ella ansiaba.

–¿Seguro que quieres hacerlo?

–Sí, quiero –afirmó ella, sin titubear.

Siena se estremeció de excitación cuando él le recorrió la piel con los labios, hasta capturar uno de sus pezones con la boca.

Nick le sujetó el otro pecho con la mano y, con la otra, bajó hasta su cintura. Su contacto era seguro y suave y Siena comenzó a relajarse, a dejarse disfrutar del sensual placer que le producía aquella lenta y experta exploración de su cuerpo.

Entonces, él le quitó el resto de la ropa con dedos experimentados.

Siena abrió los ojos y, sin pensar, posó las manos sobre el pecho de él y sus músculos de acero.

Con delicadeza, él buscó la parte más íntima de ella.

Su contacto fue como una explosión, un estallido de sensaciones, insoportablemente deliciosas...

–Nick...

Al decir su nombre, con voz suave, apenas inaudible, Siena supo que estaba dispuesta a dejar que él la llevara donde quisiera.

Con Nick se sentía segura.

¿Segura? Sin poder darle más vueltas a aquel pensamiento, Siena se arqueó cuando la primera oleada del orgasmo la recorrió. Le apretó los hombros y gritó de placer, hasta que los espasmos fueron cesando y se quedó laxa y relajada entre los brazos de él.

—No sabía que era así... —musitó ella, ajena a todo menos a su cercanía.

Nick lo miró a los ojos.

—¿Es tu primer orgasmo?

Siena escondió la cabeza en el pecho de él, reticente a responder.

Nick le hizo levantar la cabeza, sujetándole la barbilla.

—Dime, Siena —insistió él.

—Sí —admitió ella.

Durante unos segundos, Nick se quedó en silencio.

—¿Cómo te sientes ahora?

Armándose de valor, ella le miró a la cara. El rostro de él mostraba una expresión indescifrable.

—Bien. Genial —afirmó ella, nerviosa. Debía calmarse, se reprendió a sí misma—. ¿Por qué lo preguntas?

—Por si prefieres que lo dejemos aquí.

—¿Tú quieres? —preguntó ella y contuvo el aliento, esperando su respuesta.

—No.

—Oh, menos mal.

Nick rio de forma espontánea.

—Entonces, estamos los dos de acuerdo.

Él inclinó la cabeza y la besó de nuevo, sumergiéndose en su boca. Para su sorpresa, Sienta notó como sus entrañas se encendían de deseo otra vez.

En esa ocasión... todo era incluso más intenso, pensó Siena, mientras él la hacía gozar tocando puntos erógenos que ella no sabía que existían. Con experiencia y paciencia, la guió por un camino ascendente de placer, hasta que se colocó encima de ella y la penetró.

Abriendo muchos los ojos, Siena lo miró. Él parecía tenerlo todo tan bajo control, que la molestó.

—¿Estás bien? —quiso saber él.

—Sí —afirmó Siena. ¿Cómo podía Nick ser tan disciplinado en un momento así?, se preguntó. Ella se sentía en una montaña rusa donde todo escapaba a su control...

Nick comenzó a moverse, penetrándola en más y más profundidad, muy poco a poco. Cuando, al fin, la poseyó hasta el fondo, Siena tuvo ganas de gritar de erótica satisfacción.

Presa de un apetito salvaje, ella se dejó llevar, gimiendo y rogándole más. De pronto, cuando notó que él estaba a punto de retirarse, lo apretó de forma instintiva con los músculos de su vientre.

—No pasa nada —la tranquilizó él y se apoyó en los codos. La miró y sonrió—. Mira... ¿es esto lo que quieres?

Despacio, él comenzó a moverse de nuevo.

—Oh, sí, por favor...

Siena podía sentir el modo en que él se esforzaba en controlar su fuerza, como si estuviera todo el rato manejando las riendas de sí mismo. Se preguntó si tendría miedo de lastimarla.

Entonces, ella se arqueó contra su cuerpo, suplicándole más en silencio. En ese instante, Nick se rindió y se zambulló en ella como si quisiera poseerla por completo.

Con sensual desesperación, Siena dio la bienvenida a su pasión desbocada. Se entregó al placer hasta que entró en esa otra dimensión que era el éxtasis, el clímax que barría de su mente todo pensamiento.

De inmediato, Nick la siguió al mismo lugar y, con su orgasmo, reavivó el de ella, mientras cabalgaban juntos en los brazos del placer.

–¡No! –exclamó Siena cuando él se apartó para ponerse a su lado.

Él la tomó entre sus brazos y la llevó consigo, colocándola encima.

–¿Todo bien?

–Muy bien –dijo ella con voz roca y le mordió la piel del hombro, sintiendo su aroma masculino y salado–. La verdad es que creo que nunca he estado mejor.

Nada más pronunciar aquellas palabras, Siena se arrepintió. La primera vez que habían hecho el amor, había sido maravilloso, pero ella había sentido dolor y no había alcanzado el clímax como en ese momento.

De pronto, entonces, comprendió que nunca volvería a ser la misma.

Entre los brazos de Nick, se había dejado transportar a un mundo nuevo, donde lo único que importaba eran las sensaciones que embriagaban y llenaban su cuerpo.

Pero había sido una estúpida al reconocerlo delante de él. Aunque, con su experiencia, era probable que Nick lo hubiera adivinado por su comportamiento salvaje y entregado.

Tal vez, debía haber intentado fingir desapego, se dijo Siena. Sin duda, eso debía de ser lo que Nick esperaba de sus amantes. Pero no lo habría conseguido. Había estado tan entregada, tan perdida disfrutando del placer, que habría sido incapaz de fingir nada.

–Hace cinco años, no me había dado cuenta de que eras... –comenzó a decir él e hizo una pausa antes de continuar– virgen. Debí de parecerte un torpe la primera vez.

Su tono de voz no delataba sus sentimientos, observó Siena. Hacía cinco años, él le había dicho que se había arrepentido de haberlo hecho con ella. Tal vez, en ese momento, estaba pensando lo mismo.

O, peor aún, igual temía que ella se enamorara...

Humillada ante la posibilidad, Siena se esforzó en sonar lo más distante posible.

–No importa –aseguró ella, con todo el desapego de que fue capaz–. Y no, no fuiste torpe. Estuvo... genial. Fue mucho más de lo que yo había esperado. Aunque esta vez ha estado mejor.

–Me sentí fatal después de aquello –admitió él con gesto sombrío–. Estaba furioso conmigo mismo por no haberme dado cuenta de que eras virgen.

–No te preocupes. Según mis amigas y las revistas que he leído, es muy normal –afirmó ella y lo miró a los ojos, esbozando una sonrisa–. Debería estarte agradecido por haberme enseñado que en esto del sexo hay algo más que simple placer.

Nick se quedó rígido. Ella sintió una oleada de miedo, bajo la atenta mirada de él.

–Oh, no has aprendido nada todavía –comentó él al fin con una sonrisa–. Con un poco más de motivación, puedo hacerlo mucho mejor.

–Estás enfadado –adivinó ella, poniéndose tensa.

–Y tú eres muy perceptiva.

–No tanto –repuso ella–, pues no tengo ni idea de qué es lo que te ha enfadado.

Para alivio de Siena, él soltó una carcajada sincera. Luego, le agarró de la cara y la atrajo a su lado, hasta que sus bocas quedaron separadas solo por unos milímetros.

–Olvídalo. Ya sabes que tiendo un poco al mal humor –señaló él, rozándola con su aliento.

–No lo sabía...

Nick la interrumpió con un beso y ella suspiró, rindiéndose.

Mucho después, sola en la cama, Siena se removió en el colchón. Le dolían los músculos, poco acostumbrados a ese tipo de ejercicio. Molesta, recordó cómo él le había hecho el amor controlando sus movimientos todo el tiempo, como si fuera un virtuoso tocando un instrumento. En ningún momento, él se había dejado llevar, caviló.

¿Había querido probar algo? ¿A quién? ¿A ella? Era posible, se dijo, suspirando.

Aunque lo cierto era que Siena tenía la sensación de que Nick había querido probarse algo a sí mismo. Siempre había sido muy contenido, incluso cuando lo había conocido con doce años. Y ella sabía que aquella férrea disciplina y contención que aplicaba a todas sus relaciones no era más que una armadura.

¿Para protegerse de qué?

Siena lo ignoraba. Igual que desconocía lo que pasaba por la cabeza de Nick. Nunca había sido capaz de identificar los sentimientos que él se esforzaba tanto en ocultar.

Sin embargo, comprendía que lamentara lo que habían hecho.

Se habían convertido en amantes. O ni siquiera eso, admitió ella para sus adentros, dolida. Lo que había sucedido no podría catalogarse como más que una aventura de una noche.

Un día, podría estarle agradecida por haberle mostrado lo delicioso que podía ser el sexo, pensó.

Con lágrimas en los ojos, Siena se dio la vuelta y trató de pensar en otra cosa y, así, conciliar el sueño.

Nick se quedó mirando su reflejo en el espejo. Se maldijo en silencio. Tenía un largo día por delante y necesitaba concentrarse.

Por desgracia, tenía la mente ocupada con recuerdos de la voluptuosa noche anterior. Apenas había dormido y en todas partes se le aparecía la imagen de Siena retorciéndose de placer con su primer orgasmo.

Y no había sido el último, se dijo con satisfacción involuntaria y maldijo de nuevo. De ninguna manera podía tener una aventura con ella. Siena acababa de salir de una mala relación, al menos, en el plano sexual.

Y el hecho de que su prometido hubiera preferido a Gemma debía de haber sido un duro golpe para ella.

No debería haberle hecho el amor, se reprendió a sí mismo. Se había jurado a sí mismo no volver a tocarla, pero había sucumbido a la tentación en el momento en que le había pedido que bailara con él.

Haciendo una mueca, Nick se apartó del espejo. Sin querer, Siena ejercía un extraño poder sobre él. Y, en cualquier caso, a ella parecía no importarle demasiado.

Molesto, recordó cuando ella le había dejado claro que no le consideraba más que un medio para lograr un fin.

—Debería estarte agradecida por haberme enseñado que en esto del sexo hay algo más que simple placer —le había dicho ella.

Por su bien, era él quien debía dejar de hacerse vanas ilusiones, caviló Nick.

¿Habría estado ella realmente enamorada del idiota que la había dejado?, se preguntó.

¿Y qué haría cuando regresara a Auckland?

Si tuviera dos dedos de frente, la enviaría de vuelta a casa esa misma mañana en su jet privado, pensó Nick y maldijo una vez más. Sin embargo, mientras salía de la habitación para reunirse con Siena para desayunar, supo que no iba a hacer tal cosa. Iría a Nueva Zelanda con ella.

Por supuesto, Siena ya estaba levantada y preparada, fresca como una rosa. No mostraba ninguna señal que delatara la noche que habían pasado juntos, aunque su sonrisa y su saludo fueron un poco forzados.

En vez de sentirse aliviado, Nick experimentó una extraña irritación.

—Estoy deseando ir al museo —comentó ella con tono jovial—. ¿Tu reunión durará todo el día?

—No —negó él, encogiéndose de hombros—. Llevamos meses hablando y las negociaciones de ayer fueron muy bien. Todavía no firmaremos nada, pero ya se van a hacer declaraciones a la prensa y quedaremos para continuar negociando. En esta parte del mundo, todo necesita tiempo y es necesario establecer un fuerte vínculo de confianza primero.

Ella lo miró con gesto especulativo.

—¿Te sigue gustando lo que haces? Entiendo que, al principio, debió de ser muy excitante empezar y ver crecer tu negocio, pero... ¿y ahora? ¿Te sigue pareciendo emocionante?

Nunca nadie le había preguntado antes eso a Nick y respondió con franqueza.

–Más o menos. Además, la gente confía en mí y su salario depende de que yo haga mi trabajo.

–Supongo que es parecido a tener un niño –observó ella, pensativa–. Una vez que tomas la decisión de hacerlo, tienes que cuidarlo hasta que sea lo bastante mayor como para cuidarse solo. No puedes abandonarlo. Cualquiera que funde una empresa debe de sentirse de forma parecida.

–A algunos padres no les cuesta abandonar a sus hijos, tanto emocional como físicamente –apuntó él. Otros padres se veían forzados a hacerlo, pensó. De pronto, se le ocurrió algo–. ¿No estarás insinuando...?

–¡Claro que no! –negó ella, sonrojándose–. ¡No soy tan idiota, Nick! ¡De la misma manera, espero que tú no vayas a confiarme que tienes alguna terrible enfermedad de transmisión sexual!

–No, tranquila –repuso él, riendo.

–No estaba nerviosa, pues sabía muy bien que estabas sano... Quiero decir que no habríamos hecho el amor sin protección si tú... –balbuceó ella y se sonrojó todavía más.

–No deberías confiar en nadie para algo tan importante –señaló él con tono severo.

–Nick, te conozco. ¿O vas a decir que ninguna mujer debe confiar en un hombre?

–Tal vez –replicó él y se miró el reloj–. Tengo que irme. Que lo pases bien.

–Y tú.

Cuando se fue, Nick notó cómo Siena lo miraba por la espalda y se preguntó qué estaría ella pensando. Al momento, sin embargo, se obligó a sí mismo a centrarse en las negociaciones que tenía por delante.

Capítulo 8

CUANDO Siena oyó llegar a Nick, se puso tensa y se contuvo para no ir a saludarlo, temiendo que su cara delatara lo que sentía.

–¿Ya tienes hechas las maletas? –preguntó él con tono indiferente.

–Sí –afirmó ella. No había esperado que diera saltos de alegría por verla, no, pero aquella fría neutralidad era demasiado.

Nada había cambiado, caviló Siena. Nick seguía siendo un experto en controlar sus emociones. Eso era todo.

Sin embargo, mientras se preparaban para partir, ella no pudo evitar preguntarse qué estaría pasando por aquella arrogante y atractiva cabeza. ¿Qué estaría él sintiendo?

Lo más probable era que él se arrepintiera, pensó Siena. Incluso podía estar preguntándose cómo diablos había acabado metiéndose en esa situación...

No, Nick no era así. Él siempre sabía lo que estaba haciendo.

–¿Le has dicho a tu hermana que vas a volver antes de lo esperado? –inquirió él en el coche, de camino al aeropuerto.

–No –contestó ella. Avergonzada, se dio cuenta de que apenas había pensado en Gemma en los últimos días–. Debe de seguir en Australia. ¿Por qué lo preguntas? Tomaré un autobús desde el aeropuerto.

–No seas tonta. Yo te llevaré –afirmó él con tono firme–. ¿Dónde vives?

–Cuando dejé el trabajo, también dejé mi piso. Mientras mis padres están fuera, me quedaré en su casa. Si Gemma ha vuelto de Nueva Zelanda, también estará allí.

Él asintió.

–Entonces, no hay problema.

–Bueno... gracias –dijo ella tras un momento y volvió la cara hacia la ventanilla del coche.

Con el corazón contraído, Siena se dio cuenta de que Hong Kong siempre ocuparía un lugar especial en su corazón, porque allí había sido donde había descubierto el poder de su propia sexualidad.

Hong Kong también era el lugar donde, al fin, había aceptado sus verdaderos sentimientos por Nick. Sintiendo un nudo en la boca del estómago, se obligó a reconocerlo.

Lo amaba.

Amaba a Nicholas Grenville.

Siempre lo había amado... desde antes de que hubieran hecho el amor la primera vez.

Al admitirlo en silencio, se quedó sin respiración.

¿Cómo era posible amar a alguien sin saberlo?

En un mar de confusos pensamientos, Siena se dijo que siempre lo había sabido, pero se había negado a aceptarlo para protegerse.

La razón era que siempre había sabido que no podía ser correspondida. Nick nunca se permitiría amar a nadie.

Por eso, había optado por una relación más segura, con Adrian. Era lógico que su ruptura no le hubiera dolido tanto como había sido de esperar. Y lo más probable era que Adrian hubiera percibido su ambivalencia.

No era de extrañar que se hubiera enamorado de Gemma.

Con la mirada fija en la ventanilla, Siena trató de controlar el pánico que la invadió al preguntarse qué iba a hacer a continuación.

Primero, debía enfrentarse a la realidad. Aunque amaba a Nick, intuía que él no podía quererla.

Si él sugería que tuvieran una aventura, ¿qué podía hacer ella?

Levantando la barbilla, se esforzó en no sucumbir a la desesperación. Esperar más de él, no sería justo ni sensato, pues Nick nunca le había hecho promesas, ni le había pedido nada.

Por otra parte, una aventura solo serviría para reforzar su amor no correspondido. Por eso, aunque se le partía el corazón de pensarlo, sabía que la mejor manera de terminar con aquello era mantener las distancias.

Lo más posible era que Nick no quisiera nada más de ella.

Pero... ¿y si le proponía algo? ¿Tendría ella el valor de negarse?

¿O debería rendirse, aceptar lo que él quisiera ofrecerle y vivir el resto de su vida de los recuerdos?

–Tienes gesto de determinación –comentó él, observándola con interés–. ¿Estás planeando algo?

–Volver a la vida real –respondió ella y se encogió de hombros–. Debería trazarme una buena estrategia para conseguir trabajo.

–¿Y tienes alguna idea?

–Ahora mismo no –replicó ella–. Pero, en cuanto

llegue a casa, me concentraré en encontrar algo relacionado con la jardinería. Una de las razones por las que me gustaba trabajar en el vivero era porque ayudaba a pensar ideas para las personas que querían plantar un jardín.

–Estoy seguro de que conseguirás lo que te propongas. No recuerdo ni una sola ocasión en que no consiguieras el objetivo que te habías propuesto –señaló él.

–¿Y los diez centímetros de más que me propuse crecer cuando tenía quince años?

Nick sonrió.

–Estoy seguro que ya sabías que eso no iba a pasar. Además, me cuesta imaginarte siendo alta.

Siena no pudo evitar recordar cuando él la había llevado en brazos con toda facilidad a su dormitorio. Las mejillas se le sonrojaron al instante.

Nick la contempló achicando la mirada y, por un instante, ella se preguntó si él estaría recordando lo mismo. Por suerte, el coche llegó a su destino y se detuvo, sacándolos de aquel incómodo silencio.

–Ah. Ya hemos llegado –comentó ella.

Juntos, tomaron el vuelo. Y Siena se sintió como si hubiera perdido una oportunidad... como si algo precioso se le hubiera escapado para siempre.

Una sensación que no pudo quitarse de encima durante todo el vuelo.

Aterrizaron bajo una hermosa noche estrellada en Auckland. El tiempo era agradable y las luces doradas se reflejaban en la bahía, a juego con la decorada Sky Tower en el centro de la ciudad.

Después del ajetreo de la llegada, Siena se acomodó en el coche que había ido a recogerlos y cerró los ojos, demasiado consciente del hombre que estaba sentado a su lado.

A ella le pareció una eternidad el tiempo que tardaban en llegar a casa de sus padres.

Cuando el coche se detuvo, Siena abrió los ojos y miró por la ventanilla. A continuación, volvió la cabeza para mirar a Nick.

—Esto no es...

—Estamos en mi casa —explicó él con tono calmado.

Siena abrió la boca para preguntar, pero se calló para no ser indiscreta delante del chófer. Cuando el hombre salió para abrir la puerta de entrada, ella aprovechó.

—¿Qué se supone que es esto?

—Tranquila —dijo Nick.

Perpleja, Siena lo vio salir del coche y darle la vuelta para abrir la puerta. Ella no se movió, así que él le dio la mano y tiró con suavidad.

Siena se giró para tomar su bolso.

—Vamos —dijo él.

Tal vez porque estaba sufriendo los efectos del jet lag, Siena obedeció sin rechistar y lo siguió a la casa, apenas notando los suaves aromas de las flores del jardín y el murmullo de las olas en la playa.

Una vez dentro, Siena oyó cómo el coche se alejaba y respiró hondo. Perder los nervios no iba a servirle de nada.

—¿Por qué me has traído aquí? —preguntó ella, tratando de no sonar furiosa.

—Gemma ha vuelto ya —repuso él, cortante—. ¿De verdad quieres ir a casa de tus padres ahora?

—¿Cómo lo sabes?

–Llamé desde el aeropuerto.

Siena meneó al cabeza, intentando digerir la información.

–Era yo quien tenía que tomar la decisión, no tú.

–En otras palabras, te alegras de que yo decidiera –señaló él con tono irónico.

–¿Te ha dicho alguien alguna vez que eres un hombre dominante y autoritario y...? –le espetó ella, irritada porque él tenía razón.

–Cállate.

Atónita por su orden tan abrupta, Siena se quedó mirándolo.

Él esbozó una sonrisa burlona.

–Admito que soy dominante, pero no lo he sido contigo. Y tú lo sabes.

–No puedo quedarme contigo –dijo ella, con los nervios a flor de piel.

–¿Se te ocurre una idea mejor? –preguntó él con gesto serio–. Ahora mismo no creo que estés en buena forma para ver a tu hermana. Si os conozco a las dos, adivino que Gemma se pondría a lloriquear y te pasarías toda la noche tratando de consolarla. Deja de ser tan testaruda y date una noche de descanso antes de enfrentarte a ella.

Nick tenía razón. Siena se sentía exhausta, sin fuerzas, ni físicas ni mentales. Habían pasado demasiadas cosas en los últimos días y el cuerpo le pedía descansar, al menos, diez horas seguidas.

–No deberías haber tomado la decisión por mí –insistió ella con tozudez.

–De acuerdo, tienes razón –reconoció él con tono de impaciencia–. ¿Puedes dejar de protestar ya?

–Pero no te creas que vas a poder seguir dominándome –añadió ella.

Nick agarró la maleta de ella y le dedicó una fría sonrisa.

–Vamos, te preparé una cama. Tienes aspecto de estar derrotada y a mí también me va a venir bien dormir un poco.

Era una forma delicada de rechazarla, pero clara, pensó Siena, dolida. Aunque no debería dolerle, se dijo a sí misma con ánimo sombrío.

Cuanto antes saliera de allí, mucho mejor. Sin embargo, una pesada inercia la hizo callar. Al día siguiente, podría enfrentarse a todo mucho mejor. En ese momento, lo único que necesitaba era dormir.

Aunque Nick ya no pasaba mucho tiempo en Nueva Zelanda, su casa no tenía el aire de lugar deshabitado. Un suave olor a lavanda impregnaba el ambiente y en la mesa de la entrada había un gran jarrón con rosas y peonías.

Tratando de ordenar sus caóticos pensamientos, Siena levantó la vista y la apartó al instante, para no dejarse seducir por el atractivo rostro de Nick.

Con el pelo claro y los ojos azules, Adrian tenía una belleza convencional, pero el rostro fuerte de Nick y su carisma de poder lo hacían ser especial, distinto de los demás hombres que ella conocía.

A los diecinueve años, armado de valor, tenacidad y confianza, Nick había convertido una idea brillante en todo un éxito empresarial en Internet. Desde entonces, había ido de triunfo en triunfo, aunque su personalidad no había cambiado por conseguir tanta fama y fortuna.

–Puedes dormir aquí –ofreció él, abriendo una puerta–. Iré a por sábanas y una toalla.

Nick dejó la maleta en una silla y salió de la habitación. Siena se quedó mirando a su alrededor, esforzándose por controlar el embrollo de sus sentimientos.

Entonces, quitó la colcha de la cama.

«Debes mantener la compostura. Solo unos minutos más», se dijo a sí misma.

Nick regresó, pasados unos minutos, con la ropa de cama.

–Gracias, yo la haré.

–Te ayudo.

–Es mejor que no –repuso ella, nerviosa.

Él dejó caer las sábanas sobre la cama.

–Siena, mírame.

La última vez que él le había pedido eso... No, no iba a dejarse llevar por los recuerdos de cuando habían hecho el amor, se reprendió a sí misma. Estremeciéndose, lo miró a los ojos con gesto desafiante.

–De acuerdo –dijo él–. Nos vemos mañana. Que duermas bien.

Siena lo vio marchar y esperó a que cerrara la puerta antes de dar una vuelta por la habitación. Se detuvo delante del vestidor y miró su reflejo en el espejo.

¿Cómo era posible que, en solo unos pocos días, su vida hubiera cambiando tanto, convirtiéndose en un completo caos? En tan poco tiempo, se había visto obligada a replantearse todo lo que había conseguido en los últimos años.

No había amado a Adrian, reconoció para sus adentros, no como él se merecía. Y no como Gemma lo amaba...

Habían sido buenos amigos antes de salir juntos y Siena lo había apreciado por su honestidad y su fortaleza de carácter. Se había alegrado cuando él le había pedido que se casaran. Había sido consciente de que el suyo no había sido el típico amor de novela romántica, pero tampoco había sido eso lo que había estado buscando.

Sumergida en sus pensamientos, esbozó una pequeña y amarga sonrisa. Adrian había sido para ella un refugio, pues mucho antes de conocerlo le había entregado el corazón a Nick. Entonces, las cosas habían escapado a su control y le había entregado el corazón a un hombre que no lo había querido.

Para distraer sus pensamientos, Siena se volvió hacia la cama y comenzó a hacerla. Luego, llevó a cabo su rutina nocturna y se acostó. Sin embargo, el sueño que tanto ansiaba se negaba a envolverla. Tras escuchar las doce campanadas de medianoche en un reloj distante, se levantó y se puso una camiseta y unos vaqueros encima del pijama. Tenía que salir de aquella habitación, si no, acabaría volviéndose loca de tanto pensar.

Tenía que encontrar la manera de superar su amor no correspondido, se dijo, saliendo a la terraza.

Mientras, necesitaba un poco de aire fresco.

Ajustando la vista a la oscuridad, Siena contempló la ciudad que dormía en silencio.

Tomando aliento, inspiró el suave perfume que impregnaba el aire, de la madreselva que relucía bajo la luz de luna llena. La bahía se pintaba de plata y seda negra bajo los relucientes diamantes de la Vía Láctea. Al girar la cabeza, vio la Cruz del Sur que señalaba al sur.

Sin embargo, a pesar de la serenidad del entorno, Siena no conseguía pacificar sus pensamientos. Mirando hacia unas escaleras que conducían a una pequeña cala de arena blanca, soñó con huir, con correr hasta quedar exhausta. Tal vez, un paseo por la orilla le ayudaría a calmar el torbellino de su mente.

En lo alto de una pequeña elevación, había una cabaña solarium, junto a un gran árbol. Dejándose llevar, Siena subió las escaleras que conducían a ella, iluminadas por la luz de la luna. Una barandilla protegía la bajada a la cala del lado que daba al acantilado.

De pronto, alguien la agarró por la espalda por sorpresa y tiró de ella hacia atrás. Aterrorizada, ella abrió la boca para gritar, pero una mano se la tapó. Forcejeó con todas sus fuerzas para liberarse de aquel extraño que la sujetaba.

—Para, Siena —dijo Nick a sus espaldas.

Su terror, entonces, se transformó en una mezcla de alivio y furia.

—Suéltame —ordenó ella contra la palma de la mano de él, poniéndose rígida.

Nick la apartó del borde del acantilado. Pero no la soltó. Ella siguió forcejeando, hasta que le quitó la mano de la boca y la giró.

Siena cerró los ojos y se obligó a abrirlos de nuevo, incapaz de creer lo que había pasado.

—¿Qué diablos estás haciendo? —preguntó ella, mirándolo a los ojos.

Nick la agarró con más fuerza. Sin poder controlarlo, ella se estremeció, recorrida por una oleada de calor. Y tuvo que contenerse para no probar la miel de sus labios.

Con la cabeza dándole vueltas, Siena intentó dar un paso atrás. Tenía que echar mano de toda su fuerza de voluntad para controlar el sensual efecto que aquel hombre le producía.

Entonces, ella se dio cuenta de que había estado conteniendo la respiración y abrió la boca para tomar una bocanada de aire. Al instante, Nick le cubrió los labios con un beso, sumergiéndola en un mar de placer y anulando su mente consciente.

Cuando él apartó los labios, Siena se sintió vacía. Levantó hacia él los ojos, entreabriendo los párpados, y tardó un poco en poder ajustar la visión para percibir sus fuertes rasgos, sus sensuales labios, su masculina mandíbula.

Su cuerpo seguía en llamas por aquel beso. Ya no era la misma de siempre, sino una extraña poseída por el deseo.

–¿Qué diablos estabas haciendo? –inquirió Nick en voz baja.

Ella tomó aliento.

–Necesitaba aire fresco. Iba a bajar a la playa.

Nick pareció relajarse, aunque no dejó de mirarla a los ojos.

–Desde donde yo estaba, parecía que habías elegido la forma más rápida de salir de aquí –indicó él y, cuando ella lo miró perpleja, explicó–: Creí que ibas a saltar.

–¡No!

Siena tragó saliva y apartó la mirada. Él la sujetó con más fuerza, apretándola contra su cuerpo. El contacto reavivó las llamas que la consumían.

–Siento haberte dado ese susto, pero... por un momento pensé que habías decidido tomar el camino más fácil para librarte de tus problemas.

–Parece mentira que pensaras eso de mí –repuso ella con una inspiración temblorosa.

–Lo sé.

Siena abrió la boca para hablar, pero Nick la acalló con otro de sus besos. Estupefacta, ella trató de resistirse a las sensuales sensaciones que su contacto le provocaba.

Nicholas rompió el hechizo cuando levantó la cabeza.

–Vamos. Salgamos de aquí. Necesito tomar algo.

–Pero...

–¿Pero qué?

Siena levantó la barbilla. No pudo descifrar ningún sentimiento en el rostro indescifrable de él. En la penumbra, ambos intercambiaron miradas como dos espadachines decidiendo el momento perfecto para atacar.

–¿Qué diablos te ha hecho pensar que iba a suicidarme? –preguntó ella al fin.

Nick le soltó y, como no se lo esperaba, Siena se tambaleó un poco. Al instante, él la sostuvo.

–No lo pensaba... no lo pienso –le aclaró él–. Pero parecías... perdida. Como si la vida hubiera dejado de tener sentido para ti.

Esforzándose en recuperar la compostura, Siena tragó saliva antes de hablar.

–Incluso aunque así fuera, nunca pensaría en el suicidio.

–Ahora lo sé –reconoció él–. De hecho, siempre lo he sabido. Solo me dejé llevar por un acto reflejo. ¿Sigues queriendo dar un paseo?

–Me siento llena de adrenalina. ¿Se te ocurre...? –comenzó a decir ella y se interrumpió antes de preguntarle si se le ocurría una manera mejor de invertir sus hormonas.

Por desgracia, a Siena sí se le ocurría, pero Nick no parecía estar de humor para hacer el amor. Desde que se habían acostado juntos en Hong Kong, él no había hecho más que esquivarla. Su actitud no era tan brutal como la primera vez que la había abandonado hacía años, era cierto, pero ella seguía percibiendo el mismo rechazo.

¿Y qué pasaba con el beso que él le había dado hacía unos minutos? ¿Había sido motivado por el alivio? ¿O había sido solo una forma de castigarla?

En cuanto ella le había correspondido, él la había soltado.

–De acuerdo, bajemos –propuso él y se dirigió a las escaleras que bajaban a la playa por el acantilado.

Todavía perpleja, Siena lo siguió.

Caminaron unos minutos por la arena blanca de la pequeña cala, hasta que Nick rompió el silencio.

–¿Estabas enamorada de él?

A ella se le encogió el corazón ante la pregunta y dudó que nunca hubiera estado enamorada de Adrian de veras.

Sin embargo, al recordar cómo se había sentido entre los brazos de Nick, no pudo pensar en nada más. Se le quedó la boca seca.

En cierta forma, se sintió como si hubiera traicionado a Adrian.

–Eso creía –contestó ella en voz baja.

–Ya sé que suena a tópico, pero no es el fin del mundo.

Siena lo miró a los ojos. Era un hombre duro y dominante, inteligente y determinado, dueño de su vida.

Sin duda, él podía pasar de una relación a otra sin que se le hiciera pedazos el corazón.

–Lo sé –señaló ella, tratando de ocultar su desasosiego–. ¿Tú has estado alguna vez enamorado? –quiso saber, sorprendiéndose a sí misma por su osadía.

–Sí –admitió Nick tras unos segundos.

¿De quién?, se preguntó ella, poseída por unos celos incontrolables. ¿Cuál de todas las mujeres que había salido con él habría sido la afortunada?

Siena experimentó tanto dolor que se quedó sin habla. Le estaba bien empleado por ser tan curiosa.

–¿Cuáles son tus planes ahora?

Ella clavó la vista en la luna llena, momentáneamente velada por una nube.

–Tenías razón cuando me dijiste que necesitaba descansar –comentó ella, aunque en ese momento le parecía un imposible calmarse lo suficiente para dormir–. Mañana pensaré qué voy a hacer.

–¿Alguna idea?

–No lo sé todavía –contestó ella tras titubear un momento–. Pero no te atrevas a tenerme lástima. Ni pienses que voy a hacer nada estúpido. Me las arreglaré.

–Hablas como una superviviente –observó él con una vana sonrisa.

–Soy una superviviente –aseguró ella y, dejándolo ahí, apartó la mirada del intenso escrutinio de su acompañante.

Nick bajó la vista. ¿Acaso ella no había sospechado nada de su prometido?

No, reflexionó él. Sin duda, había confiado en aquel idiota por completo.

Recordando la sensación de tenerla entre sus brazos, Nick se estremeció. Reprimió la reacción espontánea de su cuerpo y se preguntó cómo se enfrentaría Siena a la situación.

No le cabía duda de que lo superaría. Era una mujer con fuerza y agallas... Sin embargo, al mirarla de reojo, comprobó que ella seguía teniendo los labios apretados y la cara tensa.

¿Qué diablos estaría pensando?, se preguntó Nick. ¿Qué pensaría de la noche que habían pasado juntos? A la mañana siguiente, se había comportado con indiferencia, como si no hubiera significado nada para ella. Tal vez, para ella solo había sido un encuentro placentero, sin más.

Con sorpresa, Nick admitió para sus adentros que, si se hubiera tratado de cualquier otra mujer, él se habría alegrado de su actitud de desapego.

Sin embargo y muy a su pesar, Siena despertaba su instinto de posesión.

–Siento haberte asustado –repitió él, al verla fruncir el ceño.

–Y yo siento haberte metido en medio de un drama familiar –replicó ella tras un minutos o dos–. La verdad es que me has asustado un poco, pero sé artes marciales y estoy segura de que podría haberte vencido.

–¿Cómo? –dijo él, arqueando las cejas.

–Te habría atacado a los ojos –explicó ella con tono bravucón–. Suelen ser el blanco menos protegido. Y, cuando eres tan bajita como yo, la gente espera que empieces a gritar y a retorcerte como una tonta en vez de pelear.

Nicholas la miró con incredulidad, pero se contuvo para no sonreír.

–Es bueno tener confianza en uno mismo, pero no demasiada.

Nick no podía evitar sentirse protector con ella. Parecía más joven de su edad y se preguntó cuánta gente más habría cometido el error de juzgarla solo por su altura.

Entonces, le asaltaron otras dudas. ¿Habría tenido Siena que utilizar alguna vez sus dotes de autodefensa? ¿Habría estudiado artes marciales después de haber sido atacada?

Tal vez, lo había hecho para defenderse de su anterior jefe, caviló, presa de la rabia.

En cualquier caso, era obvio que Siena sabía cuidar de sí misma.

Sin embargo, el saber artes marciales podía darle a una persona la falsa idea de que podía lidiar con cualquier atacante.

—No debes olvidar nunca que tu estatura es una desventaja —señaló él de forma abrupta.

—Lo sé. Mi primera táctica de ataque es mantenerme al margen de situaciones que no pueda manejar.

—¿Y la segunda?

—Gritar como una loca y correr —respondió ella con una sonrisa—. Por el momento, nunca he tenido que ponerla en práctica.

Nick la observó de nuevo, pero no consiguió descifrar qué estaba pasando por aquella cabecita coronada de rizos morenos.

De todos modos, Nick no iba a hacerse ilusiones respecto al motivo que la había impulsado a sus brazos. Sin duda, una mezcla de desesperación y el dolor del rechazo le habían hecho buscar refugio en él. Y el hecho de que hubiera podido hacerle llegar al orgasmo debía de haber sido un plus inesperado para ella, reflexionó.

También parecía claro que Siena no esperaba nada más de él.

Cuando a ella se le escapó un rizo travieso hacia la cara, él se resistió al impulso de apartárselo y acariciarle el rostro y el pulso que le latía a toda velocidad en el cuello.

Siena era, al mismo tiempo, distante y apasionada, pensó Nick. Y el ardor y la fuerza de su pasión despertaban en él el fuego del deseo sin tregua, cada vez que la miraba.

Siena se apartó el rizo, echando la cabeza hacia atrás, y clavó en él sus impresionantes ojos azules.

–Lo primero que tengo que hacer es encontrar un trabajo –dijo ella.

Pero, por el momento, se conformaría con caminar bajo la luz de la luna con él, acompañados por el murmullo de las olas, y guardaría cada sensación que tuviera en su compañía como un tesoro en su corazón.

Capítulo 9

A NICK le despertó de madrugada una llamada desde Nueva York. Se encargó del tema con eficacia y volvió a tumbarse sobre las almohadas, frunciendo el ceño.

Hacia cinco años, él se había jurado a sí mismo no volver a lastimar a ninguna otra mujer. Desde entonces, se había mantenido alejado de relaciones serias, saliendo solo con mujeres que conocieran las reglas y que comprendieran que lo que estaba dispuesto a ofrecer no incluía el compromiso. Eso le había dado la reputación de hombre frío, pero era mejor que la de rompecorazones.

Por otra parte, Siena ya no era una mujer sin experiencia. Había tenido, al menos, otro amante. Además, la conexión sexual que había entre ellos era muy poderosa, se dijo y se le puso el cuerpo tenso al recordar su reacción incandescente y cómo se había retorcido de placer al llegar al clímax con él.

Sin embargo, aunque Siena hubiera descubierto una nueva faceta del sexo entre sus brazos, lo que ella había buscado había sido seguridad y autoconfianza. Y él le había demostrado que era una mujer muy deseable, ayudándola a recuperar su autoestima.

¿Por qué diablos estaba allí solo en su cama, en vez de estar con ella?, se preguntó Nick.

Porque Siena no estaba enamorada de él. Seguía dolida por el rechazo de su exnovio. Y, por alguna razón, Nick quería más que ser el receptor de su despecho.

Maldiciendo en silencio, se giró en la cama y miró el despertador. Lo más probable era que ella siguiera dormida, pensó. La noche anterior, había estado exhausta. Y él sospechaba que su cansancio había tenido mucho que ver con la perspectiva de tener que lidiar con su ruptura sentimental.

Además, como Worth había elegido a Gemma, Siena no iba a poder eludir la situación.

Movido por el deseo de hacer algo, Nick se levantó, se dirigió a la ventana y abrió las cortinas. Miró al jardín que se extendía hasta el mar. Con todo lo que viajaba, hubiera sido más práctico tener su base de operaciones en un piso en Auckland, sin embargo, esa casa era su hogar... a pesar de que su madre hubiera muerto hacía unos años, demasiado joven...

Al menos, Nick había podido asegurarse de que pasara sus últimos días rodeada de confort. Ella se lo había merecido, después de lo que había pasado con su padre.

Pero ni siquiera aquellos amargos recuerdos eran capaces de borrar su ardiente deseo por Siena. Intentó echar mano de toda su lógica y analizar cuáles eran las cosas de ella que lo atraían.

Su inteligencia, para empezar. Además, siempre le sorprendía, pues no podía adivinar lo que ella iba a decir a continuación. O hacer.

Solo a Siena podía habérsele ocurrido donar el dinero que había conseguido de su exjefe a un refugio para víctimas del maltrato. Al pensarlo, Nick contuvo su rabia y sus deseos de castigar al hombre que había intentado abusar de ella. Pero había otras maneras más efectivas de hacerle pagar a un maltratador.

En segundo lugar, Nick no conocía a ninguna otra mujer que se hubiera gastado todos sus ahorros en volar a Londres para estar con sus padres en su aniversario.

Pequeña, vibrante, leal y cariñosa, era la clase de mujer que se entregaría en cuerpo y alma en cualquier relación. Esa era la razón por la que él la había dejado hacía cinco años. No había querido alimentar en ella falsas esperanzas, ni causarle más daño. Además, al hacer el amor con ella, había experimentado sentimientos con los que no había sabido qué hacer.

Sobre todo, había sentido miedo.

Muy a su pesar, esa era la palabra exacta. Miedo a tener que probarse a sí mismo.

Nick se había esforzado mucho para tener la independencia que poseía en el presente. ¿Pero había perdido algo más valioso aún al querer luchar contra el corrosivo legado de su padre?

En el pasado, había esperado que los sentimientos que Siena le había despertado hubieran sido temporales, algo pasajero que se acallaría después de dejarla. Sin embargo, un erótico apetito de volver a poseerla había anclado en su corazón. Y seguía allí.

Poco a poco, Nick enfocó la vista en el paisaje y en los rosales que se mecían con la brisa del mar. Su madre siempre había querido tener un jardín al estilo inglés.

El jardinero que él había contratado mantenía las rosas limpias y bien cuidadas, dándole al jardín un aspecto que no tenía nada que ver con el magnífico entorno marino que lo rodeaba.

En ese momento, dejándose llevar por su instinto, Nick salió de la habitación.

Nada más abrir la puerta del dormitorio, se encontró con Siena en el pasillo.

–Buenos días –saludó él, buscando en su rostro indicios de agotamiento o tensión–. ¿Has dormido bien?

Ella lo miró de arriba abajo y sonrió sin ganas. Estaba más pálida que nunca, pero no se quejó.

–Muy bien, gracias.

Nick posó los ojos en los vaqueros ajustados y en la camiseta azul que ella llevaba, a juego con sus ojos, marcándole las curvas que él recordaba tan bien.

–¿Esa ropa la has comprado en Hong Kong? –adivinó él.

–Grace me convenció para que me comprara esta camiseta después de entrar en el museo –repuso ella con una sonrisa.

–Te favorece.

–Grace tiene buen gusto, además de cualidades para el regateo –comentó ella y levantó la barbilla con un gesto un tanto desafiante–. Necesito café.

Siena había dormido bien, aunque se había despertado antes del amanecer. Cuando se había levantado, había descorrido las cortinas para disfrutar de las vistas del mar hasta la isla Rangitoto, el más reciente de los volcanes de Auckland. Aunque el sol todavía había estado oculto tras el horizonte, su luz había bañado la bahía con tal belleza que había hecho que se le escapara una lágrima.

–De nuevo en casa –había dicho Siena en voz baja, oyendo el murmullo de las gaviotas en el mar.

Sin embargo, una sensación de aprensión y excitación le encogió el estómago en ese momento, mientras Nick la contemplaba.

–¿Tan urgente es para ti tomar café? –replicó él y, sin dejar de mirarla, abrió la puerta que conducía a la cocina.

–A estas horas de la mañana, siempre necesito café.

Siena puso la cafetera en marcha, dejándose llevar por su instinto para encontrar lo que necesitaba.

–¿Qué vas a desayunar?

–Huevos con beicon. ¿Quieres tú también?

Siena negó con la cabeza. Solo de pensar en huevos se le revolvía el estómago.

–Me comeré solo una tostada, gracias. ¿Cómo es posible que tengas la cocina llena de comida cuando llevas meses fuera de Nueva Zelanda?

–Le mandé un correo electrónico a la agencia desde Hong Kong avisándoles de que venía.

–¿La agencia?

Nick sonrió.

–He contratado a una agencia para que se ocupe de la casa y de llenarme la despensa cuando voy a venir.

–Cielos –dijo ella, impresionada–. ¡Ojalá yo pudiera permitirme pagar a alguien para que se ocupara de ese tipo de cosas!

–A mí me viene muy bien –afirmó él, mirando a su alrededor–. ¿Por qué no vas poniendo la mesa en la terraza mientras yo preparo el desayuno? Ya ha salido el sol y se estará bien fuera.

Así era. De hecho, hacía un día maravilloso. Siena puso la mesa, tomó un ramo de margaritas de un gran macizo y las colocó en un jarrón. Luego, sacó su tostada a la terraza y se sentó con un suspiro.

–Es genial estar de vuelta en casa –le dijo a Nick cuando él salió.

–¿No te gusta viajar?

–Me gusta mucho. Pero siempre es un alivio volver. ¿Y a ti?

–Casi siempre viajo por trabajo, pero siempre intento ir a algún sitio donde no haya estado nunca en los lugares que visito.

–¿Como los turistas?

Él asintió.

–Yo prefiero llamarme viajero.

Siena cortó un tomate y colocó las rodajas sobre la tostada.

–Me encanta esto –comentó ella, pensativa, y le dio un mordisco a su pan–. Y me gustan los tomates de temporada. Adoro también los espárragos, no solo porque están deliciosos, sino porque solo salen una vez al año.

Qué tontería, se dijo Siena bajo la atenta mirada de Nick. Seguro que él podía hacer que le llevaran espárragos frescos en cualquier momento del año.

Sin embargo, él asintió y posó la atención en su plato de huevos con beicon y tomates asados.

–Estoy de acuerdo.

Siena se preguntó por qué le parecía más íntimo desayunar con él en su terraza que cuando habían compartido mesa en el hotel.

Mordisqueando su tostada, posó la vista en la lejanía.

–Gemma se puso en contacto conmigo anoche –señaló ella sin más preámbulos, tras darle un trago a su café.

Nick arqueó una ceja y esperó.

Ella titubeó antes de continuar.

–Me mandó un mensaje de texto.

–Sin duda, lloriqueando e implorando tu perdón, ¿no? –adivinó él.

–Sí –afirmó Siena tras una pausa.

–Y eso te hizo perder el sueño, a juzgar por las ojeras que tienes –comentó Nick con tono de indiferencia.

–Claro que no –negó ella, molesta.

Nick la observó con esa sonrisa suya llena de cinismo que tanto la irritaba.

—¿Quieres irte a casa?

Justo el tema que ella había querido evitar, pensó Siena.

—¿Por qué lo preguntas? —replicó ella, a la defensiva—. Tengo que irme.

—¿Y pasarte días consolando a Gemma y escuchándola suplicarte perdón? —advirtió él y, sin dejarla responder, añadió—: Necesitas un trabajo. Y yo puedo ofrecerte uno relacionado con las plantas que te ayudará a no pensar en la situación que te espera en casa.

Siena se quedó mirándolo.

—¿Un trabajo? —preguntó ella, titubeando—. ¿Qué?

—Dijiste que querías trabajar con las plantas. Mi jardín necesita una actualización. A mi madre le encantaban los jardines al estilo inglés, pero este no es lugar para esa clase de flores y las plantas que ella escogió no han prosperado mucho. Me gustaría algo distinto, algo que encajara en este lugar.

—No soy jardinera —le informó ella con cautela.

—No hablo de jardinería. Necesito a alguien que rediseñe el jardín por completo.

Nick la observó con mirada fría mientras ella digería su oferta.

Sonaba genial... le encantaría aceptar, pensó Siena. Pero, también, sería muy peligroso.

Antes de que pudiera perder la cabeza por completo, se obligó a sí misma a hablar.

—Nick, sería un trabajo de mucha envergadura, para el que no tengo experiencia ni formación. No sé si sería capaz.

—No te subestimes. Hiciste un trabajo excelente con el jardín de tus padres hace dos años —repuso él con tono calmado–. Tengo que irme de Nueva Zelanda dentro de un par de días, pero estaremos en contacto. Antes de que empieces, quiero que me presentes una propuesta escrita y después, por supuesto, quiero que me vayas poniendo al día de los progresos que haces, enviándome informes allá donde yo esté.

Sus palabras fueron para Siena como una puñalada. Sin duda, Nick quería dejarle claro que no pensaba quedarse mucho por allí. Aun así, ella debería rechazar su oferta y salir corriendo todo lo rápido que pudiera.

Un corte limpio sería menos doloroso a la larga, se recordó a sí misma.

¡Ay, pero cuánto deseaba aceptar! ¿Por qué diablos le había pedido algo así...?

Entonces, a Siena le asaltó un cruel pensamiento.

–¿Es tu manera de pagarme por el sexo que tuvimos? ¿Es tu forma de decirme que no debo esperar nada más?

Nick posó en ella su fría mirada, dejándola sin habla y haciéndola sonrojar.

–Tienes una idea muy extraña de cómo soy si crees que voy por ahí sobornando a mis examantes –señaló él con voz de hielo–. Además, en todo caso, para eso utilizaría joyas... algo vulgar y brillante y fácil de revender.

–Nick...

–Antes de que vuelvas a insultarme, quiero que sepas que no lo hago tampoco porque tu padre me ayudara cuando lo necesité.

Siena se mordió el labio.

–Lo siento –murmuró ella, rindiéndose a la tentación–. Suena genial y me gustaría probar. ¿Qué te parece si me pongo a trabajar en el diseño sobre el papel? Así, sabré si puedo hacerlo. Si no te gusta, te daré el nombre de varios paisajistas muy buenos que conozco.

–Trato hecho –dijo él y le tendió la mano.

Tras un instante, Siena se la estrechó. No había nada sensual en aquel apretón de manos, ni en el rostro serio de él, pero ella sintió su contacto de pies a cabeza.

–Y, para que ese par deje de acosarte con su angustia y sus remordimientos, sugiero que te quedes aquí –añadió él con una sonrisa saturnina–. Si lo que de veras quieres es que se queden tranquilos, diles que somos amantes. Imagino que se alegrarán y estarán deseando creerte. Así, al menos, Gemma tendrá la conciencia tranquila.

–Qué considerado por tu parte –contestó Siena, tragándose su orgullo y le dio un trago a su café para controlarse–. De hecho, es una excelente idea. ¿Es probable que me persigan los paparazzi o cualquier otra persona que crea tener derechos sobre ti?

Al principio, la expresión de Nick no se inmutó. Solo afiló un poco la mirada. Pero ella sintió un escalofrío.

–No. Y deja de intentar hacerme enfadar.

Siena fue incapaz de descifrar lo que estaba pasando por la cabeza de él. Su expresión seria la hizo estremecer.

–Es que me divierte –repuso ella, pero la fría mirada de Nick la hizo callar.

–Acábate la tostada.

Siena obedeció, mientras él le explicaba las ideas que tenía para el jardín.

Tras un par de minutos, ella se puso en pie.

–Tengo que tomar notas. Ahora vuelvo.

Cuando regresó con su cuaderno, Siena se dio cuenta de que él le había servido otra tostada recién hecha.

—Gracias —dijo ella, conmovida.

—Cómetela —ordenó él, negándose a seguir hablando hasta que ella se la terminara.

Sin poder quitarle los ojos de encima a Nick, cautivada por la forma en que los rayos de sol dibujaban atractivos ángulos en su rostro, ella mordisqueó el pedazo de pan.

Nick le resumió el tipo de jardín que quería.

—Y quiero que haya una valla, discreta a ser posible, bordeando el acantilado —dijo él al fin.

Siena se sonrojó al recordar la noche anterior y el corazón le dio un salto.

—Es buena idea —consiguió responder ella—. ¿Cuánto tiempo y dinero querías invertir? No será barato y ni rápido.

—Podemos hablar del precio después de que haya visto tus diseños —indicó él—. En cuanto al tiempo, supongo que te tomará varios meses.

—¿Por qué yo? —preguntó ella, de pronto—. Podrías contratar a alguien con reputación en la materia. Confía en mí, los paisajistas de toda la zona se pegarían por poder hacer tu jardín.

—No quiero a cualquier paisajista.

—Pero tú no sabes si yo puedo hacerlo —repuso ella con honestidad y se puso en pie de nuevo—. Mira, cuanto más hablamos de ellos, más me doy cuenta de mis limitaciones.

Nick la agarró de la muñeca para hacer que se sentara de nuevo, sin apretarla. Y ella se sintió recorrida por una oleada de calor.

—Siéntate.

Siena lo miró a los ojos. Incómoda, se sentó de nuevo.

–No tienes por qué acobardarte ahora –señaló él, soltándola.

–¿Acobardarme?

–Eso es. Estás sufriendo una crisis de confianza. Y, si te digo la verdad, eso no va contigo.

–Yo... Bueno, no quiero excederme a mis capacidades –dijo ella, titubeando, sabiendo que en el fondo se sentía acobardada.

Lo cierto era que a Siena le había encantado diseñar el jardín de sus padres y se enorgullecía de cómo lo había hecho. Hacía una semana, habría dado cualquier cosa por tener esa oportunidad, sin embargo, en ese momento, estaba justificando su reticencia por el miedo a sufrir.

¿Acaso enamorarse de Nick le había hecho perder su valor? De acuerdo, iba a estar en contacto con él, pero sería por correo electrónico... algo muy poco personal. Él no iba a Nueva Zelanda más que un par de veces al año, así que lo más probable era que no regresara hasta que el jardín estuviera terminado.

Y, para entonces, era posible que Siena hubiera conseguido deshacer el hechizo que la tenía presa.

–Estoy seguro de que lo vas a hacer bien –afirmó él–. Y, ya que tendrás que supervisar los avances, es mejor que vivas aquí mientras tanto.

–De acuerdo –repuso ella con una media sonrisa–. Nick, estás siendo muy amable. Gracias.

–No me des las gracias –negó él de forma abrupta–. Es un trato que me conviene. Dime, ¿qué piensas de que Gemma se case con Worth?

Siena parpadeó. Era extraño. Hacía unos días había creído amar a Adrian y, en ese momento, solo sentía un vago arrepentimiento cuando pensaba en él. Ella sabía por qué, aunque prefería no reconocerlo. Nick siempre había sido el dueño de su corazón.

–No lo sé –admitió ella–. Lo que no quiero es que Gemma se sienta culpable. Conociéndola, arrastraría la culpa toda la vida. Y es muy capaz de rechazar a Adrian para no hacerme daño. No dejaré que lo haga.

Nick se quedó pensativo un momento, mirándola.

–Tu lealtad es admirable –señaló él y sonrió un poco–. Aunque me resulta un poco irónica, dadas las circunstancias. ¿Qué pensarán tus padres de este repentino cambio de la situación?

–Lo aceptarán –afirmó ella, sonrojándose.

–¿Y cuando nosotros nos separemos?

Su escueta pregunta aplastó las frágiles esperanzas que Siena albergaba.

–Me aseguraré de que sepan que fue decisión de los dos, no solo tuya –indicó ella, tratando de sonreír.

Durante un segundo, Nick frunció el ceño.

–Con eso bastará –repuso él con tono satírico–. Te prepararé un contrato. Busca un abogado para que te ayude a revisarlo. Mientras, vayamos a casa de tus padres para recoger tu ropa.

Capítulo 10

TENGO que devolverle a Adrian su anillo –dijo Siena, mientras dejaba los platos sucios en el fregadero. Cuanto antes, mejor, pensó.

–Mándaselo por un mensajero.

–Sería más definitivo si se lo entregara en mano.

–¿Por qué?

–Supongo que quiero decirle algunas verdades –admitió ella.

–No merece la pena. Si esperas que él esté arrepentido, te vas a llevar una desilusión.

–¿Cómo lo sabes?

–Porque lo más probable es que ahora piense que ha encontrado el verdadero amor en Gemma. ¿Por qué va a sentirlo? Lo más lógico es que crea que haberte hecho daño a ti ha sido un mal menor.

Siena se encogió, pero tuvo que reconocer que Nick tenía razón.

–Solo porque anulara nuestro compromiso por correo electrónico no quiere decir que yo tenga que ser tan grosera como él. Voy a devolvérselo en persona.

Nick la observó con mirada escrutadora.

–Con eso, igual le haces pensar a tu hermana que sigues enamorada de él.

Siena se quedó mirándolo un momento.

–No creo, pero podría ser. Por eso, tengo que asegurarme de que se trague nuestra historia.

–Déjamelo a mí. Yo me encargaré.

–No, yo lo haré –negó ella. Era una tontería, pero no quería que Nick tuviera nada que ver con Adrian.

Al parecer, Nick lo aceptó, pues no dijo nada más durante un momento.

–Antes de que nos vayamos, es mejor que nos pongamos de acuerdo en los detalles de la historia que les vamos a contar –señaló él cuando Siena iba a salir de la cocina.

–Si alguien pregunta, les diré que nos encontramos en Londres y que nos enamoramos –replicó ella, sintiendo que le ardía la piel.

Nick esbozó una sonrisa burlona.

–¿Y que vamos a casarnos?

–¡No! –exclamó ella, sin pensárselo.

–Esa reacción no va a convencer a nadie de que estamos viviendo una apasionada aventura –comentó él con sarcasmo–. Tal vez, podrías sonrojarte un poco y decir que es demasiado temprano para hacer planes.

Siena parpadeó, sorprendida por su observación.

–No te preocupes por eso ahora, de todos modos. Estoy seguro de que podremos inventar algo lo bastante romántico para cuando lleguemos allí.

–¿Lleguemos? Nick, no hace falta que me lleves.

–Me va a necesitar, al menos, para reforzar el hecho de que estás locamente enamorada de mí –indicó con suavidad–. Y, como no tienes coche, tardarías toda la mañana en llegar en transporte público.

Por supuesto, Nick sabía que ella no quería gastar dinero en un taxi.

–Espero que no tengas pensado entrar en casa conmigo –señaló ella, sintiéndose acorralada.

–No, a menos que tú quieras –contestó él con tono de indiferencia.

Siena meneó la cabeza y se colocó los rizos detrás de las orejas antes de mirarlo a los ojos.

–Anoche, me parecía bastante fácil –admitió ella–. Iría a casa, calmaría a Gemma, le devolvería a Adrian el anillo, encontraría un trabajo y un sitio donde vivir. ¿Por qué ahora me parece todo mucho más complicado?

–Eso es lo que pasa cuando cuentas con los sentimientos de las otras personas, aparecen complicaciones.

Durante un instante, sus ojos se encontraron y a ella se le aceleró el pulso por cómo la miraba. Nick se acercó, inclinó la cabeza y la besó.

En ese momento, Siena se quedó en blanco, poseída por un deseo tan intenso que le temblaban las piernas.

Nick levantó la cabeza con los ojos llenos de deseo y sonrió. Tomándola en sus brazos, se dirigió hacia la puerta abierta del salón.

–Tengo la sensación de que eso de llevarme en brazos satisface tu lado de macho –susurró ella, mientras la llevaba al sofá.

–La verdad es que me gusta mucho –respondió él y se tumbó con ella.

Mientras le llenaba la cara de besos, Siena se dio cuenta de que Nick estaba tan excitado como ella.

Nick gimió y la agarró de las caderas, apretándola contra su cuerpo. Ella gimió, disfrutando de la forma perfecta en que ambos encajaban.

Hasta que recordó lo que tenía que hacer.

Pero lo dejaría para después, se dijo, cuando él empezó a besarla en el cuello, haciendo que pequeños escalofríos de placer la recorrieran.

Sin embargo, su mente se negaba a dejar de lado aquel molesto pensamiento. Levantó la cabeza.

–Gemma. Y Adrian... –dijo ella con voz angustiada.

Nick los mandó a ambos al diablo sin pensárselo dos veces.

–No –repuso ella, esforzándose en sonreír–. Esto no es buena idea. Necesito poder pensar... y no puedo hacerlo si dejo que la pasión me nuble la mente.

Y por su cuerpo, que no quería más que rendirse a la tentación, admitió Siena para sus adentros.

–¿La pasión te nubla la mente? –preguntó él, soltándola.

Roja como un tomate, Siena se apartó, tropezándose de tanta prisa que tenía por alejarse y no hacer nada estúpido, como volver a besarlo...

Para estar más a salvo, se fue al otro lado de la habitación y miró por la ventana. Había árboles mecidos por el viento y flores de colores, pero nada conseguía distraerla de la imagen de Nick tumbado en el sofá.

–La pasión te nubla la mente –repitió él con tono pensativo.

A Siena le ardía la piel. Pero era obvio que a él no le costaba nada acallar su deseo.

–Eso que has dicho me gusta. Y me gustaría más si no hubieras parado, pero tienes razón.

Siena apretó los labios, en el fondo deseando que él no le diera la razón, que siguiera besándola...

–Solo quiero hacer lo que tengo que hacer, liberarme de las cosas que pesan sobre mí.

–Lo entiendo.

Siena se volvió hacia él con el corazón acelerado y lo sorprendió abrochándose los botones de la camisa. Ella no recordaba habérsela desabotonado, pero sus dedos sí recordaban haberle acariciado la piel caliente y el delicioso vello del pecho. Tragó saliva.

–Un corte limpio es menos doloroso. Al menos, cura mejor –indicó él.

Con el estómago encogido, Siena se imaginó el momento en que él cortaría con ella, de forma limpia y fría.

–¿Has cambiado de idea? –preguntó él con tono neutro.

Siena meneó la cabeza. Pasara lo que pasara con Nick, no había marcha atrás. Adrian ya no significaba nada para ella.

–Nada de eso –señaló ella–. Vamos.

Gemma estaba en casa. Las ventanas estaban abiertas.

Nick detuvo el coche delante de la casa, salió y le abrió la puerta a Siena. La miró con intensidad.

–¿Estás bien?

–Estoy bien –repuso ella, ignorando el nerviosismo que le atenazaba el estómago.

Él inclinó la cabeza y, sin darle tiempo a reaccionar, la besó de nuevo, dejándola anonadada.

–Por si alguien nos está viendo –explicó él con desapego cuando se apartó.

–Hay una cafetería a la vuelta –dijo ella, señalando al otro lado de la calle–. Quedamos allí, ¿te parece?

–Esperaré aquí –afirmó él y se apoyó en el coche con gesto de determinación.

–No es necesario –protestó ella, todavía descolocada por ese beso–. Puedes tomarte un café...

–Entra y haz lo que tengas que hacer –repuso él.

Enderezando los hombros, Siena atravesó el trecho que la separaba de la puerta y llamó al timbre, sintiéndose como si Nick la hubiera marcado con sus besos.

Gemma abrió la puerta y rompió a llorar.

–Oh, Gem, no –dijo Siena con voz angustiada y la abrazó.

Pero Gemma no podía parar. Siena tardó casi media hora en hacer que su hermana comprendiera que no estaba destrozada y que su corazón pertenecía a otro hombre.

Casi había terminado de hacer la maleta cuando Gemma dejó de llorar.

–¿Nick? ¿Nuestro Nick? –preguntó Gemma.

–¿Cómo es posible que te pases media hora llorando y sigas estando tan guapa? No es justo –señaló Siena con un suspiro.

Gemma ignoró su comentario.

–La ve...verdad... no me... sorprende. Siempre supe que él te gusta. ¿Cómo ha sido? ¿Cómo te lo encontraste?

–En un restaurante en Londres, acompañado por una rubia despampanante.

En ese momento, admitió Siena para sus adentros, la vida había dado un vuelco para ella. Al verlo entrar en el restaurante como si fuera el dueño del mundo, se había convertido en una mujer dispuesta a todo, desesperada, incluso aunque sabía que su relación no tendría ningún futuro.

–¿Estás segura? –preguntó Gemma con preocupación–. ¿Estás segura de que Nick es hombre para ti?

–Segura –afirmó Siena con convicción.

Gemma pareció aceptarlo, aunque seguía atónita, como si no pudiera creer que alguien como Nick pudiera amar a Siena.

–¿Dónde está ahora?

–En el coche, creo –repuso Siena y miró por la

ventana–. No, ahora mismo está dirigiéndose a la puerta –informó con ansiedad–. Con Adrian.

La escena que sucedió a continuación fue bastante surrealista. Los dos hombres no se estrecharon las manos y aunque Nick se portó con educación su actitud fue fría como el hielo. Adrian estaba como encogido, con expresión huraña.

Y a Gemma le bastó solo una palabra para romper a llorar de nuevo.

Por suerte, no duró mucho. Sin decir nada, Siena le tendió a Adrian el pequeño paquete que contenía su anillo de compromiso. Adrian lo miró como si le hubiera entregado una serpiente y Gemma sollozó, pero por suerte nadie dijo nada.

Minutos después, Nick salió con Siena de la casa. La llevó al coche, donde ella se sentó en silencio, poseída por un cúmulo de pensamientos inconexos.

–¿Qué te pasa ahora? –preguntó Nick tras unos minutos.

Siena intentó recuperar la compostura.

–¿Por qué sabes que me pasa algo?

–No solo las mujeres son capaces de leer el lenguaje corporal –indicó él con tono seco–. Y deja de evadir mis preguntas.

Ella se encogió de hombros.

–No es que me pase nada –contestó Siena–. Es que me parece que Gemma no está segura de lo que Adrian siente por ella.

Nick la miró con impaciencia.

–Es posible que no quiera decírtelo a ti. No te metas –le aconsejó él con pragmatismo–. Es una mujer adulta... te ha robado al hombre con el que ibas a casarte, así que tendrá que enfrentarse a las consecuencias. Cuando erais niñas, solías rescatarla siempre. Es hora de que aprenda a ocuparse de sus propios problemas.

Siena tenía que admitir que él tenía razón. Mirando por la ventana, se dio cuenta de que no se estaban dirigiendo a casa de él.

–¿Adónde vamos?

–Quiero ver cómo ha quedado mi yate. Acaban de remodelarlo.

–No sabía que tenías un yate –comentó ella, aliviada porque Nick no hubiera querido hablar de la escena final del anillo.

–No es de los que te gustan.

–¿Es un yate de motor? ¿Sin velas?

–Sin velas –afirmó él–. Mientras estabas hablando con Gemma, recibí una llamada de un amigo que está de vacaciones en Australia. Quiere visitar la Costa Norte y voy a prestarle el yate durante una semana. Pero quiero ver cómo ha quedado y hablar con el capitán antes de que salgan.

Siena lo miró con incredulidad.

–Y tu amigo acaba de llegar en su jet privado, ¿no?

–Sí. ¿Por qué? –repuso él con una sonrisa.

–Me siento como si me hubiera colado en un mundo paralelo, como Alicia en el País de las Maravillas –admitió ella–. ¿Cómo consigues acostumbrarte a todo esto... el yate, las casas, todo?

–El yate lo compré para mi madre –explicó él–. En cuanto a lo demás, bueno, te he dicho que uso el jet para llegar en buena forma cuando tengo que trabajar. En cuanto a las casas, no me gusta quedarme en un hotel. Sería un tonto si te dijera que no disfruto de las cosas que el dinero puede comprar, pero sé que lo verdaderamente importante son las personas.

Aunque Nick no había respondido a su pregunta

de forma directa, Siena pensó que había aprendido algo más sobre él. Era un hombre complejo y no dejaba ver mucho de su interior.

El yate de Nick estaba atracado en un gran embarcadero bajo el puente de la bahía.

Cuando salieron del coche y comenzaron a caminar por el muelle, Siena se esforzó en mirar hacia delante. Sin embargo, se le iban los ojos hacia él. Estaba impresionante con una camiseta y unos pantalones claros ajustados.

Nick la sorprendió observándolo. Tuvo que hacer un esfuerzo para ocultar el deseo que lo atenazaba cada vez que la miraba... o solo con pensar en ella.

Lo cierto era que él no tenía ni idea de lo que pasaba por la cabeza de Siena. Ni lo que sentía. Pero no importaba. La tenía donde quería tenerla.

El capitán se acercó para recibirlos. Nick se lo presentó a Siena y sintió una incómoda tensión cuando el otro hombre la contempló con gesto apreciativo.

–Phil, quería hablar contigo –indicó Nick y miró a Siena–. No tardaré mucho. Tómate algo aquí en cubierta y, cuando termine, te enseñaré el barco.

Cuando Nick regresó, ella estaba charlando con la camarera, con los rizos sueltos al viento.

Ambas levantaron la vista al oírlo llegar.

–Libby y yo hemos ido a la escuela juntas.

Siena observó cómo su antigua compañera de clase se sonrojaba cuando Nick la recorrió con la mirada. Ella no pudo evitar ponerse celosa y aquella sensación la sorprendió, pues no tenía derecho a sentirse posesiva con él.

–¿Has terminado tu bebida? –le preguntó Nick cuando Libby se hubo ido.

–Ni siquiera la he empezado –replicó ella, mirando su vaso.

–Siéntate y tómatela. No hay prisa.

La sonrisa que acompañó sus palabras era una obra de arte, pensó Siena, sumida en una sensual excitación de la cabeza a los pies.

Debía controlarse, se reprendió a sí misma, e intentó concentrarse en apurar su refresco.

Para poder sobrevivir a aquella farsa sin terminar hecha pedazos, tenía que mantener la cabeza fría, pensó. Suspirar por Nick como una adolescente no iba a ayudarla.

Por eso, Siena apretó los labios y dijo lo primero que se le ocurrió.

–Estoy impresionada.

–¿Y por qué tengo yo la sensación de que no es así?

–Vamos, ¿quién no iba a estar impresionado ante tanto glamour?

–No tienes por qué fingir... solías despreciar los yates de motor. Recuerdo que decías que navegar de verdad solo se puede hacer con velas.

Sorprendida y emocionada porque él lo recordara, Siena suspiró.

–Me gustaría que dejaras de echarme en cara mi fase de niña insolente y atrevida. Y estoy impresionada porque has elegido un yate a motor de aspecto sólido y seguro. Seguro que se comporta muy bien en el mar.

–Así es –afirmó él con una sonrisa–. Sé que los veleros son más sexys, pero mi madre necesitaba una embarcación cómoda, por eso elegí este.

–Y el yate lleva su nombre, ¿no? –señaló ella, pues al subir había leído las palabras *Laura Blaine* en la proa.

–Sí. Mi madre creció en un barco de mercancías que tenían mis abuelos. Le encantaba navegar a vela también, pero de mayor enfermó de artrosis reumática. Apenas pudo sujetar la botella de champán para bautizar el barco. De todas maneras, disfrutó mucho surcando el mar en él en sus últimos días.

Cuando Siena levantó la vista para mirarlo a los ojos, se le contrajo el estómago de placer. Lo deseaba tanto...

–Yo tenía madre –afirmó él con tono burlón–. De hecho, tú la conocías.

–Ya supongo que no saliste de un huevo –repuso ella–. Y claro que la recuerdo. Me caía muy bien. Y apuesto a que navegar con el *Laura Blaine* fue para ella maravilloso.

–¿Y?

–¿Y qué?

–¿Qué más estaba pasando por tu cabeza?

Siena se sonrojó, maldiciéndose a sí misma por ello.

–Nada importante. Solo que, aunque el *Laura Blaine* es precioso, sigo pensando que los veleros son inigualables.

–Mi madre hubiera estado de acuerdo contigo –admitió él–. Su padre poseyó uno de los últimos barcos veleros de mercancías de las islas y a ella le apasionaba esa vida.

–Debió de ser muy duro para ella dejar el mar y establecerse en tierra –comentó ella.

La mirada de Nick se oscureció, provocándole a Siena un escalofrío.

–Sí –se limitó a decir él.

Cuando sus ojos se encontraron, Siena recordó el sabor de su boca, el contacto de su piel y sus besos...

Un sensual estremecimiento la recorrió como si le hubieran acariciado con una pluma. Se giró para que él no pudiera verle la cara.

¿Qué esperaba él de ella? No la había tocado desde aquel posesivo beso delante de la casa de sus padres y Siena ansiaba que la abrazara. Hasta tal punto que le asustaba la intensidad de su deseo.

Sin embargo, Nick mantuvo las distancias mientras le enseñaba el barco. Como su casa de Londres, había sido decorada por un profesional, aunque delataba la personalidad de su propietario.

—Me gusta —dijo ella cuando le enseñó el camarote principal—. Parece muy cómodo y práctico... perfecto para un yate.

La habitación tenía una cama enorme, que Siena se esforzó por no mirar demasiado, concentrando la atención en las estanterías y el sofá. Una planta en una maceta le daba un toque de frescura al ambiente y un óleo mostraba un paisaje marino, el mar en calma bajo el cielo estrellado.

Nick señaló a una puerta.

—Igual quieres ver el baño —sugirió él—. Yo te esperaré en cubierta.

Dentro del baño, Siena se giró y arrugó al nariz al verse reflejada en las paredes de espejo.

Deseando tener el pelo más manejable, se lavó las manos y se colocó un rizo rebelde detrás de la oreja. Contemplándose, suspiró.

Bueno, hacía mucho que había aceptado que no sólo medía poco más de un metro cincuenta y cinco, sino que poseía pronunciadas caderas y pechos, a diferencia de su hermana y su madre. Uno de sus primeros novios le había dicho que parecía una Venus de la antigüedad, hasta que había posado los ojos en

Gemma y, de inmediato, se había quedado prendado de su hermana.

—Es increíble que no viva acomplejada —se dijo a sí misma ante el espejo.

Entonces, respiró hondo y levantó la barbilla.

Solo las locas hablaban solas, se reprendió a sí misma.

Sin embargo, sonrió con excitación al recordar que Nick había sugerido que fingieran ser amantes. Desde ese momento, se había sentido en una especie de nube.

Encima, el beso que él le había dado había tenido todos los requisitos para parecer real...

Pero la verdadera realidad no permitió que Siena siguiera soñando.

—Hora de irse —dijo Nick con tono frío en cuanto la vio subir a cubierta.

Volvieron a casa de él casi sin hablar.

—Tengo trabajo que hacer —indicó Nick cuando hubieron llegado—. Al menos, me llevará una hora. ¿Qué te gustaría hacer? ¿Nadar? —sugirió y señaló a la enorme piscina que parecía fundirse con el mar en el horizonte.

Unos cuantos largos en el agua fresca servirían para calmar el incontrolable deseo que la poseía, pensó Siena.

—Sí, me parece genial. Aunque...

—¿Qué?

—No tengo bañador —repuso ella con preocupación—. No se me ocurrió meter ninguno en la maleta.

—Nada como quieras —indicó él sin darle importancia—. La piscina no se ve desde las casas vecinas, así que no te preocupes por eso.

Molesta, Siena lo vio marchar con largas y firmes zancadas. Sin poder evitarlo, la asaltaron tórridos recuerdos de la noche que habían pasado juntos en Hong Kong. Tragó saliva y respiró hondo, posando los ojos en la piscina.

Necesitaba nadar cuando antes. Así, se le enfriarían los pensamientos... y otras partes del cuerpo que tenía demasiado calientes.

Además, el agua tenía un aspecto tentador, rodeada por exuberante vegetación tropical en flor. Había una parte al sol y una terraza a la sombra, amuebladas con cómodas hamacas, algunas de ellas lo bastante anchas para dos personas.

¿Habría hecho Nick el amor con alguien allí?, se preguntó, sin poder evitarlo.

No, no quería conocer la respuesta... a menos que fuera negativa. Incluso así, no era asunto suyo. Pero el aguijón de los celos había hecho mella en ella, muy a su pesar.

Por desgracia, ni el agua ni el ejercicio consiguieron enfriar sus sentimientos. Nadar con ropa interior no era muy cómodo, pero era mejor que tumbarse al sol para darle vueltas a todas las cosas que nunca le preguntaría a Nick. Mejor aún, era una manera de cansarse. Con suerte, el cansancio físico apagaría el aplastante deseo que la consumía.

Sin embargo, las preguntas seguían saltándole a la mente como avispas furiosas. ¿Qué pretendía Nick? Ella no lo sabía y él no le estaba poniendo fácil adivinarlo. ¿Lamentaba él la pasión que habían compartido y las largas horas que habían pasado haciendo el amor con frenesí?

Y había otra duda más a la que Siena se había negado a enfrentarse durante demasiado tiempo.

¿Por qué él le había hecho el amor con tanta ter-

nura cuando había tenido diecinueve años y, luego, la
había abandonado?

¿Se habría aburrido de ella? ¿Se habría hastiado de
su inexperiencia?

¿Y por qué no se lo había preguntado cuando había vuelto a verlo? ¿Por vergüenza? ¿Por rabia? No,
admitió Siena, nadando más despacio. Había sido por
miedo.

Había temido preguntárselo porque la respuesta
podía haberle causado demasiado daño.

En ese momento, deseó haberle preguntado a su
padre más sobre la infancia de Nick. Pero frunció el
ceño, pensando que, por supuesto, su padre no le habría contado nada.

Si alguien podía hablarle de su pasado, ese era
Nick. ¿Y por qué iba a hacerlo? Era obvio que era un
tema del que él no quería hablar.

Siena se reprendió a sí misma por ser tan obsesiva
y echó mano de toda su fuerza de voluntad para concentrarse en respirar y en mantener a raya sus pensamientos con cada brazada.

Hasta que sacó la cabeza mojada del agua y vio a
Nick. De pronto, la invadió una primitiva timidez y
se sumergió en el agua.

Segundos después, una mano en el hombro le hizo
abrir los ojos y sacar la cabeza a la superficie de nuevo.

–¿Qué diablos estás haciendo?

–Escondiéndome –reconoció ella, sonrojándose.

Él bajó la mirada y su expresión se relajó.

–¿Por qué?

–No esperaba verte aquí.

–Vivo aquí, ¿recuerdas? –repuso él, frunciendo el
ceño–. Y no me digas que me tienes miedo, porque
no te creo.

Por supuesto que Siena no le tenía miedo. Pero sí le asustaba lo que su pobre corazón podía obligarle a decir... a hacer...

–No puede haber pasado una hora desde que te fuiste –protestó ella, negándose a posar los ojos en el ancho pecho desnudo de él.

–He tardado un poco menos. También te dije que no te miraría, así que no es necesario que te sumerjas en el fondo de la piscina –comentó él e hizo una pausa para darle más énfasis a sus palabras–. Y para que lo sepas, hasta ahora, he sido un caballero y, aunque con dificultad, me he contenido de mirarte más abajo del cuello. Solo he tenido que acercarme para comprobar si seguías respirando.

Siena se sonrojó, pero Nick continuó sin darle la oportunidad de decir nada.

–¿Aunque qué te preocupa? Ya he visto cada centímetro de tu deseable cuerpo y te he besado casi toda la piel. Entonces, no parecía importarte que te viera desnuda.

Capítulo 11

SIENA abrió los ojos de par en par, sin poder evitar sonrojarse más aún, mientras buscaba algo ingenioso que responder. En vano.

Nick soltó una sonora carcajada.

—No sabía que podías sonrojarte por todo el cuerpo.

—¡Dijiste que no mirarías!

—Soy humano. Es como ver una rosa blanca volverse roja. ¿Te has puesto protección solar?

El abrupto cambio en la conversación y el que él se interesara por esos detalles le provocó a Siena un pequeño estremecimiento.

—Claro que sí.

—Pero no has llegado al centro de la espalda. Yo te lo pondré —indicó él, girándose.

Siena lo observó mientras nadaba al borde de la piscina y salía. Su bañador revelaba más de lo que ocultaba, mientras las gotas de agua corrían por aquel cuerpo musculoso, imponente y poderoso.

Una desagradable mezcla de excitación y aprensión hizo presa en Siena. Se sintió como si estuviera a punto de tomar la decisión más importante de su vida... un gran paso hacia un futuro desconocido, emocionante y eclipsado por la perspectiva de un dolor demoledor.

Sin embargo, no habría lugar a la desilusión. Nick

no le había prometido nada. Sería una relación honesta, al menos por parte de él.

Por su parte, Siena no se atrevía a decirle que lo amaba.

Nick se giró, sorprendiéndola mientras lo miraba.

–Qué ojos tan grandes tienes –susurró él.

–Ya conoces la respuesta a eso –replicó ella sin pensar. «Son para verte mejor...».

Nick apretó los labios un momento y, al instante, esbozó una sonrisa que le prometía todo lo que ella ansiaba, la satisfacción de todos sus deseos... menos el más importante.

El amor no tenía cabida entre ellos.

–Tienes que secarte la espalda para que te ponga la crema.

–Sí –repuso ella, apartando la mirada.

Nick se agachó y la ayudó a salir del agua, agarrándola de las manos. Ella se miró el sujetador y se sonrojó cuando se dio cuenta de que, al estar mojado, era transparente. Pero él la hizo volverse de espaldas sin esperar más.

Cuando Nick le posó las manos en los hombros, un delicioso escalofrío la recorrió.

–¿Tienes frío? –preguntó él con suavidad.

–No –negó ella y se humedeció los labios.

Nick deslizó un dedo debajo de los tirantes de su sujetador.

–Bien. Porque será mucho más fácil si te quitas esto.

Bajo el tono desenfadado de su voz, Siena percibió una nota de apasionado deseo.

Y, de pronto, le pareció que todo encajaba en su mundo. Se olvidó de sus escrúpulos, segura de que eso era lo que quería. Si dejaba que sus miedos y sus preocupaciones se interpusieran entre Nick y ella, siempre se arrepentiría.

Haría lo que le dictara en su corazón, se dijo Siena y giró la cabeza para mirarlo a los ojos.

Un delicioso estremecimiento le recorrió los huesos y tuvo que tragar saliva antes de hablar.

—De acuerdo. Quítamelo.

En un instante, sus pechos quedaron libres. Siena respiró hondo y el pulso se le aceleró cuando él le posó un dulce beso en el hombro. Solo duró un segundo y ella se retorció para protestar, pidiendo más. Entonces, él le mordió en el mismo sitio que había besado, haciéndola gritar.

—¿Siena?

—Sí —repuso ella y se volvió para mirarlo.

Con gesto controlado, Nick parecía estar esperando. Siena le puso la palma de la mano sobre el pecho, donde el corazón le latía a tanta velocidad como a ella.

—Eres maravilloso —susurró ella, casi sin aliento.

—Y tú —replicó él, bajando los ojos a sus pechos—. Exquisita en todos los sentidos.

Acariciada por su mirada, la piel de Siena se incendió y sus pequeños pezones se endurecieron.

—¿Estás segura, Siena?

—¿Es que no lo ves?

Los ojos de Nick relucieron con el brillo del deseo. Sin embargo, él no se movió.

—Llevo esperando este momento desde que estuvimos en Hong Kong —musitó él.

—Y yo.

—Hemos sido dos idiotas —reconoció él con una sonrisa—. Aunque la espera era necesaria.

Siena asintió, notando que la esperanza renacía en

su corazón. Nick había comprendido sus sentimientos y había adivinado que ella había necesitado ponerle punto y final a una relación antes de empezar otra.

–Y, si te llevo a esa hamaca, esa piel tuya tan blanca estará protegida del sol y la protección solar puede esperar... –propuso él, tomándola en sus brazos.

Las gotas de agua chorreaban por sus cuerpos, uniéndolos de alguna manera. Cuando él la depositó sobre la tumbona, Siena se sintió de algún modo abandonada, como si no pudiera estar ni un segundo apartada de él. Fue una sensación que duró solo un instante, hasta que Nick se tumbó a su lado, rodeándola con fuerza con sus brazos.

Inundada de felicidad, Siena fue consciente de algo. Allí era el único sitio donde quería estar: entre los brazos de Nick.

Durante largos segundos, se quedaron tumbados juntos, con sus corazones acelerados latiendo al unísono...

Cuando Nick ladeó la cabeza y la miró a los ojos, Siena se quedó sin respiración. El rostro de él era la viva imagen de la pasión, aunque la besó con suma suavidad, como si tuviera miedo de lastimarla.

Perdida en el deseo, Siena cerró los ojos y se rindió al deseo que la poseía con sus garras salvajes y ardientes.

Entonces Nick apartó la cabeza y ella sonrió, dejando escapar un largo suspiro. Bajó la mirada, temiendo que sus ojos delataran lo mucho que lo amaba.

–¿Siena?

¿Cómo era posible que fuera capaz de derretirla con el mero sonido de su voz?, se dijo Siena. Era una voz profunda, limpia y sensual...

–Siena, mírame.

Ella se resistió durante unos segundos. Entonces, respiró hondo y obedeció.

—Siempre me dices eso.

—Solo intento averiguar qué estas pensando —admitió él con mirada penetrante—. ¿Cómo te sentiste cuando viste a Adrian Worth esta mañana?

Un escalofrío recorrió a Siena. En el refugio de sus brazos, la pasión le ayudaba a olvidar el dolor seguro que la esperaba ante la perspectiva de un amor no correspondido.

Sin embargo, ella se dio cuenta de que Nick realmente quería una respuesta antes de continuar. Y comprendió que era importante decir lo que tenía que decir.

—Extraña —reconoció ella—. Fue como mirar fotos viejas del álbum de mis padres y darme cuenta de lo mucho que he cambiado. Todo ha cambiado.

Adrian pertenecía al pasado. Y Nick era el presente, pensó Siena.

Pero no se atrevió a decirlo en voz alta. Pronto, ella sería también una vieja fotografía en el álbum de Nick. Y, para ella, la vida dejaría de tener color y placer, caviló con el corazón encogido.

—¿Qué te pasa? —preguntó Nick con tono urgente, observándola con intensidad—. ¿Cuál es el problema?

—Nada —mintió ella. Pasara lo que pasara, sobreviviría, se dijo a sí misma.

Amar a Nick la había cambiado por completo. Se había convertido en una mujer diferente. Comparado con lo que sentía por Nick, su amor por Adrian había sido débil e ilusorio, una forma de huida nada más.

Siena levantó la vista hacia él.

—No pasa nada. Mi relación con él no era lo bastante fuerte como para superar ningún problema. No somos los mismos que éramos cuando nos prometimos y ya no lo amo. Se acabó.

–¿Y cómo te sientes respecto a eso? –insistió Nick.

–Un poco arrepentida pero, también, un poco tonta.

Fue todo lo que Siena se atrevió a decir. Cualquier palabra de más podría revelar la verdadera naturaleza de sus sentimientos. Y estaba segura de que Nick prefería no conocerla.

Se enfrentaría a ello después, se dijo Siena, cuando ya no estuviera con Nick. En ese momento, estaba entre sus brazos y lo único que quería era aprovechar el presente.

–Debes saber que te deseo –indicó ella–. Y no espero que me hagas promesas. Creo que ya no confío en ellas. Disfrutemos lo que tenemos sin más, ¿te parece bien?

Siena lo agarró del cuello y lo besó, marcándolo con su pasión, apretando el cuerpo contra él. Nick respondió sin titubear. Solo apartó la boca un momento.

–Nada de promesas –susurró él.

En esa ocasión, hicieron el amor de forma salvaje y Siena se sintió transportada más allá de lo que había conocido hasta entonces.

Mucho después, todavía entre los brazos de Nick, ella se preguntó cómo era posible soportar tanto gozo y no morirse de placer.

Además del placer, estaba el amor. Ella amaba a Nick con todo su corazón... y sentía que, sin él, la vida sería gris e insípida, una pérdida de tiempo.

¿Pero tenía alguna posibilidad de que Nick la amara también?

En cierta manera, él la quería, pensó Siena con el

corazón encogido. Aunque era la clase de amor que se tenía a una amiga, a una vecina... no lo que ella ansiaba de él. Había sido amable y atento. Y la deseaba, no había duda. Era un amante fabuloso.

Sin embargo, si ella no se hubiera encontrado en problemas en Londres, Nick se habría ido a Hong Kong sin ella. Se habrían dicho adiós, hubieran seguido cada uno su camino y ella lo habría visto poco después en una revista del corazón con su próxima conquista.

Lo que Siena quería de él era amor de verdad... sin límites, sin barreras. Un amor como el de sus padres, capaz de crecer y durar toda una vida.

Mecida por el latido de su corazón y envuelta por los efluvios del sexo que habían compartido, Siena sintió que su cuerpo se excitaba de nuevo. Respiró hondo para calmarse.

No tenía sentido albergar falsas esperanzas, se repitió a sí misma. Y Nick no tenía ninguna intención de compartir con ella nada más que sexo.

No podía seguir entregándose de esa manera, reflexionó Siena. Debía ser como él y protegerse... levantar sus barreras con toda la fuerza de que fuera capaz.

¿Pero cómo?

Algo dentro de ella le dijo que no había solución. Era demasiado tarde.

—¿Estás dormida?

—No.

Nick se apartó un poco para poder mirarla a la cara.

—¿Cuándo llegan tus padres?

Siena tuvo que pensar un momento antes de poder dar una respuesta coherente.

—Dentro de tres semanas —comentó él—. Para entonces, ya estaré de regreso, pero antes de que me vaya es mejor que traigamos aquí todas tus cosas.

–¿De regreso? –preguntó ella, sin poder creerlo–. Pensé que ibas a estar fuera...

Nick la miró con frialdad, sin un resquicio de la pasión que había llenado sus ojos hacía unos momentos.

–No voy quedarme para siempre fuera.

–Ah. Pensé que... bueno, no sueles pasar mucho tiempo en Nueva Zelanda.

Él frunció el ceño.

–Creí que se suponía que estábamos enamorados –replicó él con tono seco–. Esto significa que deberíamos vernos bastante. Como tú vas a estar ocupada con el jardín, he decidido que haré aquí mi base de operaciones.

A Siena le dio un brinco el corazón, pero se obligó a ser práctica.

–¿Es esto una invitación a compartir tu casa y tu cama por un tiempo?

–Para mí también es extraño –reconoció él con una sonrisa–. Es la primera vez que le pido a alguien que viva conmigo.

–¿La primera?

–Sí.

–No me ha parecido que estuvieras pidiéndome nada –comentó ella tras un momento–. Me ha dado la sensación de que era una orden.

Nick la observó con expresión indescifrable.

–Mi secretaria va a pensar que contigo estoy recibiendo mi merecido –señaló él y la rodeó con sus brazos.

Siena recordó vagamente que él le había hablado

de su secretaria en Londres, una mujer casada y con hijos que le cuidaba la casa cuando él estaba fuera.

–Siena, no solo quiero que te quedes para hacer más creíble que estamos juntos y suavizar las cosas con tu familia. También me proporciona un gran placer tenerte cerca –afirmó él con voz profunda–. Y puedo asegurarte que tú también vas a disfrutar.

«Todo lo que pueda», pensó ella.

–Tal vez, deberíamos pensar... –comenzó a decir Siena, pero se interrumpió cuando él la besó.

Fue un beso dulce y tierno que anuló todo su sentido común.

–¿Qué has decidido? –preguntó él, cuando levantó la cabeza.

–Sí –susurró ella y se aclaró la garganta–. Me quedaré aquí.

Sin embargo, Nick no se conformó con eso.

–¿Tan difícil te ha resultado aceptar?

¿Difícil? Era más que eso, pensó Siena. La promesa de un breve paraíso, seguido de un largo infierno. ¿Pero qué podía ella decir?

–Como tú, nunca he vivido con nadie –repuso Siena, demasiado cobarde para confiarle lo que de veras sentía–. No sé cómo se hace.

Nick la miró con desconfianza, como si adivinara que había algo más que ella se callaba, pero lo dejó estar.

–Aprenderemos juntos –dijo él.

Juntos...

Una sola palabra era capaz de despertar de nuevo la esperanza de Siena. ¿Sería él capaz de sentir algo más que pasión por ella? Porque ella tenía claro que quería mucho más...

Tenía que ser fuerte, se dijo Siena, dudando que él

siquiera pudiera comprender sus sentimientos. Se estaba metiendo en una situación que, sin duda, le traería infinito dolor.

De hecho, estaba segura de que Nick cancelaría su trato si se enteraba de que ella lo amaba.

Durante un instante, Siena tuvo la tentación de decírselo, de renunciar al amor para protegerse del dolor que iría entrelazado con él.

Sin embargo, no fue capaz. Su corazón impaciente no podía dejar de esperar que, algún día, tal vez, él la miraría y se daría cuenta de que la amaba.

–Aprenderemos –repitió ella en voz baja.

–Lo malo es que tengo que irme pronto –indicó él, torciendo la boca–. Me acaba de mandar un mensaje mi secretaria, diciéndome que tengo que ir a una reunión a San Francisco. Volveré a finales de semana.

–De acuerdo –dijo ella, escondiendo su desasosiego con una falsa sonrisa–. ¿Cuándo te vas?

–Dentro de una hora.

–Entonces, es mejor que hagas las maletas –aconsejó ella, tratando de camuflar sus sentimientos.

Nick no quiso que lo acompañara al aeropuerto, así que se despidieron en la casa. Él la abrazó con fuerza.

–Empezaré a pensar en lo del jardín –prometió ella.

–Y piensa en mí también –pidió él, la soltó y se dio media vuelta para irse.

Por supuesto, Siena no dejó de pensar en él. Nick la llamaba todas las noches y, durante sus conversaciones, ella se sentía cada vez más enamorada. Él le hacía reír y la sorprendía contándole cosas de la gente con la que estaba tratando. Y ella le contaba el método que estaba utilizando para remodelar el jardín.

–Primero, tengo que darme muchos paseos y mirar bien las cosas –señaló ella–. E imaginarme cómo quedarían otras cosas en su lugar. Y tomar notas y hacer esquemas.

–¿Lo estás disfrutando?

–Mucho –afirmó ella. También lo estaba echando mucho de menos a él, pero eso no se lo dijo.

–Nos vemos pronto. No trabajes mucho –repuso él e hizo una pausa–. ¿Estás nadando?

–No –negó ella, aunque había tenido ganas de hacerlo, y se rio al recordar la razón–. Mi madre siempre decía que es mejor no nadar sola, que es muy peligroso. Supongo que le he tomado miedo por eso.

–Bueno, no hagas nada peligroso –dijo él, riendo.

Siena se despertó de golpe al escuchar su nombre. Se puso en pie de un salto, pensando que era Nick. Sin embargo, con las prisas, se cayó de bruces en el suelo.

–¡Siena! ¡Qué diablos...!

–Aquí estoy –murmuró ella e intentó desenredarse de la manta en la que se había envuelto para dormir en la casa de la piscina.

Nick estaba en la puerta, mirándola.

–¿Qué estás haciendo aquí? –preguntó él, se acercó y la levantó en sus brazos, abrazándola con fuerza–. ¿Estás bien?

–Estoy... bien –balbuceó ella.

–¿Por qué estás aquí?

–Hacía calor. Así que he venido a dormir aquí...

–Cielos, pensé... pensé... –comenzó a decir él y caminó hasta el sofá, para sentarse con ella, sujetándola como si fuera el más precioso tesoro–. Pensé que te habías ido.

–¿Que me había ido?

–Sí –admitió él en voz baja con el corazón acelerado–. Y entonces, me di cuenta de algo que llevo años queriendo negar.

Siena levantó la vista, incapaz de descifrar su expresión en la penumbra.

–Me di cuenta de que, por mucho que lo he intentara, si me dejaras, nunca te olvidaría, nunca dejaría de pensar en ti.

Incapaz de creer lo que oía, Siena parpadeó y meneó la cabeza.

Nick apretó los labios.

–¿No me crees? Pues tendré que convencerte –dijo él.

–Es que, por un momento, me ha parecido que estaba soñando. Yo... Nick, quiero creerte... no tienes idea de cuánto quiero creerte.

–Bueno, me alegro –repuso él tras un segundo de silencio.

Siena tomó aliento y se llenó de valor para hablar.

–Lo que pasa es que... me resulta... muy difícil. No me has mostrado... bueno, sé que me deseabas, pero eso no es... Tú estás hablando de amor.

Nick contuvo el aliento.

Saber lo que sentía por ella de verdad era mejor que seguir en la incertidumbre, se dijo Siena. Fuera lo que fuera.

Él se puso tenso y, durante unos segundos, el silencio se cernió sobre ellos.

–Sí. Debe de ser amor.

–Ya era hora –musitó ella con un suspiro–. Yo te amo desde hace años...

Nick se atragantó con una carcajada de satisfacción.

–¿Me amas? ¿Estás segura?

Siena no titubeó.

–Te he amado desde que tengo edad para saber lo que es el amor. Te amaba ya cuando hicimos el amor la primera vez...

–Fue tu primera vez, ¿verdad?

–Sí.

–Me dejaste creer que tenías experiencia –le acusó él, meneando la cabeza.

–¿Te habrías acostado conmigo si no lo hubiera hecho?

–Es probable que no –reconoció él–. Aunque... me hubiera gustado saberlo.

–No creo que eso hubiera cambiado las cosas –afirmó ella en voz baja.

–Debí causarte mucho dolor cuando te dejé.

–Sí.

Nick la apretó con más fuerza. Sumergida en su abrazo, Siena supo que las ansias de su corazón habían encontrado respuesta. En los brazos de Nick, estaba en su hogar.

–Por eso, elegiste como prometido a alguien que te hiciera segura, alguien a quien no amabas y que no pudiera lastimarte, ¿no?

–Sí. Hasta que apareciste tú y me raptaste y me llevaste a Hong Kong. Y yo... –comenzó a decir ella y se corrigió–: No, *los dos* hicimos el amor.

–Y tú tuviste tu primer orgasmo.

–No fue solo eso –explicó ella–. Siempre te he amado. Solo he necesitado tiempo para reconocerlo.

–Mi dulce amor –dijo él, abrazándola.

Con incredulidad, Siena reconoció que su más querida esperanza había florecido para convertirse en una realidad.

Entonces, Nick la besó.

Más tarde, cuando entraron en casa, él descorchó una botella de champán.

–Por nosotros –brindó Nick, tendiéndole una copa–. Y por el futuro.

Siena rio.

–¿No deberíamos brindar por Gemma y Adrian? Si no hubiera sido por ellos, no habría ido a Hong Kong contigo y, tal vez, nunca habríamos reconocido que nos queremos.

Nick dio un respingo.

–Sí lo habríamos hecho. Puede que yo hubiera tardado un poco más, pero habría comprendido mis sentimientos por ti antes o después.

Ella sonrió, estremeciéndose. Antes de que pudiera hablar, Nick la interrumpió.

–Supe que tenía que hacer algo cuando vi ese maldito anillo en tu dedo.

Siena se quedó mirándole y adivinó que sus palabras eran sinceras.

–¿Hacer algo?

–Me sentí como si alguien me hubiera robado lo único que me importaba. Me pareció casi obsceno que llevaras el anillo de otro hombre. Solo de imaginarte haciendo el amor con otro me daban ganas de tirarme por la ventana –reconoció él y añadió–: También me daba miedo.

–¿Miedo? –preguntó ella, sin creerlo.

–En mi infancia, aprendí que era muy peligroso mostrar tus sentimientos –explicó él.

–¿Por tu padre? –preguntó ella con suavidad.

–Sí. Era un déspota.

Nick se apartó y caminó hasta la ventana, dándole la espalda. Nerviosa, ella esperó, dejándole tiempo.

Sabía que su relación con su padre lo había marcado y era la razón por la que él siempre mantenía sus emociones bajo llave.

–Mi padre no nos pegaba ni a mi madre ni a mí, pero usaba nuestros sentimientos para manipularnos. Yo era su arma contra ella, cuando estaba furioso con ella, me hacía daño a mí, para que ella tuviera mucho cuidado de no hacer nada que lo hiciera enojar. Por eso, yo aprendí a controlar cualquier expresión de mis sentimientos. Cuando mi madre lo dejó, ella estaba hecha un manojo de nervios. Por eso, le dieron la custodia a él. Cuando mi madre se recuperó, yo me fui a vivir con ella. Mi padre se suicidó y su muerte fue un alivio para nosotros.

–Lo entiendo –dijo Siena, horrorizada.

–Espero que no –repuso él con voz fría–. Yo le pregunté a mi madre en una ocasión por qué se había quedado tanto tiempo con él. Me dijo que lo amaba. Y me dijo que él también me había querido a mí. Fue entonces cuando decidí que el amor no merecía la pena –explicó–. Al ver a tu padre contigo y con tu hermana y con tu madre, comprendí que era mi padre quien se había equivocado, no mi madre, ni yo. Pero seguí sin comprender el amor. Sin embargo, cuando volví a verte hace cinco años, me resultaste demasiado tentadora y no pude resistirme a ti.

–Estabas resentido conmigo –musitó ella, atreviéndose a pronunciar aquellas palabras que sabía que necesitaba decir.

–Contigo, no –negó él, girándose hacia ella–. Estaba resentido conmigo mismo, por no poder controlar mis sentimientos hacia ti.

Siena se acercó y lo rodeó con sus brazos. Estaba rígido, como si aquella confesión le estuviera costando un mundo. Tras un momento, se relajó un poco y la miró.

–Tú eras valiente, independiente y divertida. Y yo te deseaba tanto que estaba muerto de miedo. Sabía que era mejor dejarte en paz. Pero no pude. Entonces, cuando hicimos el amor, sucedió algo que yo no había esperado. Me entregué a ti. Y quise tenerte siempre conmigo. Por eso, salí huyendo. No quería ser como mi padre –reconoció él.

–¡No te pareces en nada a tu padre! –exclamó ella–. Es un milagro que crecieras con la cabeza tan bien amueblada, teniendo en cuenta por lo que pasaste.

–Fue gracias a mi madre y tus padres... sobre todo, tu padre –indicó él–. Me enseñó que un hombre puede amar sin dominar. Puede que haya heredado algo de mi padre y tenga tendencia a querer que seas mía, pero puedo controlar mis impulsos y te amo –afirmó–. Es la primera vez que le digo esto a alguien.

–¿Por qué has tardado tanto? –preguntó ella con lágrimas en los ojos–. Debiste haber adivinado que yo te amaba hace cinco años.

–Merecía que me odiaras... Pero creo que siempre he tenido la esperanza de encontrar el amor. En Hong Kong, supe que, sin ti, la vida no tendría sentido.

–A partir de ahora, seremos tú y yo, Nick –dijo ella, tomando el rostro de él entre las manos mientras sus miradas se entrelazaban.

Se besaron y, con una fe sin barreras, Siena se rindió a él, segura de que podía confiarle su corazón.

–Siena, cariño, levanta.

Ella se despertó al escuchar la voz de su esposo y se llevó la mano al vientre.

–¿Mmm? –dijo ella y soltó un grito sofocado al notar una contracción.

–Creo que es la hora. Llevas más de media hora haciendo unos ruidos extraños –señaló Nick.

Entonces, sonó el teléfono y él respondió.

–Sí, ahora mismo voy a llevarla al hospital. De acuerdo –dijo al auricular y colgó–. Gemma te manda recuerdos. Y quiere que la avise en cuanto nazca el bebé.

Una hora y media después, Nick miró la carita del bebé que sostenía en brazos. Siena sonrió, cansada y feliz.

El bebé empezó a lloriquear.

–¿Crees que tiene miedo? –preguntó Nick, preocupado.

–Imposible. ¿Cómo va a tener miedo estando en brazos de su padre?

Nick se sentó junto a Siena, acariciando la cabecita de su bebé.

–Creo que quiere estar contigo –comentó él–. Un día, tenemos que llevarlo a Hong Kong, ¿de acuerdo? Siempre será un lugar especial para mí, porque allí fue donde descubrí que te amaba.

Ella sonrió con los ojos empañados por la emoción.

–Para mí también es especial.

Momentos después, la enfermera abrió la puerta y la cerró de nuevo, al instante. Ni Nick ni Siena se dieron cuenta. Estaban demasiado ocupados besándose, mientras sujetaban al bebé en su cálido abrazo.

ABBY GREEN

LA LLAMADA
DEL DESIERTO

Capítulo 1

EL EMIR de Burquat, Su Alteza Real el jeque Kaden bin Rashad al Abbas.

Kaden miró el salón del exclusivo Club Arqueológico de Londres, abarrotado de gente. Todos estaban mirándolo, en silencio, pero eso no lo molestó. Estaba acostumbrado a ser el centro de atención.

Bajó los escalones de mármol con una mano en el bolsillo del pantalón, observando que la gente apartaba la mirada. Bueno, los hombres apartaban la mirada, las mujeres no. Como la bonita camarera que esperaba al final de la escalera y que le sonrió, coqueta, mientras le ofrecía una copa de champán. Pero Kaden no estaba interesado; demasiado joven para su escéptico corazón.

Desde que era un adolescente había sabido que poseía cierto poder sobre las mujeres. Sin embargo, cuando se miraba al espejo se preguntaba si lo que sentían era el deseo de borrar esa expresión cínica y reemplazarla con otra más amable.

Una vez había sido más amable, pero tanto tiempo atrás que ya no podía recordarlo. Era como un sueño y, como todos los sueños, algo irreal.

Entonces algo llamó su atención al otro lado de la sala. Una cabeza rubia entre las demás...

«Aun ahora».

Se maldijo a sí mismo por pensar eso y sonrió cuando el director del club se acercó a saludarlo, agradeciendo la distracción y preguntándose por qué no era capaz de controlar tan arbitraria respuesta a algo que no había sido más que un sueño.

El corazón de Julia Somerton palpitaba con tal fuerza que empezaba a marearse.

Kaden.

Estaba allí.

Había desaparecido entre la gente después de bajar por la escalera, pero esa imagen de él apareciendo de repente como un dios de pelo oscuro estaría grabada en sus retinas para siempre. Era una imagen que ya estaba grabada de forma indeleble en su corazón. No podía borrarla, por mucho que lo intentase o por mucho tiempo que pasara.

Seguía siendo tan increíblemente apuesto como el día que lo conoció. Alto, de hombros anchos, moreno, con el atractivo exótico de un extranjero, alguien que provenía de una zona más árida, más inclemente.

Estaba demasiado lejos como para verlo en detalle, pero incluso desde donde estaba había sentido el impacto de esa mirada oscura; unos ojos tan negros en los que una mujer podía perderse para siempre.

¿Y no lo había hecho ella una vez?

Le parecía increíble que pudiese impactarla de tal modo después de doce largos años. Ahora era una mujer divorciada, nada que ver con la chica idealista que había sido una vez, cuando lo conoció.

La última vez que se vieron acababa de cumplir veinte años, unas semanas antes que él, algo sobre lo que Kaden solía tomarle el pelo diciendo que estaba con una «mujer mayor».

Al recordar eso se le encogió el corazón tan violentamente que tuvo que llevarse una mano al pecho...

–Julia, ¿estás bien? Te has puesto muy pálida –dijo Nigel, el director de la fundación para la que trabajaba.

Ella sacudió la cabeza, dejando su copa sobre una mesa.

–Debe de ser el calor –logró decir, casi sin voz–. Voy a... tomar el aire un momento.

Julia se abrió paso entre la gente, sin mirar a un lado o a otro, en dirección a la terraza que daba al jardín.

–No te vayas muy lejos, tienes que dar tu discurso –le advirtió Nigel.

Cuando por fin salió a la terraza, respiró profundamente para llevar oxígeno a sus pulmones. A mediados de agosto, cuando el calor en Londres era más opresivo, ella estaba temblando. El aire olía a tormenta y el cielo estaba cubierto de nubes, pero Julia no veía nada de eso. Como no veía el maravilloso jardín lleno de flores exóticas llevadas hasta allí por exploradores de todo el mundo.

Estaba tan angustiada que tuvo que sujetarse a la balaustrada de la terraza, perdida en los recuerdos. Tantos recuerdos y tan vívidos como si todo hubiera ocurrido el día anterior.

Sintió entonces que una lágrima rodaba por su rostro y, de repente, experimentó una insoportable sensación de tristeza.

¿Pero cómo podía ser? Ella era una mujer de treinta y dos años, una mujer madura, dirían algunos. En lo mejor de la vida, dirían otros.

Pero el día que tomó un avión para marcharse del emirato de Burquat, en la península arábiga, algo dentro de ella había muerto. Y aunque había seguido con sus estudios, superando sus propios sueños al conseguir un doctorado y un máster, y había amado a su marido en cierto modo, nunca había vuelto a ser tan feliz como lo fue en Burquat. Y la razón estaba en aquella sala llena de gente.

Lo había amado tanto...

—Doctora Somerton, es hora de su discurso.

Esa petición la devolvió al presente y, sacando fuerzas de flaqueza, Julia se dio la vuelta. Iba a tener que hablar delante de toda aquella gente durante quince minutos, sabiendo que él estaría mirándola.

¿Recordando?

Tal vez ni siquiera la recordaría, pensó entonces. Desde luego, Kaden había tenido relaciones con suficientes mujeres desde entonces como para que su recuerdo se hubiera convertido en un simple borrón. Odiaba admitirlo, pero estaba tan al corriente de su vida amorosa como cualquier persona de la calle gracias a las revistas del corazón.

Tal vez ni siquiera su rostro le resultaría familiar. Tal vez no recordaría las noches en el desierto, cuando sentían que eran las únicas personas en el mundo bajo un interminable cielo estrellado. Tal vez no recordaría la emoción de convertirse en amantes, la primera vez para los dos, y cómo su ingenuidad pronto se había convertido en una pasión insaciable.

Tal vez ni siquiera recordaría lo que le había dicho bajo las estrellas:

–Siempre te querré. Ninguna otra mujer podrá ser la dueña de mi corazón como lo eres tú.

Y tal vez no recordaría aquel día terrible en el precioso palacio real de Burquat, cuando de repente se volvió frío, distante y cruel.

Convencida de que un hombre como Kaden la habría apartado de sus recuerdos, y conteniendo el deseo de salir corriendo, Julia esbozó una sonrisa mientras se dirigía a la tarima, intentando desesperadamente recordar de qué demonios trataba el discurso.

–Julia Somerton está a punto de dar su discurso, señor. Tengo entendido que utilizó sus investigaciones en Burquat para conseguir el doctorado –estaba diciendo el director del club–. Tal vez la conoció usted entonces. Ahora se dedica a recaudar fondos para varios proyectos arqueológicos.

Kaden miró al hombre que se había abierto paso entre la gente para saludarlo y asintió con la cabeza. El director del club arqueológico lo había invitado con la intención de conseguir una aportación económica para su proyecto, pero él estaba demasiado distraído como para mantener una conversación.

Julia Somerton... no, no podía ser ella.

Aunque no había habido otra Julia en Burquat, intentaba convencerse a sí mismo de que se trataba de otra persona.

Entonces era Julia Connors, no Somerton. Aunque una vocecita le decía que podría estar casada. De hecho, sería lo más lógico ya que también él se había casado.

Al recordar su matrimonio, Kaden volvió a sentir una oleada de furia... pero no debía recordar el pasado.

Y, sin embargo, una parte de su pasado que se había negado a desaparecer a pesar del tiempo estaba frente a él en aquel momento.

Si era ella.

Su corazón empezó a latir, desbocado.

En la sala se había hecho el silencio y cuando Kaden vio subir a la tarima a una mujer rubia con un elegante vestido negro de cóctel, el mundo pareció detenerse.

Era ella, Julia.

Sobre una tarima, como el pedestal en el que él

la había colocado doce años antes; un pedestal donde no tenía derecho a estar. Pero, afortunadamente, algo había evitado que cometiese el mayor error de su vida.

Intentando sacudirse esos recuerdos, Kaden se concentró en Julia. Su voz era suave, un poco ronca, algo que lo había atraído desde el momento que la conoció. Entonces llevaba una camiseta, vaqueros llenos de polvo y un sombrero de safari que ocultaba parcialmente su rostro, pero tenía una figura tan sensual que se había quedado sin habla.

Entonces solo tenía diecinueve años y seguía pareciendo una niña. Ahora era más esbelta. De hecho, había en ella una fragilidad que no tenía antes.

Aquella mujer no tenía nada que ver con la joven cubierta de polvo que conoció doce años atrás. Con su pelo rubio sujeto en una coleta baja, la raya a un lado y el vestido de cóctel, era la elegancia personificada. Pero su elegante imagen no conseguía detener el torrente de imágenes carnales que aparecían en su mente... y en tal detalle que empezó a excitarse sin remedio.

No debería afectarlo de ese modo, pero así era. Aquello era inconcebible.

Pero lo cierto era que ninguna mujer lo había excitado como lo excitaba Julia. Jamás había vuelto a perder el control como lo había perdido con ella.

Y nunca había sentido un ataque de celos como el que sintió al verla en brazos de otro hombre...

Lo vívido de ese recuerdo casi lo mareaba y

tuvo que hacer un esfuerzo para apartarlo de su mente.

Aquella mujer había sido una valiosa lección y desde entonces nunca había dejado que sus más bajos instintos le hiciesen perder la cabeza. Y, sin embargo, todo eso parecía olvidado en aquel momento.

Sorprendido por su reacción, e irracionalmente furioso con ella, Kaden apretó los labios. Oyó reír a los invitados en reacción a algo que ella había dicho y, más inquieto que nunca, murmuró una disculpa antes de salir a la terraza.

En cuanto el discurso de Julia terminase se marcharía de allí y jamás volvería a verla.

Julia bajó de la tarima. Había tenido que hacer un esfuerzo sobrehumano para recordar su discurso cuando vio la cabeza morena de Kaden destacando entre todas las demás, sus ojos negros clavados en ella. Pero entonces, con un abrupto movimiento, lo había visto abrirse paso entre la gente para salir a la terraza. Y después de eso había tenido que hacer un esfuerzo sobrehumano para concentrarse.

Afortunadamente, su jefe en la fundación se acercó en cuanto terminó de dar el discurso y cuando la tomó del brazo no se apartó como solía hacer.

Desde su divorcio un año antes, Nigel había dejado bien claro su interés por ella, a pesar de que Julia lo desanimaba constantemente.

Esa noche, sin embargo, necesitaba todo el apoyo

posible. Y si pudiera marcharse de allí cuanto antes, tal vez podría olvidar que había vuelto a ver a Kaden.

Nigel hablaba sin parar, pero Julia no era capaz de concentrarse en lo que decía porque veía dónde la llevaba: hacia las puertas de la terraza. Allí había un hombre de espaldas, alto, de anchos y poderosos hombros, el pelo negro como el ébano rozando el cuello de la chaqueta, exactamente igual que el día que lo conoció.

Como una niña recalcitrante, Julia clavó los tacones en la alfombra, pero Nigel, que no se daba cuenta, seguía tirando de ella.

—Es un emir, así que no sé cómo debemos llamarlo... tal vez Alteza. Sería fabuloso que se interesara por la fundación.

En ese momento, Julia recordó el día que conoció a Kaden. Llevaba apenas un par de semanas trabajando en la expedición arqueológica de Burquat y estaba inclinada limpiando fósiles con su brocha cuando un par de zapatos apareció en su línea de visión.

—No siga —le advirtió—. Está a punto de pisar un fósil que seguramente lleva en esta región más de treinta mil años.

—¿Siempre saluda a la gente con tanto entusiasmo? —lo oyó replicar.

Julia apretó los dientes. Desde que llegó a Burquat había sido objeto de deseo y especulación por parte de muchos hombres, pero no se hacía ilusiones; siendo la única mujer entre cincuenta arqueólogos era de esperar.

–Si no le importa, estoy trabajando.

–Sí me importa, soy el príncipe Kaden y quiero que me mire cuando hable conmigo.

Julia había olvidado por completo que el emir de Burquat iba a visitar la excavación ese día con su hijo...

Cuando por fin levantó la mirada, el sol le daba en los ojos y solo pudo ver una alta y formidable figura.

Quitándose los guantes, se incorporó... para encontrarse cara a cara con el hombre más guapo que había visto en toda su vida. La túnica blanca destacaba su tez bronceada y sus anchos hombros y, aunque llevaba turbante, unos rizos oscuros escapaban por detrás. Y tenía unos ojos negros que parecían hipnotizarla.

Abrumada de repente, Julia se quitó el sombrero y le ofreció su mano...

–Y esta es la doctora Somerton, nuestra directora de Recursos, cuya labor recaudando fondos para nuestras excavaciones es fundamental para la fundación.

El pasado se mezcló con el presente y Julia se encontró ofreciéndole su mano a Kaden en la terraza.

Kaden, con un traje de chaqueta oscuro y una camisa blanca abierta en el cuello, tenía un aspecto imponente e infinitamente más formidable que cualquier otro hombre.

No había perdido pelo ni tenía barriga después de tantos años. Al contrario, exudaba virilidad, vitalidad y un magnetismo sexual más poderoso que nunca.

El puente de su nariz, ligeramente torcido, aumentaba esa sensación de peligro. Recordaba el día que se lesionó mientras jugaba al brutal juego nacional de Burquat...

Y se le encogió el corazón al ver que sus facciones eran más marcadas ahora. Aunque su boca era tan sensual como recordaba; el labio inferior grueso y el superior ligeramente más fino. Le encantaba pasar un dedo por sus labios...

Era una boca que inspiraría deseo hasta en la más descreída de las mujeres.

La fuerza de ese deseo sorprendió a Julia. Pero no podía seguir deseándolo después de tantos años... ¿o sí?

Kaden la miraba tan fijamente como lo miraba ella, pero eso no era ningún consuelo. Resultaba evidente que la había reconocido, pero también que no le gustaba aquel encuentro.

La mano de Kaden envolvió la suya y un millón de sensaciones explotaron por todo su cuerpo...

Demasiado civilizado como para cometer una grosería como negarle su mano, Kaden apretó los dientes ante el inevitable contacto, pero no sirvió de nada. El mero roce de su piel lo hizo desear apretarla contra su pecho, acariciarla como lo hacía antes...

Le gustaría redescubrir a aquella mujer y el de-

seo era tan fuerte que desató una tormenta de proporciones gigantescas en su interior.

Se preguntó entonces cuándo estrechar la mano
de una mujer había provocado tal reacción...

Pero él lo sabía muy bien: doce años atrás, bajo
el inclemente sol del desierto de Burquat, entre polvorientas reliquias, cuando aquella misma mujer lo
miró con una tímida sonrisa en los labios.

Derrotado, Kaden tuvo que reconocer que su deseo de marcharse de allí y olvidar que había vuelto
a verla se disolvía en una nube de deseo.

Capítulo 2

EL ROCE de su mano provocó en Julia un pequeño terremoto y Kaden no parecía dispuesto a soltarla... tan poco dispuesto como ella. Reconocer eso la avergonzó y, sin embargo, no parecía encontrar energía para apartar la mano.

Cuando lo miró a los ojos sintió una emoción tan poderosa, un anhelo tan profundo, que casi la asustó. Tuvo que hacer un esfuerzo para recordar dónde estaba y con quién, pero era casi imposible. La realidad era que estando tan cerca de Kaden no podía ver a nadie más.

Y, de repente, él dejó de mirarla para mirar a Nigel. Había soltado su mano y una oscura y premonitoria nube parecía haberse instalado sobre sus cabezas.

–Encantado de conocerlo, Alteza –empezó a decir Nigel, nervioso.

–Lo mismo digo –murmuró él, volviéndose hacia Julia–. Doctora Somerton.

Su voz era tan dolorosamente familiar que le gustaría poder agarrarse a algo para mantenerse firme.

El director del club arqueológico estaba hablando

con Kaden, pero su voz parecía llegar desde muy lejos...

–Tal vez ya se conocen, doctora. Cuando estuvo en Burquat...

Julia miró a Kaden, sin saber qué decir, y él esbozó una parodia de sonrisa antes de responder:

–Sí, creo recordar que nos vimos alguna vez. ¿Para qué estuvo en Burquat?

Su rechazo era tan doloroso que Julia estuvo a punto de dar un paso atrás. La horrible sensación de soledad que había experimentado cuando se marchó de Burquat doce años antes tan fresca en su mente y su corazón como si hubiera sido el día anterior.

Tal vez pensaba que estaba evitándole un momento incómodo, pensó entonces, recordando cómo le había suplicado aquel último día.

Haciendo un esfuerzo, logró esbozar una sonrisa tan amable y distante como la suya.

–Fue hace tanto tiempo que tampoco yo lo recuerdo. Y si no me necesitan, me temo que debo disculparme. He vuelto esta tarde de Nueva York y el cambio de horario empieza a afectarme.

–¿Su marido la espera en casa? ¿O tal vez está aquí? –preguntó Kaden.

Julia se quedó sorprendida por la pregunta. ¿Cómo se atrevía a fingir que no la recordaba y hacer luego una pregunta tan personal?

–No estoy casada, Alteza. Mi marido y yo estamos divorciados.

A Kaden no le gustó nada la cascada de emo-

ciones que provocó esa respuesta. Pero había imaginado que Julia volvería a casa para ser recibida
por un hombre sin rostro y la furia que provocó esa
imagen lo había obligado a hacer la pregunta.

–¿Y por qué sigue usando el apellido de casada?
–insistió, sin poder contenerse.

–Es más sencillo porque todo el mundo en la
profesión me conoce como doctora Julia Somerton.
Pero tengo intención de cambiarlo en el futuro.

Era como si estuviese en una burbuja con aquella mujer, pensó Kaden; sus acompañantes olvida-
dos por completo.

En ese momento Nigel se acercó perceptible-
mente a ella para tomarla del brazo, en un gesto no-
toriamente posesivo.

Un segundo antes, Julia había deseado poder apoyarse en algo o alguien, pero se apartó, notando el
gesto sorprendido de Nigel y el del director del
club arqueológico, que miraba de unos a otros con
cara de no entender nada.

Había sido presentada como una mera formali-
dad. A partir de aquel momento, era Nigel quien
debería intentar recabar la ayuda del jeque para sus
excavaciones, de modo que ella podía marcharse.

Y de haber sabido que Kaden estaría allí aquel
día habría encontrado cualquier excusa para no acudir al club.

–Encantada de volver a verlo, Alteza –se despidió.

Ignorando la mirada sorprendida de Nigel y la
actitud fría de Kaden, se dio la vuelta. Le pareció

que tardaba una eternidad en atravesar el salón y estaba casi en la puerta cuando sintió una mano en su brazo.

–¿Me vas a contar qué ha pasado? –exclamó Nigel.

–Nada –respondió ella–. Estoy cansada y quiero irme a casa, eso es todo.

Esperaba que el pánico que sentía no se notara en su voz, pero cuando sacó el tique para recoger su chaqueta del guardarropa vio que le temblaban las manos.

–Es evidente que conoces al jeque. Habría que estar ciego y sordo para no darse cuenta.

Julia suspiró.

–Nos conocimos hace muchos años, en Burquat. Aunque no es asunto tuyo.

–Es asunto mío si perdemos un posible patrono de la fundación porque tuvo una relación con mi directora de Recursos.

Julia lo miró entonces, muy seria.

–Imagino que el jeque será lo bastante maduro como para no dejar que ese incidente afecte su decisión. En cualquier caso, más razón para que me marche. No quiero ser un estorbo.

–Lo siento, Julia. Perdóname –se disculpó Nigel–. ¿Cenamos juntos esta semana?

Ella tuvo que contener el deseo de decir que sí para aplacarlo. Ver a Kaden la había alterado de un modo tan profundo que no era capaz de razonar.

–Lo siento mucho, Nigel. Lo he pensado bien

y... no estoy preparada para salir con nadie todavía. Nos vemos mañana en la oficina.

Después de eso salió del club con el corazón acelerado. Lo único que quería era llegar a su casa y olvidar que el pasado había vuelto a encontrarse con ella de repente.

Kaden debería haberse olvidado de Julia en cuanto se dio la vuelta, como hacía con todas sus examantes. Pero no fue así. El deseo de seguirla era tan fuerte que tuvo que hacer un esfuerzo para tranquilizarse. Especialmente cuando ese hombre que había tenido la temeridad de tomarla del brazo fue tras ella como un perrito.

Kaden se disculpó ante el sorprendido director del club y se abrió paso entre la gente, ignorando los murmullos que dejaba a su paso. Se sentía curiosamente eufórico y primitivo, como un predador en el desierto, un águila que hubiera visto su presa y no pudiera descansar hasta atraparla.

Era un incómodo recordatorio de lo que había sentido desde el momento que conoció a Julia, cuando perdió la cabeza y se dejó llevar por un sueño tan peligroso como el inducido por un opiáceo. Lo que sentía por ella era demasiado fuerte, demasiado irracional...

Y cuando llegó al vestíbulo y vio que Julia había desaparecido, se sintió absurdamente afligido.

¿Por qué sentía aquella desolación, aquel deseo que no le permitía estar quieto? Julia y él habían roto doce años antes, no había absolutamente nada entre ellos.

Disgustado consigo mismo, Kaden llamó a su hombre de seguridad, decidido a marcharse de allí y hacer lo que debía hacer: olvidarse de Julia Connors... Somerton.

No tenía el menor deseo de revivir el pasado, cuando estuvo a punto de dejar que su corazón rigiese sus actos, olvidando sus deberes y responsabilidades. No podía permitirse ese lujo. Nunca volvería a permitírselo.

Julia salió del club y miró el cielo, cubierto de oscuras nubes que amenazaban con descargar en cualquier momento. Si estuviera de mejor humor, podría haber apreciado la ironía.

Pero la auténtica ironía era que últimamente había tenido unos turbadores sueños en los que Kaden era el protagonista.

En ese momento, el cielo se abrió y empezó a llover a cántaros. Julia miró a un lado y otro de la calle, pero no veía ningún taxi...

Miró entonces la puerta del club. El edificio seguía allí, inocente, benigno, todas las luces encendidas... incluso podía oír las risas que llegaban del interior.

Pero no podía volver. No podía enfrentarse con la expresión cínica de Kaden, que la miraba como si no hubiese habido nada entre ellos.

Por el rabillo del ojo vio un elegante coche negro deteniéndose a un metro de ella y, de repente, todo pareció ocurrir a cámara lenta. Vio que llevaba la bandera de Burquat y también que otro coche lo seguía, seguramente el de los escoltas...

Empapada e incapaz de moverse, Julia se sintió transportada a las calles de Burquat cuando Kaden y ella escaparon riendo de sus guardaespaldas para esconderse en un jardín secreto. Una vez allí, Kaden la empujó contra el muro y le quitó el velo que escondía su cara para besarla por primera vez...

Solo cuando vio la alta figura de Kaden saliendo del coche volvió a la realidad.

La lluvia parecía rebotar en él, creando un halo de gotitas alrededor de su cabeza...

Julia dio un paso atrás, sin dejar de mirarlo como hipnotizada.

−¿Quieres que te lleve a algún sitio, Julia?

La manera en que pronunciaba su nombre, con ese exótico acento, hizo que se le encogiera el estómago.

−No necesito que me lleves a ningún sitio −respondió por fin.

Pero cuando iba a cruzar la calle, Kaden sujetó su brazo. Estaba tan cerca que podía ver su pelo empapado, su hermoso rostro, sus preciosos ojos negros y las gotas de lluvia deslizándose por sus altos pómulos...

−¿Qué quieres, Kaden? ¿O debería utilizar tu título? −le espetó, con amargura−. Hace un momento has querido dar la impresión de que hablabas con una desconocida. De hecho, me sorprende que recuerdes mi nombre.

–Recuerdo muy bien tu nombre, Julia –dijo él, con un tono que no pudo descifrar–. Estás empapada –añadió, solícito–. Mi apartamento no está lejos de aquí. Allí podrás secarte.

El miedo se mezcló entonces con algo mucho más primario. ¿Ir con Kaden a su apartamento?

Hacía mucho tiempo que no sentía ese escalofrío de deseo, y pensar que aquel hombre había sido el único en provocarlo la turbaba. Y mucho más que pudiera seguir haciéndolo doce años después.

–No, gracias –dijo por fin–. No quiero molestarte.

–No es ninguna molestia.

–Puedo tomar un taxi –insistió ella–. ¿Por qué has parado?

–Te he visto bajo la lluvia... ha sido una sorpresa.

También lo había sido para ella.

No volvería a ver a Kaden después de esa noche, estaba segura. Aquel encuentro había sido una monumental casualidad y sentía cierta curiosidad...

Había sido su primer amante, su primer amor. ¿Su único amor?

Antes de que hubiera podido aplastar tan turbador pensamiento, Kaden la llevaba hacia el coche como si hubieran llegado a un acuerdo tácito y Julia se sentía demasiado débil como para protestar.

Después de ayudarla a subir dio la vuelta para entrar por el otro lado y le dio una orden en árabe al conductor. El coche arrancó con tal suavidad que Julia solo sabía que estaban moviéndose porque el paisaje al otro lado de la ventanilla iba cambiando.

Kaden no podía dejar de mirarla. Podía ver sus largas pestañas, el bultito en la nariz que le daba un perfil aquilino y su boca...

Solía estudiar la boca de aquella mujer durante horas, obsesionado por la perfecta curva de su labio superior, en forma de arco. Una vez había conocido ese perfil tan bien o mejor que el suyo propio...

Llevaba una chaqueta ligera, pero la lluvia la había empapado y el vestido negro se pegaba a su cuerpo como una segunda piel. Podía ver un retazo del encaje negro del sujetador mientras su pecho subía y bajaba cada vez que tomaba aire.

Kaden apartó la mirada, furioso por su inusual falta de control. Había decidido apartarla de su mente por completo mientras salía del club, pero entonces la había visto caminando por la acera con ese paso suyo tan informal y tan sensual al mismo tiempo, como si no se diera cuenta de lo sexy que era.

No debería sentir aquel deseo por Julia, como si no se hubieran separado doce años antes...

Cuando ella se marchó de Burquat, Kaden se había dicho a sí mismo que no podía olvidarla porque había sido su primera amante. Pero no podía negar que el placer que habían encontrado juntos

había sido algo más que la emoción de dos amantes descubriendo terreno desconocido. Nunca había experimentado sensaciones tan intensas con
otras mujeres porque, sencillamente, no eran Julia.
Y reconocer eso era como un cataclismo.

Julia podía sentir los ojos de Kaden clavados en
ella, pero estaba decidida a no mirarlo. Cuando estaban juntos siempre la miraba con una intensidad...
como si quisiera devorarla. Entonces la emocionaba
que fuera así y la asustaba al mismo tiempo. Su intensidad era tan oscura, tan atractiva. Pero también
había sentido esa intensidad el día que se volvió
contra ella.

Si lo miraba ahora y veía en sus ojos esa misma
expresión...

Julia levantó una mano para tocarse el cuello
con gesto nervioso y dejó escapar un suspiro de
alivio al notar que no llevaba puesta la cadena.
Siempre llevaba una cadenita de oro que Kaden le
había comprado en Burquat. A pesar de lo que había ocurrido entre ellos, seguía poniéndosela cada
día... salvo cuando viajaba, por miedo a perderla.

La única razón por la que no la llevaba en ese
momento era que se había vestido a toda prisa para
ir al club en cuanto llegó de Nueva York.

Si hubiese llevado la cadena aquel día, habría
sido como llevar una placa que dijera: «Sigues sig-
nificando algo para mí». Pero se daba cuenta de lo
tristemente cierto que era eso.

—Ya hemos llegado.

El coche se había detenido frente a un edificio

de aspecto elegante y un conserje uniformado le abrió la puerta del coche, resguardándola bajo su paraguas.

Seguía lloviendo y Julia sintió un escalofrío, incómoda con la ropa mojada.

Kaden señaló la puerta y, sin pensar, ella lo siguió como una autómata. Poco después estaban en un elegante ascensor y cuando las puertas se abrieron, directamente en un lujoso ático, tuvo que contener una oleada de pánico.

Era un edificio antiguo, pero el apartamento había sido reformado y estaba decorado con un estilo contemporáneo. Los ventanales desde los que se veía toda la ciudad y los suelos de madera clara daban una sensación de espacio y lujo informal.

Kaden estaba a su lado y, cuando sus ojos se encontraron, le resultó difícil respirar.

—Hay un dormitorio con baño —le dijo, señalando una puerta—. No te preocupes, alguien se encargará de secar tu ropa.

Ella lo miró, aliviada.

—¿Tienes un ama de llaves?

Kaden negó con la cabeza.

—No, pero alguien se encargará de hacerlo. Mientras tanto, te prestaré ropa seca.

¿Cómo podía haber olvidado a los silenciosos empleados que estaban siempre presentes pero invisibles, dispuestos a cumplir todo tipo de órdenes, desde servir un fabuloso desayuno a levantar exóticas tiendas beduinas en el desierto?

Julia entró en el dormitorio y cerró la puerta antes de apoyarse en ella. Aunque Kaden no iba a entrar por la fuerza, consumido por una incontrolable oleada de deseo...

Sacudiendo la cabeza, como si así pudiera recuperar la cordura, Julia se quitó los zapatos y entró en el cuarto de baño, que tenía un enorme jacuzzi y una ducha para dos personas.

Cuando se miró en el espejo, dejó escapar un suspiro. Tenía el pelo empapado y se le había corrido el rímel...

Sulfurada, se quitó la ropa mojada y la dejó en el saloncito, sobre una toalla. Luego volvió al baño y miró el jacuzzi un momento, pero decidió entrar en la ducha. Darse un baño en el apartamento de Kaden le parecía demasiado... íntimo.

Aunque estar desnuda bajo la ducha le parecía también ilícito y perverso. Y saber que Kaden estaba a unos metros de ella, desnudo bajo otra ducha, era tan excitante...

Dejando escapar un suspiro de rabia por tan inapropiados pensamientos, Julia levantó la cabeza para sentir el agua en la cara, decidida a marcharse de allí lo antes posible.

Después de ducharse y cambiarse de ropa, Kaden se acercó a la puerta de la habitación, pero vaciló antes de llamar. Lo único que podía ver era a Julia con esa ropa mojada... no debería parecerla tan bella, pero se lo parecía.

Normalmente, cuando se sentía atraído por una mujer, tenía una aventura con ella.

Pero Julia no era cualquier mujer. Julia y él tenían un pasado amoroso...

Kaden descartó ese pensamiento de inmediato. Nunca había estado enamorado de ella. Durante un tiempo había creído que era así, pero solo se trataba de una atracción física. Abrumadora, desde luego, pero nada que ver con el amor.

Había aprendido desde muy joven a no confiar en el amor. Su padre se había casado enamorado, pero tras la muerte de su madre durante el parto de su hermana pequeña, Kaden había visto que el amor era capaz de destrozarte la vida. Porque desde ese día, el poderoso emir de Burquat se había convertido en la sombra del hombre que había sido y Kaden, que algún día tendría que gobernar su país, no podía permitir que una frívola emoción lo abrumase como lo había abrumado a él.

Su padre había vuelto a casarse, pero en aquella ocasión por razones prácticas. Desgraciadamente, su segunda esposa era una mujer fría y manipuladora y eso había incrementado la impresión negativa de Kaden sobre el amor y el matrimonio. Los recuerdos de los tiempos felices, cuando su madre vivía, pronto habían empezado a parecerle un sueño, algo irreal.

Sin embargo, cuando conoció a Julia se había olvidado de todo eso. Y si no la hubiera visto con otro hombre, si no hubiera descubierto que lo había traicionado...

Kaden se maldijo a sí mismo por esos pensamientos.

Después de llamar con los nudillos esperó unos segundos y, al no recibir respuesta, empujó la puerta. La del baño estaba medio abierta y, como en trance, tomó la ropa mojada de Julia del salón y dejó la ropa seca sobre la cama.

La ropa olía a ella... seguía usando ese perfume de lavanda y, por alguna razón, eso lo puso furioso, como si el perfume estuviera riéndose de él.

Un ruido hizo que levantase la cabeza. En la puerta del baño, envuelta en una toalla, estaba Julia y la oleada de deseo que experimentó al verla fue como un puñetazo en el plexo solar. Sus largas y bien torneadas piernas desnudas, como sus pálidos hombros y sus brazos...

Kaden volvió a maldecirse a sí mismo por haberla llevado allí. Lo último que necesitaba en aquel momento era abrir puertas que deberían permanecer cerradas para siempre.

—Pediré que alguien se encargue de secar esto —le dijo—. Por el momento, puedes ponerte esa ropa seca.

Julia, que se había quedado inmóvil al verlo, dio un paso adelante.

—Prefiero ponerme mi ropa y volver a casa.

—No seas boba. Acabarás con neumonía si te pones esta ropa mojada.

Julia alargó una mano hacia él.

—No me importa. Creo que venir aquí no ha sido buena idea y debería marcharme.

Capítulo 3

EL SILENCIO se alargó. Julia no podía averiguar qué había detrás de esos ojos negros como la noche.

Pero entonces Kaden dio uno paso adelante y ella dio uno atrás, con el corazón acelerado.

–¿De qué tienes miedo, de no poder controlarte?

Julia sacudió la cabeza, atónita.

Unos segundos antes había visto un brillo de frialdad en sus ojos y, de repente, estaba reconociendo el deseo que había entre ellos.

Un deseo que era como una fuerza tangible. Julia recordó entonces lo que sentía al tener el cuerpo desnudo de Kaden entre sus piernas, empujando dentro de ella con increíble fuerza...

Por un momento, casi no podía respirar.

–Dame mi ropa, Kaden.

Él se dio la vuelta sin hacerle caso y Julia miró los vaqueros y la camisa gris sobre la cama

–No voy a ponerme ropa de otra mujer –le espetó–. Me iré de aquí con la toalla si es necesario.

–Haz lo que quieras –replicó él–. Pero no hay necesidad. Esa ropa es de Samia, mi hermana pequeña. Debéis de tener la misma talla.

Julia lo miró, sorprendida.

–Sí, recuerdo a Samia.

Siempre le había gustado la hermana pequeña de Kaden, una chica muy estudiosa y tímida. Pero antes de que pudiera decir nada más, él salió de la habitación y cerró la puerta.

Derrotada, Julia se quitó la toalla y tomó los vaqueros, bajo los que había una bolsita con unas bragas nuevas. Le quedaban un poco ajustados y se sentía desnuda sin sujetador. Sus pechos no eran grandes, pero no estaba acostumbrada a ir sin él.

En fin, no podía hacer nada por el momento, pensó. Era eso o el albornoz que había visto en el cuarto de baño. Y no se sentía con fuerzas para enfrentarse con Kaden en albornoz.

Suspirando, volvió al baño para secarse el pelo con el secador. Le quedó un poco encrespado, pero tampoco podía hacer nada al respecto. Además, ella no quería impresionar a Kaden.

Julia tomó sus zapatos y respiró profundamente antes de salir de la suite.

Kaden estaba frente al ventanal del salón, mirando la ciudad de Londres, y algo en su postura le dio una tremenda impresión de soledad.

Pero cuando se volvió con expresión irónica pensó que, como siempre que se trataba de él, estaba equivocada.

–Voy a pedir un taxi. Mañana enviaré a alguien a buscar mi ropa.

Kaden apretó la copa que tenía en la mano.

Debería decir: «Sí, es lo mejor» porque Julia no

debería estar allí. Pero teniéndola delante no era capaz de pensar con claridad.

Llevaba los vaqueros y la camisa que había dejado sobre la cama, el pelo cayendo sobre los hombros. Viéndola así, despojada de la capa de sofisticación que le daba el vestido de cóctel, parecía la chica de diecinueve años a la que había conocido en Burquat.

Sus ojos le habían parecido siempre tan misteriosos...

Cuando la conoció pensaba que eran de color azul, pero de cerca había visto que eran grises.

La camisa de seda dejaba poco a la imaginación y, al notar que sus pezones se marcaban bajo la tela, su cuerpo respondió con una fuerza inusitada. Los vaqueros eran demasiado estrechos, destacando la curva de sus caderas y sus muslos. Le gustaría que se diera la vuelta para ver su trasero. Julia siempre había tenido un trasero precioso y unos pechos generosos en contraste con su esbelta figura.

Por primera vez en muchos años, Kaden tuvo que hacer un esfuerzo sobrehumano para controlarse. Pero no podía dejarla marchar.

–Por favor... –empezó a decir Julia–. No me mires así.

–¿Así cómo? Eres una mujer preciosa. Imagino que estarás acostumbrada a que los hombres te miren.

Julia sintió que le ardían las mejillas al recordar lo que había ocurrido antes de irse de Burquat. Cómo el hombre la había abrazado de tal modo que sintió como si estuviera ahogándose cuando lo único que ella quería...

Pero decidió cortar por lo sano con ese recuerdo.

–No, no estoy acostumbrada. Y esto no es apropiado. Si no te importa pedirme un taxi...

Kaden sonrió entonces, una sonrisa diabólica.

–¿Por qué tienes tanta prisa? ¿No quieres tomar una copa?

Ella lo miró, recelosa. Se sentía incómoda y, sin embargo, no era capaz de marcharse de allí. Tal vez porque un insidioso pensamiento daba vueltas en su cabeza: aquella sería la última vez que se vieran.

Una peligrosa curiosidad y el deseo de disimular las conflictivas emociones que provocaba ese encuentro hicieron que se encogiera de hombros.

–Supongo que no pasaría nada por tomar una copa. Después de todo, ha pasado mucho tiempo.

–Sí, es cierto –sin dejar de mirarla, Kaden indicó una botella de licor de café en el bar–. ¿Te sigue gustando?

¿Recordaba su bebida favorita? Solo lo había tomado con él y no había vuelto a probarlo en doce años.

Julia asintió con la cabeza y lo observó mientras le servía la copa con una sonrisa... pero el olor del licor de café le llevó un recuerdo de Kaden una noche mágica en el palacio de su familia en la costa; la noche que se acostaron juntos por primera vez.

Durante un segundo, la intensidad del amor que había sentido por él amenazó con abrumarla. Pero

Kaden había envenenado esos sentimientos, destruyendo su inocencia para siempre.

Atormentada, y preguntándose si la avalancha de recuerdos pasaría, se acercó al ventanal.

–¿No quieres sentarte?

Tan amable, como si no hubiera pasado nada. Como si no le hubiera entregado su cuerpo y su alma una vez.

–Gracias.

Cuando Kaden se dejó caer sobre un mullido sofá, ella eligió un sillón al otro lado, lo más lejos posible. Y al ver un brillo burlón en sus ojos, se dijo a sí misma que daba igual. Aquel nuevo Kaden la intimidaba porque en él no había nada del chico al que había conocido doce años antes.

Los dos eran prácticamente adolescentes entonces... hasta que él creció de repente, tras la muerte de su padre. Y ahora era un hombre, infinitamente más dominante que antes. Había visto algo de aquel formidable Kaden la última vez que hablaron en Burquat, pero era un mero precursor del hombre que tenía delante en aquel momento.

Con la fina camisa de seda que acariciaba sus pezones, Julia se sentía expuesta. No se había sentido tan rápidamente excitada ni una sola vez durante su matrimonio o desde que estuvo con Kaden, y pensar eso la hizo sentir más expuesta todavía.

Intentó pensar que era una persona madura, segura de sí misma. Era una mujer divorciada, no una ingenua virgen, y podía lidiar con aquella situación.

Tenía que recordar que mientras ella se había quedado desolada, su relación no había afectado a Kaden. Nunca olvidaría su frialdad cuando le dijo adiós. Era algo que había quedado grabado en su alma para siempre.

Recordando a quién pertenecía la ropa que llevaba, Julia tuvo un momento de inspiración.

–¿Cómo está Samia? Ahora debe de tener... veintitrés o veinticuatro años, ¿no?

Kaden no respondió de inmediato. Era desconcertante lo normal que le parecía estar allí con ella, en Londres.

Y lo intrigaba más de lo que le gustaría admitir.

Tanto que tuvo que contener el deseo de levantarse para no ver ese brillo de vulnerabilidad en sus ojos.

–Tiene veinticinco y se casará a finales de semana con el sultán de Al-Omar. Ahora mismo está en B'harani preparando la boda.

–¿Ah, sí?

Kaden asintió con la cabeza, debatiéndose entre el enfado por llevarla allí y la convicción de que Julia no se marcharía por el momento.

Él no estaba acostumbrado a aquella incertidumbre y le recordaba demasiado lo que había ocurrido tantos años atrás. Y, sin embargo, un pensamiento daba vueltas en su cabeza: ¿por qué no hacerla suya otra vez? ¿Por qué no exorcizar ese deseo que lo volvía loco?

–¿El sultán de Al-Omar? –Julia sacudió la cabeza–. Samia era tan tímida... imagino que no será fácil para ella ocupar un puesto tan relevante.

De repente, Kaden sintió un irracional sentimiento de culpa. Había visto a Samia recientemente en Londres, antes de que se fuera a B'harani, y su hermana le había dicho que todo iba bien. Pero Julia acababa de recordarle que aquel matrimonio sería un reto para su introvertida hermana. Y le sorprendía que recordase ese detalle.

–Samia es una mujer con responsabilidades hacia su país y su gente. Un matrimonio con el sultán de Al-Omar es conveniente para los dos países.

–¿Entonces es un matrimonio concertado?

–Por supuesto, como lo fue mi primer matrimonio y como lo será el siguiente –respondió él, enarcando una ceja–. Imagino que el tuyo no lo fue y, sin embargo, ha acabado en divorcio.

¿Había sido el suyo un matrimonio por amor? En términos generales, sí. Después de todo, John y ella se habían casado porque quisieron hacerlo, sin presiones de ningún tipo. Pero ella sabía en su corazón que nunca había amado a John. Y también él lo había sabido.

Pero no pensaba justificarse ante aquel hombre, cuyo recuerdo la había perseguido durante tanto tiempo.

–Espero que a Samia sí le vaya bien.

–¿Tienes hijos?

–¿Hijos? –repitió Julia–. No, no tengo hijos. ¿Crees que estaría aquí si los tuviera?

–¿Por qué no los has tenido?

–Mi exmarido no podía... tuvimos dificultades. ¿Y tú? ¿Tienes hijos?

Kaden sonrió, irónico. Que el emir de Burquat no tenía hijos era de conocimiento público.

–No, no los tengo.

Julia tembló al recordar cómo había pasado de ser un amante ardiente a un frío extraño en apenas unos días.

–La madre de Amira tuvo un parto terrible y le llenó la cabeza de ideas... como resultado, mi mujer desarrolló una auténtica fobia a la idea de tener hijos. Era tan fuerte que cuando descubrió que estaba embarazada abortó sin decirme nada. Y, poco después, yo solicité el divorcio.

Ella lo miraba, sorprendida. Y Kaden entendía la razón. ¿Por qué demonios estaba contándole su vida?

Acababa de contarle algo que solo sabía un puñado de gente. Su vida personal era algo que no compartía con nadie, como sus esfuerzos por ayudar a su esposa a superar esa fobia. Aunque no sirvió de nada. Al final, sabiendo que nunca podría darle un heredero, había sido su mujer quien insistió en divorciarse. No estaba preparada para enfrentarse con sus miedos y eso era algo que Kaden debía respetar.

Julia respiró profundamente. Saber que había apartado brutalmente de su vida a una mujer porque temía el momento del parto la hizo sentir un escalofrío. El hombre al que ella había conocido era compasivo, idealista...

Para olvidar la pena que sentía al ver cuánto había cambiado, comentó:

–Pensé que el divorcio era ilegal en Burquat.

Kaden tomó un sorbo de whisky.

–Solía serlo, pero las cosas han cambiado mucho desde que tú estuviste allí.

–¿Ah, sí?

–Hemos hecho muchas reformas. Las conservadoras leyes de mis ancestros han ido cambiando poco a poco.

Kaden siempre había sido apasionado sobre las necesarias reformas en su país y, al recordarlo, una ola de ternura tomó a Julia por sorpresa. Pero, temiendo que se diera cuenta, se levantó para acercarse al ventanal con la copa en la mano.

Kaden le había hablado de aquel apartamento en el centro de Londres. Incluso una vez le había dicho que debería instalarse allí cuando volviera a la ciudad... para que él supiera que estaba protegida.

Pero esas palabras habían sido parte de un juego de seducción, no significaban nada.

No había oído a Kaden moverse y dio un respingo cuando lo vio a su lado.

–¿Por qué te divorciaste de tu marido, Julia?

«Porque nunca lo amé como te había amado a ti».

Jamás, ni en un millón de años hubiera imaginado que Kaden le haría esa pregunta.

Por fin, cuando pudo respirar con normalidad, giró la cabeza para mirarlo. Estaba despreocupadamente apoyado en la pared, con una mano en el bolsillo del pantalón, la otra sujetando su copa.

Tenía un aspecto oscuro y extraño y Julia tragó saliva porque esa intensidad suya encendía un fuego que llevaba apagado mucho tiempo.

Intentó ignorar la sensación, decirse a sí misma que eran sus hormonas mezcladas con los recuerdos y con ese encuentro inesperado. Hizo un esfuerzo por apartar los ojos de él para mirar la ciudad, pero sentía un familiar cosquilleo entre las piernas.

–Sencillamente, nos fuimos separando poco a poco –dijo por fin–. Al principio nos pareció buena idea, pero la verdad es que nunca funcionó. Y la dificultad para tener hijos fue la gota que colmó el vaso. No nos unían demasiadas cosas, de modo que ahora me alegro de no haberlos tenido.

Julia nunca le había contado a Kaden que era adoptada o su miedo visceral a tener hijos. Ni a él ni a nadie. Tal vez no se lo había contado porque temía que la juzgase...

Y había hecho bien en tener miedo.

No quería mirarlo, temiendo que viera en su rostro unas emociones que no podía esconder. Su rostro siempre la delataba. Era él quien se lo había dicho una noche, con su cara entre las manos...

De repente, un relámpago iluminó el cielo y Julia se asustó de tal modo que derramó parte del licor de café sobre su blusa.

–Ah, vaya, lo siento...

Kaden le quitó la copa de las manos para dejarla sobre el bar, al lado de la suya y, como hipnotizada, Julia siguió la dirección de su mirada. Había derramado el licor sobre su pecho y la blusa se pegaba a su piel...

–Voy a buscar un paño... –empezó a decir–. No quiero estropear la blusa de Samia.

Pero él la sujetó del brazo.

–Déjalo, no importa.

Como si la tensión que había entre ellos afectase a la meteorología, un trueno retumbó en ese momento y Julia dio un respingo.

–Pensé que la tormenta había pasado.

Kaden tiró de su brazo para acercarla a él, sus cuerpos casi tocándose.

–Yo creo que la tormenta acaba de empezar.

Ella lo miró, desconcertada, como si no entendiera lo que estaba diciendo. Pero sentía los ojos de Kaden clavados en sus labios... el deseo estaba escrito en su rostro y su corazón empezó a latir con más fuerza. Porque era una expresión que la había perseguido durante esos doce años.

Intentando encontrar alguna forma de no sucumbir al deseo, negó con la cabeza, intentando apartarse.

–No debería estar aquí... no deberíamos haber vuelto a vernos.

–Pero nos hemos vuelto a ver y ahora estás aquí.

–No he aceptado venir para esto.

Kaden sacudió la cabeza.

–Desde que nos hemos visto en el club ha existido la posibilidad.

–¿Incluso cuando has fingido no acordarte de mí?

Otro relámpago iluminó el salón, seguido de un trueno más poderoso que el anterior, la torrencial lluvia golpeando los ventanales.

–Incluso entonces.

¿Qué había hecho, apagar mágicamente las luces?, se preguntó Julia, sintiendo como si aquello no fuese real. El pasado se mezclaba con el presente y el futuro se volvía irrelevante.

–La posibilidad de que esto ocurriera dejó de existir hace doce años, en Burquat. ¿O has olvidado el día que «me informaste» de que nuestra aventura había terminado? –le espetó, sin poder disimular su amargura.

–No quiero hablar del pasado. El pasado no tiene nada que ver con este momento.

–¿Cómo puedes decir eso? El pasado es la razón por la que estoy aquí ahora mismo.

Kaden negó con la cabeza, sus ojos negros como el azabache excitándola a pesar de lo que le decía el sentido común.

–Te habría deseado aunque esta fuese la primera vez que nos viéramos.

Ese halago no la emocionó en absoluto porque era la prueba de lo poco que le importaba el pasado...

Por supuesto que no le importaba, porque nunca había sentido nada por ella.

Tenía que irse de allí, pensó.

–Tal vez el pasado no tenga importancia para ti, pero para mí sí la tiene.

Los ojos de Kaden brillaban, mostrando una emoción que él quería negar.

–Esto es deseo, puro y simple.

Julia levantó la mirada, incapaz de apartarse o de articular respuesta alguna. Y la respuesta debería ser: «no».

¿Cómo era posible que su deseo por él no hubiese muerto en doce largos años? Al contrario, era más fuerte que nunca. Y, sin embargo, Kaden quería tratarla como si no se conocieran, como si no hubiera un pasado entre ellos.

–No esperaba volver a verte nunca –murmuró, acariciando su pelo–. Tal vez esto tenía que ocurrir... un encuentro por sorpresa para librarnos del insaciable deseo que sentimos el uno por el otro.

«Insaciable deseo».

Eso era exactamente lo que Julia sentía, lo que siempre había habido entre ellos. Después de hacer el amor, solía sentirse un poco avergonzada por desear de nuevo sus caricias y solo que el deseo fuese mutuo había evitado que la vergüenza la abrumase.

Kaden no había esperado volver a verla y, con toda seguridad, tampoco había esperado volver a desearla. Pero así era y parecía resentido. ¿Por qué no? Le había dado la espalda doce años antes y se había acostado con una innumerable cantidad de mujeres desde entonces. Debía de ser irritante encontrarse con su primera amante y tener que admitir que seguía deseándola.

Kaden la había apretado contra su pecho y su vientre rozaba el duro estómago masculino, más duro que antes. Intentó apartarse, hacerle notar que no quería besarlo, pero no fue capaz de mover un músculo cuando se apoderó de sus labios. ¿El beso había coincidido con otro relámpago o era cosa de su imaginación?

El corazón de Julia pareció expandirse dentro de su pecho y, mientras sus bocas se ajustaban la una a la otra como dos piezas de un rompecabezas, experimentó una oleada de deseo tan intenso que se olvidó de todo lo demás. Sus manos fueron automáticamente al torso masculino, pero en lugar de apartarlo se agarró a él. Y notar los duros músculos bajos sus dedos era una sensación embriagadora.

El tiempo pareció detenerse. Todo pareció detenerse salvo sus corazones, que latían a toda velocidad. La sangre corría por sus venas estimulando sitios que no habían sido estimulados en mucho tiempo...

Kaden, la seducción personificada, acariciaba su espalda con manos ansiosas, deslizándolas hasta su trasero, flotando sobre su blusa con una habilidad que no había mostrado doce años atrás.

Sus caricias eran a la vez familiares y nuevas, totalmente diferentes a las que recordaba. Entonces eran tan jóvenes y su pasión tan desatada...

El hombre que la abrazaba ahora no era un joven inexperto, sino un consumado seductor. Y su cuerpo también era diferente, sus hombros más anchos, sus músculos más firmes.

Fue eso lo que por fin rompió el hechizo en el que parecía estar sumida.

Apartándose de un tirón, Julia lo miró a los ojos.

–No te conozco –murmuró–. Eres un extraño para mí y yo no hago el amor con extraños.

–Si no recuerdo mal –replicó él–, te resulta enormemente fácil hacer el amor con extraños.

–Solo fue un beso, Kaden. Un estúpido beso. No significó nada y... –Julia se detuvo abruptamente.

¿De verdad estaba a punto de decirle que había dejado que aquel hombre la besara porque se sentía terriblemente insegura después de varios días de silencio por parte de Kaden? ¿Que había intentado demostrarse a sí misma que no solo él podía excitarla?

No, no iba a decírselo. Aquel hombre nunca sabría que su «experimento» había tenido un resultado desastroso.

–Esto no puede ser. El pasado es el pasado y no es bueno recordarlo.

Kaden tragó saliva, intentando olvidar la imagen de Julia besando a aquel hombre. ¿Por qué había tenido que recordarlo?

Lo último que deseaba era que ella supiera que recordaba el incidente. Y, sin embargo, el recuerdo era tan fresco como si hubiera ocurrido el día anterior.

Pero besarla había tenido un efecto más explosivo en su libido que cualquier otro beso. Le costaba trabajo respirar y, al ver que había desabrochado un par de botones de su camisa, su erección se hizo más urgente. Si eso era posible.

Sin embargo, Julia tenía razón. Explorar ese deseo era un peligro. Tenía la sensación de haber escapado del fuego doce años antes y de nuevo estaba en peligro de quemarse.

Pero más fuerte que eso era la sensación que recorría sus venas en ese momento; un deseo carnal que exigía ser saciado. Era como si estuviera despertando de un largo sueño y tuvo que hacer un esfuerzo para controlarse.

En los ojos grises de Julia había un brillo de preocupación y, en un gesto instintivo, apartó el pelo de su cara, recordando entonces que era algo que solía hacer antaño.

Tenía que distanciarse del pasado, tenía que distanciarse de ella... pero no sabía cómo hacerlo.

–Si nos hubiéramos encontrado en otro momento en el que no fuésemos libres, el deseo habría sido el mismo –le dijo–. No habría importado que hubieran pasado doce años o que estuviéramos casados. Y ahora los dos somos libres, Julia.

Ella sabía que debería salir corriendo. Debería marcharse de allí y rezar para no encontrarse con Kaden nunca más. Pero sus pies parecían clavados al suelo.

Ese gesto, cuando apartó el pelo de su cara, le había llevado tantos recuerdos hermosos de un tiempo feliz...

Sabía que estaba tomando una decisión trascendental al quedarse, pero no podía dar marcha atrás. Se sentía curiosamente letárgica, como si llevara mucho tiempo corriendo hacia algo y hubiera llegado por fin a su destino. Deseaba a aquel hombre con un ansia que solo había conocido una vez... con él.

Si algún día volvieran a encontrarse, seguramente Kaden volvería a actuar como si no la conociese... y sin embargo allí estaba, mirándola como si fuese la única mujer en el planeta. Y esa esquiva sensación de seguridad, de cariño, que solo había experimentado estando con él, era como un canto de sirena.

Pero luchó desesperadamente porque sabía que podía terminar rompiéndole el corazón otra vez y, agarrándose al último vestigio de orgullo, dio un paso atrás.

–Que hayamos vuelto a vernos no significa nada. Desde luego, no significa que tengamos que terminar en la cama.

Se miraron en silencio durante unos segundos y entonces, después de un ensordecedor trueno, se fue la luz.

Julia dejó escapar un gemido y Kaden murmuró una imprecación.

–Espera un momento, voy a buscar una vela.

Ella respiró agitadamente. La oscuridad parecía envolverla, haciendo que deseara olvidarse del resto del mundo, olvidar su historia con Kaden y dejarse llevar por el deseo que sentía. Lo deseaba tanto que estaba temblando.

Intentó recordar el dolor de su partida, el horrible momento en el que Kaden le dijo que lo único que había entre ellos era una aventura de verano y que tenía responsabilidades que no la incluían a ella. Pero era como intentar agarrarse a una nube. Lo único que sabía era que no podía marcharse, que no podía decirle adiós todavía.

En el silencio del apartamento oyó un golpe y luego una palabrota. Esos sonidos deberían haberla ayudado a recuperar la cordura, deberían haberla empujado a salir de allí. Pero, en lugar de eso, solo servían para inflamar su deseo.

Un segundo después, Kaden volvía al salón con una vela en la mano y Julia solo pudo maravillarse de las sombras que creaba en su rostro, haciéndolo más misterioso... si eso era posible.

Kaden dejó la vela sobre una mesa y se acercó hasta quedar a un centímetro de ella. El calor de su cuerpo y su exótico aroma haciéndola recordar esas noches en el desierto...

–No quiero analizar por qué está ocurriendo esto, Julia. No quiero hablar del pasado... te deseo, eso es todo.

También ella lo deseaba. Había soñado durante años con volver a verlo. Kaden la había echado de su lado y, cuando supo que iba a contraer matrimonio, algo en ella había muerto. Por eso había aceptado la proposición de matrimonio de John, pensando que era absurdo seguir amando a un fantasma.

Pero Kaden ya no era un fantasma, sino un hombre de carne y hueso que estaba a un centímetro de ella.

Y cuando la envolvió en sus brazos no se resistió. Sencillamente, no podía hacerlo.

KADEN sintió que la oscuridad los envolvía como un capullo, alejándolos del mundo. Julia lo miraba con los ojos muy abiertos, respirando agitadamente, y cuando inclinó la cabeza para besarla tuvo la sensación de que aquello era algo que debía ocurrir. Era demasiado poderoso para negárselo a sí mismo.

Se apoderó de su boca y, cuando sintió los pechos femeninos aplastados contra su torso, perdió la cabeza.

El mundo de fuera, la lluvia golpeando los cristales de las ventanas, los relámpagos y truenos, todo eso quedó olvidado.

Después de unos segundos o minutos, no estaba seguro, Kaden se apartó y ella lo miró, atónita, su corazón latiendo como si acabase de correr una maratón.

–Julia... –dijo él, con voz ronca.

Ella no dijo nada cuando se inclinó un poco para tomarla en brazos. No podía hacerlo.

Un segundo después, Kaden la llevó hasta una puerta que abrió con el pie. En la penumbra, Julia vio una enorme cama... estaban en el dormitorio de Kaden.

En ese momento recuperó parte de su sentido común y él debió de notar que se ponía tensa porque la miró a los ojos antes de decir:

–No hay marcha atrás. Si quieres irte, dilo ahora.

Julia, sin aliento, se dio cuenta de la enormidad de lo que iban a hacer. Pero el deseo que sentía por aquel hombre era demasiado poderoso, de modo que negó con la cabeza.

–No quiero irme.

Kaden la dejó en el suelo, deslizando las manos por su cuerpo, y cuando empezó a besar su cuello, Julia cerró los ojos, temblando al sentir una corriente de aire frío cuando desabrochó la blusa.

Casi tenía miedo en aquella penumbra, pero también era emocionante verlo quitándose la camisa. Le gustaría ser tan audaz como lo había sido doce años antes y apartar sus manos para hacerlo ella misma, pero había pasado mucho tiempo y ahora era más cauta.

Sin embargo, al ver el vello oscuro de su torso que se perdía bajo la cinturilla del pantalón tuvo que tragar saliva.

Cuando él levantó su barbilla con un dedo, Julia se ruborizó. Había estado mirándolo fijamente, esperando que se quitara el pantalón para verlo desnudo por primera vez en mucho tiempo.

–Eres tan preciosa...

Kaden empezó a acariciar uno de sus pechos, moviendo el pulgar sobre el erecto pezón, y Julia dejó escapar un gemido, empujando su cuerpo hacia la mano masculina para aumentar la fricción.

Él acercó el pulgar a su boca y lo chupó suavemente antes de humedecer la punta del pezón... y Julia gimió de nuevo, respirando entrecortadamente.

—Kaden, por favor...

—¿Por favor qué? ¿Quieres que lo haga con la boca?

—Sí...

Él inclinó la cabeza para tomar el pezón con los labios, el roce de su pelo sobre la sensible piel de sus pechos incrementando la sensación.

Enredó los dedos en su pelo cuando buscó el otro pezón con los labios...

Poco a poco, empezaba a perder de vista la realidad. Estaba hecha de sensaciones, esclava de aquel hombre y de sus caricias. Kaden se mostraba más seguro de sí mismo que antes. Sabía bien lo que tenía que hacer, dónde deseaba que la tocase...

Tan abruptamente como había empezado, Kaden se apartó y, tomándola por la cintura, la apretó contra su torso con una urgencia que creó un río de lava entre sus piernas.

Inclinando la cabeza, buscó su boca en un beso devorador, la fricción de sus pechos desnudos contra el torso masculino una deliciosa tortura... y Julia sintió la emoción de estar con aquel hombre otra vez.

Obedeciendo la llamada del deseo, bajó las manos para desabrochar la cremallera de su pantalón. Sin dejar de besarlo, tiró de él hacia abajo y sintió que Kaden se apartaba un poco para quitárselos

Luego bajó la mirada hacia la formidable erección y tuvo que tragar saliva. Había olvidado lo grande que era...

Sin percatarse de la expresión torturada de Kaden, acarició sus poderosos muslos recordando el deporte nacional que practicaba, con el que se había partido la nariz. A ella le había parecido algo bárbaro: un montón de hombres desnudos de cintura para arriba usando un primitivo palo de hockey para golpear un balón. Pero parte del juego era chocar unos con otros para quitárselo. Era un deporte visceral, emocionante y muy violento. Y Kaden era el mejor de todos.

Pero Julia no podía apartar los ojos de su magnífica erección, emergiendo de una cuna de vello negro.

—Me siento un poco desnudo –dijo él.

Julia contuvo el aliento cuando tomó su mano para llevarla hacia la cama. El oscuro cielo iluminado de vez en cuando por relámpagos hacía que todo aquello pareciese irreal, pero el deseo que había entre ellos era muy real.

Mientras se tumbaban en la cama se dio cuenta de que las caricias de Kaden le parecían a la vez familiares y las de un extraño. Ahora era un hombre, no un chico, con experiencia de muchos años.

Él volvió a besarla profundamente, como si no se cansara de ella, mientras deslizaba una mano por su estómago hasta llegar al borde de las braguitas... que desaparecieron un segundo después.

Mientras introducía un dedo en su húmeda cueva,

Julia se agarró a sus hombros. Apenas podía respirar, pero se arqueó hacia él cuando otro dedo se unió al primero, abriéndola, ensanchándola, preparándola para su invasión. Enardecida, buscó su miembro con la mano y empezó a acariciarlo arriba y abajo...

Kaden se apartó para besar su vientre y sus caderas... hasta que su boca estaba entre las piernas de Julia, acariciándola como había hecho tantos años antes. Ella dejó escapar un gemido, pero Kaden sujetó sus piernas abiertas, desnudándola para su boca y su perversa lengua.

Mientras lo hacía, levantó una mano para apretar un pezón entre sus dedos y Julia sintió el primer espasmo de placer, tan intenso que no notó que Kaden se colocaba entre sus piernas.

Atónita por la intensidad del orgasmo más poderoso que había experimentado nunca, solo pudo quedarse inmóvil mientras él tomaba su miembro con una mano para acariciar la entrada de su cueva con la punta. Su cuerpo lo deseaba, sus músculos internos abriéndose y cerrándose como si ya estuviera dentro de ella.

Afortunadamente, Kaden conservaba suficiente sentido común como para buscar un preservativo en el cajón de la mesilla.

Julia dejó escapar un gemido cuando empezó a entrar en ella, sus ojos clavados en los ojos negros de aquel dios pagano que, con una formidable embestida, se enterró en ella hasta el fondo. Sorprendida, dejó escapar un grito, pero el ligero dolor pronto se convirtió en un intenso placer, como si su cuerpo lo reconociese.

–Tú eres la única que me hace sentir así –murmuró.

–¿Así cómo?

–Como si hubiera perdido el control.

Después de decir eso empezó a moverse, embistiéndola con fuerza una y otra vez. Julia levantó las piernas para que pudiera enterrarse a placer en ella...

Seguía tan dolida por lo que había pasado en Burquat... y, sin embargo, aquello le parecía tan natural que no quería luchar.

Los temblores del último orgasmo aún no habían terminado cuando empezaron unos nuevos, más intensos incluso. Con la frente cubierta de sudor, Julia echó la cabeza hacia atrás, rompiéndose en mil pedazos otra vez mientras la intensidad de las embestidas aumentaba.

Y cuando la tormenta de su cuerpo empezaba a amainar, Kaden cayó sobre ella dejando escapar un gemido ronco.

Julia despertó durante la noche y comprobó que la tormenta por fin había pasado. La vela estaba apagada y ella tenía la cabeza apoyada en el torso de Kaden, los brazos masculinos sujetando su cintura como una prensa.

La tormenta de fuera había pasado, pero otra tormenta se había desatado en su interior.

¿Qué había hecho?

Kaden se movió entonces, tumbándola de espaldas para mirarla a los ojos.

–Kaden, yo...

Pero él la interrumpió poniendo un dedo sobre sus labios.

–No digas una palabra. No quiero escucharlo.

Julia tragó saliva. El sentido común le decía que debía parar, pero la llamada del deseo era demasiado fuerte.

En esta ocasión, Kaden la colocó de lado y levantó una de sus piernas para enredarla en su cintura. Gimió al sentirlo dentro, empujando hacia arriba mientras atrapaba un pezón entre los dedos. El placer era tan intenso que Julia, sin poder evitarlo, cayó en el fuego de nuevo.

Cuando volvió a despertar había amanecido y se sentía saciada, letárgica y feliz.

¿Feliz?

Casi por superstición, decidió no abrir los ojos. No necesitaba hacerlo, las imágenes que se formaban tras sus párpados cerrados eran increíblemente eróticas. Imágenes en diferentes escenarios: Kaden en la escalera del club o delante de ella, mirándola con frialdad, los dos bajo la lluvia, en el ático cuando se fue la luz... y luego el calor de sus brazos.

Tal vez había sido un sueño, pensó. Había tenido muchos como ese en los últimos tiempos...

–Sé que estás pensando lo mismo que he pen-

sado yo al despertar –escuchó la voz de Kaden–.
Y no, no ha sido un sueño.

Julia abrió los ojos, pero tuvo que guiñarlos de
inmediato, cegada por la luz.

Kaden estaba frente a la ventana, guapísimo y
elegante con un traje de chaqueta oscuro, tomando
un café.

–También hay café para ti. Además de zumo de
naranja y cruasanes.

Le resultaba tan extraño ver a Kaden por la mañana. Le lloraban los ojos y no sabía si era por la
luz del sol o por verlo a su lado. Pero ahora que
la tormenta de la noche anterior había pasado em-
pezaban las recriminaciones.

¿Cómo se le había ocurrido acostarse con él?
¿La tormenta había provocado algún daño en su
cerebro?

Cuando Kaden se acercó, Julia se sentó en la
cama.

–Estaré aquí hasta finales de semana y luego
tendré que ir a Al-Omar para la boda de Samia.
Pero me gustaría volver a verte.

Ella no sabía qué decir, como no sabía qué pensar sobre la tormenta de emociones que experimentó al escuchar eso. Había esperado despertarse
y salir del apartamento sin despedirse de Kaden siquiera.

–¿Quieres volver a verme?

Él se encogió tranquilamente de hombros.

–¿Por qué no? Entre nosotros hay algo pendiente... ¿por qué no terminarlo?

Julia hizo una mueca.

–¿Quieres que tengamos una aventura durante una semana, antes de que te marches?

–No puedes negar que la atracción entre nosotros es tan fuerte como antes. ¿Por qué no llevarla a su conclusión natural? No veo por qué no puede durar unos días más.

Julia se irguió en la cama, tapándose con la sábana. Se sentía en desventaja estando desnuda cuando él estaba vestido.

–Esta semana voy a estar muy ocupada, no sé si tendré tiempo para incluir una aventura.

Kaden esbozó una sonrisa.

–No pienso pasar todo el día contigo. Más bien pensaba en las noches.

Por supuesto, debería haberlo imaginado.

–Lo de anoche fue... –Julia se mordió los labios–. No debería haber ocurrido.

Kaden alargó una mano para acariciar su cara, pero en sus ojos no había expresión alguna, nada que pudiera decirle qué estaba pensando.

–Pero ha ocurrido y va a ocurrir otra vez –anunció–. Iré a buscarte a tu casa a las siete.

Y después de decir eso se dio la vuelta.

Julia abrió la boca y volvió a cerrarla, atónita. Su arrogancia era increíble.

–Pe...pero... no pensarás que voy a volver a verte, ¿verdad?

Él se volvió para mirarla.

–No es que lo crea, es que estoy seguro –afirmó–.

Creo que has dicho que esta semana estás ocupada, ¿no? Pues entonces será mejor que te pongas en marcha. Mi coche te esperará abajo y el conductor te llevará donde le digas.

Kaden cerró la puerta de la habitación. No le gustaba haber tenido que hacer un esfuerzo sobrehumano para no meterse en la cama con Julia y hacerle el amor otra vez. Despeinada y con las mejillas rojas le recordaba a la Julia de antaño, la mujer a la que deseaba olvidar. Sin embargo, y aunque el sentido común le decía que no debía volver a verla, no era capaz de decirle adiós.

Se daba cuenta de que había actuado como un dictador, pero la verdad era que no había querido darle oportunidad de discutir. No quería que dijera que se negaba a volver a verlo o que la noche anterior había sido un error que no volvería a repetirse.

Debería haberse dado cuenta de que aquella era la primera vez que una mujer no se mostraba encantada de compartir su cama, pero cuando estaba con ella no podía pensar en nada. Iba a estar en Londres unos días y la idea de no volver a verla le parecía insoportable.

Su deseo no había sido saciado, pero no tenía la menor duda de que un par de noches serían suficiente para exorcizar la pasión que sentía por su examante. Una examante que lo excitaba de tal forma que casi lo hacía olvidar sus prioridades.

Kaden torció el gesto, pero no se detuvo. Cuando

llegó al coche, su expresión era tan sombría como la tormenta de la noche anterior.

Minutos después, Julia seguía mirando la puerta de la habitación, incrédula. Y, para su sorpresa, emocionada al pensar que volvería a verlo. Incluso después de haber anunciado arrogantemente que tendrían una aventura mientras estuviera en Londres, como si ella no tuviese nada que decir.

Recordó entonces la noche anterior y cómo había sucumbido a sus caricias...

Suspirando, se levantó de la cama para ir al baño. Pero eso fue peor porque el aroma de Kaden estaba en todas partes y casi podía ver su glorioso cuerpo desnudo bajo la ducha, el agua deslizándose por sus poderosos flancos...

Irritada, abrió el grifo de la ducha intentando concentrarse en otra cosa. Pero la caja de Pandora había sido abierta y en lo único que podía pensar era en los horribles últimos días en Burquat...

Unas semanas antes de regresar a Londres para completar sus estudios, Julia y Kaden habían vuelto de un viaje por el desierto, donde habían celebrado su cumpleaños. Estaba profundamente enamorada de él y creía que Kaden también la amaba. Él le había dicho que la amaba, ¿por qué no iba a creerlo?

Pero, tan claramente como si hubiera sido el día anterior, recordaba a Kaden despidiéndose de ella cuando llegaron a Burquat. Por alguna razón, había deseado que se volviera para mirarla, pero no lo hizo y eso le pareció un mal presagio. No había vuelto a verlo hasta un día antes de irse de Burquat.

Esa noche, la noche que volvieron del desierto, los medios de comunicación habían anunciado que el emir estaba enfermo y que Kaden se había convertido en el gobernante temporal.

Julia sabía que estaría sufriendo porque quería mucho a su padre pero, aunque había intentado entrar en palacio para hablar con él, los guardias se lo habían impedido.

Era como si lo hubieran secuestrado.

Los días pasaban y Julia hizo las maletas para volver a casa, pero seguía sin ver a Kaden. Suponía que era por la enfermedad de su padre y por el trabajo que había tenido que asumir, pero a medida que pasaban los días sin saber de él, la sensación de inseguridad aumentaba.

Dos días antes de su partida, Julia había salido con unos compañeros arqueólogos a tomar una copa, pensando que era absurdo quedarse esperando a Kaden. Pero ella no estaba acostumbrada al alcohol y lo único que recordaba era que se sentía mareada. Uno de sus colegas la había acompañado fuera del bar para que tomase el aire y, de forma totalmente inesperada, empezó a besarla.

Al principio lo rechazó, pero él era muy persistente y Julia se sentía tan insegura... ¿y si Kaden había roto con ella sin decírselo? ¿Y si no pensaba despedirse siquiera?

Además, empezaba a creer que ningún otro hombre podría hacerla sentir lo que sentía con Kaden y la idea de estar atada para siempre a alguien que no la quería la asustaba. Amar a Kaden de tal modo había despertado sus inseguridades de niña adoptada y su miedo al rechazo de los demás...

Kaden no podía ser el único hombre que la hiciera sentir, decidió. Y por eso, casi sin darse cuenta, había dejado que aquel hombre la besara... tal vez para demostrarse algo a sí misma.

Pero no había servido de nada porque ese beso solo le provocó náuseas.

Y fue entonces cuando vio a Kaden al otro lado de la calle, mirándola con gesto de incredulidad.

Se había quedado tan sorprendida que no pudo moverse. Y luego, demasiado tarde, intentó apartarse de su compañero...

Kaden la miró un momento con esos ojos implacables y luego se dio la vuelta.

Al día siguiente se anunció la muerte del emir.

Julia fue a verlo al palacio y se negó a marcharse hasta que, por fin, la llevaron a un elegante despacho.

Kaden estaba en el centro de la habitación, con las piernas separadas, guapísimo y formidable. Y mirándola como si fuera una extraña.

–Kaden, yo... –empezó a decir. Nunca le había costado trabajo hablar con él pero, de repente, no encontraba palabras–. Siento mucho lo de tu padre.

–Gracias –dijo él, con sequedad.

–He intentando verte antes, pero no me dejaban pasar. Decían que estabas muy ocupado...

–Parece que tú también has estado muy ocupada.

Julia tragó saliva.

–Lo que viste anoche... no fue nada, Kaden. Había bebido demasiado y...

Él hizo un gesto con la mano.

–Por favor, ahórrame los sórdidos detalles. No me interesa cuándo o por qué hagas el amor con otros hombres.

–No hice el amor con él –protestó Julia–. Solo fue un estúpido beso... y terminó casi antes de empezar.

–No estoy interesado –dijo Kaden, con voz de hielo–. ¿Para qué querías verme? Como tú misma has dicho, estoy muy ocupado.

–Venía a darte el pésame por la muerte de tu padre. Además, me marcho a Inglaterra.

Kaden se mostraba tan frío... unos días antes aquel hombre la había abrazado bajo el cielo del desierto murmurando fervientemente: «Te quiero, nunca amaré a otra mujer».

Julia tuvo que apoyar una mano en la pared de la ducha para controlar una oleada de náuseas. Había querido olvidar ese último encuentro y, sin embargo, no se iba de su memoria, tan obstinado como una mancha. La había sorprendido tanto su mirada helada...

–Kaden, ¿por qué te portas así?

Él arqueó una ceja.

–¿Así cómo?

–Como si no me conocieras.

–¿Crees que una aventura de verano significa que te conozco?

Julia recordaba haber dado un paso atrás al escuchar eso.

–No sabía que fuese una simple aventura para ti. Pensé que lo que había entre nosotros...

–Hemos tenido una aventura, Julia. Lo que hemos hecho es lo mismo que hiciste anoche con ese desconocido.

–Pero yo...

–No pensarías que podías convertirte en parte de mi mundo, ¿verdad?

Por supuesto que no, pero en el fondo de su corazón había albergado la esperanza de que fuera así. Kaden incluso había mencionado su apartamento en Londres... y entonces se le ocurrió que tal vez había querido tenerla como amante.

Sí, esa era la horrible realidad. Estaba escrita en su rostro, en la frialdad de sus ojos. Todo lo que había creído compartir con él era una ilusión. Kaden la había utilizado; una estudiante occidental que solo estaría en Burquat durante unos meses era perfecta para tener una aventura de verano. Y ahora era el emir de Burquat, un hombre formidable que no se parecía nada al joven despreocupado al que ella conocía.

–No tenías que decirme que me amabas –le reprochó–. Podrías habértelo ahorrado, yo no esperaba escuchar palabras de amor.

Era cierto, no lo había esperado. Sabía que ella lo amaba, pero no había esperado que él la correspondiese.

Kaden se encogió de hombros, mirando el puño

de su camisa como si fuera infinitamente más interesante que aquella conversación.

–Hice lo mismo que tú. Y, por favor, no intentes hacerme creer que lo decías de corazón. No puede ser cierto cuando unos días después estabas dispuesta a acostarte con otro hombre.

Julia sacudió la cabeza, horrorizada.

–Ya te he dicho que no me he acostado con él.

Se dio cuenta entonces de que nunca había conocido a Kaden de verdad. Y con ese descubrimiento llegó la insidiosa sensación de no valer nada que la acompañaba desde su infancia, desde que descubrió que era adoptada y que su propia madre la había rechazado. Siempre había temido no ser lo bastante buena para nadie. Sabía que era absurdo, pero era una sensación de la que no podía librarse.

Hasta aquel día, Julia no recordaba cómo había salido del despacho o qué hizo después o el día siguiente, cuando tomó el avión de regreso a Londres. Pero de repente estaba de vuelta en Inglaterra, con su constante cielo gris y sintiendo como si le hubieran arrancado el corazón. La sensación de rechazo era tan corrosiva que durante mucho tiempo no había confiado en su propio buen juicio en lo que se refería a los hombres, concéntrandose por completo en sus estudios.

Su marido, John, un hombre amable y discreto, había logrado romper el caparazón protector tras el que se había escondido, pero Julia se daba cuenta de que se había casado con él precisamente porque no se parecía nada a Kaden.

Cuando pensó en lo que había ocurrido por la noche, y en la afirmación de Kaden de que volverían a verse, volvió a sentir una oleada de náuseas y esta vez no pudo controlarlas.

Julia salió de la ducha para correr al inodoro y, cuando por fin pudo mirarse al espejo, estaba pálida como un cadáver.

¿Qué cruel broma del destino había hecho que se encontrase con Kaden después de tantos años?

Y sin embargo, sentía el anhelo de volver a verlo.

Temblando, se sentó en el inodoro y se juró a sí misma que no volvería a verlo. Porque no sabía si podría soportar que la rechazase una vez más.

Capítulo 5

KADEN esperaba en la puerta de la casa de Julia, sin percatarse de que el coche oficial estaba ridículamente fuera de lugar en aquella discreta zona residencial.

No había podido concentrarse en el trabajo durante todo el día, distraído pensando en Julia y haciendo que sus ayudantes se preocupasen. Porque él nunca estaba distraído.

Intentaba encontrar cierto equilibrio, pero el equilibrio había desaparecido, dejando en su lugar la sensación de haber estado antes en aquel sitio, al borde de un precipicio, a punto de desaparecer.

Kaden apretó los puños. Él ya no era un crío, sino un hombre divorciado. Había tenido amantes, muchas amantes, y ni una sola había logrado tocar esa parte de él que había escondido bajo llave doce años antes, cuando Julia salió de su despacho.

Sacudió la cabeza para apartar ese recuerdo, pero no era capaz. Ese último encuentro estaba grabado a fuego en su mente y en su corazón: los ojos grises de Julia llenos de lágrimas, su rostro pálido y desencajado.

Los celos que había sentido al verla con aquel

hombre habían eclipsado incluso el dolor por la muerte de su padre. Saber que lo había engañado, que todo lo que le había dicho era mentira, lo había convertido en un cínico.

Pero lo que se reía de él era el recuerdo de que había ido a buscarla la noche que murió su padre. Aunque él insistía en que debía romper su relación con aquella mujer occidental, Kaden se había mostrado absolutamente firme. Había ido a buscarla para explicarle su ausencia y también para decirle que quería casarse con ella. Enamorado como un loco, o eso había creído, no estaba preparado para verla besando a otro hombre en plena calle.

Julia, su amor.

Recordaba la sensación de que el mundo se hundía bajo sus pies y cómo algo dentro de él se había muerto para siempre.

Una hora después, mientras su moribundo padre le suplicaba que pensara en su país y no en sí mismo, Kaden por fin había visto el futuro con claridad. Y ese futuro no incluía a Julia.

Era una aventura de verano, nada más. Había creído que entre ellos había algo especial porque era su primera amante. Pero no la amaba, sencillamente había confundido el deseo con el amor.

Como si saliera de un sueño, Kaden levantó la cabeza para mirar la casa en la que vivía Julia. Dentro de aquella casa estaba la mujer que se interponía entre él y su futuro. En cierto modo, nunca la había olvidado y la única manera de hacerlo era saciar a la bestia que había dentro de él, demostrarse a sí mismo de una vez por todas que solo era una atracción física.

Y esta vez, cuando se despidieran, Julia ya no tendría el poder de hacer que despertase cubierto de sudor, con una mano sobre el pecho para contener los salvajes latidos de su corazón.

Julia se sentía como si tuviera quince años. Había visto el coche de Kaden abajo y tenía los nervios agarrados al estómago, esperando que llamase al timbre.

¿A qué esperaba?, se pregunto por enésima vez al ver que no salía del coche.

Luego imaginó que se marchaba sin llamar y no le gustó nada la sensación de pánico que evocó ese pensamiento. Le había dado vueltas durante todo el día, aun sabiendo en el fondo que no tenía fuerzas para decirle que no.

Cuando volvió de trabajar, con un dolor de cabeza formidable, estaba tan enfadada consigo misma por ser débil que decidió que no se rendiría tan fácilmente. Recibiría a Kaden en chándal y le diría que no pensaba ir a ningún sitio.

Pero entonces imaginó que Kaden chascaba los dedos y un ejército de personas aparecía en su casa con la cena...

No podía olvidar el brillo decidido en sus ojos por la mañana. Y pensar en tenerlo allí, en su casa, toda la noche había sido suficiente para que se decidiera y se pusiera un vestido negro de cóctel y zapatos de tacón.

Lo mejor sería salir con él a cenar, pensó. Después, le daría las gracias y le diría que no podían volver a verse. Sí, era lo bastante fuerte como para hacer eso.

Estaba a punto de mirar por la ventana de nuevo cuando el sonido del timbre la hizo dar un respingo. Con el corazón acelerado, se acercó a la puerta y vio una figura alta y oscura al otro lado del cristal emplomado...

Pero no estaba preparada para lo que sintió al ver a Kaden apoyado en una columna del porche. Evidentemente, no se había afeitado desde por la mañana y tenía un aspecto tan masculino. Llevaba el mismo traje de chaqueta, sin la corbata y con el primer botón de la camisa desabrochado.

–¿Nos vamos? –preguntó él, mirándola de arriba abajo.

–Sí, claro –murmuró Julia mientras cerraba la puerta.

Kaden la tomó del brazo para llevarla hasta el coche y ella intentó contener el ejército de mariposas que parecían revolotear en su estómago.

–¿Vamos a un funeral?

–¿Por qué lo dices?

–Por el vestido negro.

–Ah, bueno, es que no he tenido tiempo de cambiarme.

–Mentirosa –se burló Kaden.

Julia se quedó transfigurada por su sonrisa y, sin

darse cuenta, se llevó una mano al cuello. Afortunadamente, no llevaba puesta la cadena.

–¿Dónde vamos?

–A Cedar Rooms, en el hotel Gormseby.

Julia se quedó impresionada. Era un hotel nuevo y, aparentemente, muy solicitado. Había una lista de espera larguísima para conseguir mesa en el restaurante. Pero, por supuesto, Kaden no tenía esos problemas. Al contrario, le pondrían una alfombra roja porque su presencia le daría lustre al hotel.

Y era un alivio pensar que iban a estar en un sitio público, rodeados de gente.

Como si eso pudiese ayudarla a decirle que no...

Kaden tenía que hacer un esfuerzo para comportarse de manera civilizada. El vestido que llevaba era aburrido, pero no podía esconder la elegancia de Julia ni sus largas piernas o la curva de sus pechos. Llevaba el pelo suelto, cayendo sobre los hombros, y un maquillaje discretísimo.

De nuevo, se quedó sorprendido por lo joven que parecía y por lo bella que seguía siendo. Tenía una belleza clásica que mejoraba con la edad.

En cuanto abrió la puerta de su casa, sus preciosos ojos grises lo habían dejado sin aliento, excitado como un adolescente; algo que no le había pasado nunca con otra mujer.

Con Julia, sin embargo, era como si su cerebro sufriera un cortocircuito cada vez que la miraba. Pero eso lo convencía de que solo era un caso de atracción física y, anticipando lo urgente que sería su deseo cuando llegase el postre, hizo una rápida llamada por el móvil.

Cuando llegó el postre, Julia había dejado de intentar mantener una conversación coherente. La mesa en el fabuloso restaurante estaba colocada de tal forma los demás clientes no podían verlos y la luz de las velas no la ayudaba a mantener la cabeza despejada como era su intención.

Kaden le había preguntado por su trabajo y ella le había explicado que su pasión por recaudar y gestionar fondos había nacido al ver el mal uso que se hacía de ellos. Además, lo había visto como un puesto más estable en el mundo de la arqueología, pensando que algún día formaría una familia.

Para su sorpresa, Kaden no parecía aburrido. Claro que la miraba como si quisiera devorarla...

Intentando desesperadamente controlar lo que la hacia sentir, Julia le había preguntado por Burquat.

Las cosas que le contaba hacían que Burquat pareciese un lugar totalmente diferente al país conservador en el que había pasado aquel verano y se enorgulleció de Kaden por haber hecho tantas reformas.

—He leído algo en los periódicos sobre nuevas prospecciones petrolíferas. Y, considerando que el mundo empieza a quedarse sin petróleo, parece haber mucho interés.

—Estamos a punto de encontrar algo grande

–dijo Kaden–. El sultán Sadiq al-Omar va a ayudarnos con las prospecciones. Él es un experto.

–¿Esa es la razón por la que Samia se va a casar con él? –le preguntó Julia.

Kaden hizo una mueca.

–Es uno de los factores, sí. Su matrimonio será una alianza estratégica, importante para los dos países –respondió, acariciando su copa de coñac–. Tu jefe, Nigel, ¿sales con él? –le preguntó de repente.

Julia se preguntó con qué tipo de mujer estaría Kaden acostumbrado a acostarse. Aunque lo sabía porque había visto muchas fotografías en las revistas.

–No, no salgo con él –respondió–. Me ha pedido que lo hiciera en muchas ocasiones, pero siempre le he dicho que no.

–¿No has tenido amantes desde que te divorciaste?

–No creo que eso sea asunto tuyo. Yo no te he preguntado si has tenido amantes después de tu divorcio.

Kaden sonrió.

–Llevo una vida sexual sana, disfruto de las mujeres y ellas disfrutan de mí.

Julia hizo una mueca.

–Sin duda –murmuró–. Pero imagino que esas mujeres saben desde el principio que es lo único que estás dispuesto a ofrecerles, como me has dicho a mí esta mañana.

El rostro de Kaden se ensombreció.

–Las mujeres saben muy bien lo que pueden esperar de mí. No malgasto saliva con promesas falsas.

Por alguna perversa razón, Julia se sintió reconfortada por esa respuesta. Como si Kaden acabase de demostrarle que ninguna otra mujer se había adueñado de su corazón.

Pero, al darse cuenta de lo peligrosa que se había vuelto la conversación, dejó su servilleta sobre la mesa.

–Es muy tarde, deberíamos irnos.

Kaden se levantó y le hizo un gesto para que lo precediera. Parecía un sofisticado urbanita, pero Julia no confiaba en él. Sabía que la pasión que había entre ellos no había desaparecido por arte de magia.

Cuando llegaron al vestíbulo, se dirigió hacia la puerta del hotel, intentando encontrar la forma de despedirse antes de tomar un taxi. Aunque su vientre se encogía patéticamente ante la idea de no volver a verlo.

Pero Kaden tomó su mano y, cuando lo miró a los ojos, el deseo que había en ellos la dejó sin aliento.

–He reservado una suite.

Julia irguió los hombros, intentando no pensar que podrían estar en una cama en unos segundos.

–Si lo que pretendes es hacerme sentir como una acompañante de lujo, lo estás consiguiendo. Espero que te sientas orgulloso.

Él murmuró una maldición. Nunca en su vida había sido un patán con las mujeres. Deseaba tanto a Julia que le dolía y había reservado una habitación en el hotel porque sabía que no podría esperar hasta que llegasen a su casa o su ático. Pero ella estaba tiesa como un palo, ofendida y tan remota como el Everest.

Si no hacía algo, era capaz de marcharse, y no le gustó nada el pánico que ese pensamiento lo hizo sentir.

–Lo siento, no era mi intención –se disculpó.

–No sé qué crees que estás haciendo, pero he venido aquí para cenar y no pretendo repetir lo de anoche. Tú y yo no tenemos nada más que decirnos.

–Puede que no tengamos nada que decirnos, pero nuestros cuerpos sí tienen mucho que decir –replicó él, tomándola por la cintura.

Julia contuvo el aliento al sentir la erección masculina rozando su vientre... una erección que, de inmediato, provocó una respuesta entre sus piernas.

Pero entonces se dio cuenta de que estaban en el vestíbulo del hotel, llamando la atención. ¿Cómo no iban a hacerlo? Kaden medía más de metro noventa y era uno de los rostros más reconocibles del planeta. Y aunque no lo fuera, su atractivo habría llamado la atención de cualquier mujer.

–No tengo ningún problema en hacerte el amor aquí mismo, Julia.

Para ilustrar tal afirmación, Kaden la apretó con más fuerza contra su pecho.

–¿Qué haces?

–¿De verdad quieres marcharte? Porque yo no.

Entonces se apoderó de su boca, en el vestíbulo del exclusivo hotel, delante de todo el que pasaba por allí.

Pero lo que más la sorprendió fue que el beso era suave, tierno incluso. Si hubiera sido un beso violento, habría sido más fácil resistirse, pero aquel beso le recordaba demasiado al Kaden que había conocido una vez...

Por fin, él se apartó para mirarla a los ojos.

–La razón por la que reservé una suite es que sabía que no podría esperar hasta llegar a tu casa, no porque quisiera hacerte sentir mal. Y te pido disculpas de nuevo. Pero podemos seguir con esto aquí y dar un espectáculo o subir a la suite, tú decides.

Julia puso las manos sobre sus hombros. No había espacio entre ellos, no había sitio para pensar y no tenía fuerzas para marcharse.

Aún no.

–Muy bien –dijo por fin.

Con un brillo de determinación en los ojos oscuros, Kaden tomó su mano para llevarla hacia los ascensores.

A Julia le ardía la cara al ver que la gente los miraba y se dio cuenta de que en el espacio de veinticuatro horas su bien ordenada vida se había derrumbado, tanto que ya no se reconocía a sí misma.

Y lo peor de todo era que se sentía emocionada y viva como no se había sentido en mucho tiempo.

Por la mañana, de nuevo Julia despertó en una habitación que no reconocía. Pero esta vez, Kaden no estaba mirándola, con un inmaculado traje de chaqueta. Su lado de la cama estaba vacío, las sábanas apartadas.

Julia supo de inmediato que estaba sola y no le gustó nada la sensación de tristeza que experimentó.

Entonces recordó la noche anterior...

Habían hecho el amor durante horas, insaciablemente, deseándose el uno al otro unos segundos después de culminar cada encuentro.

Julia estaba agotada, pero no podía negar la sensación de paz que experimentaba.

Sabía que Kaden tenía que ir a Al-Omar al día siguiente para la boda de Samia...

Entonces vio algo por el rabillo del ojo y cuando volvió la cabeza vio una nota sobre la almohada:

Iré a buscarte a tu casa a las siete y media. Kaden.

Julia suspiró de nuevo. Una noche más de aquella extraña semana, pensó.

Le gustaría enviarle una nota diciendo que tenía cosas que hacer, pero si la noche anterior había demostrado algo era que el fuego que había entre ellos seguía vivo y que ella era incapaz de resistirse.

Y todas las razones para decirle que no se esfumaban como el humo ante la idea de ver a Kaden por última vez.

Cuando sonó el timbre a las siete y media, Julia tenía el corazón acelerado. Y, de nuevo, cuando abrió la puerta no estaba preparada para ver a Kaden en el porche de su casa.

–Acabo de volver del trabajo –le dijo, señalando su pantalón y sus zapatos planos–. Tengo que darme una ducha y cambiarme de ropa. Hoy hemos tenido un día muy ajetreado y, además, había un problema en el metro...

Julia se detuvo abruptamente al percatarse de que estaba hablando sin parar.

–No tenemos prisa –dijo Kaden, cerrando la puerta–. Ve a ducharte, yo te esperaré aquí.

De nuevo, Julia se llevó la mano al cuello sin darse cuenta. Pero, por supuesto, la cadena no estaba allí. Cada mañana tenía que tomar la decisión consciente de no ponérsela.

–Hay café recién hecho en la cocina, si te apetece.

Después de decir eso corrió escaleras arriba y se encerró en el dormitorio, pensando que tenía un serio problema si no era capaz de respirar con normalidad cuando estaba con Kaden.

Él se quedó abajo, mirando alrededor. Era una casita muy agradable, con un salón grande y una cocina en la que parecía haber hecho reformas. La cocina de Julia.

Odiaba la debilidad que sentía por aquella mujer, pero le gustaría estar en la ducha, enterrándose en ella...

La noche anterior no había tenido nada que ver con las noches que pasaba con otras mujeres. Él solía despedirse inmediatamente después de saciar su deseo, pero la noche anterior había tenido que llegar el amanecer, cuando estaba demasiado agotado como para continuar, antes de que pudiese conciliar el sueño.

Cuando despertó un par de horas después, solo tuvo que mirar a Julia dormida para desearla de nuevo.

Y en aquel momento sentía como si un mes entero encerrado en una habitación con ella no fuera suficiente.

Tal vez era inevitable que su primera amante hubiera dejado tal impresión en él, pensó. La química que había habido entre ellos durante esos meses en Burquat había sido intensa desde el momento en que se conocieron, cuando estuvo a punto de pisar un fósil en la excavación en la que trabajaba...

Kaden hizo una mueca. A partir de ese momento, Julia se había convertido en una obsesión. Solo podía pensar en ella y ni siquiera se había dado cuenta de que la salud de su padre empeoraba...

Murmurando una palabrota, Kaden miró el pequeño pero perfecto jardín. ¿Qué estaba haciendo allí, en aquella casita?

Nervioso, entró en la cocina para servirse una taza de café, como si eso pudiera desenredar el nudo que tenía en el estómago.

Mientras paseaba por el salón con la taza en la mano se preguntó si Julia habría vivido en aquella casa con su marido. No veía fotografías de ningún hombre, pero se detuvo al ver la que colgaba sobre la chimenea, estupefacto.

Era un paisaje que conocía bien, uno de sus favoritos, una fotografía tomada en el desierto de Burquat, con las increíbles montañas Nazish en la distancia. Recordaba vívidamente el día que Julia había hecho esa fotografía porque la tenía agarrada por la cintura y ella se había quejado:

–¡No puedo hacer la foto si me agarras como si estuvieras ahogándote!

–Me estoy ahogando –le había dicho él al oído– de amor por ti.

Kaden apretó la taza de café con tal fuerza que pensó que iba a romperla... pero cuando escuchó un ruido a su espalda hizo un esfuerzo para mostrarse sereno.

Julia bajaba por la escalera con un vestido de punto gris que dejaba ver sus delicadas clavículas y marcaba la delicada curva de sus pechos. Llevaba las piernas desnudas, tan pálidas como siempre, y unos zapatos de cuña. Pero cuando levantó la mirada tuvo que tragar saliva. Se había hecho una coleta que le daba un aspecto tan inocente, tan joven.

El cuerpo de Julia estaba reaccionando como

solía hacerlo ante el escrutinio de Kaden. Cuando bajaba había visto que estaba mirando la fotografía sobre la chimenea... una de sus posesiones favoritas.

A su marido no le gustaba, de modo que la había escondido en un armario mientras vivían juntos. Era casi como si John intuyera que había perdido su corazón en el desierto...

–El marco es muy adecuado –dijo Kaden–. Y, al final, la foto salió bien.

Julia esbozó una sonrisa, intentando olvidar aquel día.

–Sí, es verdad –asintió–. Bueno, ya estoy lista.

Él la miró durante unos segundos antes de ir a la cocina para dejar la taza de café y, cuando volvió, Julia ya había abierto la puerta y estaba esperando.

–He pensado que esta noche podríamos ir a mi ático.

–¿Ah, sí?

–He contratado un chef de Burquat para que nos prepare la cena. Se me ha ocurrido que tal vez te gustaría volver a probar la comida de mi país.

–Me parece muy bien –murmuró ella, con voz estrangulada.

Y fue maravilloso. Julia saboreó cada plato.

Siempre le había gustado la gastronomía de Burquat: bolas de arroz mezcladas con suculentas piezas de cordero o pollo marinado durante horas en diferentes especias, verduras frescas y pasteles hechos con miel y frutos secos que se derretían en la boca, todo regado con un delicioso té de hierbas y un café tan oscuro como la noche.

–Veo que no has perdido el apetito.

Julia levantó la mirada. Kaden estaba reclinado en la silla, como una pantera con su camisa de seda oscura y su pantalón negro.

–Nunca he perdido el apetito –respondió, con una sonrisa. Y le pareció extraño porque no había sonreído a menudo en los últimos días–. Por eso tengo que correr todos los días, para poder seguir comiendo las cosas que me gustan.

–Antes estabas un poco más... rellenita.

Lo había dicho con una voz ronca que resonó en el corazón de Julia.

–Era la grasita adolescente –murmuró, antes de levantarse abruptamente para salir al balcón. Necesitaba oxígeno y espacio porque la mirada de Kaden era demasiado... intensa.

La tensión que había entre ellos y todo aquello de lo que no querían hablar estaba ahogándola. Y, sin embargo, ¿qué podían decir?

Intentaba mostrarse despreocupada, aunque en realidad estaba temblando de deseo. Quería estar entre sus brazos y dejar que él la hiciese olvidarse de todo... una noche más y luego podría olvidarlo para siempre, se decía.

–Quiero que vengas conmigo a Al-Omar –anunció él entonces.

Julia se volvió a tal velocidad que, por un momento, se sintió mareada.

–¿Qué has dicho?

–Quiero que vayas conmigo a la boda de Samia.

–¿Como tu... acompañante?

Él asintió con la cabeza.

–La boda dura hasta el domingo.

–Pero... ¿por qué?

Kaden se encogió de hombros. No estaba seguro, pero esperaba que eso marcase el adiós definitivo, el final del deseo incontrolable que sentía por ella. Tal vez teniéndola en su territorio lograría borrar los recuerdos y podría seguir adelante sin ser perseguido por esa sensación de que doce años atrás había cometido el mayor error de su vida.

–He pensado que te gustaría ver a Samia.

Julia lo miró, recelosa. En sus ojos había un brillo que no podía reconocer...

Una vez había deseado que fuese a buscarla para decirle que había cometido un error, que la amaba y no podía vivir sin ella. Pero no lo había hecho. Ahora, sin embargo, quería estar más tiempo con ella.

Y tal vez sería una forma de cerrar el círculo, pensó. Porque el recuerdo de aquel hombre la había perseguido durante demasiado tiempo.

–No estoy segura... –empezó a decir–. No sé si sería buena idea.

Kaden levantó una mano para acariciar su cuello, como si supiera que esas palabras eran un patético intento de fingir que no sentía lo mismo que él.

–Esto que hay entre nosotros, llámalo deseo o

como quieras, es muy poderoso. Sigue aquí a pesar del tiempo que ha pasado.

Julia apretó los labios, intentando hacerse la fuerte.

–Pero yo tengo que trabajar. No puedo marcharme del país así como así...

–Claro que puedes.

–Me lo pensaré.

Kaden torció el gesto. Evidentemente, no estaba acostumbrado a que alguien lo hiciese esperar.

–Mientras lo piensas, piensa en esto también.

La apretó contra sí con tal fuerza que podía sentir cada centímetro de su cuerpo y, cuando la besó, Julia se olvidó de todo salvo de aquel beso.

Capítulo 6

LE APETECE una copa de champán, doctora Somerton?

Julia miró a la auxiliar de vuelo del jet privado y decidió que tal vez el champán la animaría un poco.

—Sí, por favor.

Al otro lado de la ventanilla todo estaba oscuro. Tardarían unas seis horas en llegar a B'harani, la capital de Al-Omar. Deberían haber salido esa tarde, pero Kaden había tenido que acudir a una reunión imprevista, de modo que tuvieron que esperar hasta la noche.

¿Por qué había decidido ir con él?, se preguntó por enésima vez. Tal vez porque habían estado haciendo el amor hasta el amanecer y cada orgasmo era un trocito más que arrancaba de su coraza.

Kaden le había preguntado con voz ronca:

—¿Irás a Al-Omar conmigo?

Había intuido en él entonces cierta vulnerabilidad y eso había destruido sus defensas por completo.

Desnuda a su lado estaba a su merced, de modo que había asentido débilmente con la cabeza, recordándose a sí misma que aquello terminaría cuando volviera a Londres y que a partir de ese momento su vida volvería a ser la misma de siempre. Con un poco de suerte, libre del recuerdo de Kaden.

–Anima esa cara, Julia. Estás invitada al evento social del año.

Ella giró la cabeza. Desde que fue a buscarla no había dejado de hablar por el móvil y después se había puesto a trabajar en su ordenador, pero en aquel momento estaba mirándola a los ojos.

–¿Por qué estamos haciendo esto, Kaden? –le preguntó.

¿Por qué había vuelto a su vida? ¿Y por qué estaba dejando ella que la pusiera patas arriba?

–Para saciar el deseo que sentimos el uno por el otro –respondió él–. Somos dos adultos que buscan placer, nada más y nada menos.

Julia tragó saliva.

–Es más que eso. Tenemos un pasado... algo que tú pareces decidido a olvidar.

Él la miró con expresión cínica.

–No creo que hablar del pasado sirva de nada. Tuvimos una aventura hace siglos, pero ahora somos dos personas completamente diferentes y lo único que nos une es el deseo que sentimos el uno por el otro.

Una aventura, era cierto. ¿Qué tenían Kaden y ella en común?, se preguntó.

Sin embargo, ella no se sentía como una persona diferente a la que había sido doce años antes. Al contrario, sentía como si volviera a tener veinte años, como si nada hubiese cambiado.

–Sí, tienes razón –asintió por fin–. Es que estoy cansada, ha sido un día muy largo.

Kaden asintió con la cabeza.

–¿Por qué haces eso?

–¿Qué?

–Tocarte el cuello, lo haces muy a menudo.

Julia tragó saliva. Ni siquiera se había dado cuenta del nervioso gesto que la hacía buscar la cadena. No la llevaba puesta, pero estaba en su bolso, como una especie de talismán.

–Es una costumbre... un collar que solía llevar. Lo perdí hace algún tiempo y aún no me he acostumbrado a no tenerlo.

Kaden recordó entonces la cadena que le había regalado y, con ese recuerdo, apareció una emoción que se negaba a reconocer. Pero ese no era el collar al que Julia se refería. Seguramente sería uno de diamantes que le habría regalado su marido.

La cadenita de oro que él le había regalado debía de haber desaparecido mucho tiempo atrás. ¿Qué mujer se agarraría a una baratija que había comprado en un mercado por capricho, porque le pareció que el diseño simbolizaba lo intricado de su relación?

Kaden se maldijo a sí mismo mientras volvía la cabeza para mirar por la ventanilla del jet. Debería haberse despedido de ella y haber ido solo a Al-Omar para empezar de nuevo. Debería buscar una nueva esposa para tener los hijos que le había prometido a su padre y crear un país estable económica y políticamente.

Lo tenía todo al alcance de su mano después de muchos años de trabajo y esfuerzo... y de un matrimonio desastroso.

Pero cuando se volvió para mirar a Julia, tuvo que contener el aliento. Seguía deseándola, tal vez más que nunca. Y no podía seguir adelante mientras ese deseo siguiera ahí. Tenía que saciarlo de una vez por todas... y lo haría.

Llegar a B'harani al amanecer fue espectacular. La ciudad estaba bañada en una luz rosada, llena de banderas y adornos, las calles acordonadas para la boda que tendría lugar por la tarde.

Kaden apenas dijo una palabra mientras se dirigían al imponente castillo Hussein y, una vez allí, un empleado la acompañó hasta una impresionante suite mientras él iba a ver a su hermana.

Julia estaba sola en la suite, cansada y sorprendida al encontrarse de nuevo en la península arábiga con Kaden, algo que jamás pensó que ocurriría.

Después de darse una ducha, la enorme cama con sábanas de algodón egipcio parecía llamarla y se tumbó con la intención de descansar durante unos minutos...

Cuando despertó, el sol estaba en lo más alto del cielo y se sintió totalmente desorientada al ver a Kaden saliendo del cuarto de baño con una toalla en la cintura, la viva imagen de la virilidad, mientras se secaba el pelo con otra toalla, sus bíceps marcados y brillantes.

–¿Por qué no me has despertado?

–Estabas agotada –respondió él–. Además, no hay nada que hacer hasta esta tarde. La ceremonia civil tuvo lugar esta mañana y ahora están haciendo una procesión por las calles. Esta tarde tendrá lugar la ceremonia formal, que durará dos días, y el domingo volverán a casarse al estilo occidental.

–Vaya –murmuró Julia–. Eso suena muy complicado.

Kaden sonrió, tirando la toalla con la que estaba secándose el pelo.

–Sí, lo es. En Burquat las cosas son más sencillas. Celebramos una boda delante de los mayores al amanecer y después un banquete que dura todo el día.

Julia intentaba concentrarse en lo que estaba diciendo, pero no podía dejar de mirar el fabuloso torso de Kaden. Tenía el cuerpo más asombroso que había visto nunca... con el estómago plano y esos hombros tan anchos. La toalla que llevaba a la cintura era muy pequeña y, al bajar la mirada, pudo ver el bulto que se marcaba debajo...

Cuando levantó los ojos, ruborizada, vio que Kaden se quitaba la toalla para tirarla al suelo esbozando una sonrisa burlona.

Tragando saliva, Julia lo vio acercarse a la cama para tumbarse a su lado. Sin decir nada, apartó las solapas del albornoz para acariciar sus pechos y, de nuevo, Julia se sorprendió por aquella nueva sexualidad de Kaden y por lo embriagadora que era.

–¿Y si entrase alguien? –protestó débilmente.

–No entrará nadie –dijo él, inclinando la cabeza para envolver un pezón con los labios.

Dejando escapar un gemido, Julia cayó sobre las almohadas mientras él desabrochaba el cinturón del albornoz. Unos segundos después, también ella estaba desnuda, con Kaden colocándose encima. Podía sentirlo flexionando los músculos de sus nalgas mientras abría sus piernas con una rodilla y, cuando entró en ella, Julia suspiró cerrando los ojos para que no viera en ellos lo que sentía.

Mientras él empezaba a moverse, intentó convencerse a sí misma de que aquello solo era sexo. Ya no lo amaba, no podía amarlo...

Porque sería demasiado terrible pensar en el resultado de ese amor.

Más tarde, Julia paseaba por el salón de la suite, sin fijarse apenas en los preciosos muebles o en la espesa alfombra bajo sus pies.

Esa tarde, un grupo de mujeres se la había llevado con intención de prepararla para el banquete, algo que Julia no había esperado. Después de peinarla y maquillarla, le habían ofrecido una selección de vestidos espectaculares, pero ella eligió el que le pareció más sencillo, de color verde esmeralda, con cuello halter y un vertiginoso escote en la espalda.

Cuando se miró al espejo ni siquiera se había reconocido. Sus ojos parecían más grandes que nunca y sus pestañas interminables, pero el rubor en sus mejillas tenía más que ver con sus emociones que con el maquillaje.

La puerta de la habitación se abrió en ese momento y Julia se dio la vuelta. Kaden acababa de entrar ajustándose los puños de la camisa y, por un momento, se quedó sin aire. Era la primera vez que lo veía con un esmoquin y estaba... apabullante.

Pero su expresión indiferente hizo que sintiera una oleada de furia.

—Acepté venir contigo a la boda de Samia, pero no soy tu amante —le espetó—. Y no me gusta ser tratada como si lo fuera.

Él metió las manos en los bolsillos del pantalón.

—Nunca te había visto más guapa —dijo entonces, como si no la hubiese oído.

Horrorizada, Julia se dio cuenta de que el halago, y sobre todo su expresión admirativa, disipaban su furia. Ella nunca se había sentido especialmente guapa, pero en aquel momento se sentía así. Además, por supuesto que no era su amante. Ella no podía parecerse menos a las mujeres con las que Kaden solía relacionarse.

—Lo siento, no quería ser desagradecida —se disculpó—. El vestido es precioso, pero yo no soy como tus otras mujeres y no estoy acostumbrada a esto...

—No, desde luego que no eres como las demás mujeres —la interrumpió él, tomando su cara entre las manos—. Eres completamente diferente. Pero vámonos o llegaremos tarde.

Julia no había sido ni sería nunca como ninguna otra mujer, pero solo ahora se daba cuenta de que había juzgado a las demás comparándolas con ella... y siempre se había llevado una decepción al comprobar que eran completamente diferentes, que no estaban a su altura.

Doce años antes, Julia se habría reído a carcajadas si le hubiese pedido que se pusiera un vestido de noche. A ella le gustaba ir en vaqueros y con aquel absurdo sombrero de safari...

Solo se había puesto un vestido en una ocasión, uno de encaje y seda en color crema que había visto en un escaparate y había comprado para ella por capricho. No era muy sofisticado, pero Julia se había colocado frente a él, mirándolo con la timidez de una novia. Y fue esa noche cuando supo que lo que sentía por ella...

Kaden cerró la puerta a ese pensamiento. Respirando profundamente, intentó concentrarse en el presente, en la mujer bellísima que iba a su lado, su pálida piel resplandeciente.

Al escuchar un murmullo de conversaciones en el salón de banquetes, Kaden tomó su mano y notó que estaba tensa. Mejor, pensó. Quería que estuviera tan tensa como él.

Un criado ataviado con el traje tradicional abrió las enormes puertas del salón de banquetes... y Julia se quedó sin aliento. Nunca había visto tal opulencia, tal lujo. El enorme salón, con su altísimo techo abovedado y las inmensas columnas, era impresionante.

Esperando para saludarlos estaban el sultán y su nueva esposa. Cuando se acercaban, Julia vio que el rostro de Samia se iluminaba al ver a su hermano. De niña había sido muy tímida, pero se había convertido en una joven muy bella.

Al ser su única hermana de sangre, entre Kaden y ella siempre había habido un lazo especial. Su padre había vuelto a casarse y Julia recordaba a su segunda esposa, una mujer fría y distante que había tenido tres hijas pero ningún hijo. Según Kaden, eso la había convertido en una persona amargada y celosa con la que resultaba difícil mantener buen trato.

Julia intentó sonreír mientras saludaba a Samia, que la miraba con una mezcla de sorpresa y hostilidad.

Pero no tuvo tiempo de analizar tan extraña reacción porque, después de las presentaciones, Kaden tomó su mano para llevarla hacia una mesa.

–¿Por qué me ha mirado tu hermana de esa forma? –le preguntó cuando se quedaron solos.

En lugar de responder, Kaden tomó dos copas de champán y le ofreció una.

–Por nosotros.

Después de brindar con él, Julia tomó un sorbo de champán, nerviosa. Intuía que Kaden lamentaba haberla llevado a Al-Omar. Sin duda habría preferido a alguna de sus amantes, que se mostraría encantada de estar allí, cuando lo único que ella quería hacer era volver a la habitación.

Mientras Kaden hablaba con varios invitados sobre las prospecciones petrolíferas en Burquat, Julia se sentía como un mero accesorio. Y cuando se dirigieron hacia otra sala para cenar, Kaden charlaba en francés con otro hombre, sin acordarse de ella...

Durante la interminable cena, Julia notó que Samia la miraba con esa misma expresión hostil que no lograba entender.

Mientras tanto, Kaden seguía hablando con unos y otros y ella se vio obligada a entablar conversación con el hombre sentado a su izquierda, más interesado en su escote que en otra cosa.

Kaden tenía que hacer un esfuerzo para no mirar a Julia. De hecho, tenía que apretar los puños para no acariciar su pierna por debajo de la mesa...

Sentía una extraña opresión en el pecho desde que vio la reacción de su hermana. Samia era el único resquicio en su armadura, la única persona que sabía cuánto había sufrido por la traición de Julia doce años antes. Aunque se decía a sí mismo, como se había dicho entonces, que solo era porque la deseaba, porque aún no se había cansado de ella.

Sabía que no debería ignorarla de ese modo. Estaba siendo un grosero, pero temía que en sus ojos viera algo que no debería ver. Porque la reacción de Samia había sido como echar sal en una herida abierta...

Intentando convencerse a sí mismo de que no

era nada, otro truco de su mente, Kaden por fin dejó de fingir interés en la conversación con el hombre que estaba sentado a su lado y se volvió hacia ella.

Julia parecía tensa y, de manera instintiva, puso una mano en su cuello para darle un ligero masaje.

Al hacerlo experimentó una bienvenida sensación de paz y, por una vez, no se castigó a sí mismo o intentó negarlo.

Después de lo que le pareció una eternidad, Julia por fin se volvió hacia él.

–Kaden...

Lo miraba con unos ojos tan brillantes que no pudo disimular su respuesta. La sala y los invitados desparecieron, como si estuvieran solos.

Julia querría pedirle que dejase de mirarla de ese modo, como si volviera a tener diecinueve años y quisiera descubrir los secretos de su alma. Pero no podía abrir la boca, no quería romper el hechizo.

Por fin, el ruido de copas y platos los sacó de ese estado de trance y, de repente, Kaden se levantó para tomar su mano.

Julia miró alrededor, sorprendida. Algunos invitados se habían levantado, pero muchos otros permanecían en sus sitios.

–¿Qué haces? La cena no ha terminado –susurró.

Sus ojos eran tan oscuros que sintió que iba a ahogarse en ellos.

–No puedo estar sentado a tu lado un minuto más sin tocarte.

Antes de que Julia supiera lo que estaba pasando habían salido del salón de banquetes y recorrían los corredores del castillo a toda velocidad.

–¡Kaden! –exclamó cuando no pudo seguir sus largas zancadas.

Él la tomó en brazos sin decir nada. Y tampoco ella lo hizo porque no podía negar la emoción que sentía. Kaden actuaba como un pirata mientras la llevaba por aquel laberinto de pasillos y, una vez en la habitación, cerró la puerta con el pie y la dejó en el suelo.

–Tendremos que soportar pompa y ceremonia durante los próximos días, pero cada vez que tengamos un minuto libre lo pasaremos aquí –le dijo, empujándola contra la puerta–. Ese es el objetivo de este fin de semana.

El carnal brillo de sus ojos y la nota de desesperación en su voz hicieron que Julia se olvidase de todo. Era como si por un momento hubiesen vuelto atrás en el tiempo.

Sobrecogida por una emoción que se negaba a interpretar, tomó su cara entre las manos. Kaden tenía razón. Debían concentrarse en el deseo que sentían el uno por el otro, no en el pasado ni en un futuro que no existía para ellos.

–¿A qué estás esperando entonces? –murmuró, antes de besarlo.

Horas después, Kaden estaba frente al balcón de la suite, mirando la ciudad de B'harani al amanecer, los minaretes mezclándose con modernos edificios...

Eso era lo que él quería crear en Burquat. Ya había empezado a hacerlo, pero aún le quedaba un largo camino por delante.

Suspiró entonces, mirando a la mujer que dormía en la cama. Estaba tumbada de espaldas, sus pechos desnudos y el cabello extendido sobre la almohada... incluso saciado como estaba podía sentir que su cuerpo despertaba a la vida.

La había tomado apoyada en la puerta, sin más finura que un animal. Y, sin embargo, ella le había devuelto cada caricia, cada beso, excitándolo como no se había excitado en muchos años.

En doce años, exactamente.

Era ella, siempre había sido ella. Estar allí era como cerrar un círculo que lo llevaba atrás en el tiempo con una fuerza imparable.

Julia despertó, letárgica. Haciendo un esfuerzo, abrió los ojos y vio la alta y formidable figura de Kaden frente al balcón. Estaba mirándola, en silencio.

Había tantas cosas que le gustaría decirle, pero no se atrevía. El pasado estaba entre ellos y, sin embargo, la línea divisoria se hacía cada día más imperceptible.

–Kaden...

Era tan hermoso...

–Maldita seas, Julia.

Dando un paso adelante, Kaden se arrancó la ropa para colocarse sobre ella como un ángel vengador.

Y todo lo que Julia quería decirle se esfumó bajo las expertas caricias masculinas.

Cuando despertó el domingo por la mañana le dolía todo el cuerpo, pero se sentía de maravilla. Kaden no estaba en la cama y encontró una nota sobre la almohada en la que decía que había ido a montar a caballo.

Los días anteriores habían pasado en un torbellino de eventos y funciones oficiales antes de la gran ceremonia, que tendría lugar aquel día frente a cientos de invitados y medios de comunicación.

Suspirando, Julia se levantó para ir al baño. Después de ducharse salió a la terraza, donde ya habían servido el desayuno, y se emocionó al ver una rosa en un jarroncito de cristal... pero debía haber sido un detalle del servicio, no de Kaden.

Lo único que había entre ellos era una intensa atracción sexual. Ni siquiera parecían capaces de mantener una conversación antes de echarse uno en los brazos del otro. Y no tenía la menor duda de que eso era lo que Kaden quería.

Diciéndose a sí misma que también era eso lo que ella quería, Julia tomó un cruasán y se acercó a la balaustrada para mirar la ciudad de B'harani.

Se le encogía el corazón al ver ese paisaje; no por aquella ciudad en particular, sino por aquella parte del mundo. Si alguna ciudad era la dueña de su corazón era Burquat, con sus antiguas y polvorientas calles y misteriosos mercados. Pero la luz allí era similar...

Escuchó un ruido tras ella y cuando se volvió vio a Kaden entrando en la habitación. Llevaba unos vaqueros gastados que se pegaban a sus poderosos muslos, un polo de manga corta, botas hasta la rodilla y el pelo empapado de sudor cayendo sobre su frente.

Mientras lo miraba, Kaden empezó a quitarse el polo con tal gallardía que se le cayó el cruasán de la mano y no se dio cuenta. ¿Cómo podía desearlo de nuevo unas horas después de...?

Kaden tiró el polo al suelo y se acercó a ella para besar su cuello. Olía a sudor, a hombre, a sexo...

–Kaden...

Sin decir nada, él tiró del cuello del albornoz para besar su hombro antes de tomarla en brazos para llevarla a la ducha.

Mucho después, cuando empezaba a atardecer, Julia despertó de nuevo, desorientada, recordando los eventos de aquel día: la boda de Samia, tan pálida y tan joven, con Sadiq, alto, moreno y serio.

Y luego Kaden llevándola de nuevo al dormitorio donde la pasión los había abrumado una vez más...

Él estaba sentado en el sofá, trabajando en su ordenador, un mechón de pelo cayendo sobre su frente...

Había algo tan casero en esa escena que se le encogió el corazón. Y supo entonces con total claridad que debía ser ella quien se fuera esta vez. No podría soportar que Kaden le dijera que todo había terminado.

Como si hubiera leído sus pensamientos, él levantó la cabeza.

–Tenemos que vestirnos para el banquete.

Julia se sentó en la cama, sujetando la sábana sobre sus pechos.

–Deberías haberme despertado –le dijo, pensando en el vestido para esa noche, otro diseño de alta costura. Aunque necesitaría tiempo para reparar los estragos de su encuentro amoroso con Kaden si quería volver a sentirse normal... eso si podía volver a sentirse normal alguna vez.

Cuando saltó de la cama para ir a la ducha, Kaden la miró, pensativo. La verdad era que se había sentido muy cómodo con Julia durmiendo a unos metros de él mientras trabajaba. Y era raro porque incluso cuando vivía con su esposa había insistido en tener su propia habitación. Pero si se hubiera casado con Julia jamás...

Si se hubiera casado con Julia.

Tan turbador pensamiento hizo que se levantara de un salto para tomar el móvil y darle instrucciones a alguien al otro lado.

Cuando Julia salió del baño había una joven vestida de blanco esperándola en la habitación.

–Mi nombre es Nita –se presentó–. He venido para ayudarla a vestirse.

Media hora después, cuando ya estaba vestida, Kaden volvió a la habitación con un fabuloso esmoquin.

–Estás muy guapa.

–Gracias.

En aquella ocasión llevaba un vestido de color morado con escote palabra de honor y una falda que caía hasta el suelo cubierta de diminutos cristales. El efecto era como el de una nube al amanecer.

Le maravillaba la ironía de la situación. Estaba viviendo la fantasía de miles de mujeres y, sin embargo, no se sentía feliz.

Todo debía terminar esa noche, antes de que Kaden le dijese adiós. Ante de que descubriera que había vuelto a enamorarse de él.

Unas horas después, cuando el sultán Sadiq llevó a su flamante esposa al salón de baile, Julia estaba agotada y fue un alivio que Kaden la llevase de la mano a la habitación.

Pero cuando llegaron allí, soltó su mano y se apartó un poco para decir lo que tenía que decir:

–La pareja con la que hablaba hace un momento va a tomar un avión con destino a Inglaterra esta noche y me han ofrecido que vaya con ellos.

Kaden torció el gesto.

–¿No puedes esperar a mañana? Pensaba acompañarte.

Ella negó con la cabeza.

–No hay necesidad. Yo tengo que volver a mi trabajo y tú tienes cosas que hacer en tu país. Lo mejor sería despedirnos ahora.

Kaden empezó a verlo todo rojo. Ninguna mujer lo había dejado plantado, pero su ego nunca había sido una preocupación para él. Se trataba de Julia, que lo miraba con aparente frialdad cuando solo horas antes se había derretido entre sus brazos.

Y al ver que empezaba a guardar sus cosas en la maleta, el pánico se apoderó de él.

–Julia...

Ella estaba guardando un pequeño joyero en la maleta y, nerviosa, dejó caer algo al suelo.

De inmediato, Kaden se inclinó para recogerlo... y se quedó inmóvil al ver lo que era.

Julia lo miraba, con el corazón acelerado. Era como ver un accidente a cámara lenta.

–Sigues teniéndola –murmuró él, mostrándole la cadenita de oro.

–Sí, la he conservado.

–Siempre te tocas el cuello... –Kaden dio un paso adelante para ponerle la cadena y cerrar el broche.

Enseguida apartó las manos, pero no se movió y Julia no podía mirarlo.

–Si de verdad quieres irte a casa, le diré a Nita que te ayude a hacer la maleta.

Ella sacudió la cabeza. No sabía cómo tomarse la frialdad de Kaden cuando unos segundos antes parecía a punto tumbarla en la cama de nuevo. Ahora, sin embargo, la miraba casi con irritación, como si la cadena lo repugnase. Le había horrorizado saber que la conservaba y Julia sabía lo que eso significaba.

–No necesito ayuda.

Kaden vio que Julia movía la boca, pero no logró entender lo que decía. Lo único que podía hacer era mirar la cadena, que parecía reírse de él...

Tenía que irse de allí, pensó. Tenía que irse de inmediato.

Julia lo miraba sin entender su expresión. Le gustaría que dijese algo, que demostrase lo que sentía... ¿pero cómo iba a hacer eso alguien que no tenía sentimientos?

–Estos días han sido...

–Sí –la interrumpió él–. Adiós, Julia.

Después de eso se dio la vuelta para salir de la habitación y el corazón de Julia se rompió en pedazos porque sentía como si la hubiera rechazado de nuevo.

Menos de una hora después, Kaden estaba en su jet, con destino a Burquat. Tenía una reunión por la mañana con los consejeros del sultán, pero la había pospuesto.

Y cuando se miró las manos, notó que le temblaban.

Lo único que podía ver era la cadena de oro que Julia había conservado durante todos esos años; la cadena que no llevaba puesta, pero que intentaba tocar todo el tiempo.

La pregunta era demasiado incendiaria, pero inevitable: ¿por qué habría conservado esa cadena?

Era la única joya que le había regalado y lo recordaba como si hubiera sido el día anterior.

Kaden miraba por la ventanilla del jet, pero el desierto a sus pies no lograba darle una sensación de paz. Al contrario, se sentía más inquieto que nunca.

Pero se decía a sí mismo que, por primera vez desde que conoció a Julia, había hecho lo que debía hacer: dejarla atrás, en el pasado. Donde debía estar.

Capítulo 7

ESTÁS embarazada. Y si las fechas que me has dicho son las correctas, yo diría que de tres meses –la ginecóloga miró a Julia con simpatía por encima de sus gafas–. ¿Por qué no has venido antes? Debes de haber sospechado algo, ¿no? Las dos sabemos que tu ciclo es como un reloj.

Embarazada.

Julia apenas la escuchaba. Por supuesto que había sospechado algo en los dos últimos meses, pero había decidido enterrar la cabeza en la arena porque, después de años intentando tener hijos con su marido, el destino no podía ser tan cruel.

Pero entonces el problema era de su marido, no suyo.

–No creía... no quise creer que fuera posible.

–Pero estás embarazada y el bebé nacerá en seis meses, si todo va bien. Y, como estás divorciada, el padre...

–No es mi exmarido –la interrumpió Julia–. Es un hombre al que conocí hace tiempo y al que he vuelto a ver recientemente.

–¿Vas a contárselo?

Julia miró a su amiga.

–La verdad es que no lo sé.

–En fin, lo primero es lo primero. Tienes que hacerte una ecografía para comprobar que todo progresa adecuadamente y luego ya decidirás lo que quieres hacer.

Un mes más tarde

Kaden paseaba por su despacho, inquieto, las emociones que había intentado suprimir durante los últimos meses a punto de estallar.

Julia estaba allí, al otro lado de la puerta y llevaba esperando casi una hora. Normalmente, él no haría esperar tanto a nadie, pero se trataba de Julia.

Y no sabía qué hacer.

¿Qué querría de él?, se preguntó, pasándose una mano por el pelo. ¿Querría continuar su aventura? ¿Habría pasado las noches en vela como él desde que se despidieron? ¿Llevaría puesta la cadena?

Maldita fuera. Había esperado encontrar una nueva esposa y estar casado, pero a pesar de los esfuerzos de sus ayudantes para encontrar una candidata adecuada, él siempre encontraba algún fallo. Una era demasiado descarada, otra demasiado tímida, otra avariciosa o falsa... la lista era interminable.

Pero Julia Somerton había vuelto a Burquat y estaba al otro lado de la puerta.

En ese momento sonó el intercomunicador.

–Siento molestarlo, pero la doctora Somerton sigue aquí –escuchó la voz de su secretaria–. Creo que debería recibirla, Alteza. Estoy un poco preocupada...

Kaden la interrumpió abruptamente:

–Dile que pase.

Por fin, la secretaria de Kaden, que en lugar del atuendo habitual de Burquat llevaba un elegante traje de chaqueta y un pañuelo en la cabeza, le hizo un gesto para que entrase en el despacho. Se había mostrado amable y solícita con ella, pero Julia había notado que la miraba frecuentemente y se preguntó si parecería tan cansada como se sentía.

Su vuelo había despegado al amanecer y el viaje desde el aeropuerto al palacio en un viejo taxi sin aire acondicionado la había puesto enferma. Afortunadamente, las náuseas matinales que había sufrido durante el último mes habían terminado unos días antes y se sentía lo bastante fuerte como para hacer el viaje. Al menos físicamente. Mental y emocionalmente era otra historia.

Sabía que había perdido peso y debía de estar pálida, pero no le importaba. No había ido allí a seducir a Kaden.

Nerviosa, Julia empujó la puerta y respiró profundamente antes de entrar en el despacho.

La luz del sol le daba en la cara y solo podía ver la silueta de Kaden frente a la ventana.

–¿A qué le debo tan inesperado placer, Julia?

Ella tuvo que hacer un esfuerzo para respirar.

–He venido porque tengo algo que decirte.

Kaden por fin se apartó de la ventana y, al ver su rostro, Julia sintió que se quedaba sin aliento. Llevaba barba, aunque bien recortada, y su pelo era más largo. Con la túnica tradicional y el cabello despeinado tenía un aspecto casi salvaje.

–¿Por qué te has dejado barba? –le preguntó, sin pensar.

Kaden levantó una mano para tocarla, casi como si lo hubiese olvidado.

–He estado diez días en el desierto. Es una costumbre entre los beduinos dejarse crecer la barba y cuando me reúno con ellos suelo hacer lo mismo. Acabo de regresar y no he tenido tiempo de afeitarme... pero imagino que no habrás venido a preguntarme por eso.

Julia se sentía un poco mareada. No había comido nada desde el desayuno y la comida del avión le había provocado náuseas...

Pero debía ser fuerte, se dijo a sí misma.

–No, he venido por otra razón. La verdad es que debo darte una noticia que nos afecta a los dos –empezó a decir–. Estoy embarazada, Kaden.

–¿Qué?

–Voy a tener mellizos, y pensar que voy a tener dos hijos estando sola es demasiado para mí... debería haberte llamado por teléfono, pero lo he intentado varias veces y, como nunca me conectaban contigo, no quería dejar un mensaje...

–¿Embarazada? –repitió Kaden–. ¿De mellizos?

Julia asintió con la cabeza. Había querido mostrarse serena y segura de sí misma, pero estando frente a Kaden sentía como si tuviera veinte años de nuevo.

–Es algo totalmente inesperado para mí, te lo aseguro.

–Pero has perdido peso –dijo él entonces–. No pareces embarazada en absoluto.

–Pero lo estoy.

–¿Y los hijos que esperas son míos?

Después de tan insultante insinuación, Julia tuvo que agarrarse al escritorio, mareada, pero Kaden se acercó de inmediato para tomarla por la cintura.

–¿Qué ocurre, no te encuentras bien?

–¿Crees que he venido hasta aquí para cargarte con dos hijos que no son tuyos? –le espetó ella, airada–. Cuando pensé que solo era un bebé, estaba dispuesta a hacerme cargo de él sin decirte nada, pero dos...

Kaden la miraba, atónito.

–Pero usamos protección.

–Existe un tanto por ciento de fracaso con los preservativos y, evidentemente, a nosotros nos han fallado.

La enormidad de lo que estaba diciendo la golpeó entonces: dos hijos que no serían queridos por su padre. Era todo lo contrario a lo que había soñado y la pena le rompía el corazón.

–Son tus hijos, Kaden, te guste o no. No espero nada de ti, solo quería que supieras que existían... o existirán dentro de cinco meses, si todo va bien.

Julia se dio la vuelta para salir del despacho, pero le pareció que tardaba mucho tiempo, como si todo fuese a cámara lenta. En lugar de acercarse a la puerta parecía estar alejándose de ella...

Dejando escapar un gemido, sintió que todo empezaba a dar vueltas y le pareció oír que Kaden gritaba su nombre antes de ser tragada por la oscuridad.

–¿Por qué tarda tanto tiempo en recuperar el conocimiento? –preguntó Kaden, nervioso–. ¿No deberíamos ir al hospital? Ya le he dicho que está embarazada.

El doctor Assan seguía tomándole el pulso mientras él paseaba de un lado a otro como un león enjaulado.

–Tenemos que esperar a que llegue la ambulancia, pero yo creo que no es nada grave. Seguramente está cansada y deshidratada. ¿Dice que ha llegado hoy de Inglaterra?

–Sí, sí –respondió Kaden, irritado. Él estaba acostumbrado a que las cosas ocurrieran rápidamente y no le gustaba esperar.

Pero se maldijo a sí mismo por haber insinuado que él no era el padre de esos niños. Por supuesto que lo era, no tenía la menor duda.

En cinco meses tendría una familia.

Esa idea era abrumadora.

Entonces sonó un golpecito en la puerta y Kaden esperó mientras los enfermeros intentaban colocar a Julia en una camilla. Pero, de repente y sin poder evitarlo, la tomó en brazos en contra de los consejos del médico.

Le daban igual las miradas de sorpresa del personal del palacio mientras atravesaba los pasillos con Julia en brazos. Ver su rostro tan pálido hacía que algo se encogiera dentro de su pecho.

Ella abrió los ojos entonces, desorientada, pero Kaden intentó tanquilizarla:

—No te preocupes, estás bien, yo voy a cuidar de ti.

Julia estaba en un sitio oscuro, pero alguien le ponía una luz en los ojos e instintivamente apartaba la cabeza...

—Julia, tienes que despertar. Nos has dado un buen susto.

Le parecía la voz de Kaden, pero tenía que ser un sueño...

«No te preocupes, yo voy a cuidar de ti».

Sin saber dónde estaba o lo que estaba ocurriendo, Julia murmuró:

—Kaden... ¿dónde está Kaden?

—Estoy aquí —respondió él, tomando su mano.

Entonces lo recordó todo. Ya no tenía diecinueve años, tenía treinta y dos y estaba embarazada. Y Kaden no la quería, ni a ella ni a sus hijos.

Julia abrió los ojos entonces.

—¿Qué ha pasado?

—Te has desmayado. El médico dice que estás deshidratada y tendrás que quedarte aquí veinticuatro horas, pero no es nada grave. Y los bebés también están bien.

Julia se llevó una mano al abdomen. Sus hijos. Los hijos que Kaden no quería.

Se preguntó entonces si debería haber ido a Burquat...

Un hombre se acercó entonces a la cama.

–Es mejor dejarla sola para que descanse.

–Yo voy a quedarme un momento –murmuró Kaden.

–¿Dónde están mis cosas? –preguntó ella al ver que llevaba una bata de hospital.

–Tu maleta está en mi despacho y tu ropa aquí. ¿Por qué no has bebido algo, Julia? Estás embarazada y debes cuidar de ti misma... –Kaden sacudió la cabeza–. Lo siento, no tengo derecho a hablarte así –se disculpó luego.

–Siento no haberte advertido de mi llegada, pero no tengo el número de tu móvil y no iba a dejarle ese mensaje a tu secretaria.

–Pero antes has dicho que solo me lo has contado porque se trata de dos bebés, no solo de uno.

Julia apartó la mirada.

–La verdad es que no sé qué habría hecho si fuese un embarazo normal. La última vez que nos vimos quedó bien claro que ninguno de los dos quería volver a ver al otro.

–Sí, pero se trata de mi heredero, parte de la familia real de Burquat –le recordó Kaden.

–Tal vez te lo habría contado –dijo ella–. Aunque sé que tú no quieres un recordatorio de nuestro último encuentro.

–Eso no tiene nada que ver. Además, esto lo cambia todo y tenemos que hacer que funcione.

–¿Qué quieres decir?

–Lo que quiero decir, Julia, es que tendremos que casarnos. Y lo antes posible.

Kaden había dicho aquello sin reflexionar pero, para su sorpresa, en cuanto pronunció la frase se sintió invadido por una sensación de paz.

Julia lo miraba desde la cama, atónita. Dominante poderoso, implacable, así era Kaden.

–No digas tonterías. No tenemos que casarnos porque esté embarazada.

–Sí tenemos que hacerlo –insistió él, cruzando los brazos sobre el pecho.

–Pero es absurdo. La gente de Burquat no me aceptará...

–Son conservadores, es cierto. Puede que tarden algún tiempo en aceptarte, pero no les quedará más remedio porque serás mi esposa, la madre de mis hijos.

De repente, Julia sintió que la habitación daba vueltas. Oyó que Kaden lanzaba una exclamación, pero cuando llegó a su lado había vuelto a perder el conocimiento.

Una semana después

–Deberías salir a tomar el sol. Siéntate en el jardín y respira un poco de aire fresco –le aconsejó el doctor Assan–. Voy a pedirle a Jasmine que te ayude.

Julia sonrió al amable doctor, que había estado cuidándola desde que volvió al palacio cuatro días antes.

Durante esos días, lo único que había hecho era comer y dormir. E intentar olvidar la proposición... no, la orden de Kaden. Él, sin embargo, no había vuelto a mencionarla. Había entrado y salido de su dormitorio sin decir mucho en realidad.

Julia suspiró mientras se incorporaba en la cama para mirar alrededor. La habitación era increíblemente lujosa, no tan opulenta como la suite del castillo Hussein, pero igualmente impresionante.

El propio palacio parecía excavado en la montaña, levantándose majestuosamente sobre la ciudad, con un inmenso jardín donde los pavos reales se paseaban sobre brillantes mosaicos.

El suelo de la habitación estaba cubierto con fabulosas alfombras, las paredes desnudas salvo por algún adorno de seda o una lámpara, y desde los enormes ventanales podía ver, al otro lado del jardín, la ciudad y la línea azul del golfo pérsico.

Julia se emocionaba cada vez que miraba la ciudad de Burquat. Desde el momento que llegó al país le habían gustado su paisaje y sus gentes. Se había sentido como en casa, al menos hasta aquella horrible noche...

–¿Quiere que la ayude a salir al jardín, doctora Somerton?

Jasmine, la persona que se encargaba de atenderla, había dejado sobre la cama un caftán de color azul pavo y un pantalón ancho que Julia agradecía porque su abdomen parecía haber engordado el doble en los últimos días.

—Sí, gracias.

Jasmine la dejó sola en el jardín después de acompañarla a la mesa que habían colocado para ella bajo una sombrilla. Julia no podía creer lo amable que era todo el mundo. El opresivo ambiente que reinaba en el palacio cuando el padre de Kaden era el emir había cambiado por completo y se preguntaba si sería debido a la muerte de la madrastra de Kaden o tal vez a que muchos de los antiguos empleados, más conservadores, ya no residían allí.

—Espero que no te importe que te acompañe.

Julia levantó la cabeza al escuchar la voz de Kaden, que había aparecido en el jardín como por arte de magia.

—No, claro que no.

—Tienes mucho mejor aspecto —dijo él, sentándose a su lado.

Ella se llevó una mano al abdomen.

—Sí, me encuentro mejor. Y todo el mundo es muy amable conmigo... imagino que pronto podré volver a casa.

Kaden negó con la cabeza.

—No vas a volver a casa. Ya me he encargado de que embalen tus cosas para traerlas aquí. Puedes alquilar tu casa en Londres mientras decides lo que vas a hacer con ella.

Julia lo miró, boquiabierta.

–Pero...

–Vamos a casarnos la semana que viene –la interrumpió él–. De modo que tu vida está aquí, conmigo.

La idea de tener que vivir soportando la expresión condenatoria de Kaden le parecía una tortura.

–No puedes obligarme a quedarme aquí. Eso sería un secuestro.

–No tengo intención de secuestrarte porque te quedarás por voluntad propia. Tú sabes que es lo mejor.

–¿Un matrimonio de conveniencia es lo mejor? Ya he pasado por un matrimonio infeliz y no tengo intención de soportar otro.

–Esto no es solo por ti o por mí, Julia, es por nuestros hijos. La noticia de tu embarazo pronto se hará pública y quiero que estemos casados cuando eso ocurra. Por los dos y, sobre todo, por nuestros hijos.

«Por nuestros hijos».

Julia sentía que empezaba a perder el control de su vida. Pero, aunque no quería admitirlo, sabía que lo más práctico sería criar a sus hijos allí. Sus padres adoptivos habían muerto y su divorcio la había obligado a gastar casi todos sus ahorros...

¿Cómo iba a darle a sus hijos todo lo que quería darles estando sola?

Crecer siendo una niña adoptada había hecho que deseara formar una familia propia algún día, a pesar de su miedo a tener hijos. Sus padres adoptivos la habían tratado con cariño, por supuesto, pero Julia nunca había podido superar lo que ella

consideraba la «mancha» de que sus padres bioló-
gicos no la hubiesen querido.

La llamada del muecín a lo lejos hizo que se le
encogiera el corazón. Una vez, su fantasía había
sido vivir allí con Kaden, pero aquella era la ver-
sión de pesadilla de ese sueño...

Como si hubiera leído sus pensamientos, Kaden
se levantó de la silla y clavó una rodilla en el suelo
antes de tomar su mano.

—Tú misma lo dijiste al llegar aquí: nuestros hijos lo cambian todo. No voy a permitir que crezcan
en otro país cuando su herencia está aquí, en Burquat. Esos bebés merecen tener un padre y una madre, una vida segura... y yo puedo darles eso.

—Kaden...

—Además, uno de ellos será el próximo príncipe
o la próxima princesa de Burquat. ¿Quién sabe?

Julia tragó saliva. Había creído que iba a pedir
su mano de manera oficial, pero estaba dejando
claro que sus hijos nacerían y crecerían allí.

—También merecen tener unos padres que se
quieran —le espetó.

—¿Quererse? Hablas de cuentos de hadas —dijo
Kaden, desdeñoso—. Haremos que esto funcione
porque tenemos que hacerlo, Julia. No necesitamos
amor. Yo haré lo que tenga que hacer para que funcione —repitió—. Seré un buen marido para ti. Te
respetaré, te apoyaré en todo... y te seré fiel.

Una semana después, ataviada con su vestido de
novia, Julia se miraba al espejo del vestidor. La

tradición de Burquat dictaba que intercambiasen los votos matrimoniales y los anillos en una sencilla ceremonia civil...

En cualquier otro momento de su vida, Julia habría pensado que aquello era increíblemente romántico, pero ahora solo podía pensar en la afirmación de Kaden: «Haré lo que tenga que hacer para que esto funcione».

Para la ceremonia, llevaba un modesto vestido de color marfil de manga larga que se movía sinuosamente cada vez que daba un paso. Jasmine le había hecho un moño sobre el que había colocado un velo de encaje que caía hasta el suelo y el día anterior Kaden le había regalado un fabuloso anillo de diamantes montado en oro viejo, diciéndole que había sido el anillo de compromiso de su madre.

Pensar que llevaría un anillo que había llevado su primera esposa la incomodaba, pero no tuvo valor para decirle eso a un taciturno Kaden. Porque no podía estar más claro que para él esa boda era una penitencia.

Iba a casarse con él porque quería darle estabilidad a sus hijos, pero no estaba dispuesta a admitir otro sentimiento mucho más personal e ilícito.

Pensó entonces en lo rápido que habían pasado esos días desde que aceptó casarse con Kaden y en el anuncio que él había hecho unos días antes. Julia le había preguntado entonces si la gente de Burquat aceptaría a una extranjera como esposa del emir y él había respondido:

—Ni mi esposa ni mi madrastra lograron conectar con la gente de Burquat. En cuanto a mi madre... la verdad es que mi padre se casó contra los deseos de mi abuelo. La gente de Burquat tardó algún tiempo en aceptarla y cuando murió fue un golpe muy duro para ellos. Para mi padre fue devastador y se culpaba a sí mismo por no haber obedecido a mi abuelo...

–Pero fue una tragedia, nadie podría haberla evitado.

Kaden había cambiado abruptamente de conversación entonces y Julia apenas había pegado ojo esa noche, preocupada por no ser aceptada en Burquat y preguntándose hasta dónde estaba Kaden dispuesto a llegar para mantener allí a sus herederos.

Capítulo 8

KADEN paseaba por el enorme salón de ceremonias, vestido con el uniforme militar de Burquat, mientras los oficiales y el celebrante lo miraban con cara de preocupación.

Odiaba su impaciencia, que no tenía nada que ver con el protocolo y sí con su turbador deseo de ver a Julia.

No había sentido aquello durante su primera boda. Al contrario, entonces había tenido que controlar la sensación de que se ahogaba. Pero desde que su matrimonio se rompió, quiso pensar que había sido un presentimiento de que todo iba a ir mal y no el recuerdo de otra mujer.

Cuando escuchó ruido tras él giró la cabeza... y se quedó sin aire.

Julia era una visión vestida de marfil bordado en oro mientras se acercaba a él, con Jasmine sujetando la cola del vestido, el rostro oculto por un largo velo.

Kaden experimentó una sensación tan fiera y primaria que tuvo que apretar los puños para dejar de temblar cuando Julia se detuvo a su lado. Le gustaría decirles a todos que los dejaran solos para levantar el velo y besarla...

En lugar de eso, tomó su mano para llevársela a los labios y Julia lo miró con sus preciosos ojos grises. Su perfume era tan suave y delicado, envolviéndolo como un lazo de seda, evocando recuerdos del pasado...

En ese momento la odió por volver a su vida y por despertar esa parte de él que había creído enterrada para siempre. La única parte de él que era vulnerable, la que había creído que había un futuro diferente para ellos cuando no era posible.

—Vamos a empezar —le dijo al celebrante.

Minutos después, aunque a ella le pareció una eternidad, Julia estaba sentada al lado de Kaden, intentando sonreír. Desde que Kaden había dicho: «Vamos a empezar», se había mostrado distante con ella.

No quería ni pensar cómo saldrían en las fotografías, Kaden y ella serios como si acabaran de condenarlos a muerte.

Un mes antes había sido una mujer independiente y fuerte que vivía su propia vida y tomaba sus propias decisiones, pero se había convertido en alguien a quien no reconocía.

Todo por un hombre que había vuelto a su vida como un tornado.

Pero no iba a dejar que la ignorase de ese modo el día de su boda.

—¿Kaden?

Él se volvió y Julia contuvo el aliento al ver el

brillo helado de sus ojos. Pero, en un segundo, ese brillo desapareció, reemplazado por otro que había pensado no volver a ver nunca, un brillo casi de afecto.

—¿Sí, *habiba*? —murmuró, besando su mano.

—¿Por qué me miras así?

Kaden arqueó una ceja.

—¿No es así como un hombre debe mirar a su esposa?

Julia apartó la mano. Estaba fingiendo delante de los invitados, por supuesto.

Nerviosa, se levantó para ir al lavabo y Kaden miró su figura envuelta en aquel precioso vestido...

Por un momento, había vuelto atrás en el tiempo, a aquellos días en el desierto, antes de que todo cambiase.

Una vez había soñado con ese momento: el día de su boda con Julia. Pero solo había sido el sueño romántico de un joven inexperto. Aquella era la realidad.

Maldiciéndose a sí mismo, Kaden tiró la servilleta sobre la mesa y se levantó abruptamente. Ya habían hecho el brindis ceremonial y todos esperaban que el emir y su nueva esposa se retirasen a sus habitaciones.

Y eso era lo que iban a hacer.

Jasmine apareció para acompañarla a su habitación porque aún no se había acostumbrado a los laberínticos pasillos del palacio.

Pero cuando abrió la puerta, Julia se dio cuenta de que aquella no era su habitación.

–El emir me pidió que trajera sus cosas aquí –le explicó Jasmine–. A partir de ahora, compartirá su habitación. ¿Quiere que la ayude a quitarse el vestido?

–No, gracias, puedo hacerlo sola.

Cuando la joven desapareció, Julia salió a la terraza, con el corazón encogido.

Estaba atardeciendo y podía escuchar las voces de los invitados abajo... unos invitados que la habían mirado con expresión seria, incluso hostil.

De repente, experimentando una abrumadora sensación de tristeza, se llevó una mano al abdomen y pensó en sus hijos. Ellos sí estarían protegidos de aquella terrible sensación de soledad, se prometió a sí misma, sin poder evitar que una lágrima rodase por su rostro.

Kaden entró en la habitación sin hacer ruido y, al ver a Julia en la terraza, experimentó una curiosa sensación de paz.

–¿Julia?

Ella parpadeó para contener las lágrimas.

–¿Sí?

–¿Qué ocurre, por qué lloras?

Kaden no estaba preparado para la angustia que sintió al verla llorar.

–No es nada –murmuró ella, apartando las lágrimas con el dorso de la mano.

–¿Qué te pasa? –insistió él, tomando su mano.

Julia se mordió los labios, intentando calmarse.

–Es que todo esto es... demasiado para mí. Descubrir que estaba embarazada, venir a Burquat, cambiar de vida por completo...

Evidentemente, aquello no era lo que había soñado y Kaden se sintió culpable. La había seducido y, al hacerlo, la había obligado a cambiar de vida.

–Prometo que no te faltará nada. Serás feliz aquí, ya lo verás.

–¿Feliz cuando tu gente me mira como si fuera una impostora?

–Solo necesitan tiempo, nada más. Ha habido tantos cambios últimamente en Burquat: mi divorcio, las reformas en el país...

A Julia le costaba respirar teniendo a Kaden tan cerca y temía que viera en sus ojos lo que sentía por él.

–Ahora estamos solos y no tienes que fingir –murmuró, apartando la mirada–. Y no espero que compartamos habitación, de modo que volveré a la mía...

–¿Fingir qué? –la interrumpió él.

–Que me deseas.

Kaden frunció el ceño. ¿Fingir que la deseaba? ¿No se daba cuenta de que estaba ardiendo de deseo? Tal vez era ella quien no lo deseaba, pensó entonces.

Pero cuando volvió a tomar su mano notó que su pulso se había acelerado y suspiró, aliviado.

–¿Por qué crees que no te deseo?

–La última noche en B'harani te fuiste tan rápidamente que pensé...

–¿Que ya no te deseaba?

Julia asintió con la cabeza y Kaden se llevó sus manos al pecho para que sintiera los frenéticos latidos de su corazón. Estar tan cerca de ella era una tortura exquisita.

Pensó entonces en lo que había sentido al ver la cadenita de oro, pero en lugar de aplacar su deseo o hacer que quisiera salir corriendo, ese recuerdo lo excitó aún más y la apretó contra su cuerpo para que sintiera lo que le hacía.

–¿Es esta la respuesta de un hombre que no te desea?

¿Cómo podía no darse cuenta? Sentía aquello cada vez que la veía. Julia era tan diferente al resto de las mujeres que había conocido en esos doce años... casi había olvidado que existiera una mujer así y pensó en lo árida que habría sido su vida si no hubieran vuelto a encontrarse.

Julia miró los labios de Kaden, esos labios que siempre la habían fascinado, y casi sin darse cuenta de lo que hacía soltó su mano para pasar un dedo por sus labios...

Estaban tan cerca que sus alientos se mezclaban. Intentaba decirse a sí misma que aquello no podía pasar, pero era imposible.

–Kaden...

–Nunca he deseado a otra mujer como te deseo a ti.

El apasionado brillo de sus ojos hizo que se pusiera de puntillas para rozar sus labios...

Por un momento, Kaden no hizo nada y luego,

con una urgencia que calentó su sangre, se apoderó de su boca en un beso desesperado.

Podía sentir la erección masculina rozándola y cuando le echó los brazos al cuello experimentó algo primitivo y femenino... la sensación de que aquel era su hombre.

El deseo era lo único puro que había entre ellos y tal vez podrían construir una relación partiendo de eso. Y quizá un día podría olvidar que Kaden la había rechazado...

Todos esos pensamientos incoherentes daban vueltas en su cabeza mientras se besaban.

Kaden se apartó unos segundos después, jadeando y con los ojos brillantes.

–Te deseo tanto... ¿pero podemos? ¿No es peligroso?

Por un momento, Julia no entendió a qué se refería. Pero entonces sintió que ponía una mano en su abdomen y algo dentro de ella se derritió.

–El doctor Assan me dijo que podríamos hacerlo...

Kaden tomó su cara entre las manos.

–Gracias a Dios.

Se besaron de nuevo como si llevaran años separados, como si se hubiese roto un dique y ninguno de los dos pudiera contenerse.

Kaden se inclinó para tomarla en brazos y llevarla al lado de la cama y Julia no apartó los ojos de él, como si temiera romper el hechizo.

Con reverencia, la dejó al lado la cama y empezó a quitarle el vestido, que cayó a sus pies como una nube de seda. Cuando estuvo en ropa interior, Kaden le quitó las horquillas del pelo, dejándolo suelto sobre sus hombros. Como en un sueño, notó que le quitaba el sujetador y tembló al sentir el roce de sus manos en la espina dorsal.

Con gran delicadeza, Kaden acarició sus pechos, más grandes ahora, moviendo los pulgares sobre sus pezones.

Le temblaban las manos cuando empezó a quitarle la chaqueta y la camisa. Los botones eran tan elaborados que no resultaba fácil y, sonriendo, Kaden apartó sus manos para hacerlo él mismo.

Julia lo miró mientras, poco a poco, revelaba su glorioso torso desnudo. Y luego, dando un paso adelante, besó una de sus oscuras tetillas mientras Kaden acariciaba su pelo.

Había encontrado la hebilla del cinturón y consiguió bajar sus pantalones junto con los calzoncillos, liberando su impresionante erección.

Echándose hacia atrás un momento para mirarlo, Julia alargó una mano para tocar la sedosa piel sobre el miembro de acero.

—Julia...

La voz de Kaden sonaba más ronca que nunca, pero ella siguió acariciándolo, pasando la mano arriba y abajo hasta que se apartó.

—Para, por favor... si sigues no voy a poder... —la expresión fiera de su rostro le recordaba a un animal salvaje—. No sabes lo que me haces. No aguantaría... y te deseo demasiado. Necesito estar dentro de ti ahora mismo.

En un segundo estaban en la cama, desnudos los dos, las manos de Kaden deslizándose por sus caderas y sus pechos.

–Kaden, te necesito...

Él metió una mano entre sus piernas y, de inmediato, esbozó una sonrisa. Si Julia no hubiera estado tan excitada, se habría sentido avergonzada por el brillo de triunfo en sus ojos mientras se colocaba entre sus piernas, sujetándose a cada lado con las manos para no aplastarla.

Pero lo estaba y arqueó la espalda hacia él, sus pezones rozando el torso masculino.

Y entonces sintió que se deslizaba dentro de ella, centímetro a centímetro, llenándola. No dejaba de mirarlo a los ojos mientras la embestía, cada envite llevándolos más arriba, hasta que el resto del mundo desapareció.

Lo único que importaba era que estaban juntos, unidos. Y Julia se sintió transportada por una ola de éxtasis tan abrumadora que parecía no terminar nunca, los espasmos interminables incluso cuando Kaden se había derramado dentro de ella.

Unos segundos después, Kaden se apartó llevándola con él, los latidos de su corazón tan fuertes que apenas podía respirar.

Se decía a sí mismo que lo que sentía era debido a que estaba embarazada. Sin la menor duda, eso era lo que había dado a ese encuentro tal intensidad.

Pero cuando por fin se quedó dormido estaba tan desconcertado como en B'harani, cuando vio que Julia había conservado la cadenita de oro.

Sentía como si estuviera volviendo atrás otra vez, sin nada a lo que agarrarse. Y al final de ese camino de vuelta había un enorme abismo negro esperando para tragárselo.

Unas horas después, cuando empezaba a amanecer, despertó cubierto de sudor y con el corazón acelerado. Acababa de tener una horrible pesadilla, una que se había repetido muchas veces: Julia haciendo el amor con aquel hombre al que había visto besando doce años antes...

La miró entonces, dormida a su lado, y sintió al mismo tiempo el deseo de abrazarla y de salir corriendo en dirección contraria.

Dos semanas después de su noche de boda, Julia se preguntaba si todo habría sido un sueño. Le parecía un sueño porque no habían vuelto a hacer el amor desde entonces. Kaden se había mostrado frío por la mañana mientras ella sentía como si hubiera sobrevivido a un terremoto.

–La semana que viene hay elecciones locales –le había dicho durante el desayuno– y eso significa que debemos posponer nuestra luna de miel.

Julia no entendía nada. ¿Cómo podía haberse dejado seducir por aquel hombre, pensando que seguía siendo el joven del que se había enamorado tantos años atrás?

–A partir de ahora estarás muy ocupada –estaba diciendo Kaden una noche, durante la cena–. Debes tomar lecciones de árabe, historia de Burquat y protocolo real. Debes estar preparada para acudir a los eventos oficiales... ¿por qué no llevas el anillo de compromiso?

—Me lo he quitado porque temía perderlo.

—¿Ah, sí? —murmuró él, escéptico.

—No, la verdad es que no me apetece llevar el anillo de tu primera mujer —respondió Julia.

—¿Por qué crees que es el anillo que llevó mi primera mujer?

—Dijiste que había pertenecido a tu madre y pensé...

—Amira llevó un anillo diferente —la interrumpió él—, uno que se quedó después del divorcio. Y creo que recibió una buena cantidad de dinero por él en una subasta en Londres el mes pasado. Evidentemente, la generosa pensión que recibe no es suficiente para ella.

Julia lo miró, desconcertada.

—¿Por qué no le regalaste a ella el anillo de tu madre?

Kaden se encogió de hombros, apartando la mirada. No se lo había regalado a Amira porque sintió que no debía hacerlo. Y, sin embargo, con Julia no había tenido la menor vacilación.

—No le pegaba —respondió, sin embargo.

¿No le pegaba? Julia lo miró, incrédula. Se lo había regalado a ella porque estaba embarazada, eso era evidente. Como era evidente que ya no deseaba seguir manteniendo relaciones sexuales.

—¿Y cómo sé que cuando tenga a mis hijos no te alejarás de mí?

–¿Qué quieres decir?

–Te divorciaste de tu mujer porque no podía darte herederos. Evidentemente, no estabas tan comprometido con ella como para buscar otras opciones. Tal vez solo te importa tener un heredero y, ahora que lo tienes, ya no me necesitas.

Kaden apretó los labios, airado.

–Para tu información, hice todo lo posible para que mi matrimonio con Amira funcionase. Fue ella quien pidió el divorcio porque sabía que nunca podría darme un heredero. Ni siquiera quiso hablar de otras opciones.

–Lo siento –se disculpó Julia, sorprendida–. Debió de ser muy doloroso para ti.

–No estaba enamorado de ella. Fue un matrimonio concertado porque Amira pertenecía a una familia real –replicó Kaden, con tono amargo.

–Y ahora tienes a tus herederos, pero una mujer que no pertenece a la familia adecuada –murmuró ella–. Pero hay algo que deberías saber: yo soy adoptada, Kaden. Sé quién es mi madre biológica, pero ella no quiere saber nada de mí.

Él la miró, perplejo.

–¿Por qué no me lo habías contado antes?

Julia se encogió de hombros.

–No suelo hablar de ello.

–¿Por qué no? No es nada malo. Muchas personas son adoptadas. Yo mismo habría considerado esa adopción si Amira hubiese estado dispuesta.

Que Kaden lo aceptase con tal normalidad hizo que Julia levantase la mirada, perpleja. En sus ojos no había condena alguna; no la juzgaba y su reacción empezaba a deshacer el nudo que siempre había tenido en el corazón.

–Desde el día que mis padres me contaron que era adoptada, cuando cumplí trece años, siempre me he sentido... menos que los demás –le confesó–. Mis padres adoptivos siempre me trataron bien, pero saber que mi madre biológica no me había querido...

–¿Y tu padre? ¿Sabes algo de él?

–En la agencia de adopción me dijeron que mis padres no estaban casados y poco después descubrí que él había emigrado a Australia inmediatamente después de mi nacimiento. Era muy difícil localizarlo, de modo que me concentré en mi madre y cuando por fin la localicé... –Julia esbozó una trémula sonrisa–. Era como si hubiese estado esperándome todos estos años. Pero me dijo: «No vuelves a llamar aquí. No quiero saber nada de ti».

No sabía que estuviese llorando y solo se dio cuenta cuando Kaden apretó su mano.

–Debió de ser una experiencia traumática para ella. Tal vez era muy joven cuando naciste... tal vez sea algo con lo que no es capaz de lidiar. No tiene nada que ver contigo.

Julia asintió con la cabeza.

–Lo sé. Un psicólogo de la agencia de adopción me había advertido que podría pasar algo así. Pero, tontamente, yo había esperado eso que ocurre en las películas: una reunión cariñosa. En fin, fue una estupidez por mi parte.

Kaden sacudió la cabeza.

–No es una estupidez, es humano. Lo siento, Julia... no me imagino lo que es crecer sin saber de dónde vienes.

–Sí, bueno... al menos nuestros hijos no tendrán que pasar por eso.

–Desde luego que no.

Kaden soltó su mano y Julia tuvo que disimular su desilusión. Había esperado que después de la boda su relación se afianzase, que él la buscara... pero evidentemente eso no iba a pasar.

–Estoy muy cansada, me voy a dormir –dijo, levantándose.

Él se levantó también.

–No olvides la visita al nuevo hospital mañana por la mañana.

–Ah, es verdad.

Julia había olvidado que al día siguiente tendría lugar su primer acto oficial. Debían inaugurar un hospital y, de repente, el miedo a aparecer en público se hizo latente.

–Estaré a tu lado, no te preocupes –la animó Kaden–. Lo único que debes hacer es saludar y sonreír. No esperan nada más, solo quieren verte.

–Intentaré hacerlo lo mejor posible.

Después de eso salió de la habitación, sintiendo los ojos de Kaden clavados en su espalda.

Kaden le hizo un gesto a los criados que habían entrado a recoger los platos. Necesitaba estar solo para digerir lo que Julia le había contado.

Inquieto de repente, se levantó para pasear de un lado a otro como si eso pudiese matar el deseo que sentía por ella. El deseo de perderse en su cuerpo, el deseo de mantener las distancias, la abrumadora necesidad de protegerla de todo...

Al saber lo que había sufrido al descubrir que era adoptada se le había roto el corazón por ella.

Julia le había parecido tan vulnerable en ese momento. Pero se decía a sí mismo que deseaba protegerla porque estaba embarazada y no por lo que acababa de revelar.

No sabía que fuese adoptada. Por lo que le había contado años antes, había pensado que provenía de una familia de clase media, con una infancia sin problemas.

Kaden se preguntó entonces cómo se sentiría él si no supiera quién era su familia y la sensación de soledad que experimentó hizo que deseara llamar a Julia para abrazarla y no soltarla nunca.

Pero, de inmediato, rechazó tal deseo. Eso era lo que había querido evitar desde su noche de boda, esa emoción que se negaba a reconocer. La pasión que sentía por ella lo asombraba cada día más y esa horrible pesadilla...

Tal vez estando en Burquat era imposible evitar los recuerdos. Pero la verdad era que cuando Julia lo tocaba se convertía en otro hombre. Le recordaba demasiado lo que una vez había sentido por ella...

Nunca olvidaría la horrible sorpresa de ver a Julia besando a aquel hombre. El insoportable dolor que experimentó en ese momento hizo que reconociera por fin que había perdido la cabeza. Exactamente lo que su padre le había advertido que ocurriría.

Kaden se dirigió al bar para servirse un whisky, pero la quemazón que sintió en la garganta después del primer trago no sirvió de nada. Porque nada podría saciar la insaciable sed de sentimientos que su esposa evocaba. Se había dicho a sí mismo cuando volvieron a verse en Londres que solo quería acostarse con ella. Y que cuando llegó a Burquat para decirle que estaba embarazada solo había pensado en los niños.

Pero se daba cuenta de que estaba mintiéndose a sí mismo. Desde que volvió a ver a Julia, sus sentimientos por ella eran mucho más profundos de lo que estaba dispuesto a admitir.

Era más fácil evitar la intimidad con Julia que enfrentarse con esos ojos grises que lo hacían sentir como si estuviera cayendo a un abismo.

Capítulo 9

JULIA estaba tan nerviosa que le temblaban las manos cuando el conductor detuvo el coche oficial frente al hospital a la mañana siguiente.

Llevaba una túnica plateada con pantalón y chal a juego, el pelo sujeto en un moño y maquillaje y joyas discretos. La túnica escondía su embarazo porque habían acordado esperar unos días para hacer el anuncio oficial.

Mientras respiraba profundamente para darse valor al ver a una multitud detrás del cordón de seguridad, Kaden tomó su mano y tuvo que hacer un esfuerzo para no apoyar la cabeza en su hombro.

—Yo estaré a tu lado —la animó—. Solo debes ser tú misma, no te preocupes.

—He dado discursos en clubs arqueológicos, pero nunca algo así. Esa gente espera a alguien que no soy...

—Te aceptarán porque yo te he elegido como esposa.

Julia asintió con la cabeza, mordiéndose la lengua para no decir: «No me habrías elegido si no fuera por nuestros hijos».

Cuando Kaden salió del coche, la multitud empezó a gritar.

Llevaba la túnica y el turbante tradicional de Burquat y a Julia se le encogió el corazón porque en ese momento le recordaba tanto al joven que había sido...

Los guardias de seguridad los escoltaron mientras se acercaban a la entrada del hospital y Julia intentaba sonreír, pero la multitud empezaba a convertirse en un borrón de rostros poco amistosos que le recordaban a los guardias que rodeaban a Kaden cuando su padre murió.

—¿Estás bien? —le preguntó él.

—Sí, sí.

El director del hospital y varios funcionarios los recibieron en la puerta. Todos se mostraban amables y obsequiosos con el emir, pero reservados con ella.

Kaden hizo un pequeño discurso sobre lo beneficioso que sería el nuevo hospital y luego se volvieron para cortar la cinta ante los aplausos de la multitud.

Después de visitar el hospital, Kaden la llevó de la mano hacia las vallas que los separaban de la gente, con los escoltas rodeándolos.

—Esperan que nos acerquemos para saludar, pero solo estaremos unos segundos.

Julia se acercó a una niña que llevaba un ramo de flores en la mano y, aunque le dio las gracias en árabe, notó que la madre fruncía el ceño, mirándola con desaprobación.

Otra mujer que tenía un bebé en brazos se apartó cuando ella iba a acercarse, tapando la cara de su hijo con el chal que llevaba, como para protegerlo.

Atónita por el rechazo del pueblo, Julia tuvo que disimular su angustia. Le gustaría poder conectar con ellos, decirles que Burquat le importaba, que siempre le había importado.

Kaden tiró de ella hacia el coche.

–Lo siento. Amira y mi madrastra no eran queridas por el pueblo y se muestran desconfiados... pero se les pasará.

–No importa –murmuró ella, sintiéndose dolida–. Les gustaría que te hubieras casado con alguien del país y es comprensible.

Cuando llegaron al palacio, Kaden anunció:

–Tengo que ir a desierto unos días para reunirme con el consejo de beduinos.

–Muy bien, entonces nos veremos cuando vuelvas. Mientras tanto, yo tengo que estudiar mucho.

Cuando Julia se dio la vuelta, Kaden sintió el irracional deseo de meterla en el coche y marcharse de allí. Le gustaría ir al desierto con ella, como hacían antes, escapándose como dos fugitivos para pasar la noche en una tienda bajo las estrellas, sin pensar en nada más que en explorarse el uno al otro y hablar durante horas.

Le gustaría que esos recuerdos no estuvieran manchados por lo que pasó después, que Julia lo mirase como solía hacerlo, con amor.

Pero la realidad era muy diferente.

Si había sentido algo por él alguna vez, esos sentimientos habían desaparecido. Estaban unidos por sus hijos y Julia lo odiaba por ello.

Kaden subió al coche que lo llevaría al helicóptero, decidido a dejar de pensar en ella. Pero no podía.

El comportamiento de Julia era admirable, pero había tenido que soportar las miradas airadas de sus compatriotas... y el gesto de esa mujer que había ocultado la cara de su hijo, como si fuese una bruja. Todo eso debía dolerle en el alma y él no podía hacer nada.

Julia pasó los dos días siguientes trabajando con su secretaria, intentando a toda costa no pensar en Kaden. Pero debía admitir que hablar con él sobre su adopción había sido catártico. Ahora, cuando pensaba en su madre biológica, ya no sentía la opresión en el pecho que solía sentir y eso la liberaba en muchos sentidos. Incluso se sentía más cómoda para hacer su trabajo.

Había decidido reunirse con grupos de mujeres de Burquat en el palacio para discutir varios temas. Ella siempre había estado interesada en la parte humana de la antropología, de modo que era emocionante conocer sus ancestrales costumbres.

Estaba tomando café con el grupo de mujeres cuando Kaden entró en el salón inesperadamente y Julia estuvo a punto de soltar su taza. Estaba en el quicio de la puerta, alto y formidable como siempre. Acababa de regresar del desierto y podría jurar que, al verlo, su corazón se encogía literalmente dentro de su pecho.

Las mujeres se quedaron en silencio al ver al emir y él inclinó la cabeza.

–No quería molestar. Seguid con lo que hacéis, yo tengo que reunirme con mi gabinete.

Estaba sonriendo, pero era una sonrisa forzada.

Sin embargo, cuando desapareció, las mujeres empezaron a hablar sin parar. Se habían mostrado un poco recelosas al principio y, de repente, eran todo sonrisas.

Julia estaba en la cama esa noche, incapaz de conciliar el sueño. Había cenado sola y no sabía dónde estaba Kaden. Pero sí sabía que no podían seguir así, con él mostrándose frío y mirándola como si fuera a explotar en cualquier momento.

Cuando escuchó sus pasos, Julia se puso tensa.

Kaden entró en la habitación, iluminado por la luz de la luna...

–Estoy despierta.

–No quería despertarte, disculpa.

–¿Por qué no has venido a cenar?

Él empezó a quitarse la túnica y, al ver su brillante torso, el vientre de Julia se encogió de deseo.

–Tenía mucho trabajo –respondió–. He estado hablando con Sadiq sobre las prospecciones petrolíferas. Ah, por cierto, también ellos están esperando un hijo...

–¿Samia está embarazada?

–Sí –respondió Kaden mientras apartaba el embozo de la sábana, tan tenso como ella.

–Tenemos que hablar –dijo Julia entonces–. Es evidente que esto no funciona.

Kaden experimentó una sensación de pánico que no le gustaba nada. Había tenido que hacer un esfuerzo sobrehumano para no buscarla cuando volvió del desierto y luego, al verla, el alivio que sintió lo había empujado a alejarse inmediatamente por miedo a que leyera algo en su reacción que no debería.

Esos días separados le habían dado algo de perspectiva, confirmándole que no se había vuelto loco. Pero estando a su lado la sensación de control desaparecía.

Rígido por el esfuerzo de no tocarla, su suave aroma como un canto de sirena, Kaden miró su perfil, los suaves hombros, la curva de sus pechos y la de su abdomen bajo el camisón blanco.

Pero volvió la cabeza para evitar la tentación.

–¿Qué es lo que no funciona?

Su tono desganado hizo que Julia perdiese la ilusión.

–Nada, da igual.

Los dos se quedaron en silencio durante unos segundos y luego, con un movimiento tan rápido que la dejó sin aliento, Kaden se colocó sobre ella, sus ojos negros como el azabache.

–¿Qué ibas a decir?

Julia notó que su aliento olía a whisky y sospechó que también él se sentía turbado. Y se alegró de que por fin estuviera reaccionando.

Pero antes de que pudiese decir nada, Kaden empezó a acariciar su cuello.

—Llevas la cadena que te regalé.

Julia se quedó inmóvil. Sus cosas habían llegado de Londres por la mañana y, al ver la cadena, se la había puesto, sintiendo una boba necesidad de conectar con algo que siempre la había reconfortado.

Había pensado quitársela después, pero lo había olvidado por completo.

—Sí, pero no te equivoques...

—¿Qué significa, Julia? ¿Por qué la has guardado durante todos estos años?

Ella se levantó de la cama, sintiéndose demasiado vulnerable al tenerlo tan cerca.

—Sencillamente la he visto en el joyero y me la he puesto, no significa nada.

—¿No?

—Desde luego, no significa que entienda este matrimonio nuestro. Sé que nos hemos casado por los niños, pero no hay nada más entre tú y yo.

Kaden se levantó de la cama entonces y, sintiendo una oleada de angustia, Julia se arrancó la cadena del cuello y la tiró al suelo.

—¿Qué haces? —exclamó él.

—¿Lo ves? No significa nada.

Él miró la cadena en el suelo, rota, y luego a Julia.

—No tienes que ponerte tan dramática, he enten-

dido el mensaje –le dijo–. A partir de ahora, no habrá ninguna duda sobre la razón de nuestro matrimonio –añadió, tomándola por la cintura.

Julia cerró los ojos cuando Kaden buscó sus labios, apretándola contra su torso. Sentía que sus
ojos se llenaban de lágrimas, pero no dejaría que
él las viera.

Y cuando la tumbó en la cama y se colocó sobre
ella, no quiso escuchar la vocecita que le decía que
no estaba engañando a nadie más que a sí misma.

Al día siguiente, Kaden estaba solo en la terraza, mirando las grúas por toda la ciudad de Burquat. La modernización del país estaba en marcha,
pero aún quedaba tanto por hacer...

Sin embargo, sus pensamientos estaban en otra
parte.

Había tenido razón al temer tocar a Julia de
nuevo. Era como si supiera que sería el golpe final
y lo había sido. La noche anterior había perdido la
cabeza y, como las piezas de un dominó cayendo
unas sobre otras...

Julia solo había tenido que quitarse la cadena
para que viese las cosas con claridad por primera
vez en muchos años.

Pero aun así no era capaz de rendirse. Quería luchar hasta el final... tenía que hacer que Julia dijera
lo que sentía. Como si necesitase una prueba con-
creta de sus sentimientos porque merecía el dolor
de conocer la verdad.

Tal vez era eso de lo que había intentado protegerse durante todos esos años: de la verdad sobre los sentimientos de Julia. No de los suyos.

Doce años antes había tenido algo precioso y lo había perdido para siempre...

Kaden abrió la mano para mirar la cadenita de oro, partida por la mitad.

Capítulo 10

JULIA estaba en la terraza de su comedor privado, donde Kaden había dicho que se encontrarían para almorzar, pero no podía ver el glorioso paisaje.

Habían pasado un par de semanas desde la noche que rompió la cadena en un acto de desesperación.

La había buscado por la mañana, pero no la encontró y la sensación de pérdida era tan profunda, tan dolorosa. Pero estaba demasiado angustiada como para contárselo a nadie y lo último que quería era que Kaden supiera que estaba buscándola.

Tal vez era lo mejor, se dijo. Debía librarse de esa cadena porque simbolizaba algo que nunca había tenido: el amor de Kaden.

Tenía su cuerpo, sí. A partir de esa noche no la había evitado. Se acostaban juntos cada noche, pero sus caricias eran reticentes, como si tuviera miedo de hacerle daño. Y eso los separaba aún más.

¿Cómo podía haber dado un paso adelante solo para dar cien atrás?

–Siento mucho haberte hecho esperar.

Julia intentó disimular su angustia, pero cuando

puso una mano en el respaldo de la silla para sentarse sintió una punzada en el abdomen y lanzó una exclamación.

–¿Que ocurre? –preguntó Kaden, llegando a su lado de una zancada.

–Estoy bien, solo ha sido una patadita, creo... la primera.

Entonces sintió otra y no pudo evitar esbozar una sonrisa. Tomó la mano de Kaden para ponerla sobre su abdomen, pero los segundos pasaban y no volvió a sentir nada.

–Han dejado de moverse.

Inmediatamente, esa tenue conexión entre ellos se rompió y Kaden se dejó caer sobre una silla como si no hubiera pasado nada.

Mientras almorzaban, la conversación era tensa, incómoda, centrándose en una gala benéfica a la que Julia debía acudir esa tarde.

–Pero no tienes que ir a esa gala si no te encuentras bien. Desgraciadamente, yo no puedo cancelar mi reunión con el ministro de Asuntos Exteriores porque mañana se marcha a Estados Unidos...

Ella intentó sonreír.

–No importa. Tendré que acostumbrarme a estas cosas tarde o temprano.

–Sé que es difícil para ti, pero yo ya estoy viendo cambios en la actitud de mi gente.

–¿Ah, sí?

–Te los estás ganando, Julia. Y siento mucho que tengas que pasar por todo esto cuando tú no querías esta vida.

Ella no dijo nada. Kaden no sabía cuántas veces había soñado estar a su lado...

–Debo ir a vestirme –murmuró.

Kaden la vio salir de la habitación y se maldijo a sí mismo.

Se sentía culpable porque al verla tan feliz porque los niños habían dado una patadita se había sentido celoso... celoso de sus propios hijos.

Pero ese momento había durado poco y, cuando terminó, Julia volvió a mostrar esa frialdad que solo se disolvía cuando estaban en la cama.

Aunque era lógico, se dijo. Al fin y al cabo, se había casado con un hombre que la había rechazado cuando era más vulnerable, sin darle la oportunidad de explicarse a sí misma, solo para proteger su cobarde corazón. Julia, con su innata gracia, aceptaba una situación y una vida que no quería por amor a sus hijos... y eso hacía que la admirase cada día más.

Kaden supo entonces que tenía que ser sincero con ella. Julia merecía saber la verdad.

Más tarde, se prometió a sí mismo, cuando volviese al palacio, se lo contaría todo. Y fuera cual fuera su reacción, tendría que lidiar con ella.

Dos horas después, Kaden estaba sentado con su ministro de Asuntos Exteriores, pero sin escuchar nada de lo que decía. No dejaba de preguntarse dónde estaría Julia.

¿Habría llegado a la gala? ¿Se sentiría incómoda?

¿Estaría sonriendo como lo hacía siempre, de esa manera tan tímida?

Se le encogió el estómago al pensar que alguien pudiera ser grosero con ella...

La semana anterior la había visto organizar otra reunión con un grupo de mujeres y se había sentido orgulloso de cómo las escuchaba, cómo les dedicaba su tiempo. Nada que ver con su exmujer o su madrastra que, sin embargo, habían sido educadas para vivir en ese mundo.

–¿Señor?

Habían anunciado la noticia de su embarazo unos días antes y esperaba que, a partir de entonces, la gente de Burquat la viese con más simpatía, pero...

–¡Señor!

Kaden levantó la cabeza y vio que, además, del ministro, su secretaria había entrado en el despacho.

–¿Sí, Sara?

–Siento molestarlo, pero acabo de saber... ha habido un accidente en la autopista de Kazat, donde tenía lugar la gala benéfica. Hemos intentado hablar con su esposa y con el conductor, pero no recibimos respuesta. Y tampoco sabemos nada de los escoltas.

Kaden escuchó esas palabras e intentó reaccionar, pero era como si sus miembros pesaran una tonelada. No podía levantarse y tuvo que poner una mano en el escritorio para agarrarse a algo.

Su secretaria empezó a llorar entonces y el ministro se levantó.

–Voy a pedir su coche ahora mismo, señor.

Kaden se levantó, aunque no podía sentir las piernas.

–No, el coche es demasiado lento. Pida el helicóptero y asegúrese de encontrar un médico y personal sanitario.

Después de lo que le pareció una eternidad, pero solo fueron treinta minutos, el helicóptero aterrizaba en un claro al lado de la autopista.

Lo único que Kaden podía ver era una masa de vehículos empotrados unos contra otros, un autobús escolar volcado en medio de la autopista y una fila interminable de coches que no podían avanzar o retroceder.

Las luces de emergencia habían sido colocadas por bomberos y policías y, entre todos aquellos hierros retorcidos, estaba el coche oficial en el que iba Julia.

Kaden bajó del helicóptero a toda velocidad y le gritó al joven doctor que iba con él:

–¡No se aparte de mi lado!

A su alrededor había gente que se movía como si fueran zombis, con sangre en la cara y los brazos... pero Kaden solo miraba el coche oficial al lado del autobús escolar.

Su corazón se detuvo durante una décima de segundo mientras corría, gritando:

–¡Julia! ¡Julia!

Pero el interior del vehículo estaba vacío.

Aterrado, dio la vuelta al autobús... y se detuvo abruptamente, sintiendo una mezcla de alivio e incoherente furia. Porque allí estaba Julia, ayudando a sacar a los niños del autobús junto con el conductor, mientras los profesores intentaban consolar a los que ya habían salido. Su caftán estaba hecho jirones, manchado de sangre...

—¡Julia!

—Oh, Kaden... gracias a Dios. Por favor, ayúdanos... todavía hay niños atrapados en el interior y el motor está perdiendo gasolina.

Kaden la tomó del brazo para apartarla del autobús.

—Está embarazada de cinco meses —le dijo al médico—. Si le ocurre algo, le haré a usted responsable personalmente.

—Pero todavía hay niños... —intentó protestar ella.

—Tú quédate aquí, yo intentaré sacarlos.

Kaden subió al autobús y, en unos minutos, todos los niños estaban a salvo a un lado de la carretera.

Julia le pidió al médico que atendiese a los heridos y también ella ayudó, rasgando su caftán para hacer vendas...

Pero, de repente, sintió que Kaden tiraba de ella para apretarla contra su pecho.

—¿Estás bien? ¿Te duele algo?

—Estoy bien. Pero tenemos que ayudar a esa gente...

—Nos vamos de aquí ahora mismo. Tengo que llevarte al hospital.

—Estoy bien, no me pasa nada. ¡Y esos niños me necesitan!

–Han llegado las ambulancias, ellos se encargarán de todo.

–Pero Kaden...

Él no estaba escuchándola. Varios helicópteros médicos acababan de aterrizar a un lado de la autopista y las ambulancias habían logrado abrirse paso entre los coches.

«Está embarazada de cinco meses. Si le ocurre algo, le haré a usted responsable personalmente».

Kaden estaba preocupado por sus hijos, no por ella, pensó.

Unos minutos después subían al helicóptero y Julia suspiró, aliviada, al ver que algunas ambulancias ya se dirigían de vuelta a la ciudad.

No podían hablar debido al ruido en la cabina, pero se alegraba porque sabía que Kaden estaba furioso.

–¿Por qué no lo dices de una vez? Me duele la cabeza de verte pasear de un sitio a otro.

Kaden se detuvo entonces, sus vaqueros y su camisa manchados de grasa.

–Eres una heroína nacional. De un solo golpe, todo el país te adora.

–¿Qué quieres decir? –le preguntó ella, desconcertada.

Kaden tomó el mando de la televisión y buscó un canal de noticias en el que ofrecían imágenes del accidente y de Julia ayudando a los niños del autobús.

–Lo siento mucho, pero no podía dejar a esos niños allí. Sé que nuestros hijos son importantes para ti, pero imagino que los niños de otros también lo serán.

–¿De qué estás hablando?

Julia se llevó una mano al abdomen.

–Imaginaba que estarías enfadado conmigo por haber puesto en peligro a tus hijos...

–No estoy enfadado contigo, estoy asustado porque has puesto tu vida en peligro –la interrumpió él–. ¿Tienes idea del miedo que he pasado, Julia? He envejecido cincuenta años y le he hecho varias promesas a Alá... si un extraño aparece de repente exigiendo que le entreguemos a nuestro primer hijo, no te extrañes.

–Kaden... ¿qué estás diciendo?

No lo entendía. O tal vez tenía miedo de entenderlo.

–Lo que digo, *habiba*, es que durante los treinta minutos más largos de mi vida no quería seguir viviendo si te había ocurrido algo. Iba a hablar contigo esta noche cuando volvieras... no quiero cansarte ahora, pero...

–Estoy bien, habla –lo interrumpió ella.

–No sé por dónde empezar. Hay tantas cosas que decir... pero antes de nada quiero que sepas que no digo esto por el accidente o por el efecto de la adrenalina. He pedido que nos preparen el palacio de verano para esta noche, así podremos tener una corta luna de miel. Puedes preguntarle a Sara, ella lo está organizando todo.

—Kaden...

—Te quiero, Julia —la interrumpió él—. Te quiero con toda mi alma, siempre te he querido, desde el día que te encontré limpiando fósiles. Doce años atrás me convencí a mí mismo de que había dejado de amarte, pero en cuanto volví a verte supe que era una mentira.

Ella lo miraba, perpleja. Podía escuchar los latidos de su corazón...

—No digas nada, aún no. Déjame terminar.

Julia no habría podido hablar aunque quisiera. Podía sentir a sus hijos moviéndose en su útero, pero eso era secundario porque lo que Kaden estaba diciendo podría cambiar sus vidas.

—El día que te fuiste, hace doce años, fue el peor día de mi vida —Kaden hizo una mueca—. Me sentía partido en dos, como Jekyll y Hyde. Durante mucho tiempo pensé que era el dolor por la muerte de mi padre, pero en gran parte era debido a ti. Hay algo que debo explicarte... cuando volvimos de nuestro último viaje al desierto fui a hablar con mi padre y le dije que quería casarme contigo. Solo pensaba en ti... tú llenabas mi corazón y mi alma como nadie y no podía imaginarme sin ti a mi lado.

Julia se puso pálida al recordar ese momento.

—¿Pero por qué no hablaste conmigo? ¿Por qué no me lo dijiste?

Kaden apretó los labios.

—Porque esa noche mi padre sufrió su primer ataque y yo tuve que ocupar su puesto. Estaba constantemente rodeado de ayudantes y ministros... no podía dar un paso sin que fuera cuestionado y sospechaba que después de lo que le había contado a mi padre sobre ti, él habría pedido que no te dejasen acercarte al palacio –Kaden tragó saliva–. Imagino que veía su historia repetida... su segunda esposa había sido un error, absolutamente impopular entre la gente de Burquat. Era importante que me casara con una mujer que mi pueblo aceptase y, sin embargo, yo acababa de declararle mi intención de contraer matrimonio con una extranjera...

Los ojos de Julia se llenaron de lágrimas.

–Oh, Kaden...

–Y cuando por fin tuve la oportunidad de escapar un momento del palacio, te encontré besando a ese hombre.

–Ese hombre no significó nada –se apresuró a decir ella–. Me sentía insegura porque no podía ponerme en contacto contigo y... creo que quería demostrarme a mí misma que tú no eras el único hombre en el mundo que podía hacerme sentir. Temía no volver a verte nunca más...

Kaden tomó su mano para besarla.

–Ahora lo sé y entiendo lo asustada que debías de estar, especialmente después del rechazo de tu madre biológica. Pero yo estaba cegado de celos y me sentía traicionado porque soñaba con pedir tu mano y suplicarte que fueras mi esposa.

–Kaden...

–Mi padre se había convertido en una sombra de sí mismo tras la muerte de mi madre y siempre repetía que me debía a mi país, que eso era lo primero —siguió él—. Supongo que intentaba protegerme y cuando me sentí traicionado por ti, eso confirmó sus palabras. Me convencí a mí mismo de que no era amor lo que sentía, sino deseo. Porque de ese modo no me dolía tanto —Kaden sacudió la cabeza—. Esa noche, mi padre murió, pero antes de morir me suplicó que recordase mi deber hacia mi país, que tenía que mirar más allá de mis propias necesidades... y para entonces yo estaba dispuesto a escucharlo.

—Yo no tenía ni idea... —Julia cerró los ojos, conmovida.

—Cuando intentaste explicarme que lo de ese hombre no había tenido ninguna importancia, yo no podía mostrarme racional. Solo podía verte con él... una imagen que me ha perseguido en sueños desde entonces. La profundidad de mis sentimientos por ti me asustaba, pero los enterré hace mucho tiempo y por eso me ha costado tanto recuperar el sentido común...

—Éramos tan jóvenes —dijo ella—. Tal vez demasiado jóvenes para entender unos sentimientos tan profundos.

—Es por eso por lo que Samia te mira con resentimiento, ella sabe lo que sufrí entonces y siempre ha querido protegerme. Mi hermana cree que tú me rompiste el corazón cuando en realidad fue al revés.

—Yo no... no puedo creer que estés diciendo eso —Julia, emocionada, no sabía qué decir—. Te he echado tanto de menos.

–Lo siento, de verdad. Lo que he hecho es...

–No digas nada más. Abrázame, por favor –Kaden la abrazó y Julia se agarró a su camisa sin dejar de llorar, pensando en esos años perdidos–. No me sueltes nunca, mi amor.

–Nunca –murmuró él, como una promesa–. Nunca volveré a dejarte ir.

–Siempre te he querido, nunca dejé de hacerlo. A ti, a nadie más. Y desde que volví a verte en Londres fue como si nunca nos hubiéramos separado.

Kaden sacudió la cabeza, incrédulo.

–¿Cómo puedes perdonarme? Después de todo lo que ha pasado, no sé cómo puedes hacerlo.

Julia tomó su cara entre las manos.

–No querría estar en ningún otro sitio. Me había resignado a amarte sabiendo que tú no me amabas a mí.

–Amor mío, te quiero tanto que, si algo te hubiera pasado hoy...

Kaden enterró la cara en su cuello, emocionado.

–Vámonos a casa. Quiero que vayamos a casa para empezar a vivir el resto de nuestras vidas juntos –dijo Julia–. No estoy dispuesta a perder un segundo más.

Epílogo

Siete meses después

Julia y Kaden estaban celebrando una fiesta para sus mellizos y el hijo de Samia y Sadiq, que tenía unas semanas menos que sus primos, en la excavación arqueológica donde se habían conocido.

Julia charlaba con Samia mientras Kaden sujetaba en brazos a Rihana con la habilidad de un padre experto y su cuñado, Sadiq, mecía a Zaki con similar maestría.

El primer encuentro con Samia había sido incómodo, pero en cuanto Kaden le contó lo que había pasado, su hermana lo regañó por hacerle pensar lo peor de Julia durante todos esos años. Y, afortunadamente, se habían hecho buenas amigas desde entonces.

–Sin duda estarán hablando de pañales ecológicos –bromeó Samia, mirando a sus maridos.

–Kaden estuvo a punto de desmayarse ayer cuando tuvo que cambiarle el pañal a Tariq –dijo Julia, mirando a su hijo, que dormía en el moisés.

Kaden se acercó entonces para poner a Rihana en brazos de su hermana.

–Aquí tienes a tu sobrina. Voy a robarte a mi mujer un momento.

–Ten cuidado, puede que no te la devuelva –bromeó Samia.

Kaden, con una túnica bordada en oro, tomó a Julia de la mano para pasear por el jardín y ella lo siguió, sintiéndose absurdamente feliz.

–¿Por qué sonríes así?

–Por nada –respondió Julia, con tono misterioso.

–Me lo contarás más tarde, pero ahora... mira.

Ella reconoció el sitio en el que había estado excavando el día que se conocieron. Sobre él habían colocado una piedra que contenía un fósil encastrado en cristal y una inscripción.

–¿No es el mismo fósil...?

–El mismo –Kaden sonrió–. Lee lo que pone.

La inscripción decía sencillamente:

Para mi mujer y único amor, Julia. Eres la dueña de mi corazón, como yo soy el dueño del tuyo para siempre, Kaden.

Y tenía la fecha del día que se conocieron.

Julia miró a su marido, con los ojos empañados, y vio que él sacaba algo del bolsillo... la cadenita que le había regalado tantos años atrás y que creía perdida para siempre.

–He hecho que la arreglasen.

Los ojos de Julia se llenaron de lágrimas.

–No llores –dijo Kaden.

–Entonces bésame y hazme feliz.

–Eso es algo que sí puedo hacer –bromeó él, tomándola entre sus brazos, con los ojos llenos de amor.

Y se besaron durante largo rato en el sitio exacto en el que se habían conocido casi trece años antes.

BIANCA.

LUCY ELLIS

EN LA TORRE
DE MARFIL

Capítulo 1

ALEXEI Ranaevsky atravesó la luminosa sala de juntas para recoger el periódico que uno de sus empleados se había dejado sobre la mesa.

Había dejado muy claro que no quería ver nada relacionado con la tragedia de los Kulikov, pero, tras el mazado inicial que le había producido la noticia, se sentía más inclinado a lo que solo podía describirse como el circo que se había creado en torno a los tristes acontecimientos. Su máxima preocupación en aquellos momentos era desmantelar ese circo.

Ya tendría tiempo más tarde de llorar la pérdida de su amigo más íntimo.

La noticia había pasado ya a la tercera página. Había una fotografía de Leo y Anais en una carrera celebrada en Dubai. Leo reía, con la cabeza echada hacia atrás y el brazo rodeando la esbelta cintura de Anais. Una pareja perfecta. A su lado, estaba precisamente lo que Alexei no quería ver: una fotografía del amasijo de hierros en el que se había convertido el coche. El Aston Martin de 1967, el que Leo más apreciaba. La destrucción del vehículo era tal que los cuerpos de Leo y Anais no habían tenido oportunidad alguna.

El breve comentario que había bajo la fotografía hacía referencia a la belleza de Anais y al trabajo de Leo para las Naciones Unidas. Alexei lo leyó rápidamente y contuvo el aliento.

Konstantine Kulikov.

Kostya.

Aquel nombre hizo que la pesadilla en la que llevaba viviendo unos días se convirtiera en algo inmediato, real. Al menos, no había ninguna fotografía del niño. Leo había sido muy protector sobre la vida privada de su familia. Anais y él habían sido personajes muy populares para la prensa, pero su vida familiar había quedado completamente ajena para quien no perteneciera a su círculo. Aquello era algo que Alexei admiraba, dado que era una regla que él tenía también para su propia vida. Una cosa era la imagen pública del hombre y otra era la *familya*, la vida más íntima, una vida de la que Leo había formado parte.

–¡Alexei!

Él levantó la cabeza. Sus ojos no expresaban emoción alguna.

Durante un segundo, no pudo recordar el nombre de ella.

–Tara –dijo por fin.

Ella no pareció darse cuenta del tiempo que él tardó en responder. Su hermoso rostro le estaba reportando varios millones de dólares al año por anuncios de belleza en lugar de una carrera de actriz que no había conseguido despegar.

–Todo el mundo te está esperando, cariño –dijo mientras se acercaba a él y le quitaba el periódico de las manos–. No tienes que mirar esa basura. Tienes que recobrar la compostura y poner un rostro firme a esta debacle.

Todo lo que ella decía tenía sentido, pero algo, un mecanismo importante entre su cerebro y sus sentimientos, había saltado. Muchos dirían que él no tenía sentimientos, al menos no sentimientos reales. Ciertamente no había llorado por Leo y Anais. Sin embargo, estaba surgiendo en él algo que su cerebro no iba a ser capaz de controlar. Algo que tenía su origen en el nombre de aquel niño escrito con tinta de periódico.

Kostya.

Huérfano.

Solo.

La debacle de Tara.

–Que esperen –replicó él fríamente–. ¿Y qué diablos es lo que llevas puesto? No estamos en un cóctel. Es una reunión familiar.

Tara soltó una carcajada.

–¿Familiar? Por favor, esas personas no son familia tuya –comentó mientras extendía la mano y rodeaba con ella la cintura de Alexei–. Tú tienes tanto sentimiento familiar como un gato, Alexei –afirmó mientras le ofrecía unos jugosos y rojos labios. Al mismo tiempo, la mano viajaba hacia la parte delantera del pantalón que él llevaba puesto–. Un gato montés, grande y salvaje –añadió. La mano se acomodó a lo que allí encontró–. ¿Hoy no te apetece jugar, cariño?

Su cuerpo había empezado a responder, pero el sexo no estaba en su agenda para aquel día. No había estado en la agenda desde el lunes, cuando Carlo, su mano derecha, le había dado la noticia a primera hora de la mañana. Recordó que se encendió la luz y que Carlo decía en voz baja los detalles de lo ocurrido. Se había sentido muy solo en aquella cama tan grande a pesar de que Tara había estado a su lado, perdida para el mundo bajo el velo de las pastillas que tomaba para dormir. Un cuerpo.

Había estado solo.

«No quiero volver a tener relaciones sexuales con esta mujer».

Le agarró el brazo y suave pero firmemente la giró hacia la puerta.

–Ve tú –le dijo al oído–. Vete con ellos. No bebas demasiado y toma –añadió, entregándole el periódico–. Deshazte de él.

Tara tenía los años suficientes para saber que estaba experimentando en sus carnes el rechazo de Alexei. No había esperado sentirlo nunca o, al menos, no tan pronto.

–Danni tenía razón. Eres un perfecto canalla.

Alexei no tenía ni idea de quién era Danni ni le importaba. Solo quería que Tara se marchara de la sala. Y de su vida.

Quería deshacerse de muchas personas.

Quería recuperar el control.

Controlar la situación y, principalmente, a sí mismo.

–¿Cómo diablos vas a poder tú cuidar de un niño? –le gritó Tara mientras se dirigía hacia la puerta.

Control. Alexei se giró para contemplar la costa de Florida a través de los amplios ventanales. Empezaría haciendo lo que tenía quehacer. Hablaría con los que le esperaban en el exterior. Hablaría con Carlo. Y, sobre todo, hablaría con Kostya, un niño de dos años. Sin embargo, primero tenía que atravesar el Atlántico para poder hacerlo.

–El búho y el gatito se fueron a navegar en un precioso barco verde –canturreaba Maisy con el cuerpo arqueado sobre el niño que yacía tumbado en la cuna.

Ella llevaba cantando ya un rato, después de haber estado leyendo media hora, por lo que tenía la garganta seca y la voz sonaba algo ronca. Sin embargo, merecía la pena verlo así, tan tranquilo.

Se incorporó y examinó la habitación para comprobar que todo estaba en su lugar. Efectivamente, la habitación infantil seguía siendo un lugar seguro para el pequeño. Desgraciadamente, en el exterior todo había cambiado. Para siempre.

Salió de puntillas y cerró la puerta. El escucha bebés estaba encendido y sabía por experiencia que el niño dormiría hasta después de medianoche. Era su oportunidad de comer algo y dormir un poco. No había dormido mucho en los últimos días.

Dos plantas más abajo, en la cocina, Valerie, el ama de llaves de los Kulikov, le había dejado un plato de macarrones con queso en el frigorífico. Maisy se lo agradeció profundamente mientras lo metía en el microondas.

Aquella semana, Valerie había sido un regalo de Dios. Cuando llegó la noticia del accidente, Maisy estaba en su habitación, haciendo las maletas para unas vacaciones que debía empezar el martes siguiente. Recordaba haber colgado el teléfono y haber tenido que sentarse durante unos minutos sin que pudiera ocurrírsele qué era lo que iba a hacer a continuación. Entonces, llamó a Valerie y la vida recuperó el movimiento.

Las dos mujeres habían esperado que las familias de Leo y Anais se presentaran en la casa, pero la vivienda, en una tranquila plaza de Londres, había permanecido vacía. Valerie trabajaba sus horas y regresaba a su casa por las noches mientras que Maisy cuidaba del pequeño y esperaba temblorosa la súplica que aún no había escuchado. *Quiero a mi mamá*

Los reporteros llevaban dos días frente a la casa. Valerie tenía echadas las cortinas y Maisy solo había sacado a Kostya una vez al parque privado que había al otro lado de la calle. Llevaba trabajando para los Kulikov desde que nació Kostya y vivía en la casa con ellos. Leo y Anais viajaban mucho y Maisy estaba acostumbrada a estar sola con Kostya durante semanas. Sin embargo, aquella noche, la casa estaba demasiado silenciosa, demasiado vacía. Maisy se sobresaltó con el sonido del microondas. Sacó los macarrones con manos temblorosas.

«Venga», se dijo mientras llevaba la comida a la mesa. No se molestó en encender las luces. Aquella penumbra le resultaba reconfortante.

Debería tener hambre. Debería comer algo para tener fuerza, pero no hacía más que revolver la comida. Aún podía ver a Anais en la cocina hacía una semana, riéndose con un dibujo que Kostya había hecho sobre el suelo. Era una jirafa con la cabeza de su mamá. Anais medía casi un metro ochenta y tenía unas piernas larguísimas, que habían sido el centro de su carrera como modelo. Resultaba evidente cómo su hijo la había visto desde su corta estatura.

Maisy recordaba perfectamente la primera vez que vio a Anais. Maisy había sido la empollona bajita y regordeta a la que la directora había elegido para que explicara a la delgada y altísima Anais Parker-Stone las reglas de St. Bernice. Anais no había sabido entonces que Maisy estudiaba en aquel exclusivo colegio femenino gracias a un programa del gobierno para personas sin recursos. Cuando lo descubrió, la actitud de Anais no había cambiado. Si Maisy había sido arrinconada por su humilde origen, Anais lo había sido por su altura.

Durante dos años, las dos chicas habían sido muy amigas hasta que Anais dejó el colegio a los dieciséis para comenzar su carrera de modelo en Nueva York. Dos años más tarde, era famosa en todo el mundo.

A medida que Maisy fue madurando, fue perdiendo kilos, ganando cintura y más longitud en las piernas. Sus curvas se convirtieron en uno de sus mejores rasgos. Se marchó a la universidad, pero lo dejó al poco de empezar. Su único contacto con Anais había sido a través de las revistas en las que Anais aparecía. Cuando Maisy se encontró con ella en Harrods, Anais se puso muy contenta al verla. La había abrazado y se había puesto a saltar como una adolescente. Como una adolescente embarazada. Tres meses después, Maisy estaba en Lantern Square con un niño recién nacido en brazos y una Anais completamente abrumada, que no dejaba de llorar y amenazaba con matarse y que trataba de escapar de la casa en cuanto podía. Nadie le había explicado nunca que la maternidad no era algo temporal, sino que era algo para toda la vida.

Desgraciadamente, había resultado ser una vida muy corta. Maisy suspiró y dejó de fingir que iba a comer. Apartó el plato. Había llorado por su amiga. Había llorado por el pequeño Kostya. Había creído que aquellas lágrimas terminarían por secarse. Parecían haberlo hecho en aquel mismo instante.

Tenía una serie de consideraciones más urgentes.

Cualquier día, un abogado de los Kulikov, aunque más probablemente de los Parker-Stone, se presentaría en la casa. Alguien se llevaría a Kostya. Maisy no sabía nada de los Kulikov, aparte de que Leo era hijo único y que sus padres habían muerto. Sin embargo, recordaba a Arabella Parker-Stone, que había visto a su nieto en una ocasión, unos pocos días después del nacimiento del niño. Había sido una breve visita, en la que se produjeron duras palabras entre Anais y ella.

—La odio, la odio —había sollozado Anais después contra un cojín mientras Maisy tenía a Kostya en brazos.

Arabella había disgustado a todo el mundo. Sin embargo, la cabeza le había empezado a fallar y, en aquellos momentos, se encontraba en una residencia. Evidentemente, Kostya no iba a ir a vivir con su abuela.

Maisy no sabía si iba a poder entregarle a Kostya a un

desconocido. El día anterior se le había pasado por la cabeza secuestrar al pequeño. Le había parecido algo posible, pero, ¿cómo iba a conseguir salir adelante? No tenía trabajo y lo único que sabía hacer era cuidar de los enfermos, los ancianos y los niños. Su vocación era amar al niño que dormía dos pisos más arriba. Kostya se había convertido en su familia. Era suyo. De algún modo, encontraría la manera de quedarse con él. Seguramente, quien se hiciera cargo de él necesitaría una niñera... ¿Acaso no sería cruel separarlos?

Respiró profundamente y se apartó el cabello del rostro. Volvió a acercar el plato y, tras apoyar la cabeza sobre una mano, comió un poco de pasta.

Un movimiento, y no un sonido, la sacó de sus tristes pensamientos. Algo se movió a un lado y la hizo levantar la cabeza.

Había alguien en la casa.

Se quedó completamente inmóvil escuchando atentamente.

En aquel momento, dos hombres entraron en la cocina. Mientras ella trataba de sobreponerse, tres más bajaron rápidamente por las escaleras y otros dos entraron por la puerta del jardín. El hecho de que todos fueran ataviados con trajes no reconfortó en modo alguno a Maisy. La cuchara se le cayó de la mano y se levantó precipitadamente.

El más bajo de los hombres se dirigió hacia ella y le dijo:

—Ponga las manos detrás de la cabeza. Al suelo.

Un hombre más corpulento, más alto, más esbelto y más joven apartó al primero y le dijo algo bruscamente en un idioma extranjero.

Maisy contemplaba la escena boquiabierta. El shock de lo ocurrido le impedía reaccionar o gritar

–Inglés, Alexei Fedorovich –dijo otro de los hombres, de una altura y una corpulencia casi aterradoras.

«Dios santo, es la mafia rusa».

Aquel pensamiento histérico coincidió con el movimiento que el hombre más joven hizo hacia ella. El cuerpo de Maisy reaccionó por fin para protegerse. Agarró la silla y se la arrojó con todas sus fuerzas. Entonces, gritó.

Capítulo 2

ALEXEI —dijo una voz a su lado—, tal vez deberíamos esperar.

Alexei ni siquiera miró a Carlo Santini. Él no esperaba.

La vio inmediatamente, una figura inclinada sobre un plato de pasta, sentada en la oscuridad. Ella pareció presentir su presencia porque levantó la cabeza. Durante un instante, él se había visto abrumado por la vulnerabilidad que suavizaba los rasgos de aquella mujer mientras trababa de comprender qué era lo que ellos hacían allí. También le había dado la impresión de fragilidad y feminidad, a pesar de la ropa que llevaba puesta.

En el momento que más de sus hombres se habían presentado en la cocina, ella había reaccionado inesperadamente. Aquellos hombres lo protegían a él, pero ella no podía saberlo.

Después de arrojar una silla, se había metido debajo de la mesa. Alexei lanzó una maldición y apartó la mesa para sacarla y tomarla entre sus brazos. Ella demostró su terror comenzando a dar patadas y a revolverse contra él. Mejor con él que con un miembro de su equipo de seguridad, que se sentiría menos inclinado a ser amable con ella.

—No voy a hacerle daño —dijo—. Cálmese. Nadie desea hacerle daño.

Maisy levantó la cabeza y lo miró. Tenía los ojos azules, con largas pestañas. Eran muy hermosos. Sus pómulos eran afilados, muy propios de un hombre de origen eslavo. Evidentemente, llevaba varios días sin afeitarse, pero olía bien. El aroma de su colonia se mezclaba con otro olor más cálido, más masculino, más atrayente. Poco a poco, sintió menos deseos de luchar porque su sentido común le decía que, efectivamente, aquel hombre no quería hacerle daño. Además, sus sentidos estaban comenzando a verse sobrecargados con otros mensajes.

Alexei notó el cambio que se producía en ella. Esperaba a que él reaccionara de algún modo. De mala gana, la soltó.

—Habla con ella —dijo a uno de los que le acompañaban.

Maisy miró al otro hombre. Era más bajo, de más edad e iba impecablemente vestido. El hombre dio un paso al frente e inclinó la cabeza a modo de saludo.

—Buenas noches, *signorina*. Me disculpo por la intrusión. Mi nombre es Carlo. Trabajo para Alexei Ranaevsky.

Maisy giró la cabeza para mirar al más joven. El pulso comenzó a latirle alocadamente.

—Necesito saber dónde está el niño —afirmó.

Maisy sintió que su alocado pulso se detenía en seco. Sintió que el vello se le ponía de punta.

Al ver que ella no contestaba, Alexei perdió la paciencia.

—Voy a llevarme al hijo de Leonid Kulikov. Necesito que me muestre dónde está.

—No —replicó ella.

—¿No? ¿No? —repitió él con incredulidad.

—No voy a dejar que se acerque usted al hijo de los Kulikov. ¿Quién diablos se cree usted que es?

Aquella gatita parecía capaz de arañar. Muy a su pesar, Alexei sintió que su libido comenzaba a despertar.

–Soy Alexei Ranaevsky, su tutor legal.

La mirada de Maisy recorrió involuntariamente el ancho torso y hombros de Alexei Ranaevsky. Entonces, se prendió en su rostro. Tenía el cabello oscuro, rizado y muy corto. Su imagen era lo más cercano a la perfección que Maisy había podido contemplar nunca.

A pesar de que debería haberse sentido aliviada, se le hizo un nudo en el estómago.

Aparentemente, Alexei había dicho todo lo que iba a decirle porque se dio la vuelta y se dirigió a la escalera.

–¡Espere! –le gritó Maisy con ansiedad, pero no consiguió detenerlo.

Subió las escaleras corriendo detrás de él mientras le decía que no debía despertar a Kostya, pero él la ignoró completamente. Cuando él llegó a la planta en la que se encontraba la habitación del niño, ella se lanzó sobre él para detenerlo.

–Por favor, deténgase.

Alexei se detuvo al sentir que los brazos de aquella mujer le rodeaban la cintura y lo agarraban de la chaqueta. Ella tenía la respiración muy acelerada y algunos de los rizos de su cabello se habían soltado. Con aquel rubor que le cubría las mejillas, resultaba mucho más misteriosa de lo que le había parecido a primera vista. También, parecía estar muy preocupada.

–No voy a permitir que usted vea a Kostya hasta que me diga lo que está pasando.

–Ya sabe todo lo que tiene que saber –replicó él con una voz más fría aún que sus ojos–. Soy su tutor legal. Apártese.

–¿O qué? ¿Hará que me aparte uno de sus matones?

–le desafió Maisy. Se sentía furiosa por la actitud engreída de aquel hombre. Aquella no era su casa. Kostya no era su hijo. Y ella, ciertamente, no era un felpudo para que él pudiera pisarla.

–¿Cocina usted aquí? ¿Limpia? –le espetó él–. Porque, francamente, yo no explico mis actos a los sirvientes.

–Soy la niñera –replicó ella.

Él lanzó una maldición y la miró con suspicacia.

–¿Por qué diablos no lo ha dicho antes?

–No estaba segura de lo que estaba pasando. Quiero que me explique exactamente qué es lo que tiene intención de hacer –afirmó ella, irguiéndose todo lo que pudo para sacarle el máximo partido a su metro sesenta y cinco.

Sin embargo, él no parecía dispuesto a explicarle nada. Parecía más inclinado a zarandearla. De hecho, parecía como si no se pudiera creer que estuviera hablando con ella. Entonces, el llanto de un niño rompió el silencio.

–Konstantine.

–Kostya.

Los dos hablaron a la vez. Maisy lo desafió a apartarla, pero él dudó. No estaba seguro de lo que hacer con un niño de dos años que había empezado a llorar. Maisy aprovechó la oportunidad y entró en la habitación primero, aunque él la seguía muy de cerca. Entonces, dudó y se dio la vuelta. Su nariz rozó el amplio torso de él. El enorme cuerpo de Alexei se tensó y ella se acobardó. Tenía que dejar de tener contacto físico con él. Aquel hombre iba a pensar que le ocurría algo. A pesar de que dio rápidamente un paso atrás, un escalofrío le recorrió el cuerpo.

–Escuche –dijo mientras trataba de recuperar la compostura–. Quédese aquí. Si ve a un extraño, se va a asustar

–Está bien.

Maisy entró en la habitación, que estaba iluminada muy débilmente con una luz de acompañamiento que había cerca de la cuna. Kostya estaba de pie, con el rostro húmedo y enrojecido. Estaba llorando, pero dejó de hacerlo cuando vio lo que quería. Extendió los bracitos hacia Maisy. Ella se acercó rápidamente a la cuna.

–¡Maisy! –dijo claramente.

Ella lo sacó de la cuna con dificultad. Era un niño muy grande para su edad. Se sentó en el sillón y acunó al pequeño entre sus brazos.

Alexei entreabrió la puerta y los observó desde el umbral. No había esperado sentirse conmovido en modo alguno por ver a una mujer con un niño en brazos. Ella parecía sentirse cómoda con la situación de un modo que él sabía que jamás lo estaría con un niño tan pequeño. Suponía que el instinto maternal era algo innato para algunas mujeres, porque ciertamente no lo había sido para ninguna de las que él había conocido.

Este hecho era algo que él tenía en común con todas ellas. Nunca había sentido interés alguno por los hijos de sus amigos. De hecho, era el padrino de Konstantin y solo lo había visto en una ocasión: en el día de su bautismo en la iglesia ortodoxa rusa de Londres.

–No sabía que sería tan... pequeño –dijo en voz muy baja para no asustar al niño.

Maisy acarició la cabeza de Kostya cuando el niño se giró para ver quién había hablado. Maisy se dio cuenta de que aquella voz se parecía mucho a la de su padre. Tal vez era algo más profunda, pero con el mismo modo de pronunciar las palabras, lo que denotaba que el inglés no era su idioma materno.

–Papá –susurró el niño.

–No, no es papá –dijo Maisy, con un nudo en la garganta.

Alexei se acercó muy lentamente y se agachó al lado del sillón para que ni su altura ni su corpulencia asustaran al pequeño.

–Hola, Kostya. Soy tu padrino, Alexei Ranaevsky.

De repente, aquellas palabras hicieron recordar a Maisy. El padrino de Kostya. ¿Cómo había podido olvidarse? El día del bautizo de Kostya, ella había estado en cama con fiebre, pero la *au pair* le había descrito con todo detalle a Alexei Ranaevsky.

–Usted le dormirá y yo la esperaré fuera.

Aquella orden iba acompañada de una voz aterciopelada. A pesar de todo, Maisy se preguntó si Alexei Ranaevsky alguna vez pedía permiso para algo.

Cuando salió de la habitación, la casa parecía estar de nuevo vacía. El personal de seguridad de Alexei Ranaevsky parecía haberse evaporado, aunque ella dudaba que estuvieran muy lejos. Se detuvo en lo alto de la escalera para escuchar.

–Estoy aquí –dijo una voz desde el otro lado del pasillo.

Maisy siguió la voz hasta llegar a su propio dormitorio. Dudó antes de entrar. Alexei estaba junto a la ventana y parecía llenar la habitación con su presencia. En medio de aquella decoración tan femenina, parecía estar completamente fuera de lugar.

–Siéntese –le ordenó él.

–Preferiría permanecer de pie.

–He dicho que se siente.

Maisy se sentó en su cama.

Alexei se frotó la barbilla y se preguntó por qué, después de cuatro días de abstinencia y de un total desinterés en el sexo por primera vez en su vida adulta, su libido parecía haberse despertado en todo su apogeo en el momento en el que su cuerpo había entrado en contacto con el de ella.

Aquella mujer no parecía tener cintura bajo aquel enorme jersey de lana, pero Alexei recordó que sí tenía. Del mismo modo, sabía que sus senos serían suaves y redondos y que sus caderas y trasero se mostrarían rotundos entre sus manos. Tenía el cabello mucho más largo de lo que parecía dado que lo llevaba recogido. Era largo y rizado. Hundiría las manos en aquella melena cuando ella estuviera de rodillas ante él...

Estuvo a punto de gruñir de frustración. ¿Cómo podía pensar en el sexo en aquella situación? Leo había muerto. El hijo de Leo era su responsabilidad, una responsabilidad para toda una vida, y él se tomaba sus responsabilidades muy en serio. Sin embargo, el sexo con una mujer de verdad, no una modelo o actriz maquillada, depilada y muy arreglada... Además, ella no necesitaba nada de aquello. Tenía una piel preciosa y aquel cabello...

De repente, ella se puso de pie.

—Señor Ranaevsky...

—Alexei, por favor.

—Alexei...

Ella respiró profundamente y Alexei comprendió que estaba a punto de hacer un discurso. Eso no era bueno.

—No me he quedado con tu nombre.

—Maisy, Maisy Edmonds.

—Siéntate, Maisy.

—No. Necesito decir esto de pie. Es muy importante. Quiero acompañar a Kostya. No sé cuáles son tus circunstancias ni lo que tienes organizado, pero quiero quedarme con él hasta que esté a gusto. Y él no lo sabe todavía. Cuando se lo digan, necesito estar presente.

Alexei frunció el ceño.

–¿No sabe que sus padres han muerto?

Maisy negó con la cabeza.

–No tenía intención alguna de dejarte aquí –añadió–. ¿Tienes el pasaporte en regla?

–Sí. ¿Por qué...?

–Haz las maletas. Nos vamos dentro de veinte minutos.

–Pero...

Alexei le dedicó una mirada casi ofendida.

–No tengo por costumbre explicarme a...

Maisy comprendió que se había interrumpido para no decir «a los empleados». Se mordió los labios para no responder.

Alexei comprendió su frustración, pero decidió que no era nada comparable a la de él. Tenía que salir de allí antes de que cometiera una estupidez. Momentáneamente, se había olvidado de quién era aquella mujer. Era una futura empleada y él no se acostaba con los que trabajaban para él. Se marchó de la habitación y bajó rápidamente la escalera para alertar a sus hombres del cambio que se había producido en la situación.

Maisy tardó veinte minutos en recoger las cosas que Kostya necesitaría para una semana. Asumió que podrían recoger el resto más adelante. Afortunadamente, ella no había deshecho la maleta que había preparado para marcharse a Francia hacía cinco días.

Decidió que antes de salir por la puerta se iba a dar una ducha.

En la planta de abajo, Alexei consultó su reloj por tercera vez. Media hora. No es que no estuviera acostumbrado a esperar a una mujer, pero Maisy Edmonds no era una cita y no tenía tiempo para aquello.

Jamás trataba personalmente con los empleados,

pero su libido le ardía de tal modo que lo empujaba a tenerla a su lado. Al menos, las chispas que saltaban de él lo mantenían despierto y funcionando.

La puerta del dormitorio estaba ligeramente abierta. La empujó esperando encontrarla rodeada de ropa. En vez de eso, se encontró con una mujer desnuda, envuelta en una pequeña toalla blanca, con unos rizos húmedos que le caían en cascada por la espalda.

El deseo se apoderó de él y borró todo pensamiento racional. Ella no protestó ni gritó, ni hizo ninguna de las cosas que una mujer escandalizada haría en una situación similar. Nada que hiciera que él se diera la vuelta y la dejara en paz. Se limitó a mirarlo con la boca abierta, aferrada a la toalla y con los ojos abiertos de par en par.

Él cruzó el espacio que los separaba, la agarró por una estrecha cintura y la pegó a su cuerpo medio arrancando la toalla al mismo tiempo. Oyó que ella lanzaba un sonido instantes antes de que le besara apasionadamente la boca, invadiendo con la lengua la dulzura que había en su interior. Ella se quedó rígida entre sus brazos, para luego agarrarle los bíceps y comenzar a empujarlo. Sin embargo, el resto de su cuerpo se mostraba dispuesto y manejable. Ella era todo lo que deseaba en aquel instante. Femenina, de curvas rotundas, suaves y cálidas. Podría hundirse en ella y olvidarse de todo lo que había ocurrido y de todo lo que iba a ocurrir.

Maisy apenas podía pensar. La sorpresa se había convertido en humillación al sentir que podía perder la toalla y de que, en cualquier momento, podría estar completamente desnuda en brazos de un desconocido. Aquel hombre la estaba besando con una pasión que iba más allá de la habilidad, como si su boca, su lengua y sus caricias estuvieran buscando algo en ella. De re-

pente, Maisy se encontró respondiendo. La resistencia
fue desapareciendo y se encontró acurrucándose contra
él, buscando el refugio que el cuerpo de él le ofrecía,
apoyándose en la fuerza que parecía emanar de él.

El corazón de Maisy latía sin control. Los brazos que
la rodeaban eran demasiado poderosos, demasiado po-
sesivos. Se opuso ligeramente, pero solo para que él se
inclinara un poco más sobre ella. Sintió que él reía contra su boca. La había levantado y la tenía acorralada
contra la puerta. Maisy sintió que la mano de Alexei comenzaba a recorrerle el interior del muslo. La agarró con
fuerza y susurró:

–No.

La boca de él bajó hasta la base de su garganta y comenzó a lamérsela como si fuera un enorme felino. Su
lengua era áspera, cálida y húmeda.

«Ay, Señor... No puedo hacer esto. No estoy lista
para hacer esto...», pensó ella a pesar de que tenía el
cuerpo ardiendo.

–Deja caer la toalla, Maisy –murmuró él con voz caliente contra su oreja. Le había puesto las manos sobre
las caderas y había empezado a moverlas para sujetarle
el trasero.

–No puedo...

De repente, todo terminó. Ocurrió en un instante. La
boca desapareció, las manos se esfumaron y ella quedó
apoyada contra la puerta del dormitorio, aferrándose a
la toalla para cubrir su desnudez y mirando fijamente
los ojos de un hombre que parecía atónito.

–Eso ha sido inexcusable. Estoy cansado y he cometido un error. Olvídate que ha ocurrido.

Los ojos castaños de Maisy le escocieron de rabia.
¿Un error? ¿Que olvidara que había ocurrido?

Alexei sabía que no estaba pensando como debía. La

muchacha lo miraba como si estuviera loco y no podía culparla. Había empezado algo que no podía terminar y la tensión que sentía en su cuerpo no iba a remitir pronto.

¿Qué diablos estaba haciendo allí? Tenía doce miembros de su seguridad en la casa, un coche esperando y un avión sobre el asfalto de Heathrow. Él, Alexei Ranaevsky, estaba retozando con la niñera en un dormitorio.

¡Con la niñera!

Alexei la miró fijamente.

–Tienes que apartarte para que yo pueda salir –le dijo–. Y, por amor de Dios, ponte algo de ropa.

Maisy se tensó, pero no se movió. Quería desesperadamente estar lejos de él, estar detrás de la puerta del cuarto de baño, pero sabía que en el momento en el que se apartara perdería su oportunidad

Probablemente ya lo había hecho. Parecía tan enojado con ella que seguramente había cambiado de opinión. No debería haber respondido. Debería haber recordado que Kostya era lo primero.

–¿Has cambiado de opinión sobre el hecho de que yo pueda acompañar a Kostya?

–No, no he cambiado de opinión –musitó él–. Que Dios me ayude, pero no he cambiado de opinión.

Ella pareció estar completamente perdida durante unos instantes. Alexei recordó la fuerza con la que había dicho no cuando le había pedido que dejara caer la toalla y cómo la mano le había impedido acceso al dulce lugar que ella tenía entre las piernas.

Sin embargo, ¿por qué había dejado la puerta entornada si no quería que él entrara?

El cinismo se apoderó de él. Miró con frustración a lo que ya no iba a tener y le espetó:

–Vístete. Tienes cinco minutos.

Maisy se marchó corriendo al cuarto de baño. Allí, cerró la puerta y se dejó caer sobre el suelo presa de la humillación. Se había sentido tan desinhibida, tan descontrolada... Había sentido el deseo en estado puro de Alexei y lo había igualado. La vergüenza se apoderó de ella. Aquello no era parte del trato que había acordado con Anais. El último regalo que podía darle a su amiga era asegurar el futuro de su hijo y, en vez de hacer eso, había estado a punto de acostarse con el padrino del niño, sin pensar en Kostya.

No tenía elección. Debía levantarse, lavarse el rostro, vestirse, bajar y enfrentarse con él, con aquel hombre volátil e impredecible que iba a convertirse en el padre de Kostya en todos los sentidos. Debía aprender a tratar con él.

Se llevó los dedos a los labios hinchados y se echó a temblar. Aquel beso... Aquel error... No debía volver a ocurrir nunca más.

Capítulo 3

EL NIÑO, el avión... y la niñera.

No. Debía cancelar aquel apelativo. La gata de cabello rojizo que se había acurrucado en su asiento fingía dormir.

Llamó a uno de los miembros de la tripulación, un joven llamado Leroy. Alexei ya no contrataba mujeres para su avión privado. Solían perder la concentración en su trabajo.

–Leroy –dijo–. Llévate a la señorita Edmonds. No la quiero dentro de mi campo de visión.

Leroy la miró un instante y volvió a mirar a su jefe. Alexei sabía lo que el hombre estaba pensando, pero que jamás se atrevería a decir, por lo que añadió:

–No está dormida. Está fingiendo.

Maisy apretó los dientes. Había escuchado todo lo que Alexei había dicho desde que se sentaron allí hacía una hora. Normalmente en ruso. No se había dirigido en modo alguno a ella. Era simplemente como si ella hubiera dejado de existir, pero, aparentemente, lo estaba distrayendo.

Levantó la cabeza cuando sintió que Leroy se acercaba.

–Señorita Edmonds...

–Lo sé –dijo Maisy con una resignada sonrisa.

Recogió la manta de angora con la que se había estado cubriendo y se levantó del lujoso asiento. Miró a

Alexei, que se había quitado la chaqueta y observaba atentamente su ordenador portátil. Él ni siquiera la miró.

–Ponga a la señorita Edmonds en una cama –dijo cuando ella pasaba a su lado.

Alexei oyó que Maisy daba las gracias débilmente con aquella voz tan dulce que tenía y su cuerpo se movió instintivamente hacia ella. Maldita sea... Aquel no era el momento ni el lugar para dejarse llevar por su repentina atracción por las pelirrojas de ojos suaves. Había tenido seis meses de sexo no especialmente satisfactorio con Tara. Demasiado tiempo. Aparentemente no para Tara, que, dos días después de que Alexei rompiera con ella, le había dicho a la prensa que seguían siendo buenos amigos. ¡Qué ironía! Alexei no tenía amigas y, si las tuviera, jamás elegiría a Tara para que lo fuera.

Maisy Edmonds iba a vivir en su casa. Y no era niñera. Ella le había mentido descaradamente, algo más a tener en cuenta. De algún modo, se había metido en la casa de Leo y había pasado a formar parte de la vida de Kostya. Así, Alexei había pasado a encontrarse en una situación tan complicada.

El sexo por el sexo no era de su agrado. Y jamás sin preservativo. Sin poder evitarlo, se preguntó si Leo...

Apartó aquel pensamiento porque de repente le había hecho sentirse muy enojado. Una imagen de Maisy Edmonds con una toalla, frotándose con varios hombres, se reflejó en su cansado cerebro, enojándolo aún más. Lanzó una maldición.

No iba a ocurrir, al menos no en los próximos días o semanas. Hacía muy poco tiempo de la muerte de Leo y, lo más importante de todo era su hijo.

Kostya se había mostrado inesperadamente animado en la primera parte del viaje, pero en aquellos momentos se encontraba dormido. Envidiaba al niño por aquella facultad, que seguramente él mismo había poseído cuando era niño, durante una infancia endurecida por la falta de cuidados y las penalidades. Casi nunca dormía ocho horas y los últimos días ni siquiera eso.

Con la gata ya en la cama, podría centrarse en la pantalla de su ordenador. No había buenas noticias. Las acciones que tenía en Kulcor no estaban reportando beneficios, pero se trataba de la herencia de Kostya y tenía que aguantar. Era lo que Leo habría esperado de él.

Al hijo de Leo jamás le faltaría nada. Él se aseguraría de ello.

Una cama. No *la* cama, la del único dormitorio que había en el avión, sino *una* cama. Una de tres. ¿Qué clase de hombre tenía tres dormitorios en un avión?

Se sentó en la suntuosa cama y miró a su alrededor. Todo era lujo en paredes y muebles. Acarició suavemente la sedosa colcha. No creía que él hubiera elegido la decoración del avión, pero sí podía imaginárselo en aquella cama. Su mente comenzó a vagar mientras se acomodaba entre las lujosas sábanas y se lo imaginó acostándose allí con ella. En la fantasía, ella no lo detenía. Se mostraba segura de sí misma e incluso sexualmente agresiva. Una parte de su ser quería detener aquella ensoñación porque sabía que no era saludable. Jamás sería capaz de llevarla a cabo. Además, seguramente a él no le apetecería. Sin embargo, una parte más oscura de su ser permitía que él siguiera besándola con pasión y permitía la mano en la parte interior del muslo. Se movió en la cama, consciente de que se estaba excitando, lo que tan solo conseguía empeorar las cosas.

Aquello no era propio de ella. No fantaseaba con hombres hasta excitarse de aquel modo aunque, en realidad, no había tenido tiempo de tener fantasías y mucho menos de tener una vida sexual activa con un bebé. Ni siquiera estaba acostumbrada a viajar en avión. Ella siempre se quedaba en casa. Había ido en varias ocasiones con los Kulikov a la casa que ellos tenían en París, pero poco más. El trato había sido que ella tendría dos días libres a la semana, pero la realidad de un niño y sus necesidades prácticamente habían convertido a Maisy en la madre de un recién nacido. La única vida normal que había tenido habían sido los pocos meses antes de que Anais diera a luz.

Durante algunos meses, Maisy había llevado la vida de cualquier otra muchacha de veintiún años en Londres. Tenía tiempo de salir de compras y a bailar hasta el amanecer. Incluso había tenido novio. Dan se había mostrado atento con ella.

Al cabo de un tiempo, Maisy decidió por fin acostarse con él. Parecía lo más lógico para hacer avanzar la relación, pero fue más bien todo lo contrario. Recordaba haber estado tumbada en la cama, mirando las grietas del techo mientras Dan se abría paso en su cuerpo virgen. La experiencia había sido rápida y dolorosa. Se le quitaron las ganas de repetirla con él, lo que le llevó a pensar que había cometido un error. Unos días más tarde, ella decidió terminar la relación mientras tomaban un café. El hecho de que él no pareciera estar demasiado molesto le hizo preguntarse si ella sería la única chica en su vida.

A las pocas semanas, Anais dio a luz y la vida de Maisy dio un cambio radical. A partir de ese momento, se había convertido en la madre de un exigente bebé.

Habría sido imposible que Alexei comprendiera las complejidades de su relación con Anais la noche anterior. Probablemente, se habría sentido menos inclinado a llevársela. Su papel como amiga de Anais resultaba poco convincente. No. La palabra *niñera* sonaba sensata, profesional y útil.

Lo ocurrido la noche anterior no tenía ningún sentido para ella. Alexei debía de haber leído señales en su comportamiento. Con un profundo sentimiento de culpabilidad, recordó cómo se lo había comido con los ojos. Ella era menos irresistible para él. Había sido Alexei quien había detenido lo ocurrido y lo había atribuido a un error.

Resultaba evidente que estaba agotado. Las profundas ojeras bajo sus hermosos ojos lo delataban. Tal vez había sido un cuerpo femenino disponible. Y efectivamente, muy a su pesar, había estado dispuesta. Jamás había sentido aquella inmediata atracción en toda su vida. Aún no podía mirarlo sin querer tocarlo, sin ansiar sentir aquel fuerte cuerpo contra el suyo...

Se puso de espaldas y miró el techo. Desgraciadamente, era el hombre equivocado, igual que ella era la mujer inadecuada para él. La niñera.

Estaba empezando a amanecer sobre Nápoles cuando aterrizaron. Maisy jamás había viajado en avión privado y las limusinas que esperaban para recogerlos la dejaron atónita.

Alexei Ranaevsky era verdaderamente rico.

Sin embargo, no iba a acompañarlos.

En la primera limusina, viajaron Kostya y Maisy. Ella consiguió reunir el valor necesario para preguntarle a Carlo, que viajaba también con ellos, por qué no.

–Va a tomar un helicóptero para marcharse a Roma –replicó–. Londres ha retrasado varias reuniones importantes.

Carlo se refería a la visita de Alexei a Lantern Square. Sin poder evitarlo, Maisy sintió un gran enfado hacia

Carlo y Alexei. Kostya no era un retraso para nadie, sino solamente un niño pequeño que había perdido a sus padres. No creía que Alexei no hiciera eso y más para ir a acoger al niño.

Carlo la miró algo pensativo.

—No te preocupes, *bella*. Regresará. Te cansarás de verlo.

Maisy se tensó ante la familiaridad que suponía la palabra *bella* y sus implicaciones. De repente, ella se preguntó si Alexei habría hablado con Carlo y le habría contado lo ocurrido entre ellos. No podía soportar pensarlo. Apretó los puños y todo su cuerpo se puso en estado de alerta.

Entonces, giró la cabeza hacia la ventana y no dijo ni una palabra más.

Así que allí era donde él vivía.

Villa Vista Mare, con su fachada del siglo XVI, contaba con un interior moderno, con cristal por todas partes y brillantes superficies blancas. Era como entrar en el futuro. Maisy, que estaba acostumbrada al elegante desorden de la mansión de Lantern Square y la cálida comodidad de la residencia de los Kulikov en la Île de la Cité de París, se sintió algo turbada por tanta modernidad y el dinero que se habría necesitado para conseguirla. Allí era donde se iba a desarrollar la vida de Kostya a partir de entonces. En un lugar con estilo, dinero y glamour, pero que no parecía extender los brazos y acoger a sus habitantes con la calidez propia de un hogar.

Siete días más tarde, Maisy seguía esforzándose para acomodar allí a Kostya. No podía encontrar fallo alguno a la habitación infantil. Tal y como había esperado, no le faltaba detalle.

Todas las personas que vivían en la casa adoraban a Kostya. Maria, el ama de llaves, una hermosa mujer de unos cincuenta años, se volvía loca con él. Sin embargo, toda las mañanas Maisy se despertaba con la esperanza de que Alexei llegara aquel día a la casa y todos los días terminaba desilusionada. No comprendía aquel comportamiento. Había hablado claramente de la responsabilidad que sentía hacia Kostya, pero sus actos dejaban muy claro el lugar que ocupaba el niño en su vida.

Dentro del recinto de la habitación de Kostya, había otro dormitorio. Era práctico y tenía una vista de la pared del patio. Maisy trataba de no pasar demasiado tiempo allí y tan solo iba a dormir, lo que hacía bastante. Alexei había contratado a una persona para que se ocupara del niño por las noches, lo que significó que Maisy pudo dormir durante la noche por primera vez desde que Kostya nació. Seis noches de sueño ininterrumpido y se sentía cien años más joven.

Todos los días bajaba con Kostya a la playa por las mañanas y leía libros en la terraza por las partes mientras él dormía su siesta. Por las noches, le habría gustado cenar con Maria, pero el ama de llaves solía marcharse a las siete, después de dejarle la cena preparada. El resto de los empleados parecían invisibles. Era como si estuviera viviendo en un hotel ella sola.

En el séptimo día, le preguntó a Maria si podría disponer de un coche para bajar a la ciudad.

—No quiero nada especial –se apresuró a añadir–. Solo un vehículo sencillo en el que pueda moverme.

Maria se echó a reír.

—Puedes tomar el mío prestado, Maisy. Está asegurado y tiene una silla para bebés en el asiento trasero. Yo la uso para mi nieta.

Encantada ante la perspectiva de salir de la casa, Maisy salió corriendo escaleras arriba para cambiarse de ropa. Se quitó la camiseta y los pantalones cortos que llevaba puestos y se puso un vestido de flores verdes y rosas que había comprado para el viaje a París que nunca realizó. Tenía un escote modesto y le llegaba por encima de las rodillas, pero dejaba toda la espalda al descubierto. Se soltó el cabello y se sacudió los rizos para peinarse.

Inmediatamente después, preparó a Kostya y lo sentó en el coche. Después, arrancó y tras despedirse muy alegremente de Maria, se marchó de la casa para tomar la carretera que la iba a conducir a Ravello.

Tenía algunos asuntos específicos de los que ocuparse, como organizar fondos de la cuenta que tenía en Inglaterra, comprar un sombrero más adecuado para proteger a Kostya del sol italiano y comprar algunos libros de lectura. Sin embargo, la belleza de la ciudad era tal que no pudo evitar verse atraída por ella.

Tras comprar un *gelatto* para Kostya y para ella, vio un salón de belleza. La cálida brisa acarició sus piernas desnudas y le recordó que necesitaba desesperadamente depilarse a la cera. Kostya se entretuvo con su helado y sus juguetes mientras a ella le hacían la cera y le cortaban un poco el cabello y se lo secaban. Cuando salió, se sentía infinitamente más atractiva de lo que se sentía al entrar. Sentó a Kostya en su sillita y se dirigió a un parque que había visto al final de la calle. Varios coches aminoraron la marcha al pasar a su lado y un grupo de chicos le dijo algo en italiano. Maisy no comprendió nada, pero resultaba evidente de que se trataba de un piropo. Un bonito vestido y el cabello arreglado y, de repente, resultaba atractiva para los hombres.

–No seas tú tan tonto cuando crezcas, Kostya –le dijo al niño mientras le revolvía el cabello.

El sonido de unos neumáticos que frenaban en seco le hizo levantar la mirada. Un coche deportivo había parado a su lado. Maisy se quedó helada.

–Entra en el coche.

Alexei.

Estaba agarrado al volante. Sus ojos azules quedaban ocultos bajo unas gafas de sol. Tenía el aspecto de lo que realmente era, un hombre frío, duro y muy masculino.

Ella necesitaba aparentar la misma frialdad. No podía dejar que él viera que estaba contenta o enfadada por el hecho de que hubiera tardado siete días en presentarse. No le resultó fácil porque cualquier mujer se habría metido de un salto en el coche sin pensárselo.

–Vamos al parque. Se lo he prometido a Kostya.

Para incredulidad de Alexei, se giró de nuevo hacia la sillita y siguió andando. Él aparcó el coche inmediatamente y corrió tras ella. Cuando Maria le dijo que Maisy había salido de la casa con el niño, se había sentido muy enojado de que su equipo de seguridad no hubiera sido alertado. Al enterarse de que se había llevado el viejo coche de Maria, su ira se acrecentó aún más. Las curvas de la carretera eran muy peligrosas si no se conocía el camino. Sin embargo, fue el hecho de verla con aquel vestido de flores, los brazos y piernas al descubierto y los rizos cayéndole en cascada por la espalda para admiración de los hombres de la ciudad lo que le había hecho perder el control.

Maisy no sabía si él se iba a marchar o iba a seguirlos al parque. Lo que jamás habría esperado fue que él la agarrara del codo y le hiciera girarse como si fuera una muñeca. Se había olvidado de lo corpulento que era. La anchura de sus hombros y su musculatura quedaban destacados por una camiseta de color verde oliva. La proximidad de su cuerpo ejerció en ella el mismo efecto que había producido en Londres.

–¿Qué diablos te crees que estás haciendo? –le espetó él.

–Voy a ir al parque –respondió ella mientras trataba de soltarse el brazo sin conseguirlo–. Por el amor de Dios, suéltame. No comprendo por qué estás tan enfadado.

Al notar que efectivamente la estaba apretando demasiado, la soltó. Se había imaginado que podría tratar con ella en una breve entrevista en la casa. Contarle lo que había descubierto su investigador privado, contarle las condiciones para que pudiera quedarse con Kostya hasta que el niño estuviera instalado y luego ignorarla. Se le había dado bien ignorarla, al menos durante seis días y siete noches. Largas noches a excepción de las dieciséis horas que había dormido bajo el efecto de un sedante.

No estaba acostumbrado a estar sin una mujer en su cama. Resultaba agradable tener la cama vacía, pero Maisy Edmonds había estado a su lado en sus sueños todas las noches, con sus rizos rojizos, su atractivo trasero y el sabor de sus labios. Y los lugares en los que había imaginado aquella boca... Verla allí, sin maquillar, con un aspecto suave e inocente, le hacía sentirse como un bruto obsesionado por el sexo.

–¡Deja en paz a mi Maisy! –exclamó Kostya, que se había puesto de pie en la sillita tras conseguir desabrocharse el cinturón.

Alexei se quedó asombrado por la reacción del niño y se agachó inmediatamente.

–No quería molestar a Maisy. Yo también soy su amigo. He venido para llevaros a los dos a casa.

–No queremos ir a casa. Queremos estar de vacaciones.

–La casa también es estar de vacaciones –explicó Maisy sin dejar de mirar a Alexei, como si estuviera esperando su reacción.

Alexei volvió a incorporarse y extendió los brazos al niño.

–Vamos, hombrecito. ¿Qué te parece que te lleve yo un ratito?

Kostya miró a Maisy y esta, tras dudarlo un instante, asintió. Ella contuvo el aliento mientras Alexei tomaba al niño en brazos con seguridad y se lo acomodaba. El pequeño se relajó inmediatamente.

Maisy aprovechó aquel instante para observarlo mejor. Alexei llevaba unos vaqueros que se le ceñían al cuerpo como si fueran una segunda piel. Le daban un aspecto más joven y, por primera vez, ella se dio cuenta de que él era tan solo unos años mayor que ella. No podía tener más de treinta años y resultaba asombroso la vida que llevaba y el poder que ostentaba. Se sintió de repente muy fuera de lugar, pero tenía que luchar por el bienestar de Kostya y eso le dio el empujón que necesitaba.

–¿Dónde has estado los últimos siete días? –le preguntó antes de que pudiera contenerse.

–¿Acaso importa? –replicó él encogiéndose de hombros–. Ahora estoy aquí.

–¿Y cuándo tiempo vas a quedarse? –quiso saber ella mientras reanudaban el paseo.

–He decidido pasar tres días aquí –comentó él con un aire de magnanimidad que dejó a Maisy sin aliento.

–Tres días no es mucho –dijo.

–Es lo único que puedo ofrecer –concluyó Alexei, sin dar opción a más preguntas sobre aquel tema–.

Ahora, me gustaría que me explicaras por qué has tomado prestado el coche de Maria y has decidido venir a la ciudad aunque resulta muy peligroso –añadió. Se echó las gafas hacia atrás y dejó al descubierto aquellos maravillosos ojos, tan intensos como recordaba.

–No es peligroso. Soy buena conductora y tengo mucho cuidado. Me gustaría ver si tú podrías estar metido en un lugar durante siete días completos.

–¿Estabas aburrida, *dushka*?

Maisy se quedó sorprendida por la sonrisa que él le dedicó y el tono íntimo de la pregunta.

–No exactamente aburrida –respondió mientras se preguntaba lo sincera que debía ser.

«Tu casa está llena de personas que no me hablan. Maria y la niñera que viene por la noche me han quitado muchas de mis funciones. Solo tengo veintitrés años y llevaba días sintiéndome como si me hubieran emparedado viva».

–Solo quería hacer turismo. Conocer la zona.

–Sí, ya te vi cómo conocías la zona. La mitad de la población masculina de Ravello se me va a plantar en la puerta de mi casa.

–No es culpa mía si los italianos aprecian a las mujeres –replicó ella–. Yo sinceramente no he requerido su atención.

–Ese vestido la requiere –dijo él. El tono de su voz era normal, pero Maisy notó la censura que contenía su voz.

–¿Estás sugiriendo que estoy tratando de ligar con alguien? –le desafió ella.

–Soy el tutor de Kostya –le espetó él con voz seca–. Espero que te comportes como una dama y que no te exhibas.

Maisy no sabía qué decir. ¿De qué manera se había

exhibido ella? ¿Qué tenía de malo bajar a la ciudad a pasar el día? ¿Qué tenía de malo su vestido? No pudo evitar recordarse tan solo cubierta por una toalla ante él, asombrada por su presencia. ¿Cuál era la impresión que Alexei tenía de ella? ¿La de una mujer que se exhibía ante los desconocidos para conseguir sexo? El pensamiento le produjo una enorme angustia.

La verdad no era mucho mejor ni tampoco era justa. Era él. Era Alexei quien le había hecho responder de un modo tan desinhibido. ¿Cómo podía explicar aquello sin hacer aún más el ridículo?

Kostya se había acomodado sobre el hombro de Alexi para admirar el paisaje desde aquella altura. Parecía tan cómodo que Maisy se sintió aún peor.

Tenía que librarse de aquella estúpida atracción. No era justo para Kostya ni para ella misma.

–Te has quedado muy callada.

–Lo siento. No sabía que tenía que entretenerte. No quisiera que se me acusara de exhibirme –replicó. Se quedó asombrada por el tono de amargura que había acompañado su voz.

Alexei la miró de arriba abajo de un modo demasiado íntimo.

–Puedes tener vida social aquí, Maisy. Simplemente no quiero que lleves hombres a mi casa.

–¿Qué hombres? –replicó ella–. Los únicos hombres que he visto en los últimos siete días han ido vestidos de uniforme y casi no se han molestado ni en darme la hora.

–Y por eso has tenido que salir a darte una vueltecita –dijo él.

–Creo que ya has dejado muy claro la opinión tan baja que tienes de mí. No creo que debiera tener que defenderme cuando no he hecho nada malo.

De repente, Alexei se sintió como un imbécil. Sabía que estaba siendo demasiado duro con ella, pero Maisy lo había provocado. Resultaba encantadora incluso vestida con un saco de patatas, por lo que nunca podría evitar que los hombres la miraran. ¿Por qué le molestaba tanto eso?

«Porque la deseas y, si te sale mal, tendrás que quedarte con ella», le dijo una voz fría y cínica.

El niño que llevaba en brazos le recordó el mucho cuidado que debía tener.

—Creo que deberíamos regresar –dijo–. El niño se ha dormido.

Maisy no respondió. Se limitó a hacer girar la silla y a dirigirse de nuevo por donde habían bajado.

A Alexei se le ocurrió que ella se estaba comportando como una amiga y no como la niñera. Y él no tenía experiencia alguna con amigas.

Alexei los llevó de vuelta a la villa en su potente deportivo. Uno de sus empleados iría a recoger más tarde el coche de Maria.

En el interior del coche reinaba un tenso silencio que estaba poniendo a Maisy muy nerviosa. Respiró profundamente y observó el duro perfil de Alexi mientras se concentraba en la carretera. Una inocente salida a la ciudad había sido convertida en un ejercicio de seducción por su parte. Evidentemente, él estaba dispuesto a creer lo peor de ella porque sería más fácil librarse de ella cuando llegara el momento.

«Haga lo que haga, no me va a servir de nada porque él ya ha decidido que soy una juerguista», pensó. La idea era tan descabellada que soltó una carcajada.

—¿Qué pasa? –preguntó él.

Maisy miró por encima del hombro y vio que Kostya seguía profundamente dormido.

–Simplemente estaba pensando que si todos los hombres de Ravello están locos por mí, voy a necesitar algunas tardes libres para poder salir con todos. ¿Qué te parece los viernes y los sábados?

Había sido un comentario estúpido, pero quería demostrarle lo ridículas que eran las ideas que tenía sobre ella. Sin embargo, no tardó en darse cuenta de que sus palabras habían sido un error.

El coche se detuvo a un lado de la carretera. Alexei se quitó el cinturón de seguridad y miró hacia el asiento de atrás. Maisy se encogió hacia la puerta. De repente, tuvo miedo de lo que sus palabras pudieran haber provocado.

–¿Qué... qué estás haciendo?

–Necesito hacer una llamada –respondió sin mirarla. Entonces, abrió la puerta y salió del coche.

Se colocó las manos en la nuca y comenzó a caminar para quemar su frustración. Ella era una mujer muy joven y muy provocadora. Estaba defendiéndose porque él la había ofendido. No quería provocarlo, pero lo había hecho. Alexei no podía conducir con seguridad hasta que se hubiera calmado.

Recordó que él había comenzado a hablar de todos los hombres de Ravello. Evidentemente, Maisy no era más promiscua de lo que lo era él. Sin embargo... Recordó imágenes que jamás podría olvidar. Los clientes de su madre, sórdidos y aterradores para el niño que había sido... Miró hacia el coche y vio el cabello rojo de Maisy. Respiró profundamente. Ella no era su madre. Era una mujer diferente. No había nada más natural que su deseo de llevársela a la cama.

Maisy lo observaba desde el coche por el retrovisor.

Entonces, se cubrió el rostro con las manos y se maldijo por haber pronunciado aquellas palabras. Era solo una broma, pero parecía que a Alexei no le gustaban las bromas. La situación se le estaba escapando de las manos.

Oyó que la puerta se abría y notó que él se subía al coche. Cuando giró la cabeza, vio que Alexei la estaba observando con una extraña expresión en el rostro. Era demasiado tarde para ocultar su rubor.

–No has tardado mucho –dijo.

–Decidí que no necesitaba hacer la llamada –replicó él con una sonrisa mientras volvía a arrancar el coche–. Tal vez tú deberías reconsiderar eso de todos los hombres de Ravello, Maisy. Me da la sensación de que vas a estar bastante ocupada.

–¿Con Kostya? –preguntó ella.

–No –respondió Alexei mientras conducía de nuevo el coche a la carretera y aceleraba ligeramente–. Va a ser conmigo.

Capítulo 4

CUANDO por fin llegaron a la mansión, Maisy estaba hecha un manojo de nervios. Alexei, por el contrario, parecía haber recuperado toda su energía. Ya había sacado a Kostya del coche y lo llevaba al interior de la casa en su sillita dejando a Maisy en el coche completamente anonadada.

Casi no podía creer lo que había ocurrido. Alexei tenía que estar bromeando. No podía estar sugiriendo lo que parecía que estaba sugiriendo. Repasó las palabras que él había pronunciado una y otra vez en la cama mientras se marchaba a su habitación y se daba una ducha en su modesto cuarto de baño para refrescarse.

Aquella atracción sexual resultaba inapropiada y peligrosa. La situación podía escapar a su control si no la manejaba adecuadamente. Necesitaba bajar el tono, desviar su atención de algún modo. El problema era que le gustaba tener la aprobación de Alexei, le gustaba la chispa que en ocasiones le aparecía en los ojos. Como mujer, ardía cada vez que él la miraba.

Su imagen en el espejo la turbaba. Tenía la piel tensa, caliente y unos ojos más oscuros que nunca. Su cuerpo estaba enviando mensajes que le resultaba difícil ignorar.

Frustrada consigo misma, se puso un jersey de punto y sus vaqueros favoritos. No resultaban descarados, pero se le ceñían en los lugares adecuados. Se dijo que no había nada de malo en disfrutar con la atención de un hombre. Tan solo necesitaba mantener todo dentro de un límite.

Oyó a Kostya antes de que llegara a su lado. Alexei estaba tumbado en el suelo con el niño en el cuarto de juegos. Al verlos, Maisy dudó. Estaban realizando construcciones con bloques y cada vez que Alexei conseguía apilar ocho, Kostya se los tiraba al suelo con un grito de alegría.

–No puedo ganar –dijo él con voz alegre–. Evidentemente, este niño tiene mucha experiencia en la demolición. Tal vez debería darle un trabajo.

Maisy entró en el cuarto. Nunca lo había visto tan relajado y el cambio era espectacular.

Mientras Kostya recogía los bloques, Alexei examinó a Maisy. El jersey de punto se le ceñía suavemente a los redondos pechos y se le ajustaba sobre las caderas. Tenía la forma de un reloj de arena, algo que no había apreciado demasiado hasta aquel momento. Si rodeaba la estrecha cintura con ambas manos, estaba seguro de que sus dedos se tocarían. Los vaqueros eran como una segunda piel.

Maisy exudaba una feminidad que exaltaba profundamente su testosterona y borraba todo pensamiento sensato que él pudiera tener. Aquellas curvas convertían en una pesadilla todas las afiladas caderas que él había acariciado.

Solo podía pensar una cosa. ¿Dónde había estado aquella mujer toda su vida? Se agachó para apartar los rizos de los ojos de Kostya.

–El lunes hablé con un psicólogo infantil –comentó él.

–Tal vez podamos hablar de ello más tarde. Puede que Kostya sea pequeño, pero tiene buenas antenas. Además, ha llegado la hora de darse el baño, de leer un cuento y de marcharse a la cama.

–Eso lo puedo hacer yo –afirmó Alexei. Se puso de pie y tomó a Kostya en brazos. El niño comenzó a gritar de excitación.

–No, no, lo vas a estimular demasiado...

Alexei la miró y pensó que eso de estimular demasiado estaba en el aire. Era tan sexy... Trató de no fijarse en la hermosa boca y se limitó a seguirla a la habitación del niño. No pudo evitar admirar el movimiento del trasero, sabiendo que iba a terminar aquella noche con las manos sobre él y los gloriosos rizos de Maisy extendidos sobre la almohada. Aquella certeza lo acompañó durante toda la rutina de Kostya para marcharse a la cama. Maisy no hacía más que mirarlo cuando se creía que él no se daba cuenta. Alexei sabía leer muy bien la excitación sexual de una mujer y era capaz de sentir la de Maisy hasta los mismísimos huesos. Solo necesitaba que él la empujara en la dirección adecuada.

–¿Vas a cenar conmigo? –le preguntó mientras ella le colocaba el pañal a Kostya.

–¿Es una excusa para marcharte de aquí y no echarme una mano?

–Te aseguro que puedo poner un pañal.

–La cuestión es si lo harás en el futuro o si vas a contratar a una docena de personas para que se ocupen de ello en tu lugar.

La crítica dio en el blanco. Maisy se alegró al comprobar que él se tensaba. Mostraba que él comprendía lo que Kostya necesitaba. El hecho de que estuviera allí en aquellos momentos, ayudándola, había servido mucho para tranquilizar sus temores. También había conseguido no tocarlo, ni mirarlo ni decir nada que pudiera ser malinterpretado. De hecho, se había comportado como un ser completamente asexual.

Perfecto.

–¿Cenamos juntos, Maisy?

–Normalmente ceno en el comedor a las siete –dijo ella–. ¿Te reunirás conmigo entonces?

Alexei la miró con incredulidad y diversión a la vez.

–Creo que podemos hacer algo mejor que eso, *dushka*.

La cena.

Maisy se cubrió el rostro con las manos. Iba a acostarse con él. Tal vez. Estaba bien ser claro sobre ciertas cosas. No pensaría sobre la semana próxima ni sobre el mes siguiente ni el año posterior. Iría por todas sin importarle las consecuencias. Otras mujeres lo hacían constantemente.

Ella era una chica moderna. Sabía lo que las chicas modernas hacían...

Se estaba engañando.

Lanzó un gruñido y se dejó caer sobre la cama. A su lado estaban los dos atuendos sobre los que no podía tomar una decisión. Su único vestido de cóctel parecía demasiado formal. No resultaba adecuado.

El vestido blanco sin tirantes era en realidad para llevar durante el día, pero lo podría adornar un poco más con un collar, un poco de maquillaje y un peinado un poco más especial. El corpiño llevaba ballenas y hacía el efecto de un sujetador. Más o menos.

Se maquilló ojos y boca para acompañar la simplicidad del vestido y se puso un collar de filigrana de oro alrededor del cuello. Utilizó un pasador para sujetarse el cabello y se puso un par de zapatos de tacón plateados. Salió al patio por las puertas correderas para no molestar a Kostya.

Subió las escaleras traseras hasta llegar a la cocina, sintiéndose un poco como Cenicienta preparándose para ir al baile.

–Maisy, *bella figura!* –exclamó Maria en italiano cuando la vio entrar en la cocina–. Vas a cenar con el jefe, ¿verdad?

–Para hablar de Kostya –respondió Maisy muy seriamente.

La mujer le dedicó una mirada irónica.

–Es un buen chico –comentó Maria–, pero todas esas fiestas, esas mujeres... –añadió levantando expresivamente las manos. Lo que necesita es una buena chica que sepa cocinar, que críe a sus *bambinos* y que lo tenga contento en la cama, ¿sí?

Maisy no sabía dónde mirar. Cocinar, limpiar y calentar las sábanas... y además los niños. No, gracias.

–Tal vez sepa inglés y tenga casas en Miami y en Nueva York –le dijo Maria mientras seguía amasando el pan que estaba preparando–, pero los rusos son como los italianos. Muy tradicionales. Los tiempos han cambiado y Alexei es un hombre moderno, pero cuando siente la cabeza...

–Pues a mí no me parece que esté muy preparado para sentar la cabeza –musitó Maisy.

–Si se lo dejamos a los hombres, ellos nunca están preparados. Siempre necesitan un empujoncito.

Alexei necesitaría un terremoto para sacarlo de su estado de soltería. A Maisy no le parecía de los que se casaban.

–Debes de tener cuidado, Maisy –dijo Maria mientras le miraba el escote–. Es un hombre de verdad y tratará de seducirte. Tú eres una buena chica.

Un hombre de verdad. Efectivamente lo era. Maisy se dio un tirón hacia arriba al corpiño para reafirmar que era una buena chica y, con gesto preocupado, se dirigió hacia el salón. Alexei no estaba allí, pero sí uno de sus hombres, que la acompañó inmediatamente a la azotea.

Cuando Alexei la vio, decidió que jamás volvería a enviar a otro hombre a buscarla. En el futuro, él mismo realizaría esa tarea.

Llevaba puesto un vestido blanco, con un escote relativamente modesto. Se trataba de un vestido diseñado para que un hombre pensara en lo que había debajo. Sin poder evitarlo, comenzó a planear cómo iba a quitárselo.

Mientras avanzaba hacia él, Maisy se sintió como una princesa. Alexei estaba vestido con pantalones oscuros y una carísima camisa blanca que llevaba el cuello abierto y que dejaba al descubierto la fuerte columna de su garganta.

—Siempre me haces esperar, Maisy —dijo mientras la ayudaba a sentarse. Después, tomó asiento frente a ella—. Estás muy hermosa...

Ella lo miró con gran seriedad. No era la reacción que él había buscado.

—¿Siempre cenas aquí arriba, en la azotea?

—De vez en cuando, cuando me apetece.

Alexei levantó la botella de champán y sirvió dos copas.

—Es tan bonito que yo cenaría aquí todo el tiempo si pudiera —comentó ella mirando a su alrededor—. ¿Va a preparar Maria la cena?

—El chef, *dushka.*

—Ella no me mencionó nada y la cocina estaba muy tranquila.

—¿Y qué estabas haciendo en la cocina?

—Hablando con Maria. No sabía que tenías chef. Maria me ha estado preparando todas mis comidas. Es una maravillosa cocinera. Estoy segura de que, si no comienzo de nuevo a hacer algo de ejercicio, voy a engordar diez kilos. ¿Por qué me estás mirando de ese modo? ¿Qué es lo que he dicho?

–No me había dado cuenta de que tenías una relación tan estrecha con el ama de llaves –comentó él antes de dar un sorbo de champán.

–Se ha portado muy bien con Kostya y él la quiere mucho.

Alexei simplemente inclinó la cabeza y, de repente, Maisy comprendió que a Alexei no le interesaba nada de aquello. No la estaba escuchando. La estaba observando. No le había mirado directamente a los pechos, pero Maisy sabía que él los estaba observando porque se le habían tensado y, de repente, las ballenas del corpiño no parecía sujetarle tanto.

Los hombres no solían mirarla así y mucho menos los hombres que parecían haber salido de una revista de estilo.

–Hablemos de Kostya –dijo ella.

–Bébete el champán, Maisy. No has tomado ni una gota.

Automáticamente ella se llevó la copa a los labios y dio un sorbo. Sabía divino. Dio otro sorbo y se lamió los labios. Alexei observó el gesto y los labios húmedos por el contacto con la lengua y por el champán. Él estaría encantado de lamérselos, más tarde, y de lamerle aún más abajo, donde también estaría húmeda y ansiosa. Se movió en la silla al sentir que su cuerpo despertaba.

Ella dejó la copa sobre la mesa con un golpe. Alexei se dio cuenta de que le temblaban las manos. Bien. Las suyas tampoco estaban muy tranquilas. La miró a los ojos, pero en vez de deseo, vio en ellos preocupación.

–Tenemos que hablar sobre Kostya –insistió ella con más firmeza.

–Está bien –admitió él con resignación–. Hablemos.

–¿Tienes la intención de que Kostya viva aquí en Ravello?

–*Nyet*. Villa Vista Mare es tan solo una de mis casas.

–¿Cuántas tienes?

–Siete –respondió él, como si el número fuera de lo más habitual.

–¿Siete? ¿Y para qué demonios necesitas siete casas?

–Conveniencia.

En ese momento, el camarero entró con el entrante, *bisque* de cangrejo. Maisy le sonrió mientras le servía. Alexei se preguntó algo enojado si sonreía de aquel modo a todos los hombres menos a él.

–¿Significa eso que Kostya va a viajar por todo el mundo contigo a esas casas?

–*Da*.

–¿Y cómo crees que eso va a funcionar?

Alexei le señaló el plato.

–Come, Maisy. Preocúpate más tarde.

Ella tomó un poco de carne de cangrejo y, por fin, le dedicó a Alexei una impactante sonrisa.

–Sabe a mar –dijo.

–Debería. Ha salido del mar esta misma tarde –replicó él disfrutando con su reacción.

El plato principal recibió el mismo entusiasmo. Alexei la observó comer, lo que en sí mismo era un acontecimiento raro para él. La mayoría de las mujeres con las que se sentaba a la mesa comían con remilgos y bebían demasiado. Maisy apenas tocó el champán, pero limpió el plato.

–He hablado con un psicólogo infantil, como te dije antes. Me ha dicho que Kostya necesita estar seguro aquí antes de que se le diga lo que les ha ocurrido a sus padres.

–Estoy completamente de acuerdo. Estoy temiendo que llegue el momento –confesó ella.

–¿No ha preguntado por sus padres? –quiso saber Alexei.

–No.

Se produjo un largo silencio. Evidentemente, él estaba esperando una explicación, pero Maisy no sabía por dónde empezar sin ser desleal a Anais.

–No sé cómo es en Rusia, pero en Inglaterra, en las familias acomodadas, los niños no reciben toda la atención que deberían.

–¿Me estás diciendo que Leo era un padre poco atento con su hijo? –le preguntó Alexei.

–Depende de lo que se entienda por poco atento. Era un hombre muy ocupado, ya lo sabes. No siempre estaba en la casa.

–Kostya es un niño muy pequeño. Es natural que su madre sea la persona que le cuide.

–Anais tenía algunas dificultades –confesó Maisy–. Era muy joven. Solo tenía veintiún años cuando tuvo a Kostya. Ella no tenía una relación muy estrecha con su propia madre. Resulta difícil de explicar, pero Anais no pasaba demasiado tiempo con su hijo...

Ya estaba. Ya lo había dicho. Levantó la mirada y vio que Alexei lo estaba observando.

–¿Qué es esto, Maisy? ¿Estás tratando de hacerme creer que Leo Kulikov no era un buen padre?

–No estoy diciendo eso. Solo estoy tratando hacerte comprender lo que está pasando en la cabecita de Kostya.

–Yo no te necesito a ti para eso, *dushka*. Para eso ya tengo a un psicólogo infantil. Lo que me interesa más es por qué quieres hacerme pensar lo peor.

–Eso no es cierto –protestó Maisy–. Tú querías saber...

–Sé lo mucho que Leo quería a su hijo –la interrumpió Alexei con una voz que no admitía discusión.

Maisy apartó su plato.

—Ya no tengo hambre —dijo en voz baja.

—Escúchame, Maisy. No quiero oír estas historias. No te dan crédito alguno. No te lo iba a decir, pero tengo algunas preguntas sobre tu pasado que me gustaría que me aclararas antes de que siguiéramos progresando.

—¿Sobre mi pasado?

—Sí. Hija de una madre soltera sin trabajo, aunque recibiste educación en un colegio privado. Nunca has tenido trabajo hasta que apareciste en la casa de los Kulikov hace dos años.

Maisy se encogió físicamente. Alexei había evocado tantos recuerdos que había esperado dejar atrás. No los quería allí aquella noche, sobre aquella maravillosa azotea. Quería ser la mujer en la que estaba empezando a convertirse. Quería que él fuera el hombre que había imaginado que era.

De repente, sintió que el pasado quedaba muy cerca del presente.

—¿Cómo has descubierto todo eso?

—Es asunto mío. ¿Acaso crees que te iba a dejar entrar por la puerta sin investigarte?

—Me lo podrías haber preguntado a mí.

—Sí, pero, ¿te habría creído?

La injusticia de aquella acusación le dolió.

—Probablemente no. Pareces pensar que soy una mentirosa, pero no sé por qué.

—Dime —dijo Alexei muy tranquilo—, ¿por qué crees que te he invitado a cenar conmigo aquí esta noche? ¿Acaso creías, Maisy, que íbamos a hablar sobre tu contrato de trabajo con ese vestido y bebiendo champán? ¿O acaso creías que te iba a llevar a la cama y tratarte del modo al que estás acostumbrada?

Efectivamente, todo lo que Alexei acababa de decir

era cierto. Había querido acostarse con él. Se había puesto su mejor vestido y las bragas que tenían más encaje. El futuro de Kostya había ocupado un segundo lugar, tras su deseo de estar con Alexei.

Por primera vez en su vida, se había antepuesto al niño e iba a pagar por ello. Alexei le había tendido una trampa. No era adecuada para cuidar de las necesidades de un niño pequeño.

Tragó saliva y levantó los ojos para mirar el desprecio que había en los de Alexei. Su dignidad estaba hecha pedazos.

—¿Me vas a pedir que me marche? —le preguntó.

—No seas ridícula. Kostya te necesita.

Maisy frunció el ceño. Lo había dicho como si aquella idea fuera desagradable para él, como si ella fuera todo lo que él decía que era. Esto le dio fuerzas para apartar la silla y levantarse.

—Si tu estúpido detective hubiera hecho un trabajo mejor, sabría que yo jamás trabajé para los Kulikov. Fui al colegio con Anais. Éramos amigas. Yo habría hecho cualquier cosa por ella y no permitiré que tú arruines la vida del niño. Estoy segura al cien por cien de que si Anais hubiera sabido leer el futuro, me habría nombrado a mí tutora legal de Kostya. A ti te eligió Leo. Leo cometió el error. Kostya no debería tener que pagar por ello. Tu suerte se ha acabado, Alexei. No quiero nada de ti. Pensaba que quería hacer el amor contigo, pero ahora sé que jamás he deseado una cosa menos.

Entonces, se dio la vuelta y comenzó a alejarse. Alexei no trató de detenerla. El deseo no podía con la lealtad. La familia era lo primero y Maisy, por muy atractiva que fuera, solo era una mujer. Había mujeres por todas partes.

—Ese vestido es muy bonito para una niñera —dijo él

con voz gélida–. Leo debió de pagarte bien. Supongo que resultaba muy caro mantenerte, Maisy.

–Jamás me ha mantenido nadie –se defendió de él por encima del hombro.

–Sí, claro...

Aquel comentario hizo mucho daño a Maisy. Él le había hecho sentir como una prostituta. Se dio la vuelta decidida a no permitir que él tuviera la última palabra. Entonces, vio que él ya estaba de pie y que se dirigía hacia ella con expresión apenada, como si se hubiera dado cuenta de que había ido demasiado lejos. Sin embargo, ella se movió demasiado rápidamente y cayó al suelo. En su intento por parar el golpe con el brazo, se hizo daño en el hombro. El dolor se apoderó de ella y le hizo gritar. Se quedó tumbada en el suelo, sujetándose el brazo y conteniendo las lágrimas.

Alexei se puso de rodillas a su lado inmediatamente. La rodeó con los brazos, pero, en cuanto tocó el hombro de Maisy, ella volvió a gritar de dolor.

–Deja que te ayude –dijo él con voz suave.

Maisy estaba demasiado aturdida como para protestar. Dejó que él la tomara en brazos, pero apartó el rostro del de él, decidida a ignorarle. Le había dicho cosas terribles.

Alexei la llevó hacia la escalera como si no pesara nada. El hombro le dolía mucho a Maisy, pero más le había dolido que él considerara que era una mentirosa y una casquivana que se abría de piernas para cualquiera que tuviera dinero. Quería echarse a llorar, pero no podía demostrar aquella debilidad.

Cuando quiso darse cuenta, vio que él la había llevado a su propio dormitorio. A pesar del dolor, los latidos del corazón se le aceleraron.

La cama era grande y muy masculina, cubierta con

ropa de cama de color azul. Inmediatamente, recordó todo lo que él le había dicho y supo con cada centímetro de su piel que no deseaba estar allí. Resultaba demasiado humillante.

Comenzó a resistirse.

—Déjame en el suelo. ¡Déjame en el suelo!

Alexei se vio obligado a hacerlo. Ella se puso de pie sujetándose el brazo contra el pecho. Le dolía mucho, pero no tenía intención de hacerse la víctima.

Él no dijo ni una sola palabra. Se limitó a llamar por teléfono.

—Va a venir un médico a la casa —dijo tras terminar la llamada—. ¿Dónde te duele?

—No lo sé. Creo que me lo he dislocado —respondió ella—. Voy a irme a mi habitación a esperar, si no te importa.

—Maisy, has tenido una caída muy mala. Túmbate aquí y deja que te examine, ¿de acuerdo?

Sonaba tan razonable y sentía un dolor tan fuerte por todo el cuerpo...

Al final, el dolor ganó. Maisy se sentó en la cama y Alexei hizo algo sorprendente. Se arrodilló sobre una pierna y le quitó los zapatos. Verlo así la empujó a decir:

—No es culpa tuya que me haya caído. Lo hice yo sola.

—¿Cómo tienes el brazo? —preguntó él, sin moverse.

—Creo que se me está entumeciendo.

—Has caído muy mal —dijo él. Entonces, levantó la mano y, tras dudar un instante, le apartó suavemente los rizos que le cubrían el rostro. Maisy tragó saliva—. Te daría un analgésico, pero creo que deberíamos esperar a que llegara el médico.

—Está bien...

El médico era un hombre de cierta edad que, evidentemente, conocía a Alexei. Se mostró escrupulosamente cortés con Maisy mientras le examinaba el hombro. Le recetó unos analgésicos, que le entregó a Alexei junto con la posología. Afortunadamente, no había nada roto. El descanso y el tiempo la curarían.

–Menos mal que no tengo nada roto –comentó ella.

Alexei se sentó a su lado en la cama.

–Tómate esto, Maisy –le dijo mientras le colocaba dos píldoras blancas contra los labios.

Ella no podía soportar más proximidad física. Abrió la boca y rozó suavemente los dedos de Alexei con los labios. Entonces, se sonrojó. No quería que él pensara que se le estaba insinuando.

Alexei la ayudó a tomar un poco de agua para que pudiera tragarlas. Maisy obedeció. Se sentía muy cansada y dolorida. Además, las ballenas del vestido se le clavaban y le hacían daño.

–Necesito quitarme el vestido –dijo, algo incómoda–. No puedo dormir con él.

–Está bien –afirmó él. Acercó las manos a la espalda y comenzó a desabrocharle los minúsculos botones. Le rozaban suavemente la piel y Maisy cerró los ojos deseando que todo fuera diferente–. Ese es el problema con la alta costura. No hay cremalleras.

–Me lo regaló Anais. No sabía que era de alta costura. No me había molestado en mirar.

Se agarró el corpiño con el brazo bueno cuando notó que el vestido se le soltaba. Permaneció allí, sentada, mirando ansiosamente por encima del hombro.

–Si te das la vuelta, me puedo poner de pie y dejarlo caer para luego volver a meterme en la cama –explicó con cierta incomodidad. Suponía que él iba a responder con alguna pulla, pero no fue así.

–Por supuesto –dijo con voz suave.

Alexei se comportaba de un modo tan formal que resultaba increíble. Maisy se levantó de la cama y dejó caer el vestido. Tímidamente, se lo quitó y le dio una patada antes de volver a meterse bajo las sábanas y taparse hasta la garganta.

–Gracias –susurró ella incómodamente.

La almohada era una delicia bajo la cabeza. Sentía que los analgésicos estaban empezando a surtir efecto. Alexei recogió el hermoso vestido.

–Ahora te dejo descansar –dijo con aquel tono formal tan extraño–. Si necesitas algo, solo tienes que llamar. Estoy en la habitación que hay al otro lado del pasillo.

Maisy cerró los ojos y maldijo las lágrimas que se le habían empezado a formar en ellos. Notó el instante en el que las luces se apagaron.

–No fue así como imaginé el final de nuestra velada juntos –oyó que él decía desde el otro lado de la estancia.

«Lo sé», pensó ella con tristeza.

MAISY abrió los ojos. Sentía un ligero dolor de cabeza y un gran arrepentimiento tras recordar lo ocurrido la noche anterior. Metió la cabeza debajo de la almohada. De la almohada de Alexei.

Se sentó como movida por un resorte. El pánico se apoderó de ella cuando se dio cuenta de que no tenía nada de ropa que ponerse. Estaba en la cama de Alexei con tan solo unas bragas de encaje. Después de todo lo que él le había dicho la noche anterior, lo último que quería era ser acusada de buscar sexo. Eso había sido lo que él le había dicho.

¿Dónde estaba su vestido? Recordó que Alexei se lo había llevado, pero seguramente tendría algo de ropa en aquel dormitorio...

Se cubrió los senos desnudos con los brazos y echó a correr hacia una puerta, que resultó ser un vestidor. Vio las camisas inmediatamente. Agarró la más cercana y deslizó su brazo herido con mucho cuidado en la manga para luego hacer lo mismo con el otro. Le costó abrocharse los botones, pero terminó consiguiéndolo. La camisa le llegaba prácticamente hasta las rodillas.

A continuación, se dirigió al cuarto de baño y se lavó el maquillaje que le quedaba en el rostro. Después, se peinó el cabello con la mano. Tenía que admitir que no tenía tan mal aspecto, considerando todo lo ocurrido. El

dolor que tenía en el brazo era tan solo una molestia que
desaparecería en un par de días.

Lo que de verdad había resultado dañado la noche
anterior había sido su orgullo. Alexei le debía una disculpa.

Se miró en el espejo. Iba a conseguirla.

Aquella mañana, mientras se ponía unos vaqueros y
nada más, Alexei se sentía como si fuera un verdadero
canalla. Había estado tan centrado en la conquista sexual que casi no había apreciado la compañía de Maisy,
pero una larga noche acompañado solo de sus pensamientos le había hecho arrepentirse de muchas cosas.
Prácticamente le había dicho que era una prostituta sin
nada que apoyara aquella acusación.

De hecho, estaba empezado a sospechar que la sexualidad de Maisy era tan carente de artificio como el
resto de ella. No vendía nada y él no quería comprarla.
No sabía exactamente qué era lo que quería de ella, pero
sabía que una hermosa mujer no debería ser presionada
de aquella manera, para terminar lesionada cuando trató
de escapar a sus crueles comentarios. En aquellos momentos, estaba tumbada en su cama, dolorida, porque él
no había podido controlarse.

Aquella actitud no era propia de él. Alexei no perdía
el control de aquella manera, y mucho menos con una
mujer. Y mucho menos con aquella mujer. La dulzura
de Maisy era precisamente lo que necesitaba en aquellos instantes. Entonces, ¿por qué la alejaba de su lado?

Descalzo y con el torso desnudo, cruzó el pasillo. Levantó la mano para llamar, pero su puerta se abrió lentamente. Ella estaba allí, vestida con una de sus camisas,
con el rostro recién lavado e increíblemente hermosa.

–Quería saber por qué tienes una opinión tan pobre sobre mí –le espetó ella sin rodeos.

–No tengo una opinión pobre sobre ti.

–En ese caso, podrías ser un poco más amable conmigo –replicó ella. Sus ojos no podían dejar de recorrer la piel desnuda de su torso.

¿Amable? ¿Maisy quería que fuera amable?

–¿Qué tal el hombro?

–Me duele un poco, pero no quiero hablar sobre mi hombro.

–Yo tampoco, pero es bueno saber cómo está

Con un fluido movimiento, se la colocó a ella sobre su hombro y cerró la puerta de una patada.

–¿Qué estás haciendo? –consiguió decir ella, aunque resultaba más que evidente lo que estaba pasando.

Alexei iba a terminar lo que había empezado en Londres, allí, en aquella cama que ya estaba debajo de la espalda de Maisy. Ella miraba aquellos ojos azules, convencida de que todas sus fantasías se iban a hacer realidad.

–Sí o no, Maisy. Tú decides.

Su cuerpo gritaba que sí, sin duda alguna. «Apenas lo conoces. Las buenas chicas no hacen esto. Anais hizo que Leo esperara tres meses...».

Entonces, él deslizó los pulgares sobre la parte interna de las muñecas de Maisy y se llevó una de las manos de ella a la boca, para aplicar los labios donde habían estado los dedos. Maisy emitió un suave sonido cuando él le hizo levantar los brazos para que sus pechos se levantaran también y el cuerpo se le estirara. Se tumbó sobre ella, apoyando el pecho sobre los antebrazos. Abrumándola con el tamaño y la fuerza de su cuerpo. Se sentía muy menuda, suave y femenina. Ansiaba tocarle tan desesperadamente que las palmas de las manos le ardían.

–¿Qué es lo que deseas, Maisy?

–Lo deseo todo –confesó ella–. Te deseo a ti.

En los ojos de Alexei se reflejó algo que le produjo un fuerte tirón en la pelvis. Ella se medio levantó para encontrarse con él cuando Alexei se dispuso a besarla. Lo hizo larga y lentamente, con una profunda satisfacción, como si tuvieran todo el tiempo del mundo. Sin embargo, seguía inmovilizándole los brazos, de manera que ella se sentía muy vulnerable en aquella posición. Los senos se frotaban ligeramente contra el torso de Alexei. Los pezones se erguían y se apretaban contra él sin rubor alguno.

Las sensaciones eran increíbles. Alexei comenzó a profundizar el beso, excitándola cada vez más. Entonces, de repente, la soltó.

Atónita, Maisy se quedó sola en la cama mientras él se levantaba. Durante un momento, ella no comprendía lo que estaba pasando hasta que la luz del sol comenzó a entrar a raudales en la estancia. Alexei había activado las persianas de las ventanas, dejando que la luz del día entrara en el dormitorio. Maisy parpadeó cuando los rayos del sol le dieron en la cara y bajó los brazos. Con la ayuda de su brazo bueno, se incorporó en la cama. Se sentía confusa y se preguntaba exactamente qué era en lo que se estaba metiendo.

Alexei se colocó delante de ella. Maisy tuvo que permanecer sentada y levantó el rostro para mirarlo. Durante un instante, él permaneció allí, mirándola, con los vaqueros muy bajos sobre las esbeltas caderas. Tenía el abdomen tan musculado que ella ansiaba deslizar los dedos para notar cada músculo. Y estaba tan cerca... El vello oscuro le cubría el torso antes de desaparecer en forma de flecha debajo del pantalón. Entonces, se dio cuenta del bulto que tenía en el pantalón. ¿Era aquello lo que deseaba...? ¿En aquel instante? ¿Debía ella empezar a confesar todo lo que no sabía sobre el cuerpo de un hombre?

–Deja de pensar, Maisy. Déjame sitio, *dushka*...

Maisy se colocó en el centro de la cama. Se sentía fuera de lugar, torpe. Se preguntaba si debería decir algo, si se suponía que había algo que una mujer más sofisticada haría en aquel momento. Sin embargo, él estaba tumbando encima de ella, y, de repente, lo único que Maisy podía ver y sentir era él.

Alexei deslizó los labios sobre los de Maisy. Cuando ella respondió instintivamente, él se apartó para depositar delicados besos sobre su mandíbula. Maisy comenzó a sentir que estaba jugando con ella. Avanzaba y se retiraba. Ella no quería la pérdida de control de Londres, pero tampoco que jugara con ella. Deseaba algo sencillo, sincero. Lo deseaba a él.

Tal vez debería decírselo.

Entonces, notó el cálido aliento de Alexei en la oreja. Él empezó a prometerle cosas... pícaras, sexuales. Cuando se colocó más plenamente sobre ella, Maisy comprendió lo que quería hacerle.

Dios santo...

Perdió toda habilidad para pensar. Las imágenes que él le había metido en la cabeza le caldeaban la sangre. Le rodeó el cuello con los brazos y le obligó a que volviera a besarla. Hizo un gesto de dolor cuando el hombro se resintió. Alexei se tumbó inmediatamente sobre la cama y tiró de ella para colocarla encima de él.

Durante un instante, ella se sintió desilusionada. ¿Iba a marcharse de nuevo?

En vez de eso, él le enmarcó el rostro con las manos.

–Es mejor para tu hombro –musitó. Una agradable calidez recorrió el cuerpo de Maisy al pensar que él estaba cuidando de ella.

Estar encima le permitía marcar el ritmo. Unió la boca a la de él, saboreando sus labios mientras le revolvía el cabello con las manos y le deslizaba la lengua en el interior de la boca. No sabía lo que estaba haciendo. Conocía la mecánica, pero la única y triste experiencia que había tenido le había dejado con muy pocos conocimientos sobre lo que a él podría gustarle. Esperaba que si ella sentía placer, él lo sentiría también.

Le colocó las manos en la espalda y buscó la parte inferior de la camisa para subírsela. Él deslizó los dedos por la espalda y le colocó las manos sobre el pequeño trozo de encaje que le cubría el trasero. Entonces, se lo apretó con fuerza y Maisy, instintivamente, dejó caer las rodillas a ambos lados de las caderas de él. La impresionante erección que estaba atrapada en los vaqueros quedó colocada en el lugar más adecuado para ella. Alexei gruñó de placer cuando ella se meneó ligeramente y se volvió a acomodar sobre él. Alexei le colocó las manos sobre las caderas y la hizo moverse rítmicamente sobre él.

Maisy comenzó a jadear. Alexei creyó que aquel sonido bastaría para desatarlo. Era increíble... Se sentía como un adolescente, casi incapaz de controlar su cuerpo. El tacto, el olor, la imagen de ella y el modo en el que utilizaba su cuerpo para satisfacerse... Algo había cambiado al inicio de aquel encuentro y él había perdido la delantera, si es que alguna vez la había tenido. Comenzó a pronunciar su nombre y sintió cómo los muslos de Maisy se apretaban contra él.

La profunda voz de Alexei siempre tensaba los músculos internos de su cuerpo y, combinada con la fricción del cuerpo de él contra el de ella, hizo que el cuerpo de Maisy se tensara y que el centro de su feminidad se disolviera en líquidos rayos de sol. Incapaz de creer lo que había ocurrido, apretó la boca contra la base de la garganta de Alexei y tembló encima de él mientras disfrutaba de su orgasmo.

Alexei la obligó a que se sentara, por lo que ella estaba colocada sobre él a horcajadas. Su cuerpo, tan grande, le hacía sentirse pequeña y delicada, vulnerable en aquella postura. Como estaba desnudo de cintura para arriba, el torso quedaba disponible para sus manos. Comenzó a tocarle, maravillándose de la fuerza que había bajo aquella cálida piel, enredando los dedos con el vello oscuro, acariciándole con la nariz y la boca y deslizando la lengua sobre los pezones hasta que él gimió de placer. El sonido recorrió el cuerpo de Maisy, haciendo que se sintiera más segura de sí misma.

Alexei comenzó a desabrocharle los botones de la camisa.

–¿Te encuentras bien, Maisy?

Como respuesta, ella se inclinó sobre su cuerpo y lo besó. Tan perdida estaba en los besos que no se dio cuenta de que él le había quitado la camisa hasta que Alexei dijo algo entre susurros. Inmediatamente, la apartó a un lado y sus enormes manos le cubrieron los senos para comenzar a pellizcarle los pezones. Entonces, él inclinó la cabeza para meterse uno en la boca. El vello que ya había empezado a nacerle en la barbilla le erosionaba a Maisy la piel mientras él chupaba, acariciaba y mordisqueaba, ignorando los esfuerzos de ella por tocarlo.

De repente, Maisy sintió un insoportable deseo por sentirlo dentro de ella. Jamás habría imaginado que se sentiría tan excitada. No había sido parte de su naturaleza... hasta entonces.

Le colocó las manos sobre la cintura, pero él se las agarró y las apartó.

–Todavía no, *dushka* –murmuró.

Entonces, la hizo tumbarse plenamente sobre la cama y comenzó a besarle el vientre hasta llegar a las braguitas de encaje que ella llevaba puestas. Maisy se ruborizó.

Alexei tardó tanto tiempo en quitarle las braguitas que pareció una eternidad. Maisy casi se sintió aliviada cuando ya no las tuvo puestas. Entonces, él se colocó de rodillas sobre el suelo. Durante un instante, las piernas de Maisy quedaron por encima de los hombros de él.

Ella dejó de respirar. Era una postura tan íntima. Sintió que una insoportable timidez se apoderaba de ella. En aquel momento, notó que Alexei comenzaba a soplar sobre el húmedo centro de su feminidad y tuvo que morderse la mano para no gritar.

Dan no había hecho aquello. Dan no había estado ni remotamente cerca de allí con la boca. Maisy había leído al respecto, pero la realidad era increíble.

Cuando él le separó los pliegues y le introdujo los dedos, ella tembló de placer. Cuando él deslizó la lengua por encima del clítoris, las caderas de Maisy comenzaron a moverse sobre la cama. No le importaba que estuviera haciendo mucho ruido. No tardó mucho en tensarse alrededor de los dedos de él. La lengua de Alexei recorrió por última vez el dulce centro de Maisy antes de que él se pusiera de pie y comenzara a desabrocharse torpemente los vaqueros.

Ella permaneció tumbada, observándolo, con las mejillas ruborizadas y los ojos brillantes. Solo con verla así, Alexei estaba comenzando a perder el control, pero no quería que fuera así con ella, aunque sentía que ya le estaba ocurriendo. Las cosas que podía hacerle, las sensaciones que podría hacerle sentir si ella se lo permitía... Y sabía que se lo permitiría. Su instinto masculino más primitivo así se lo decía.

De repente, ella se incorporó y apartó las torpes manos de Alexei por las suyas. Rápidamente, terminó de desabrochar todos los botones. Él dejó que los vaqueros cayeran al suelo y Maisy se quedó boquiabierta ante lo que vio. Aquello no tenía nada que ver con lo que ella había visto antes. Deslizó un dedo por la impresionante erección y se preguntó cómo iban a poder encajar los dos. Alexei colocó la mano sobre la de ella y la ayudó a moverla, de arriba abajo, indicándole en voz muy baja cuanta presión necesitaba.

Solo verlo así hizo que Maisy se echara a temblar. La fuerza, el poder de su deseo era casi demasiado. Alexei le retiró la mano, pero no se la soltó. La obligó a tumbarse en la cama y se echó sobre ella. La besó con toda la fuerza de su pasión mientras deslizaba las manos sobre el hermoso trasero de Maisy para levantarla y colocarla mejor.

—Quiero que la primera vez estés debajo de mí —musitó.

Maisy sintió que él le rozaba la entrada de su cuerpo. La punta la penetraba. Levantó las manos para acariciarle el rostro. Deseaba que él la mirara, buscando una unión con él. Alexei avanzó un poco más y, entonces, lanzó una maldición, se apartó de ella y volvió a ponerse de pie.

—No te muevas —le dijo.

Abrió un paquete y ella observó cómo se ocupaba de la contracepción. Se colocó el preservativo con rapidez, tanta que ella no pudo evitar pensar que había hecho aquello en muchas ocasiones.

«Y yo solo una», pensó.

Alexei volvió a tumbarse encima de ella. Comenzó

a besarla de nuevo y, entonces, se hundió suavemente en ella, muy lentamente. Maisy levantó las caderas para animarlo y abrió los ojos de par en par cuando lo sintió dentro completamente. Entonces, Alexei la miró con la expresión de un hombre que sabía totalmente lo que estaba haciendo.

—¿Bien, Maisy?

Era la segunda vez que se preocupaba por cómo se encontraba y eso le gustó a ella, tanto que le pareció que el pecho iba a explotarle de dicha. Aquel hecho mostraba que se preocupaba por ella. Como respuesta, ella le rodeó el cuello con su brazo bueno y lo obligó a besarla.

Su cuerpo había despertado. Las dudas que experimentó con Dan se hicieron pedazos cuando Alexei estuvo por entero dentro de ella. Aquel era su hombre, el hombre adecuado. Sabía exactamente lo que hacer y, por consiguiente, su cuerpo respondía plenamente. Él la condujo cada vez más alto, hasta que se sintió colgada en el borde del abismo con tan solo las yemas de los dedos. Cuando cayó, Alexei la acompañó. Maisy se aferró a él mientras Alexei seguía moviéndose dentro de ella. Cuando él se desplomó sobre ella, Maisy lo abrazó con fuerza durante el tiempo que él se lo permitió. Cuando se apartó de ella y se dejó caer sobre la cama, la recompensó acogiéndola entre sus brazos.

—No suelo hacer esto.

Alexei era incapaz de pensar, lo que no era extraño dado que aún estaba recuperándose de un orgasmo increíble. Sabía que su cerebro comenzaría a funcionar en cuestión de minutos, pero, en aquellos momentos, lo único que podía hacer era repetir el nombre de Maisy y acariciarle suavemente la piel. Ella tenía la cabeza sobre su torso. La pierna descansaba sobre el muslo de él y sentía el cálido centro de su feminidad apretado contra su cadera. Había tantas cosas que deseaba hacerle... Solo pensar en las semanas que tenía por delante le caldeaba la sangre.

Maisy le estaba diciendo algo. Se había sentado y se había cubierto con la sábana.

–¿Qué es lo que no sueles hacer? –preguntó él, después de que ella repitiera sus palabras.

–Esto. Tener relaciones sexuales tan a la ligera.

–Nada de esto ha sido a la ligera, Maisy –respondió, con una sinceridad que no reconocía.

Ella tenía los ojos más dulces de todo el mundo. Había dicho lo que Maisy esperaba escuchar porque la tensión pareció abandonarla y adquirió un aspecto tímido y esperanzado a la vez.

¿Cómo diablos podía mostrarse tímida después de lo que habían hecho? Por el aspecto de su rostro, parecía una mujer que había disfrutado de un sexo muy satisfactorio. También parecía algo avergonzada.

Resultaba tan encantadora... Alexei la tomó entre sus brazos y ella se dejó abrazar. Exactamente lo que Alexei esperaba de ella. Le colocó la mano entre las piernas y se las separó mientras los dedos buscaban la parte más sensible de su cuerpo y comenzaban a entrar y salir de la ardiente y húmeda feminidad. Sus ojos jamás dejaron de observar la expresión del rostro de Maisy mientras fue construyendo un orgasmo de entre los restos de lo que ambos habían compartido antes.

Capítulo 6

TUVE sexo salvaje y desinhibido a plena luz del día. Tuve gran cantidad de sexo salvaje a plena luz del día –le dijo Maisy a su almohada, como si aquello fuera un secreto.

Alexei se echó a reír. El sonido de su risa resultaba tan tranquilizador que Maisy volvió a tumbarse sobre su pecho. Deseaba permanecer acurrucada contra él todo el tiempo que fuera posible.

Alexei le acarició posesivamente la cadera con una mano, que en aquellos momentos estaba cubierta tan solo por una sábana. Había explorado tan completamente el cuerpo de ella en las últimas dos horas que no se podía imaginar ni una peca ni un hoyuelo que no hubiera visto. Sin embargo, ella insistía en cubrirse, mostrando una modestia que lo emocionaba de un modo muy extraño.

La estrechó más contra su cuerpo.

Jamás se abrazaba a ninguna mujer. Realizaba el acto sexual, obtenía placer, se duchaba, se vestía y se marchaba.

Maisy se acurrucó contra él como si buscara calor. Estaba agotada. Aquel pensamiento satisfizo una parte muy primitiva de Alexei. Su parte más sofisticaba pensaba en el futuro: cómo encajarla en su vida, cómo marcar los parámetros de su relación con ella...

No sabía cómo ni por qué, pero, durante un instante,

había sentido que sus barreras se retiraban. Se había sentido libre para disfrutar de aquella intimidad. Muy pronto tendrían que levantarse de la cama y la dura realidad se entrometería en su mundo. No quería sentimientos. No quería una relación. Quería sexo. A cambio, le daría cualquier cosa que ella deseara.

Principalmente, no quería que ella alimentara ilusión alguna sobre él.

Se acostaba con mujeres glamurosas por una razón. No tenía nada que ver con su atractivo. De hecho, dudaba incluso que ellas fueran su tipo, pero sabían lo que podían esperar, sabían lo que querían y sabían bien lo que él les ofrecía. Había límites en esas relaciones. Tara había sido el ejemplo perfecto.

Solo pensar en ella le provocó un escalofrío. Abrazó con más fuerza a Maisy. Tara era el recordatorio perfecto de por qué se había fijado en Maisy. Aquella dulzura sin complicaciones era lo que él deseaba y lo que probablemente necesitaba. Maisy se había presentado ante él sin nada más que su maravilloso y cálido cuerpo.

Sentía paz, tanta que la hizo ponerse de espaldas y se tumbó sobre ella, colocándole la cabeza en el vientre.

Sería bueno para los dos. Evidentemente, ella no había vivido mucho por lo que le había contado. Alexei podría ofrecerle lujos, viajes y una amplia variedad para su repertorio sexual. A cambio, Alexei obtendría dulzura y alegría en la cama.

Y él no se permitiría ser débil y confundirlo con otra cosa.

Apartó ese pensamiento y se limitó a gozar con el tacto del cuerpo de Maisy. Era como volver a nacer. Necesitaba seis meses de Maisy. Olía tan bien... Piel cálida y femenina, con el suave aroma del jabón que utilizaba, y sexo. No había salido corriendo para lavarse, lo que resultaba muy agradable. Era delicioso estar tumbado allí con ella, sintiendo cómo respiraba bajo su cabeza, sabiendo que no iba a ir a ninguna parte.

De repente, ella se incorporó.

—Kostya —dijo.

—Tranquila, Maria lo levantará.

—Siempre lo levanto yo —protestó Maisy. Sacó las piernas de la cama y trató de llevarse la sábana, pero Alexei no tenía intención de moverse.

—Vuelve a la cama, *dushka*. Maria puede cuidarlo hoy.

Alexei no tardó en comprender la desaprobación de Maisy. Ella se estaba poniendo la camisa frenéticamente, cubriéndose tan rápidamente como podía. No decía nada y, cuanto más se prolongaba aquella situación, más enojado se sentía Alexei. El niño estaba bien. Era él quien necesitaba un poco de atención. ¿Adónde demonios iba ella?

—¡Maisy! —exclamó. Ella se volvió para mirarlo como si la hubiera ofendido—. Por favor, vuelve a la cama.

—No puedo.

—Está bien.

Alexei se levantó de la cama y se dirigió al cuarto de baño. Iba a ducharse para empezar el día. Maisy tenía que ver quién estaba al mando.

—¿Adónde vas? —le preguntó ella.

—El entretenimiento ha terminado. Voy a ducharme y a afeitarme —le espetó.

Maisy palideció. Su ansiedad por bajar a la habitación de Kostya se redujo al sentir el impacto de aquella palabra.

Entretenimiento.

Se sentía como si él le hubiera dado una bofetada. Alexei no podía decirlo en serio. Ella quería exigirle que retirara aquella expresión, pero no había tiempo.

Kostya.

Atravesó el pasillo, rezando para que nadie la viera solo vestida con una camisa de Alexei. Todo el mundo sabría lo que habían estado haciendo, si no lo sabían ya. Si fuera el inicio de una especie de relación, no importaría. Le importaba el hecho de que él pensara en ella como «entretenimiento».

Recordó las hirientes palabras que había utilizado al principio de la noche y que no se había disculpado por ninguna de ellas. Como si el sexo lo borrara todo, aunque, seguramente para él, así era. Parecía muy contento. ¿Cómo no iba a estarlo? La había seducido después de la primera cena. ¿Qué clase de chica se metía en la cama con un hombre tan rápidamente?

No podía controlar sus sentimientos. Todo estaba demasiado claro. Ella había dado un enorme salto de fe y él acababa de disfrutar de una aventura de una noche.

De repente, recordó que para poder acceder a su dormitorio tenía que pasar por el de Kostya. No podía entrar así, sobre todo si Kostya no estaba solo.

Trató de no pensar en la humillación que la esperaba y volvió sobre sus pasos. Entró en el dormitorio de Alexei y se dirigió al cuarto de baño. Respiró profundamente y abrió la puerta. Vio a Alexei bajo el chorro del agua, con la cabeza gacha y los hombros encorvados. Su hermoso cuerpo le arrebató el aliento. Saber que era un absoluto canalla no cambiaba nada.

Él pareció notar su presencia y levantó la cabeza.

–¿Has cambiado de opinión, *dushka*? –le preguntó él después de cerrar el grifo.

–Necesito mi vestido. ¿Dónde lo has puesto?

–¿Tienes algo de frío tan solo con la camisa, Maisy? –replicó Alexei mientras comenzaba a secarse con una toalla sin preocuparle en absoluto su desnudez.

–He dicho que necesito mi vestido –insistió ella mientras miraba a un punto de la pared.

–Ya te he oído –dijo él. Se enrolló la toalla alrededor de las caderas y la anudó–. Ya puedes mirar, *dushka*. Aunque no sé qué es lo que no quieres ver. Yo creo que ya lo has visto todo.

Maisy sintió deseos de abofetearlo. Se acercó a él. El hecho de que Alexei pareciera expectante, como si pensara que ella iba a lanzarse entre sus brazos después de todo lo que él le había dicho y hecho, la animó a hacerlo.

«Canalla». Le abofeteó el rostro con tanta fuerza como le fue posible. La cabeza de Alexei se giró de nuevo para mirarla. Maisy dio un paso atrás.

Alexei se llevó una mano a la mandíbula y se la frotó.

–¿Te sientes mejor?

–No.

–Iré por tu vestido.

Todo había terminado. Maisy aún podía sentirlo dentro de ella y, sin embargo, todo había terminado. No podía creer que hubiera sido capaz de abofetearlo. Alexei era frío, arrogante y egoísta, pero...

Los minutos fueron pasando. Ella comenzó a perder la paciencia. Maria ya estaría con Kostya, como lo estaba todas las mañanas. De repente, lo comprendió todo. Su reacción había sido exagerada. Había estado tumbada en aquella cama. De repente, se había sentido aterrada de lo que le esperaba, de lo que significaba aquella nueva intimidad y había preferido salir huyendo antes de enfrentarse a ello. De algún modo, se había convencido de que sin el sexo, él no la querría en la cama y, por eso, había salido huyendo.

Alexei había reaccionado bastante mal, pero al menos había ido por su vestido. Dan ni siquiera le había pagado el taxi para marcharse a su casa.

Decididamente, los hombres no se le daban bien, pero ya mejoraría.

De repente, él la abrazó por detrás de un modo que hizo que Maisy se deshiciera por dentro.

–Lo siento –le susurró al oído.

Maisy se dio la vuelta y se abrazó a él con fuerza. El alivio que sintió le había hecho perder las fuerzas. Reconoció que había sido un gesto magnánimo. Él no estaba acostumbrado a hacer sitio en su vida para otras personas, pero lo estaba haciendo por Kostya. Y tal vez a ella también le estaba haciendo un hueco.

De repente, ella levantó el rostro y frunció el ceño.

–¿Qué le voy a decir a Maria si me pregunta dónde he estado?

–Mi vida sexual no es asunto de Maria.

–No estoy hablando de ti, sino de mí.

–Maisy, fui detrás de ti a Ravello ayer. Luego cené contigo en la azotea. Todo el mundo lo sabe.

Ella se sonrojó.

Alexei recordó que había ciertas cosas que ella no hacía, ni siquiera cuando él había querido llevarla por ese camino. No le había importado. Le había encantado estar con ella.

Era poco probable, pero tenía que preguntárselo.

–Maisy, ¿eras virgen?

–No me puedo creer que me hayas preguntado eso...

Después de pronunciar estas palabras, Maisy se sonrojó y trató de ocultar su rostro entre el cabello.

–¿Cuántos hombres, Maisy?

Sabía que debería haberle hecho la pregunta de un modo mucho más sensible, pero a él no le iba la sensibilidad.

–¿Cuántas mujeres, Alexei? –replicó de repente ella.

–Demasiadas –dijo. La respuesta lo sorprendió hasta a él mismo–. ¿Cuántos, Maisy?

–Solo uno... Una vez. ¿Se ha notado? –preguntó ella al ver que él no comentaba nada al respecto.

Alexei le apartó el cabello de los ojos.

–Creo que tengo mucha suerte.

Evidentemente, había sido la respuesta que ella esperaba. Maisy lo abrazó con fuerza. Se sentía muy feliz. Alexei había hecho que Maisy fuera feliz por primera vez desde que se levantaron de la cama y todo se había estropeado.

–Kostya... –susurró ella.

–Iré yo.

Alexei no sabía por qué se había ofrecido, pero estaba empezando a comprender que solo podría pasar más tiempo con Maisy si ella dejaba de ocuparse tanto de Kostya. Además, ya iba siendo hora de que comenzara a construir una relación con el niño.

Maisy se estaba poniendo su vestido blanco cuando alguien llamó a la puerta. Ella se quedó completamente inmóvil.

–¿Señorita Edmonds?

Maisy reconoció la voz y fue a abrir la puerta. Se trataba de una de las muchachas que trabajaba en la cocina. Simplemente le entregó ropa limpia y su bolsa de aseo y se marchó.

Maisy aceptó lo que la muchacha le había dado sin decir palabra. Se limitó a darle las gracias. Vaqueros, una camiseta y ropa interior de algodón. Alexei no había elegido aquellas prendas para ella. Maisy también comprendió que él no iba a ser discreto sobre lo que había entre ellos.

Abrió la bolsa de aseo y encontró un frasco de gel de baño. Un baño. Iba a darse un baño.

Llenó la enorme bañera de Alexei. Colgó cuidadosamente su vestido y se sumergió en la cálida y espumosa agua. Se sintió mucho mejor. Por primera vez en mucho tiempo, se sintió joven y deseable, libre de responsabilidades. Estiró las piernas y dejó descansar los brazos a ambos lados de la bañera. El cuerpo le dolía de un modo poco familiar, pero muy satisfactorio.

Alexei se había comportado como si no pudiera dejar de tocarla y ella había gozado con el modo en el que él disfrutaba con su cuerpo. También se había mostrado muy tierno con ella, aunque recordó lo que él había dicho sobre el «entretenimiento». No podía olvidarlo.

Sentía que, por mucho que él la deseara, el instinto de Alexei era apartarla de su lado. Por muy tierno que hubiera sido con ella en algunas ocasiones, sentía que él no buscaba la cercanía que ella deseaba. Aunque la abrazara tiernamente, Maisy sabía instintivamente que aquello era lo único que él iba a ofrecerle.

Tenía que tener mucho cuidado. Necesitaba proteger su corazón.

Kostya se puso muy contento al ver a Maisy. Se levantó y fue corriendo hacia ella para abrazarla. Después, insistió en que ella lo soltara para volver a jugar con su coche de pedales. Alexei lo observaba atentamente. Mientras cuidaba del niño, había estado pensando en lo que Maisy le había dicho sobre la ausencia de Leo y la incapacidad de Anais para cuidar de él. A pesar de todo, Kostya parecía un niño equilibrado. No mostraba inseguridad alguna, por lo que Maisy le había dicho no encajaba. Una parte de Alexei se sintió aliviada, pero le preocupaba que ella hubiera podido mentirle. No le encajaba con la mujer que estaba empezando a conocer.

Permaneció donde estaba, rodeado de un montón de periódicos de todo el mundo, su *smartphone* y un café muy cargado. A excepción de Maisy, era una mañana como otras cuando no estaba trabajando. Ella se había recogido el cabello en una coleta y llevaba vaqueros y una camiseta. No le gustaban las mujeres pegajosas, pero Maisy se estaba comportando de la manera más distante posible. Interesante. Decidió no hacer nada y esperar a ver cómo reaccionaba ella. Siguió trabajando.

Maisy se sirvió un zumo de naranja del bufé y se acercó a la mesa, esperando que Alexei levantara la cabeza y le dijera algo. También estaba pendiente de Maria, que debía de saberlo todo.

Antes de que ella se sentara, Alexei se levantó de la silla. Sus modales estaban tan presentes en él que, a pesar de no estar haciéndole caso alguno, se comportaba como un caballero. Maisy se acomodó y esperó a que él se dirigiera a ella. Nada. Miró a su alrededor. Maria estaba recogiendo el bufé y Kostya jugaba. Sin embargo, el poco interés que Alexei mostraba hacia ella hizo mella en su confianza. Era exactamente como cuando se acostó con Dan. En aquella ocasión, mientras se vestía, él se había puesto a responder sus correos electrónicos. Sin embargo, en el caso de Alexei era peor aún. Con Dan ya había decidido que no le interesaba y que no quería repetir la experiencia, pero Alexei... Se moría de ganas por sentársele en el regazo, pero él estaba más interesado en su teléfono móvil.

Todas sus inseguridades volvieron a adueñarse de ella. Tal vez había cambiado de opinión. Aunque se sentía atraído por ella, Maisy no podía sujetarle a su lado. Trató de encontrar algún fallo en el sexo que habían compartido. ¿Había hecho ella algo que no le había gustado? ¿No se había mostrado lo suficientemente insinuante? Él había querido que ella le hiciera sexo oral, pero Maisy no se había sentido suficientemente segura para hacerlo. Tal vez aquella era la razón...

Trató de tomarse su zumo, pero se sentía tan tensa que se atragantó y comenzó a toser. Alexei levantó la mirada al tiempo que ella se ponía de pie sin mirarlo siquiera.

–¿Adónde vas? –le preguntó él. Parecía verdaderamente sorprendido.

–Te estoy molestando. Me voy.

–Pero si no has desayunado.

¿Se había dado cuenta? Maisy había creído que él ni siquiera se había percatado de su presencia.

–No tengo hambre... –susurró mientras se disponía a marcharse de la terraza.

Entonces, oyó la voz de Kostya.

–¡Maisy!

Eso le impidió marcharse. Por mucho que estuviera sufriendo, ella era lo único que tenía el niño e, igualmente, él era lo único que ella tenía también. Cuando se dio la vuelta, el niño se acercó corriendo a ella con los brazos extendidos para que ella lo abrazara y lo tranquilizara. Maisy le sonrió y le dedicó unas palabras para que se calmara. Tal vez fuera una fracasada con los hombres, pero sabía muy bien cómo ser una buena madre con Kostya.

–Hoy tienes que dejarlo conmigo –le dijo Alexei.

Maisy levantó la mirada. Aún tenía las pestañas húmedas. Alexei trató de no recordar lo desinhibido que había sido su comportamiento cuando ella se había entregado a él. Sin embargo, en aquellos momentos, se estaba comportando como si prefiriera estar en cualquier sitio menos a su lado.

El primer instinto de Alexei fue tranquilizarla, pero resultaba evidente que ella se arrepentía de muchas cosas. Tendría que aguantarse. Él no iba a disculparse por haber disfrutado de su cuerpo tan completamente. Maisy estaba hecha para dar placer a un hombre. Todos los detalles de su cuerpo despertaban la libido de Alexei. Después de muchas mujeres con desordenes alimentarios, las curvas del femenino cuerpo de Maisy lo llenaban de deseo. Tenía la intención de tenerlo a su lado y de disfrutarlo una y otra vez.

Podría regalarle algunas joyas para que se contentara. Las joyas siempre ayudaban mucho a estabilizar el estado de ánimo de una mujer. La experiencia le decía que un colgante de diamantes entre aquellos magníficos pechos haría que ella se alegrara muy pronto. Le pediría a Carlo que se encargara de que les enviaran una selección para el día siguiente.

De repente, supo que seguramente las joyas la disgustarían aún más.

Habría sido muy fácil tomarla entre sus brazos y tranquilizarla, pero había decidido comportarse de un modo distante por la presencia del servicio. No le había importado con cualquier otra mujer, pero Maisy había entablado relación con bastantes de las personas que trabajaban para él. Los siete días que la había dejado allí sola habían tenido malas consecuencias para él.

Todo el mundo sentía simpatía por Maisy. Esto estaba bien, aunque provocaba que la situación de que él se sintiera atraído por ella fuera aún más incómoda. No sabía por qué, pero aquella mañana le parecía presentir que Maria desaprobaba su comportamiento. Era ridículo. Maisy era una mujer adulta, sexualmente activa.

Él, como hombre de veintinueve años sexualmente activo, tenía que llevársela a la cama.

Sin embargo, en el caso de Maisy no había sido exactamente así. Era el comienzo de algo, aunque no comprendía exactamente de qué se trataba. Sin embargo, sabía que había merecido la pena. De hecho, todo había sido una revelación.

No obstante, debía separar a Maisy del niño y hacerlo con el menor trauma posible para ambos.

Maisy seguía allí sentada, comportándose de un modo verdaderamente maternal con Kostya y eso le afectaba. Era una mujer muy femenina. Habría tenido que estar ciego aquella mañana para no ver lo aliviada que ella estaba de que él hubiera confirmado que su encuentro no había sido casual. Se mostraba tierna y dulce, abrazando al niño, con la imagen exacta con la que un hombre querría proteger, cuidar y probablemente casarse. Demonios. Maisy estaba hecha para el matrimonio, completamente prohibida para un hombre como él. Sin embargo, Alexei había seguido adelante.

Había llegado el momento de que se asegurara de que ella lo comprendía. No quería que se hiciera ilusiones sobre él. Era un canalla y Maisy tenía que comprender lo que él le ofrecía antes de que se empezara a hacer ilusiones de familias felices y comenzara a experimentar sentimientos peligrosos.

De repente, se dio cuenta de que no estaba muy seguro de lo que él le estaba ofreciendo. Durante un instante, se permitió imaginar lo que podría ser una relación con Maisy.

No tardó en reaccionar.

—Maisy, si estás preocupada por Maria, deja de estarlo.

—A ti te resulta fácil decirlo —musitó.

–Maria está acostumbrada a que las invitadas bajen a desayunar con mucha menos ropa de la que tú llevas en estos momentos, *dushka*. No debes preocuparte por eso.

Maisy trató de sobreponerse. ¿Cómo diablos iba a poder quedarse allí con él y fingir que todo aquello le parecía bien? Una vocecita le recordó que él no estaba tratando de insultarla. Simplemente le estaba recordando cómo eran las cosas. Sabía que Alexei no vivía como un monje, pero el hecho de que él le dijera que era la última de una larga fila había sido probablemente lo más duro que tendría que escuchar de sus labios. Hasta que él le dijera adiós, lo que, evidentemente, ocurriría tarde o temprano.

Sin embargo, aquella mañana no deseaba la verdad. Quería afecto, algo de cariño...

Como sabía que no lo iba a conseguir, decidió tranquilizarse.

–¿Vas a pasar el día con Kostya? –le dijo con la voz más serena que pudo encontrar.

–¿Por qué no lo pasas tú con nosotros?

Había sonado más afectuoso, pero Maisy no se atrevió a mirarlo. Se sorprendió cuando él se acercó a tomar a Kostya en brazos y sintió un enorme vacío cuando el niño se marchó con él encantado. No sabía qué hacer. Se sentía incómoda sentada allí, a sus pies, con las imágenes de las intimidades que habían compartido viciando el ambiente entre ellos. No podía hacerlo.

–Creo que quiero estar sola durante un rato –dijo.

«Idiota, idiota».

Se puso de pie y atravesó la terraza lo más rápidamente que pudo sin saber adónde se dirigía. Solo sabía que ansiaba poner distancia entre ella misma y las rocas contra las que había naufragado.

Capítulo 7

ALEXEI observó cómo se marchaba. ¿Por qué había tenido que abrir la boca y hacerle daño a Maisy de aquella manera? Lo suyo acababa de empezar y él ya lo estaba destruyendo.

–Quiero a Maisy –aulló Kostya mientras se le agarraba a él a la camisa.

–Yo también quiero que venga, *malenki chelovek*.

Ella había llegado al final de la terraza. Entonces, dudó y miró a su alrededor para buscar la salida. Aquella terraza no llevaba a ninguna parte y las puertas de cristal estaban cerradas con llave. Durante un instante, Alexei observó cómo ella trataba de abrirlas.

Ya era suficiente.

Se dirigió hacia ella. Observó cómo ella levantaba el rostro, que estaba pálido y tenso. Él era el responsable de aquella tensión. No había tenido intención de hacerle tanto daño. Solo había tratado de poner distancia con ella cuando lo único que sentía era pasión hacia ella. Ciertamente, no había querido herirla.

–Maisy, necesitamos hablar. Le entregaré a Kostya a Maria y luego tú te vas a venir conmigo –le dijo. Le tomó la mano, pero ella la apartó con los ojos llenos de ira.

–Demasiado tarde, Alexei –le espetó–. No quiero oír nada de lo que tú tengas que decirme.

Kostya comenzó a llorar y trató de irse con Maisy. Ella lo tomó en brazos y miró con desprecio a Alexei.

–Mira lo que has hecho.

–Si quieres que hablemos delante del niño, bien. Este es el trato, Maisy. Lo de esta mañana ha sido increíble. Quiero repetirlo. A menudo. Te quiero en mi vida. ¿Te queda lo suficientemente claro? ¿Resuelve eso el problema?

Increíble. Alexei la quería en su vida.

Maisy estaba segura de que él se estaba preguntando por qué no estaba aplaudiendo de la alegría. Sin embargo, aquellas frías palabras habían despertado la ira en ella.

–Estoy segura de que eso funciona para el resto de tus *invitadas*, pero yo requiero un poco más de delicadeza, Alexei. Por eso, voy a rechazarte.

–De acuerdo –dijo él encogiéndose de hombros. El rostro de Maisy reveló tan desilusión que Alexei se debería haber sentido divertido. No fue así–. Debería haberte llevado de nuevo a la cama y haberte atado al poste –declaró–. Sin embargo, no traigo mujeres aquí. Las esposas y el resto de la parafernalia están en mi apartamento de Roma.

–¡Eres repugnante! –le espetó ella por encima de la cabecita de Kostya.

–No era eso lo que decías esta mañana, *dushka*. ¿Cómo demonios puedes seguir sonrojándote?

–No estoy acostumbrada a estar completamente desnuda y retozando en la cama a plena luz del día.

–Algo que me ayuda mantener intacto mi ego –comentó él.

Maisy volvió a bufar. Él la miró completamente prendado de ella.

–Eres adorable, Maisy

De repente, ella comprendió las palabras que él acababa de decir. ¿Qué había dicho sobre que no llevaba mujeres allí?

–No podemos tener esta conversación delante de Kostya. ¿Dónde está Maria?

Tras dejar al pequeño con Maria en la cocina, Maisy y Alexei comenzaron a pasear por los jardines. Se detuvieron frente a una estatua de piedra.

–Podríamos volver arriba –susurró él con voz sugerente.

–No te voy a responder a eso –replicó ella. Apartó el rostro, aunque tenía una pequeña sonrisa en los labios.

–Podemos hacerlo aquí.

Maisy se quedó boquiabierta.

–No pienso hacer el amor contigo en medio de un jardín. Nos podría ver cualquiera.

–Tienes razón. Soy muy posesivo, Maisy, como ya irás aprendiendo. No quiero que otro hombre te vea cuando alcances el clímax.

–¿Tan seguro estás de que lo haría? –susurró ella en voz baja por si alguien podía escucharlo.

–¿El qué? ¿Rodearme la cintura con esas hermosas piernas o llegar al clímax?

–Las dos cosas.

–No puedo obligarte, Maisy, pero te puedo garantizar el clímax.

Maisy se mordió los labios. No quería perdonarlo tan pronto, pero el corazón se le había acelerado y sentía un hormigueo en la piel.

–Yo también quiero estar contigo, Alexei, pero creo que es importante ser pragmático.

–¿Pragmático?

–Sí. Cuando Kostya se haya acostumbrado a su nueva vida, yo tendré que marcharme. Sería desastroso para él si comenzara a pensar en nosotros dos como sus padres, que es lo que ocurriría si... si yo formara parte de tu vida. Creo que lo mejor será que... que él no nos vea mostrándonos afectuosos delante de él.

–¿Afectuosos?

–Sé que no es realmente afecto, sino solo... sexo, pero es tan pequeño que lo considerará como dos adultos que se muestran cariño el uno hacia el otro, igual que mostramos cariño hacia él. Terminará pensando que todos estamos juntos.

Alexei lanzó una maldición en ruso. Su ira era evidente, pero no estaba dirigida hacia ella, sino hacia lo más íntimo de su ser.

–No soy una idiota, Alexei. Sé cómo funciona el mundo. Resulta extraño hasta que tú y yo nos hayamos conocido y mucho más que yo esté aquí. Creo que lo que ha ocurrido entre nosotros ha sido consecuencia de lo que les pasó a los Kulikov. Los dos estamos sufriendo su pérdida y eso ha formado un vínculo entre nosotros. Nos ha juntado y el resto ha sido... inevitable.

–Fue inevitable. En eso estoy de acuerdo –replicó él–. Bien. ¿Cuáles son tus condiciones, Maisy?

La pregunta fue tan directa que Maisy se sintió dolida. ¿Condiciones? No tenía ni idea.

–¿Qué... qué es lo que suele ocurrir cuando estás con una mujer? ¿Cómo funciona?

–Yo la pongo en nómina y le doy una paga extra cuando realmente funciona bien.

Maisy parpadeó. Durante un momento, Alexei se dio cuenta de que ella no estaba segura de si él estaba bromeando o no.

–¿De verdad crees que yo haría algo así? Escucha. Esa cama de ahí arriba es mía. No traigo mujeres aquí. Nunca. Este es mi santuario.

–¿Aquí no vienen invitadas?

–Solo unas cuantas, pero muy bien acompañadas por sus esposos. Aquí es donde traigo a la familia.

Durante un instante, Maisy experimentó una abrumadora alegría, pero no tardó en darse cuenta de que él se refería a Kostya. Ella no formaba parte de su familia, pero sí era la primera mujer con la que estaba allí.

–Entonces, ¿qué se supone que tengo que hacer yo? –preguntó ella, algo preocupada.

–No tienes por qué inquietarte, Maisy. Yo te facilitaré las cosas. Vivirás conmigo, viajarás conmigo, evitarás a los paparazzi conmigo. Se te describirá como «una misteriosa pelirroja» hasta que lo averigüen todo de ti, y lo averiguarán, lo bueno y lo malo. Debes olvidarte de todo lo quieras mantener oculto. Por lo tanto, me gustaría saber si has robado alguna vez un banco.

Maisy lo miró completamente atónita. Estaba bromeando, ¿verdad?

–Yo no le interesaré a nadie. No soy nadie.

–Todo lo que yo hago parecer atraer interés. Espero que como tú no eres conocida, pronto perderán el interés.

Alexei deslizó las manos por la cintura de Maisy y se sentó sobre el borde de la fuente. Entonces, la colocó entre sus piernas.

–Kostya va a suponer un estorbo para nosotros–bromeó él con una sonrisa.

–Eso nunca –replicó ella–. Es un niño maravilloso. Y te ha tomado mucho afecto.

–Estoy completamente de acuerdo en que es un niño maravilloso, pero eso de no mostrar afecto delante de él va a ser un rollo.

–No hay elección.

–Siempre hay elección, *dushka*. Tú has ejercido la tuya. ¿Podrás cumplirla?

Maisy se apoyó contra él. Alexei la abrazó y, entonces, colocó la cabeza sobre la suave y cálida curva de los senos de Maisy. Entonces, dejó escapar un suspiro de satisfacción.

–¿Qué ocurre? –preguntó ella.

–Llevo toda la mañana deseando hacer esto –dijo con una sonrisa–. Tus senos son un don para la humanidad. Bueno, al menos para mí, aunque estoy dispuesto a compartirlos con Kostya.

Maisy se echó a reír.

–Y ahora han comenzando a menearse. Estoy en el cielo.

–Basta ya –dijo ella golpeándole suavemente en el hombro–. Tú no respondiste mi pregunta antes. ¿Te vas a pasar el resto del día con Kostya?

–Por supuesto.

–¿Puedo tener yo el día libre?

–¿Puedo pasarlo yo con Kostya y contigo?

–No. Estoy de acuerdo en que es mejor si yo no estoy presente.

Alexei levantó la cabeza, pero sin soltarle la cintura.

–Hay un spa a las afueras de la ciudad. ¿Por qué no te pasas el día allí? Yo lo organizaré todo. ¿A qué viene esa cara? ¿Qué es lo que estás pensando ahora, Maisy?

–No lo sé –dijo ella. Le habría gustado pasarse el día entre sus brazos. Deseó que los dos se hubieran conocido en otras circunstancias. Le habría gustado salir con él en una cita. En vez de eso, su relación se basaba en condiciones–. Ojalá...

–¿Qué?

«Ojalá pudiéramos estar juntos, los dos solos», pensó.

–Ojalá tuviera más ropa que ponerme –dijo, algo que también era cierto–. Creo que me iré de compras.

Alexei la soltó. La expresión de su rostro era indulgente, pero, de algún modo, resultaba más fría que tan solo unos segundos antes.

–Excelente decisión. Compras por la mañana y un spa por la tarde.

–¿Y qué vas a hacer tú con Kostya?

–Cosas de chicos.

–Tiene dos años.

–Cosas para chicos de dos años.

–Sea lo que sea, acuérdate de llevarte su bolsa de pañales y su botella de agua. Yo te lo prepararé. Y tiene que tener el sombrero puesto todo el tiempo. Es tan rubio que se pueda quemar en un abrir y cerrar de ojos.

–Puedo hacerlo...

De repente, pareció tan desprotegido que Maisy se arrojó a sus brazos e inhaló el agradable aroma masculino que emanaba de su piel y que la acompañaría el resto del día.

Alexei le colocó las manos torpemente sobre la cintura, como si estuviera sorprendido por aquella repentina muestra de afecto.

–Te estoy abrazando –le dijo. Alexei la estrechó con fuerza y Maisy sonrió satisfecha.

Alexei frunció el ceño. No había esperado nada de aquello. Iba a llevarle tiempo crear un vínculo con el hijo de Leo, pero no le quedaba elección. Sabía que había otras dos parejas que podían hacerse cargo de él, lo que seguramente sería lo más sensato, pero Leo lo había nombrado a él tutor de Kostya. Leo no hacía nada sin ninguna razón y a Alexei no le gustaba rendirse ante los desafíos.

Sin embargo, no había esperado tener que tratar también con Maisy, que representaba un desafío único e inigualable.

En el momento en el que se metieron en la cama aquella mañana, se había dado cuenta de que no se parecía en nada a ninguna de las mujeres con las que había estado. Seguramente tenía que ver con su inocencia, lo que estaba creando el caos en el hombre ruso tradicional que él creía haber dejado atrás hacía tanto tiempo que no había vuelto a pensar ni en el matrimonio, ni en los hijos ni en el futuro. Al menos, no lo había hecho desde que ganó su primer millón y las mujeres se habían convertido en presa fácil para él.

Había atribuido este hecho a que ella parecía más interesada en que él le prestara atención que en su cuenta corriente, pero sabía que tenía que poner el asunto a un nivel mucho más crematístico. Cuando sintiera que la estaba manteniendo, el aura romántica se disolvería y la dulzura y la inseguridad de Maisy desaparecerían gracias a los cheques.

Diablos... Las sábanas de su dormitorio aún no se habían enfriado y ella ya había decidido irse de compras. Maisy era una mujer muy dulce, aunque apasionada entre las sábanas. Sin embargo, ¿por qué iba a ser diferente de las demás? ¿Y por qué estaba pensando él cómo podrían ser las cosas si ella lo fuera?

Sintiéndose como si hubiera corrido un maratón emocional, Maisy bajó las escaleras y miró su bolso. Tarjeta de crédito, pasaporte, los euros que había cambiado el día anterior... Estaba preparada para irse de compras. Pensar que iba a cuidarse también un poco le puso una sonrisa en el rostro.

Alexei le había pedido cita en el spa a las dos, por lo que tendría unas horas para recorrer las tiendas. Andrei, el chófer, iba a llevarla, lo que era una buena noticia. Estaba deseando sentarse en el coche y poder admirar el paisaje desde la ventana mientras pensaba en Alexei como si fuera una adolescente.

Aún estaba sonriendo cuando llegó a la planta baja y Carlo Santini apareció a su lado.

–Señorita Edmonds, Alexei me ha pedido que le entregue estas cosas. Esto es la llave de seguridad que le da acceso a todas las zonas de la casa. Si necesita alguna vez un coche, como le ocurre hoy, habrá un chófer siempre a su disposición. Solo tiene que llamar al despacho de la casa para que se le prepare un vehículo. Aquí tiene el número grabado.

Carlo le entregó un smartphone. Ella lo aceptó de mala gana porque no tenía ni idea de cómo usarlo.

–Además, se ha abierto una cuenta a su nombre. Aquí están los detalles y sus tarjetas.

–¿Una cuenta bancaria?

–Sí –respondió Carlo con una sonrisa que a Maisy no le gustó–. ¿Acaso creía que no se le iba a pagar, *signorina*?

Maisy se quedó atónita, pero permaneció en silencio. Decididamente, la sonrisa de Carlo Santini no era agradable. No se lo había imaginado.

–Ahora tiene oportunidad de gastar, señorita Edmonds. El señor Ranaevsky es un hombre muy generoso.

Maisy permaneció en el mismo lugar unos instantes después de que Carlo se hubiera marchado. El teléfono le pesaba en las manos. Entonces, contempló la carterita que contenía las tarjetas de crédito con los ojos llenos de lágrimas.

Era una estupidez estar enfadada o sentirse herida. Así era como Alexei hacía las cosas. Aquello era a lo que ella había accedido. Sin embargo, saber y comprender que no era especial, que solo era una más en su vida, le dolía.

Alexei le estaba mostrando muy claramente sus condiciones. Carlo Santini la había mirado como si ella fuera la clase de mujer a la que se pagaba.

Metió todo en su bolso y se dispuso a salir. Ya le demostraría ella quién era. No gastaría ni un céntimo de su dinero.

Cuatro horas más tarde, Maisy estaba bajo las expertas manos de una masajista. La tensión iba desapareciendo poco a poco. No se había dado cuenta de lo mucho que necesitaba aquello, no solo el masaje, sino aquellas horas en solitario. No se sintió culpable por haber dejado a Kostya. El niño estaba en buenas manos. Tampoco se sintió culpable de lo que había hecho en la cama con Alexei aquella mañana.

Minutos después, envuelta en un albornoz blanco y con un tratamiento para el cabello bajo una toalla, Maisy comenzó a hojear unas revistas. Lo que vio la dejó completamente atónita.

Era Alexei. Estaba en un barco, en una fiesta, con el brazo alrededor de la cintura de Tara Mills. No tuvo que leer el pie de foto para reconocer el rostro de la joven. Había aparecido en un anuncio en el aeropuerto de Nápoles el día en el que llegaron. Más que una modelo, era una marca.

A pesar de que le costaba respirar, leyó el breve párrafo.

¿Ha encontrado Tara a su media naranja en Alexei Ranaevsky, el magnate ruso que tanta fama tiene de chico malo? Si los diamantes que lleva alrededor del cuello son una prueba fiable, Ranaevsky va en serio.

No eran las palabras del periodista lo que la habían dejado helada, sino la realidad del pasado de Alexei. Se dijo que debía calmarse. Después de todo, era normal que él tuviera un pasado, pero no podía evitarlo. Tomó

otra revista y comenzó a hojearla rápidamente. Luego otra.
Alexei estaba en todas partes, acompañado de una mujer diferente, todas ellas con afilados pómulos e interminables piernas. Rubias, morenas... No parecía impor-
tar.

«Y yo soy la pelirroja».

Él ya le había hablado de que su vida estaba some-
tida a los medios de comunicación, que la propia Maisy
aparecería en los periódicos, que habría poca intimidad... pero ella no le había hecho caso. Pues allí lo tenía.
Estaba viendo las pruebas de lo que Alexei le había dicho. Él era rico, poderoso y guapo. Salía con una mujer
diferente cada vez, igual que disponía de los coches que
tenía en el garaje de su casa.

Nunca en un millón de años se habría imaginado que
ella se vería llevando aquel estilo de vida. Miró a su alrededor. Se había preguntado sobre el coste de aquel
balneario desde el momento en el que salió del coche y
se vio impresionada por el lujo que la rodeaba. Sin
darse cuenta siquiera, había caído en una fantasía, pero
que no era la suya. No. Ella no quería ser fotografiada
ni aparecer en los medios de comunicación.

Sintió cómo se le hacía un enorme nudo en la garganta. Incluso después de que le secaran el cabello hasta
dejárselo como la seda, le hicieran la manicura francesa
en las manos y la maquillaran delicadamente, cuando
se miró en el espejo lo único que vio fue una idiota.

Maisy estaba en casa.

Alexei la encontró de pie en el vestíbulo de entrada,
rodeada de bolsas.

–Bravo –dijo él–. Veo que has comprado la costa de
Amalfi entera.

Ella lo miró como si lo estuviera viendo por primera vez. Entonces, fingió una sonrisa y dijo:

–Debería estar agotada, pero no es así. Me he divertido mucho.

Su entusiasmo era tan claramente falso que Alexei esperó a que ella le dijera lo contrario. No fue así. Maisy comenzó a recoger sus bolsas y Andrei se encargó del resto, lo que le reportó una de las hermosas sonrisas de ella. Alexei decidió echar una mano también mientras decidía allí mismo que en el futuro el chófer de Maisy sería otro empleado diferente. No le gustaba el modo en el que Andrei la miraba.

Ella comenzó a subir las escaleras, moviendo el trasero como un péndulo al caminar. Entonces, se dirigió hacia su dormitorio. Parecía estar prácticamente huyendo de él.

–Te he cambiado de habitación –dijo él.

Maisy se volvió lentamente para mirarlo. Parecía claramente turbada.

–No tenía ni idea de que dormías en un armario. Te he puesto en el dormitorio que hay al lado del mío, en el que yo dormí anoche.

–Oh...

–Pero, en realidad, dormirás en mi cama –añadió.

Al escuchar aquella parte de la noticia, Maisy se aferró a sus bolsas como si le fuera la vida en ello.

–¿Algún problema?

–No –respondió ella secamente–, por supuesto que no.

Evidentemente, lo había.

–No creía que lo hubiera –replicó con voz cortante.

Maisy echó a andar en la dirección de su nuevo dormitorio. Si pudiera llegar a él y cerrar la puerta, para poder rearmarse de nuevo antes de volver a verlo, todo saldría bien

Tal y como era de esperar, él la siguió al interior del dormitorio.

—¿Podría estar a solas un minuto? —le preguntó. Su voz sonaba ligera y despreocupada.

—No te he visto en todo el día, Maisy. ¿Acaso no me has echado de menos?

Alexei había cerrado la puerta y se había apoyado contra ella. Sin embargo, sus hermosos ojos azules ya no la miraban a ella. Observaban las bolsas.

La habitación tenía una pared entera de cristal, que daba a una terraza. Las vistas eran espectaculares. Sin embargo, Maisy se puso de espaldas a ella y dejó las bolsas en el suelo.

—No he tenido mucho tiempo de echarte de menos —replicó ella con voz seca—. He estado tan ocupada... ¿Te lo has pasado bien con Kostya?

Alexei le dedicó una tensa sonrisa y ella se dio cuenta de que su extraño comportamiento estaba teniendo su efecto en él. Se apartó de la puerta y se dirigió hacia ella de tal modo que Maisy dio un paso atrás. Si la tocaba en aquel momento, le pegaría. Alexei se limitó a dejar las bolsas sobre la cama.

—Ciertamente has estado muy ocupada. ¿Vas a renovar por completo el guardarropa?

—No. Solo he comprado unos cuantos vestidos. Hice la maleta para París, no para Italia. Hace mucho calor. Pensé que... Le he comprado a Kostya unos pantalones y un pijama precioso —añadió para tratar de llevar la conversación hacia aguas más neutrales.

Sintió que se le cortaba la respiración cuando Alexei tomó una bolsa que contenía lencería. No quería que él viera lo que había comprado. Había adquirido aquellas prendas antes de ver las revistas. Después, su actitud había cambiado radicalmente. Resultaba increíble lo que provocaba verse a la cola de una larga fina de mujeres increíblemente atractivas.

—No —dijo ella mientras trataba de quitarle la bolsa. Él se lo impidió.

—No puedes desilusionarme ahora, *dushka*. Es decir, no creo que esta compra en particular la hayas hecho para ti sola.

Alexei dejó caer las prendas íntimas sobre la cama. Lo primero que llamó su atención fue un salto de cama de raso en color marfil con adornos de encaje. Maisy se llevó las manos a las sienes. No podía fingir que no había realizado aquellas compras para él.

Después de examinar el salto de cama, Alexei se centró en los conjuntos de braga y sujetador que había sobre la cama. Todos elegantes, en colores pálidos. Nada escandaloso, nada descaradamente sexy... Todo parecía querer recordarle que, aquella mañana, la ropa interior de Maisy había sido de algodón.

De repente, se dio cuenta de que aquella sutil elegancia solo podría pertenecer a una mujer que había entrado en su vida sin la intención de seducir. Él podría haberle dicho que lo único que tenía que hacer era sonreírle para que fuera suyo.

—Me gusta esto...

—No creo que sean de tu talla —replicó ella mientras le quitaba las prendas de la mano—. No lo he comprado para ti, sino para mí.

Alexei sonrió.

—Póntelo esta noche —le dijo, más abruptamente de lo que había sido su intención.

Ella frunció el ceño.

—¿Se trata de una orden o de una petición?

—Y suéltate el cabello —añadió como si ella no hubiera hablado.

Maisy abrió la boca para decirle exactamente lo que pensaba, pero él le agarró uno de sus rizos y le hizo cosquillas con él por debajo de la nariz.

–No pongas esa cara, Maisy. Es solo sexo.

Con eso, se inclinó sobre ella para rozarle los labios con los suyos y, así, silenciarla muy eficazmente. Entonces, Maisy le colocó las manos sobre el torso y lo empujó.

–¿Maisy? –le dijo, completamente desconcertado.

–Pensaba que habíamos solucionado todo esto. Creía que teníamos un acuerdo.

–Está bien. ¿Cuál es el problema? –preguntó él tras echarse atrás–. Desde que hemos subido aquí, pareces muy nerviosa.

–Me has puesto en nómina. Creía que era una broma, pero no lo es. ¡Has hecho que ese horrible Carlo Santini me dé dinero!

–¿No se me permite gastarme dinero contigo?

–No te estás gastando dinero conmigo. ¡Me estás pagando! Y, para tu información, yo tengo mi propio dinero.

–No lo dudo, pero la vida va a ser muy cara para ti, Maisy. Ahora estás conmigo.

–¿Sí?

Maisy lo dudaba. No se sentía como si estuviera con él. ¿Cómo podía estarlo después de un único día? Era solo la chica que había caído accidentalmente en la cama de Alexei Ranaevsky mientras él estaba descansando entre modelo y modelo.

–No saques esto de quicio, Maisy.

–Me subestimas porque nunca he tenido un trabajo –dijo ella, sin saber ya lo que decía.

–¿De dónde te sacas eso?

–Lo dijiste anoche...

–Anoche dije muchas cosas, *dushka*. Quiero que las olvides y que te centres en el aquí y en el ahora.

–Tengo un trabajo, que es cuidar de Kostya.

–Esa vida se ha terminado, Maisy. Ha llegado el momento de dejarlo todo a un lado y enfrentarse a nuevos hechos en la vida.

–¿Qué hechos?

–La vida ha cambiado para ti. El horizonte se ha ampliado. Y tus pequeños ahorros no van a soportar esa carga, *dushka* –susurró lentamente–. Deja que te mime, Maisy.

Normalmente, esa frase le funcionaba a las mil maravillas.

Maisy lo miró con desaprobación.

–¿Significa eso que me vas a comprar un collar de diamantes?

La mirada de Alexei se endureció y se alejó de ella.

–Has estado leyendo la prensa sensacionalista.

–No. Las revistas. No es difícil encontrarte en ellas.

–¿Y esa es la razón de todo esto?

–Menudo eres tú, ¿verdad? –explotó ella antes de darle un buen empujón, aunque no pudo moverle ni un centímetro–. Una chica diferente para cada día de la semana. Bien, pues yo no voy a ser una de ellas, Alexei. Tengo mi propio dinero. Tengo mis propias joyas. Lo único que quiero de ti es...

Trató de encontrar un término neutral.

–*Da?* ¿Qué es lo que quieres de mí, Maisy?

–Sexo –le espetó ella–. Utilizo tus palabras. Solo sexo.

–Ahora nos entendemos –susurró él mirándola de arriba abajo.

Maisy se tensó. No se podía imaginar lo que él veía en ella. Ese era el problema. Sabía que eran sus propias inseguridades, pero ¿por qué no habían podido ser menos espectaculares sus antiguas novias, tal vez algo más corrientes?

Estaba buscando una razón. Alexei era guapo, alto, rico. Una joya. Y no para chicas como ella. Estaba a punto de preguntarle por qué, pero aquello habría sido demasiado humillante.

Alexei empezó a estudiarla como si fuera un rompecabezas. Ella dio un paso atrás y comenzó a meter la ropa interior de nuevo en la bolsa. No quería mirarlo. Se sentía una estúpida por haberse tomado tantas molestias en estar guapa para él, por haberse gastado un dinero que no se podía permitir en lencería que seguramente le parecía a Alexei modesta comparada con los que estaba acostumbrado.

—Estoy convencido de que esta mañana debería haberte atado a la cama —musitó Alexei.

Maisy se dio la vuelta y se dirigió hacia el vestidor. Cuando volvió a salir, él ya se había marchado.

Solo sexo. Eso era lo que él había dicho. Por fin lo sabía.

Capítulo 8

MAISY casi había dejado de sentir pena por sí misma, pero el hombro le estaba empezando a doler y se sentía algo irritada. Se dijo que lo único que deseaba era meterse en la cama, en su cama, pero no podía hacerlo. Tenía que bañar a Kostya y leerle un cuento antes de acostarlo. Después, tendría que entretener al hombre que le había puesto un collar de diamantes a Tara Mills alrededor del cuello.

Seguía sin entender por qué Alexei estaba con ella. Se quitó los zapatos y se dirigió descalza hacia la habitación de Kostya. Eran más de las seis y el niño estaba muy cansado después de aquel largo y emocionante día. En su media lengua, le habló de ponis y no hacía más que mencionar a otro niño, uno de los nietos de Maria. No obstante, principalmente hablaba de «Alessi». Maisy decidió que así era como debía ser

Mientras Kostya se bañaba, Maisy comenzó a sentirse muy cansada. De repente, Alexei apareció en el cuarto de baño, con el cabello húmedo, recién afeitado y oliendo a carísima colonia de hombre. De repente, ella se sintió profundamente agradecida por haberse pasado la tarde entre aceites y cremas que le daban a su piel y a su cabello un aspecto resplandeciente que su estado de ánimo no lograba igualar.

—Yo lo acostaré. Ve a arreglarte. Iré a buscarte para cenar.

«Ve a arreglarte». Maisy miró la jabonera y pensó si debería golpearle en la cabeza con ella.

–¿Maisy?

–Te he oído –respondió ella sin ocultar la irritación que sentía.

Alexei se preguntó qué diablos le ocurría mientras veía cómo se inclinaba para besar los rizos de Kostya y dejaba que los suyos cayeran sobre el pequeño. Era muy cariñosa con él. Cuando el niño le agarró un mechón y tiró de él, ella se echó a reír. Alexei vio a la Maisy que había conocido al principio. No se había dado cuenta de que aquella había desaparecido hasta aquel instante. Este hecho lo dejó atónito. Había estado tan ocupado justificando su comportamiento que se había olvidado de aquella dulzura, de la calidez que lo había atraído. Quería que regresara aquella Maisy, la que lo había saludado con solo una camisa o la que lo habría abrazado aquella misma mañana en el jardín.

Si Kostya no hubiera estado, la habría desnudado allí mismo y le habría hecho olvidar todas las discusiones y toda la ansiedad sobre el suelo. Sin embargo, sabía que el sexo no iba a ayudarlo a solucionar el problema con Maisy porque el sexo era precisamente el problema. Además, lo había estropeado todo aún más con las tarjetas de crédito que Carlo le había dado. Le había abierto una cuenta. Había hecho todo lo posible para que ella se pareciera al estereotipo que se había construido para poder manejar a las mujeres que entraban en su vida. Para neutralizar sus relaciones.

Si hubiera planeado apartarla de su lado, no lo habría hecho mejor.

Le agarró la mano. Ella pareció sorprendida. Entonces, Alexei le besó la palma. Era un gesto pensado para tranquilizarla, pero ella abrió los ojos de par en par, como si pensara que él iba a abalanzarse sobre ella allí mismo. De hecho, Maisy retiró la mano como si se hubiera quemado.

Alexei suspiró y dijo:

—No debería ser tan difícil, *dushka*.

Maisy trató de no cargar de significado sus palabras, pero, mientras se vestía, llegó a la conclusión de que, aquella tarde, había conseguido dañar seriamente el pequeño vínculo que habían construido en la cama aquella mañana.

Estaba frente al espejo, mirando cómo le quedaba su nueva ropa interior. Su imagen le resultaba desconcertante. Una Maisy más alta y voluptuosa, la mujer que solo había existido en sus fantasías. Comprendió que no había comprado aquella ropa interior para él, sino para ella. Para darse seguridad.

Entonces, tomó el vestido de raso negro y se lo metió por la cabeza. Este se deslizó como agua por su cuerpo, lo que provocó que el pulso se le acelerara mientras su silueta se transformaba con la ayuda de su lencería.

«Estoy bien», pensó. Se sentía segura. Se peinó y se maquilló. En aquel momento, se sintió tan hermosa como se había sentido aquella mañana, cuando tenía a Alexei dentro de su cuerpo y ella había sido el centro de su atención.

Lo echaba de menos y no sabía cómo recuperarlo. Estaba tratando de averiguarlo cuando alguien llamó a la puerta y la sacó de sus pensamientos.

Era Alexei. Estaba muy elegantemente vestido con un traje oscuro y camisa. El pulso de Maisy se aceleró.

Alexei se acercó a ella con una sonrisa en los labios

y le dijo algo en ruso. Algo que sonaba muy hermoso, con muchas erres y suaves vocales. Entonces, dijo otra cosa más, pero aquello sonó más picante.

–De repente, no tengo apetito –dijo por fin en inglés–. Olvidémonos de la comida y vayamos a lo importante.

Ella se cruzó de brazos con un gesto protector que borró la sonrisa de los labios de Alexei.

–Estaba bromeando, Maisy. El helicóptero nos está esperando. Tenemos una mesa reservada.

–¿Vamos a salir?

–Eso es lo que suele hacerse cuando se cena con una hermosa mujer.

Maisy se ruborizó. Alexei se relajó al ver que ella descruzaba los brazos y que parecía tranquilizarse un poco.

–No me puedo creer que vayamos a salir para que nos vea todo el mundo. Es como una cita de verdad, como la gente normal –comentó–. A excepción del helicóptero, claro.

–Yo también sé hacer cosas normales –afirmó Alexei.

Estaba empezando a entender que lo que le gustaba a Maisy eran los aspectos más tradicionales de las relaciones entre hombres y mujeres. Podía hacerlo. De repente, se preguntó si debería haberle llevado flores. Sin embargo, se dejó llevar por su instinto y le dio un delicado beso en la mejilla antes de tomarle la mano.

Maisy se iluminó y pareció salir flotando tras él. De algún modo, encontró el valor para subirse en el helicóptero y se aferró a él en la oscuridad, lo que hizo que su esfuerzo mereciera la pena.

Fue una noche mágica. El exclusivo restaurante estaba en Nápoles. Maisy jamás olvidaría que se bajaron de la limusina y que caminaron de la mano a través del centro histórico de la ciudad. Tenían un reservado, pero atravesaron el restaurante, que estaba lleno de comensales. Maisy sintió la emoción de hacerlo del brazo de Alexei.

A pesar de todas las emociones del día, tenía mucha hambre e incluso probó el plato de Alexei. Mientras tomaba el postre, supo enseguida lo que tenía que hacer aquella noche para que fuera completamente perfecta.

–Quiero hacer el amor contigo –replicó ella antes de que pudiera perder el valor.

Sintió que a Alexei se le cortaba la respiración al escuchar aquellas palabras. Resultaba gratificante, emocionante. Por primera vez desde que se conocieron, Maisy se sintió como si ella hubiera tomado las riendas.

–¿Nos vamos a casa? –sugirió.

Alexei no le llevó la contraria.

Algo había cambiado en Alexei. Maisy lo notó en el momento en el que entraron en la casa. Alexei atravesó el vestíbulo y comenzó a subir la escalera como si tuviera prisa.

Maisy lo siguió. Ya no iba de su mano y se sentía completamente arrastrada por él. Y eso que había pensado que había tomado las riendas. Sin embargo, no le importaba demasiado. Si él quería comportarse como un cavernícola, a ella no le importaba ser lo que él se llevaba a su cueva.

Desgraciadamente, Carlo Santini salió a su encuentro cuando llegaron al último piso. Alexei lanzó una maldición al verlo. Entonces, tras hablar con Santini en ruso, se volvió hacia ella con elaborada cortesía y, ya en inglés, le dijo:

–Ha surgido una pequeña emergencia, Maisy. Puede que tarde algún tiempo...

No la tocó. No la besó. Simplemente se marchó. Completamente desilusionada, Maisy se inclinó y se quitó los zapatos. Descalza, se dirigió a su dormitorio. Se sentía muy excitada, pero no tenía intención de meterse en la cama de Alexei por si él regresaba pronto y quería disponer de ella. El momento había pasado.

No sabía por qué, pero ver a Carlo Santini le había recordado la clase de relación que había entre ellos. Alexei tenía su vida, su trabajo y una mujer para divertirse. En aquellos momentos, daba la casualidad de que esa mujer era ella.

Se desnudó y sacó su vieja camisola para dormir, una larga camiseta blanca con un ratón de dibujos animados en la parte delantera. La había lavado mil veces. Cuando se la puso, deseó volver a tener una vida sencilla, la vida que había tenido antes de conocer a Alexei.

Se acurrucó en la cama y pensó en Anais durante un rato antes de dormir. Entonces, bostezó y se abrazó a la almohada. La cama le resultaba grande y vacía, pero estaba acostumbrada a dormir sola.

Volvió a recuperar la consciencia con un suspiro. Una mano de hombre le acariciaba la cara interior del muslo. Se sobresaltó y se echó hacia atrás, cayendo más plenamente entre los brazos de quien la había despertado.

—Alexei, me has asustado —musitó, aún medio dormida.

—Perdóname, *dushka*. No quería despertarte —susurró él, pero comenzó a besarle el cuello del modo que sabía que a ella le gustaba.

—No puedo hacer esto —protestó ella, pero Alexei ya le estaba levantando la camiseta. Ella se revolvió y se apartó de él—. No. Para. Necesito dormir.

—¿Dormir? —preguntó él con incredulidad.

—Sí. Y creo que tú también

Maisy ansiaba que él la tomara entre sus brazos y la obligara a cambiar de opinión, pero Alexei se levantó de la cama.

–¿Adónde vas? –le preguntó ella.

–Necesito una ducha, si te parece bien. Fría.

Maisy se tapó de nuevo, pero, a medida que fueron pasando los minutos, sintió que se echaba a temblar. Oyó que él abría el grifo de la ducha y que se cerraba. En cualquier momento, él volvería a salir...

Oyó que la puerta se abría y se cerraba. A la luz de la luna, vio que él estaba recogiendo la ropa que ella había dejado sobre el suelo.

–¿Qué estás haciendo? –quiso saber ella.

Alexei no respondió. Maisy dedujo que él se marcharía cuando hubiera terminado, pero no fue así. Se metió en la cama junto a ella y solo se pudo escuchar el sonido de su respiración, tranquila y profunda. Por el contrario, la de Maisy estaba completamente acelerada.

–¿Cuál era esa emergencia? –le preguntó.

Alexei estuvo en silencio tanto tiempo que ella pensó que no iba a contestar.

–Tenía que ver con una empresa maderera.

–¿Nada serio? –inquirió mientras se daba la vuelta para mirarlo.

Alexei estaba tumbado de espaldas, completamente desnudo, con un brazo detrás de la cabeza. Estaba mirando al techo y no a ella, pero Maisy notó que él estaba muy cansado y, por primera vez, se dio cuenta de que el trabajo nunca terminaba para él.

–Me he ocupado de lo más esencial. Lo demás puede esperar hasta mañana.

Maisy comprendió que había dejado cosas sin terminar para volver a su lado. Antes de que pudiera disfrutar con aquella sensación, recordó a Carlo Santini. Recordó a todas las mujeres.

Sin embargo, Alexei estaba allí, en la cama con ella.

–Esta noche me lo he pasado muy bien. Quiero darte las gracias –susurró.

Alexei giró la cabeza y la miró.

–Estabas muy contenta. Ahora estás temblando.

Entonces, su cuerpo se movió. Levantó la ropa de cama y la tomó entre sus brazos. A pesar de la ducha fría, su cuerpo estaba tan caliente como el sol. Emanaba calor y suavidad, pero ella no podía relajarse.

–Háblame –le susurró él–. Cuéntame cómo acabaste con los Kulikov. ¿Conociste a Anais en el colegio?

–Sí. Anais entró en St. Bernice cuando teníamos catorce años. Ella era alta y delgada y yo era una empollona regordeta.

–¿Erais íntimas amigas?

–A mí me acosaban porque no provenía de la familia adecuada y Anais me defendía. Siempre le estaré agradecida por ello.

–¿Qué ocurrió cuando terminasteis el colegio?

–Anais se hizo modelo y yo...

Maisy respiró profundamente. Jamás le había contado a nadie aquella historia y le resultaba extraño hacerlo en aquel momento, pero la oscuridad ayudaba.

–Mi madre se puso enferma y yo tuve que cuidarla.

–Entiendo.

No lo entendía. Jamás podría saber lo que habían significado aquellos dos años para ella. Tan solo era una niña y le habían arrebatado su juventud.

–Tu madre está muerta –dijo él, de repente.

–¿Cómo lo sabes? Ah, el detective.

–No. No hice que llegaran tan lejos. Lo sé porque no has llamado a Inglaterra. Toda las chicas llaman a sus madres alguna vez.

–Aunque mi madre estuviera viva, seguramente tampoco la llamaría.

–¿Qué ocurrió?

–Era madre soltera. Solo tenía dieciséis años cuando yo nací. Siempre me decía que yo le arruiné la vida. Entonces, enfermó de cáncer y me necesitaba.

Alexei le acarició suavemente el cuello.

–¿Qué ocurrió después?

–Me encontré con Anais en unos grandes almacenes de Londres tan solo unas semanas después del entierro de mi madre. Yo estaba... desconcertada. Y, de repente, allí estaba ella. Estaba embarazada de Kostya y me dijo que quería que me fuera a vivir con ella para que la ayudara. No tenía hermanas y no se llevaba bien con su madre.

–Eso lo teníais en común. ¿Y te quedaste con ella?

Maisy guardó silencio. No sabía qué decir. Alexei se estaba acercando a terreno peligroso.

–¿Jamás pensaste en volver a estudiar?

–Después de que mi madre muriera, pensé en ir a la universidad. Había conseguido plaza, pero no pude ir por mi madre. Entonces, Anais apareció y tomé mi decisión. No lo lamento.

–Estoy seguro de que Leo te podría haber conseguido un trabajo en una de sus empresas. Sé que eres una mujer inteligente, Maisy.

–Bueno, tenía que cuidar al bebé. Eso no te da mucho margen para tener vida social y menos para tener un trabajo.

–Háblame de tu único amante –dijo Alexei mientras le acariciaba suavemente el cabello–. ¿Tenías una relación con él?

–Sí. Mira, en realidad no quiero hablar de eso –susurró ella–. Ocurrió. Ya está.

–¿Te parece normal el hecho de tener una relación

con un hombre, perder la virginidad con él y que no se repita la experiencia?

—Yo lo dejé.

—¿Cuánto tiempo estuvisteis juntos?

—Seis semanas.

—¿Una relación tan larga?

Maisy perdió la paciencia.

—Está bien, ya sé lo que piensas. No soy sofisticada y tuve una única relación sexual patética con un tipo patético en un apartamento patético, pero mira, ahora he progresado. Mejor sexo con un muchacho mejor en una cama mejor.

—¿Mejor sexo? —repitió él, riendo—. El sexo es fantástico, *dushka*. El mejor del que yo he disfrutado nunca.

Maisy lo miró fijamente. ¿Había hablado en serio?

—Y, para tu información —añadió él—. Yo no soy un muchacho. Soy un hombre. Esa es la diferencia.

Maisy lo sabía. Alexei le había dejado clara la diferencia desde el primer día.

—Ojalá te hubiera conocido entonces —susurró él.

—No me habrías dado ni la hora.

—Eso no es cierto. Te habría llevado a un lujoso hotel y te habría quitado la virginidad con mucho más cuidado que ese tipo del apartamento patético —afirmó.

Maisy apretó la sien contra su torso. Durante un instante, se permitió creer aquellas palabras. Alexei la estaba acariciando. Sus manos se deslizaban por la cintura, la espalda y las caderas de Maisy con movimientos circulares, pero no con intención sexual. Solo la estaba haciendo entrar en calor.

—Alexei...

—¿Sí?

—Ojalá hubieras sido tú —confesó ella—. Sé que solo estamos teniendo una aventura, pero me habría gustado que fueras tú.

Las manos de Alexei dejaron de moverse. De hecho, pareció que él había dejado también de respirar.

–Es lo que siento –añadió ella muy nerviosa. Se preguntaba qué significaba aquella inmovilidad.

Alexei le hizo levantar la barbilla con un gesto de su enorme mano y la besó apasionadamente.

De repente, sus manos desaparecieron bajo la camisola que ella llevaba puesta y le cubrieron los senos. Maisy sintió que el cuerpo se le aceleraba sin que pudiera evitarlo. Seguía temblando, pero era imposible no responder a Alexei. Seguía siendo suya. Ya lo sentía contra su sexo, que estaba húmedo para él. Alexei la penetró con un único movimiento y ella comenzó a moverse debajo de él, sin importarle nada más que la furia que la empujaba a levantarse. Maisy no se reconocía.

Alcanzó el clímax tan rápidamente que estuvo a punto de echarse a llorar, pero Alexei siguió moviéndose dentro de ella. Maisy se aferró a él y le clavó las uñas con fuerza en los músculos de los hombros cuando sintió que comenzaba de nuevo a excitarse. No dejaron de besarse y Alexei la miraba constantemente por lo que, cuando ella volvió a alcanzar de nuevo el orgasmo, él la acompañó. Sin embargo, en aquella ocasión fue diferente. Sintió cómo Alexei se vertía dentro de ella. Permaneció allí, sin moverse. Maisy sintió cómo el corazón comenzaba a latirle más lentamente y cerró los ojos.

–No es una aventura –musitó él. Entonces, se incorporó un poco y le enmarcó el rostro entre las manos–. No es una aventura...

Alexei le concedió a Kostya los tres días que había prometido. Le llevó al mar y se bañó con él entre las olas. Después, construyeron juntos castillos de arena para que el mar pudiera destruirlos.

Maisy se refugiaba bajo un enorme sombrero y una camisa porque el sol nunca había sido complaciente con ella. Devoraba con los ojos a Alexei, que llevaba un bañador que no hacía más que excitar más aún sus eróticos pensamientos. Su piel dorada parecía burlarse de las pecas que cubrían la blanca piel de Maisy.

Cuando él se levantó y se dirigió hacia ella, Maisy sintió una oleada de tórrido deseo. Él no dejaba de observar las suntuosas curvas de su cuerpo y el favorecedor bikini que ella llevaba puesto.

La noche anterior se había producido un cambio en su relación. Las tensiones entre ellos parecían haberse evaporado y, en aquella playa privada, Maisy se sintió feliz. Era como si su cuerpo se hubiera despertado por fin de un largo sueño como la Bella Durmiente. Su apuesto príncipe parecía devorarla con la mirada.

Habían decidido que no se mostrarían afecto delante de Kostya, pero Maisy había comenzado a arrepentirse de haber accedido a aquello, sobre todo cuando Alexei se tumbó en una hamaca al lado de ella. Su cuerpo relucía por el agua del mar. Sus húmedas pestañas enmarcaban perfectamente sus maravillosos ojos. La estaba observando y parecía relajado y feliz. El serio y frío Alexei había desaparecido.

Kostya se colocó bajo la sombrilla y comenzó a jugar con una pala sobre la arena. Alexei extendió la mano y ella le dio la suya, rompiendo así la regla. La paz y la serenidad del momento los envolvió a ambos.

–Tengo que volar a Ginebra el viernes –dijo él de repente–. Quiero que vengas conmigo.

–Creo que Kostya y yo deberíamos quedarnos aquí –respondió ella de mala gana–. Él está empezando a sentirse cómodo aquí y creo que estaría mal romper ese proceso.

–Maria puede cuidar de él. Solo serán dos días y una noche.

–Es demasiado –respondió ella muy a su pesar–. No puedo dejarlo, Alexei. ¿Te importa?

–Claro que me importa, pero lo comprendo –dijo mientras le acariciaba la palma de la mano con el pulgar–. Leo no tuvo padres durante los primeros ocho años de su vida. Podría explicar el hecho de que no dedicara a su hijo el tiempo que debería haberle dedicado. Yo no cometeré ese error.

Maisy lo miró. Ella desconocía aquel detalle, pero la admisión de Alexei sirvió para curar la herida que sus palabras de la otra noche habían abierto. Él la creía o, al menos, estaba dándole el beneficio de la duda.

–Sin embargo, viajo mucho, Maisy. Kostya va a tener que acostumbrarse a eso.

Ella trató de no prestar atención al hecho de que no la había mencionado a ella en aquella frase. Se trataba de la vida de Kostya, no de la suya.

–Tal vez dentro de unas semanas, cuando se encuentre más seguro.

–Una semana. Le doy una semana. Entonces, te quiero conmigo. Yo no puedo detener mi vida, Maisy. No puedo. Además, tú te volverás loca aquí sola. Me necesitas para que te entretenga.

–¿Cómo me vas a entretener si estás trabajando?

–Nueva York, París, Roma, Praga... ¿No quieres ver esas ciudades?

–Quiero estar contigo –dijo ella sencillamente. Y era verdad.

Alexei no respondió, pero no le soltó la mano. Maisy sintió que no se la soltaría mientras durara lo que había entre ellos. No quería pensar en cómo se sentiría cuando él por fin se la soltara.

Capítulo 9

HUELES tan bien...
Estaban en el apartamento que él tenía en París. Tenía unas vistas espectaculares del Sena y de las torres de Nôtre Dame. Era la primera vez que Maisy iba allí y se sentía completamente abrumada por lo que veía. Había esperado muebles modernos, acero y cristal, pero la decoración era de estilo Luis XVI, en dorado y crema. Era como entrar en la mansión parisina del siglo XVIII. A ella le encantaba.

—No llevo perfume.

—Lo que sea... –susurró Alexei mientras le mordisqueaba el cuello.

—Solo uso jabón de mandarina. Eso es probablemente lo que hueles...

—Te huelo a ti, Maisy –le gruñó él al oído. Sus grandes manos le cubrían la cintura mientras la tomaba entre sus brazos.

—Tú también hueles muy bien –admitió ella.

—Loción para después del afeitado y jabón. Nada del otro mundo.

Sin embargo, todo en él era de otro mundo. Maisy se sentía completamente adorada entre sus brazos. Alexei gritaba su riqueza, su poder y su buen gusto a los cuatro vientos, pero, cuando estaba con ella, en la cama, se ponía al mismo nivel que Maisy. Se despojaba de todo hasta quedarse en solo lo esencial. Solo era un hombre, un igual para ella, la mujer que él deseaba.

Las curvas que le habían hecho caer en la desesperación en Londres eran lo único que él quería en la cama.
Nada de lo que ella decía o hacía con él en la cama estaba mal. Los halagos que él le decía acrecentaban su
confianza. Sin embargo, el resto del tiempo, Maisy no
se sentía bien.

Iban constantemente de un sitio a otro. Nápoles,
Roma, Moscú, Madrid... Maisy estaba siempre en una
limusina, sola o con Kostya, entrando en las suites o en
los apartamentos que él tenía en muchas ciudades. En
algunas ocasiones, iban a cenar a lugares íntimos. Ciertamente, él no exhibía su relación. Otras veces, ella ce-
naba sola. Alexei afirmaba que Maisy se aburriría en
las cenas de negocios.

Aquel día en París, con Alexei en reuniones y con
Kostya con los niños de unos amigos de los Kulikov,
que estuvieron encantados de volver a ver al pequeño,
Maisy salió a la calle con unos cómodos zapatos planos
y se fue de compras.

Cuando regresó a las siete, se sentía ligeramente de-
primida y le dolían los pies. La experiencia no había
sido tan divertida como ella había anticipado.

Alexei había quedado desconcertado cuando llegó a
casa temprano con la intención de sorprenderla y se en-
teró de que ella había salido. Observó las bolsas que había sobre la cama como si fueran extraterrestres

Ella sacó un par de vaqueros y unas cómodas cami-
setas y las colocó en un ordenado montón. Entonces,
sacó el precioso vestido de seda fucsia que había sido su
compra más importante del día. Se lo mostró a Alexei.

–Los desfiles son la próxima semana, *dushka* –comentó–. Te llevaré.

Maisy se aferró a su vestido. ¿Aquello era lo único
que se le ocurría decir?

–No me puedo permitir la alta costura. Sé que tú quieres que me vista así y te lo agradezco, pero hoy quería comprarme algo mío. Resulta raro llevar siempre ropa prestada.

–Maisy, esa ropa te pertenece. Yo las compré para ti. Todo es tuyo.

–Oh –susurró ella mientras se sentaba en la cama sin soltar el vestido.

–La mayoría de las mujeres estarían encantadas.

Lo de «la mayoría de las mujeres» fue la gota que colmó el vaso.

–¿Es así cómo funcionabas en el pasado? ¿Vestías a las mujeres con las que estabas?

Aquella era la primera vez que Maisy sacaba el tema desde la conversación de Ravello.

–No...

–Tara Mills, Frances Fielding, Kate Bernier... –dijo ella sin mirarlo–. Supongo que a ellas también las vestías.

–¿Cómo diablos has conseguido esos nombres?

–Los he leído en las revistas. No importa, Alexei. Todo el mundo tiene un pasado.

–No me gusta que me hayas investigado, Maisy. Si quieres saber algo sobre mi vida, solo tienes que preguntármelo a mí –comentó. El tono de su voz era muy razonable, pero sus ojos tenían el brillo del acero.

–Pues a mí me parece recordar que tú me investigaste a mí –le espetó.

–Sí, porque estabas cuidando de mi ahijado.

–Y yo he buscado cosas sobre ti porque me acuesto contigo todas las noches.

–Preferiría que no buscaras información sobre mí en la prensa sensacionalista.

–Tienes razón. Entonces, si no las vestiste a ellas, ¿por qué me vistes a mí?

–Me imaginé que así podría facilitarte las cosas

Maisy no se lo creyó. Estaba convencida de que Alexei se sentía avergonzado de ella.

–Creo que es mejor que yo me compre mi propia ropa –dijo ella con la voz muy tranquila a pesar de lo enfadada que se sentía–. Comprarme un guardarropa entero no es un regalo. Resulta impersonal.

–¿Impersonal?

–Sí. Es como si estuvieras intentando comprarme.

Entonces, Alexei dijo algo que no debería haber dicho.

–Jamás he pagado por tener sexo en toda mi vida.

–Yo... –tartamudeó Maisy–. Yo estaba hablando de nuestra relación.

En aquel momento, se dio cuenta de que no había relación. Solo era sexo. Alexei siempre había dicho que era solo sexo.

–Llevo una vida pública –contestó él mientras paseaba por la habitación, más tenso de lo que Maisy lo había visto nunca–. Tienes que ir bien vestida si te van a ver conmigo. Por eso, no te puedes poner eso –añadió señalando el vestido que ella tenía en el regazo–, para venir a cenar esta noche.

Maisy no había pensado ponérselo. Era un vestido de día. Se sintió completamente furiosa.

–Este vestido no tiene nada de malo.

–Te quiero con el vestido de seda color champán que te pusiste en Roma.

–No.

–Bien.

Alexei se apartó de ella y se quitó el reloj y los gemelos. Tras dejarlos sobre la mesilla de noche, se dirigió al vestidor.

–¿Adónde vas?

Él no respondió. Reapareció un minuto más tarde, completamente desnudo.

–Voy a darme una ducha.

–Te repito que voy a ponerme lo que yo quiera ponerme –insistió ella.

–Haz lo que quieras –replicó–. Ya no hay invitación.

Maisy lo miró boquiabierta. ¿Qué quería decir con eso? ¿Que no iban a salir a cenar? No se podía creer lo que acababa de ocurrir. ¿Se había enfadado con ella porque se había comprado su propia ropa y se negaba a ponerse la de él?

Oyó que el grifo de la ducha se abría. Permaneció sentada, pensando. Había sido un día muy largo. Decidió que lo mejor era que utilizara unos minutos para tranquilizarse. Entonces, tomó su cepillo y su bolsa de aseo y entró en el cuarto de baño. Alexei se estaba secando con una toalla. Pareció sorprendido de verla, pero Maisy lo ignoró. Se soltó el cabello y comenzó a peinárselo con fuertes movimientos de cepillo.

–Me gustaría tener un poco de intimidad, Maisy.

–Mala suerte –replicó ella mientras tomaba su acondicionador en spray y lo pulverizaba.

Alexei se puso una toalla alrededor de las caderas y se marchó. Maisy siguió peinándose. Se realizó un elegante recogido y luego se maquilló. Cuando salió del cuarto de baño, Alexei se había puesto ya los pantalones y se estaba abrochando la camisa. Comprendió que él iba a salir.

Sin ella.

–¿Adónde vas?

Cuando él no respondió, Maisy le arrojó el cepillo que aún tenía en la mano a las piernas, aunque falló estrepitosamente. Entonces, sin saber muy bien lo que estaba haciendo, se quitó la sencilla camisa que había es-

tado llevando puesta todo el día, se desabrochó el sujetador y se quitó las braguitas.

Estaba de espaldas a él. Nunca antes se había desnudado delante de él a lo largo de todas aquellas semanas.
Lo consideraba un acto muy íntimo, que le hacía sentir
vulnerable. Otra cosa era estar en la cama con él y des-
nudarse allí.

Vació la bolsa de ropa interior que se había comprado y tomó un sujetador y unas braguitas transparen-
tes que le habían costado más que su bonito vestido.
Ninguna de las dos prendas era en absoluto práctica
para ponerse en ningún otro sitio que no fuera el dormitorio y para seducir a un hombre.

Cuando terminó de colocarse los pechos en la copa
del sujetador, miró a Alexei por encima del hombro. No
había avanzado nada con los botones de su camisa.

–Ven a ayudarme –le dijo.

Él no lo dudó, lo que acrecentó la seguridad que ella
tenía en sí misma. Cuando él estaba muy cerca, se dio la
vuelta y desató el lazo que llevaba el sujetador entre las
copas. El peso de los senos hizo que estas se separaran.

–Átamelo.

Alexei movió obedientemente las manos, aunque
para deslizarlas por debajo de la tela. Comenzó a acariciarle los pezones con los pulgares.

–Eso no me está ayudando –susurró ella.

–Tú lo has empezado. Yo lo voy a terminar.

El deseo se apoderó de ella. Le agarró la cinturilla
de los pantalones y trató de desabrocharle los botones
sin ser capaz de conseguirlo. No importó. Él la levantó
y dejó que Maisy le rodeara la cintura con las piernas.
En vez de utilizar la cama, la empujó contra la pared y
le apartó las braguitas. Tras comprobar que ella estaba
más que lista para recibirle, la penetró.

Maisy echó la cabeza hacia atrás. Alexei ocultó el rostro en el cuello femenino y comenzó a hundirse en ella con poca delicadeza y un gran grado de energía. Maisy no podía contener los sonidos que se le escapaban de los labios y que indicaban claramente el inmenso placer que estaba sintiendo.

La sorprendió que pudiera ser así. Entonces, cayó en la cuenta de que no se había puesto preservativo. Tal vez él se dio cuenta al mismo tiempo, porque pareció hacer ademán de apartarse de ella. Sin embargo, su impetuoso deseo pareció ganar la batalla. No obstante, la hizo deslizarse por la pared y, en cuanto los pies de Maisy tocaron el suelo, se apartó de ella y se vertió sobre el vientre desnudo de Maisy. A ella le pareció que jamás había visto algo tan hermoso. Se sintió como una diosa. La ira había desaparecido al ver la esencia de Alexei sobre su piel.

Él se disculpó y se inclinó sobre ella. Tenía la cabeza baja y la respiración agitada. A Maisy le encantaba ver lo que era capaz de hacerle.

Alexei aún tenía la camisa puesta. Se había quitado los calzoncillos y los pantalones.

—Tú no has tenido un orgasmo —le susurró al oído.

—No importa —le dijo mientras lo abrazaba. Necesitaba aquella cercanía.

—Puedes ponerte lo que quieras para salir a cenar. Podemos cenar aquí. Lo que tú quieras.

Maisy se aferró a él. Su instinto le decía algo que no quería escuchar en aquellos momentos. Resultaba más fácil tomarle la palabra. Aquel era el poder que tenía sobre él. Acababa de manipular una situación con el sexo, algo que jamás hubiera hecho antes. La relación con Alexei la estaba cambiando. Los estaba cambiando a ambos.

No quería ser esa mujer. No quería ser de aquel modo

con Alexei. Quería una relación sincera y real. Quería que él la amara. Aquel pensamiento hizo que, por primera vez, viera las cosas con claridad. Estaba enamorada de él.

Quería que él la amara a ella igual que ella lo amaba a él. Se había enamorado de él desde el primer momento, cuando había reconocido en él algo que necesitaba desesperadamente.

En aquel momento, todas las señales de peligro estaban en rojo.

Cuando regresaron a Ravello, Alexei soñó aquella primera noche con San Petersburgo. Él tenía ocho años y estaba en las calles. Formaba parte de un grupo de chicos que vivían de lo que encontraban. No podía recordar a su padre, pero aún podía ver el hermoso rostro de su madre. Cuando se inclinó sobre él, notó el fuerte olor del alcohol en su aliento. Le prometió que regresaría a buscarlo dentro de unos días, pero jamás lo hizo.

Se despertó cubierto de sudor y temblando. Todo estaba oscuro..

Maisy se despertó al escuchar un grito. Se sentó en la cama y vio que Alexei estaba despierto. Había muy poca luz como para que pudiera verle el rostro, pero sentía que estaba muy tenso. Él había tenido otro de esos sueños. Extendió la mano en la oscuridad y se la colocó sobre el pecho. Notó que estaba muy caliente y que su respiración estaba muy acelerada.

–¿Te encuentras bien?

Alexei se dio la vuelta y se puso de espaldas. Maisy no sabía qué hacer. La otra vez que se había despertado en medio de la noche de aquella manera, él había fingido volver a quedarse dormido, aunque los dos sabían que no había sido así.

–Alexei... Háblame –susurró ella. Le abrazó por la cintura para consolarlo.

Él le buscó las manos. Las entrelazó con las suyas y se sintió más tranquilo.

–Kostya estará bien –dijo, casi para sí mismo.

Maisy se puso en estado de alerta. Algo iba mal. Muy mal.

–Por supuesto que sí...

Habían pasado ya un par de semanas desde que le dijeran al niño que sus padres habían muerto. Habían sido unos días difíciles, durante los cuales Maisy había roto su regla por las noches. Se había llevado a Kostya a la cama. Alexei se había ofrecido a marcharse a la otra cama, pero el niño había insistido en que su querido «Alessi», se quedara también. Parecían una familia, todos juntos en aquella enorme cama.

–Lo protegeré –afirmó Alexei.

–Lo sé –susurró ella mientras le acariciaba la espalda.

De repente, él se apartó de ella bruscamente y encendió la luz.

–Pero no puedo protegerlo de ti, ¿verdad?

–¿De qué estás hablando, Alexei?

–Estoy hablando de que te vas a marchar, Maisy. Los dos sabemos que hay fecha límite.

Ella lo miró fijamente. De repente, sintió un escalofrío en la espalda.

–¿Por qué me estás atacando así?

Entonces, Alexei dijo las palabras que ella más había estado temiendo.

–No puedo seguir haciendo esto, Maisy.

Una pequeña parte del corazón de ella se había permitido pensar esperanzada en un futuro con él. Vestido blanco, felicidad compartida, hijos... Las cosas que había anhelado cuando era una niña y su mundo era en blanco y negro. Las cosas que jamás tendría con Alexei.

–Entiendo.

–¿Eres feliz conmigo, Maisy?

–Sí –susurró ella. Jamás había sido tan feliz.

–Nunca vas a ninguna parte. Nunca ves a nadie.

–Te veo a ti. Veo a Kostya...

–No podemos seguir así. Está empezando a afectarme los nervios –dijo, mirándola por fin–. Necesitamos estar con otras personas, salir al mundo, o esto jamás va a ser normal.

Estaba tratando de persuadirla para que se marchara.

–¿Tú quieres ver a otras personas?

–Tal vez necesites un trabajo –comentó sin responder la pregunta de ella–. Necesitas una vida propia.

–Ya tengo un trabajo. Cuido de Kostya. Tengo una vida.

–¿Durante cuánto tiempo?

–Creo que eso más bien depende de ti –le espetó ella. Ya se lo había dicho.

–Si de mí dependiera, jamás saldrías de mi cama.

Sin embargo, la expresión de su rostro no se había suavizado. Ella sabía que aquella noche no le diría nada más. Debería presionarle, pero no dejaba de recordar las palabras que él acababa de decir. «No podemos seguir así...».

–¿Podemos volver a dormirnos? –le preguntó, aunque aquello era lo último que deseaba hacer.

Alexei apagó la luz. Maisy esperó a que la tomara entre sus brazos, pero no lo hizo. Permaneció sentado en la cama, en silencio.

Ella se dio la vuelta y se acurrucó todo lo que pudo, pero tampoco pudo dormir. El futuro era baldío sin él.

–Viene un grupo de gente a mediodía. He pensado que los iba alojar en el yate en vez de traerlos hasta aquí, pero algunos se van a quedar a pasar la noche. ¿Crees que te sentirás cómoda?

Aquella mañana estaba muy guapo. Llevaba un polo color verde oliva y unos chinos. Se acababa de afeitar y sin duda olía tan bien como siempre, aunque Maisy no lo sabía porque él ni siquiera le había dado un beso desde su conversación de la noche anterior.

Y encima aquello. ¿Que iba a llegar un grupo de personas a la casa? Era la primera noticia que tenía.

–Normalmente se me da bien la gente –respondió ella. Estaban desayunando en el comedor.

–Lo sé. Te he visto. Todos los empleados te adoran –dijo él mientras se tomaba su *espresso*–. Sin embargo, después de hoy será oficial. Todo el mundo querrá saber quién eres –añadió. Giró la cabeza lentamente y la miró con sus impresionantes ojos azules–. ¿Qué les digo?

«Que soy tu novia. Que te amo. Que estoy enamorada de ti desde el primer momento en que te vi. Que significas todo para mí».

–Diles que me llamo Maisy Edmonds y que cuido de Kostya. Y que, cuando he terminado de supervisar sus comidas y me he asegurado que duerme bien, tranquilo, me ocupo de ti.

Alexei extendió las manos y le agarró las muñecas. Entonces, la obligó a sentarse sobre su regazo, lo que ella hizo con la espalda rígida y tensa, sin mirarlo.

–Te enviaré un coche a la una. Carlo te acompañará.

–Odio a Carlo...

–¿Qué es lo que te ha hecho? –preguntó Alexei muy sorprendido.

–Es un arrogante. Cree que tú me has comprado. Lleva pensando lo mismo desde que me dio tus estúpidas tarjetas y tu smartphone.

–No te he visto nunca usarlo.

–Lo metí en un cajón. No lo necesito. No necesito nada.

–Pues ese dinero es para que te lo gastes, *dushka*. Quiero que te diviertas.

Maisy suspiró. Él jamás iba a comprender lo que ella sentía.

–Ya te lo he dicho, Alexei. No quiero tu dinero.

De repente, comprendió que él le había abierto una cuenta bancaria, pero ni siquiera le había regalado un ramo de flores. Además, aquel día tenía que enfrentarse a un montón de desconocidos. ¿Cómo la iba a presentar Alexei? ¿Como su último accesorio?

–¿Podrías estar lista a la una?

–¿Acaso tengo elección?

Alexei le acarició la curva de la mandíbula y la animó a mirarlo.

–Creo que te he dicho ya antes, *dushka*, que siempre tienes elección. Tomaste la primera elección cuando decidiste estar conmigo y ahora necesito que cumplas tu palabra un poco más –dijo. La obligó a levantarse de su regazo–. Vete. Te he organizado un poco de ayuda para que te arregles.

Maisy se quedó atónita por aquella enigmática afirmación. Estaba ordenando la ropa de Kostya cuando

Maria le dijo que había llegado una estilista para ayudarla a prepararse para la fiesta. Maisy bajó a recibirla.

La estilista la depiló, la masajeó, la maquilló, la cepilló, la desnudó y la obligó a ponerse un vestido de seda y gasa de color rosa con finísimos tirantes que le acariciaba suavemente los senos y le cubría a duras penas las rodillas. Le trenzó cuidadosamente el cabello y se lo recogió maravillosamente. La había maquillado tan bien que sus ojos parecían estanques misteriosos y su boca tenía el aspecto tan fresco de una rosa.

Jamás se había sentido tan hermosa como en aquel momento.

–*Bellisima...* –murmuró la estilista.

Maisy parpadeó rápidamente. No quería que las lágrimas le estropearan el maquillaje.

–Nunca antes me había llorado una de mis clientas –añadió la mujer mientras le secaba cuidadosamente los ojos.

No era el vestido lo que la había emocionado, ni el maquillaje ni su aspecto. Tan solo estaba pensando que si Alexei la viera así, tal vez decidiría quedársela un poco más de tiempo y que tal vez así ella tendría la oportunidad de enfrentarse a la mala costumbre que él tenía de tratar a las mujeres como si fueran juguetes.

No quería terminar como su smartphone, en un cajón.

Maisy permaneció a cubierto en la lancha motora que los llevó al palacio flotante que era el *Firebird*.

Era la primera vez que visitaba el yate, aunque Alexei se lo había mostrado con los prismáticos. Cuando vio su tamaño de cerca, Maisy comenzó de nuevo a pensar en lo que tanta opulencia debía de significar para el ego de una persona. Sin embargo, a pesar de toda su riqueza, Alexei era un hombre muy sencillo. Era una de las razones por las que se había enamorado de él.

El yate bullía de actividad. De repente, ella se sintió muy nerviosa. Aquellas personas eran los amigos de Alexei y eso la ponía más nerviosa aún. Decidió que tenía que recuperar la compostura y recordar que no había nada fuera de lo corriente en su situación. En aquel mundo, las amantes eran un añadido inesperado a un hombre de éxito.

Cuando entró en el salón principal, vio personas en la cubierta que se esforzaban por verla. Maisy no estaba segura de que aquello le gustara. El miembro de la tripulación que la acompañaba llamó a una puerta y le hizo una inclinación de cabeza a Maisy antes de retirarse.

–Entra.

Maisy se sentía extraña al tener que esperar que Alexei le diera permiso para acudir a su presencia. Vio que se estaba poniendo unos gemelos y que, cuando la vio, uno de ellos se le cayó al suelo. Cuando Maisy fue a recogérselo, él se lo impidió.

–No. Quiero mirarte –susurró. Resultaba evidente que admiraba el aspecto que ella presentaba–. Estás tan diferente...

–Es el cabello y el maquillaje, pero debajo de todo esto sigo siendo yo. ¿Vas a besarme?

–Por supuesto –dijo. Le rozó la mejilla con los labios.

Desilusionada, Maisy trató de justificar su frialdad por el hecho de que él no quería estropearle el maquillaje.

–Estás muy guapo –dijo ella, sin poder contenerse.

–Eso es lo que he dicho yo.

No. No había sido lo que había dicho él. Había dicho «diferente».

—Estoy nerviosa.

—No tienes por qué. Son solo personas.

—Son tus amigos.

—No, Maisy. Principalmente, son invitados. Te divertirás. Te agradecería que no dijeras nada de lo de Kostya, si no te importa. La gente tiene curiosidad, pero no es asunto suyo.

—No comprendo...

—En sencillo —replicó él mientras recogía el gemelo—. No le digas a nadie que eres la niñera.

Alexei le dedicó una sonrisa muy tensa, como si estuviera intentando restarle dureza a sus palabras.

—No. No lo haré. Sería humillante para mí, considerando mis circunstancias ahora.

—¿Vamos a pelearnos ahora, *dushka*? ¿Cuando estamos tan cerca de hacer acto de presencia?

—No, no vamos a pelearnos.

Al ver que él aún no se había puesto el gemelo, se lo quitó y se lo puso en silencio. Sentía su respiración cerca de ella. Le acarició la muñeca con las yemas de los dedos y notó que él contenía la respiración. Aquella era la fuerza que necesitaba. Levantó la mano de Alexi y se la llevó a los labios. Cuando le dio un beso en la palma, se dio cuenta de por qué a él le había costado tanto ponerse el gemelo. Las manos le estaban temblando.

El día anterior le habría preguntado por qué. Aquel día se limitó a sonreír.

—Nadie notará el lápiz de labios en la mano —dijo ella—. Y si se dan cuenta, puedes decirles que es una muestra de afecto de tu amante.

Alexei no corrigió sus palabras.

Capítulo 10

MAISY se había sentido exageradamente arreglada cuando iba de camino al yate, pero al verse entre tanto lujo y junto a los invitados de Alexei, se alegró de haberlo hecho. Algunas de las mujeres que allí había eran verdaderamente hermosas.

Deseaba desesperadamente agarrarse a la mano de Alexei cuando salieron a la cubierta, pero sabía que cualquier signo de vulnerabilidad la dejaría más cerca del fin de su relación. No quería que fuera allí, delante de todas aquellas personas. Alexei se había transformado en un distante desconocido y ella se sentía muy insegura. Volvían a estar donde habían estado semanas atrás, en aquella extraña noche en Londres. Parecía que lo que había ocurrido entre ellos no había sido más que un sueño.

Se quedó atónita cuando él, de repente, apretó el paso y se acercó a un hombre para darle un fuerte abrazo. Luego hizo lo mismo con otro. Las mujeres que les acompañaban le dedicaron una amplia sonrisa y le besaron en la mejilla.

–Hola –le dijo ella de repente a la mujer que estaba más cerca de su lado–. Me llamo Maisy.

–Stefania –respondió ella con una sonrisa. Luego miró a Alexei.

–Maisy, estos son Valery e Ivanka Abramov y Stiva y Stefania Lieven. Maisy Edmonds.

–Alexei no nos ha contado absolutamente nada sobre ti –dijo Stiva mientras miraba a Alexei con curiosidad.

–Bueno, estoy segura de que podremos conocerla ahora –comentó Ivanka. Le guiñó a Maisy el ojo e, inmediatamente, esta sintió que parte de la tensión que tenía en los hombros se evaporaba.

–Tu vestido es precioso –comentó Stefania–. ¿Quién lo ha diseñado?

–No lo sé –dijo ella. Entonces, miró con cierto nerviosismo a Alexei–. Lo siento.

Se sintió fatal. Parecía una idiota. No obstante, las dos mujeres se pusieron a hablar con ella y los dos hombres la miraban y sonreían, como si quisieran hacer que se sintiera cómoda con ellos. A pesar de sus esfuerzos, Maisy sabía que las dos parejas estaban casadas, lo que le hacía sentirse aún más aislada. No dejaban de proporcionarse muestras de cariño constantemente, mientras que Alexei y ella parecían estar separados por un muro inexpugnable.

Después de media hora, Alexei se llevó a Maisy para presentarle a más personas, aunque resultaba evidente que aquellos cuatro eran sus amigos, los que se iban a alojar en la casa. El resto eran tan solo invitados, aunque los fue saludando uno por uno acompañado de Maisy. Cuando le sonreía o la tocaba, ella sabía que tan solo lo hacía por las apariencias.

Todo el mundo quería hablar con ella, por lo que tardó un buen rato en poder sentarse en solitario, protegida del cálido sol por un toldo. Se sentía algo mareada del champán que había estado tomando. No sabía cuánto había bebido, pero solo sabía que su copa siempre había estado llena. La cara le dolía de tanto sonreír.

–Tú debes de ser Maisy –le dijo una mujer alta y esbelta, que iba ataviada con un vestido blanco casi transparente. Su rostro le resultaba vagamente familiar a Maisy–. No nos han presentado. Tara Mills.

Maisy aceptó la mano que ella le ofrecía.

–Tenemos en común a Alexei –añadió mientras se sentaba a su lado, cruzando unas piernas largas y elegantes, con un bronceado perfecto. Maisy escondió las suyas, tan pálidas, todo lo que pudo–. No te importa, ¿verdad?

Maisy sonrió a la antigua amante de Alexei.

–Necesito otra copa –dijo mirando a su alrededor.

Tara solo tuvo que levantar una mano para que se acercara un camarero con una bandeja. Como Alexei, era capaz de detener el mundo con tan solo un chasquido de dedos.

Tara levantó su copa y la hizo chocar con la de Maisy.

–Por nuestro mutuo amigo.

–Tal vez sea tu amigo, pero no es el mío –replicó Maisy sin pensar.

–¿Problemas en el paraíso?

–No –respondió Maisy. Dio un gran trago de champán.

–Tú tienes que ver con el niño de los Kulikov, ¿verdad? –insistió Tara. Dejó su copa sobre una mesa completamente intacta–. Alexei estaba obsesionado con rescatar a esa criatura.

–¿Rescatar?

–Bueno, ya sabes cómo son los de la maldita hermandad. En cuanto se supo el accidente de Leo, todos quisieron adoptar a ese niño. Alexei ganó. Alexei siempre gana, ¿verdad?

Maisy trató de procesar aquella información. Alexei era el padrino de Kostya, pero, ¿qué era la hermandad?

–Lo que sí me muero de ganas de saber, y tú me lo

vas a contar, es qué pintas tú en todo esto, Maisy. Un pajarito me dice que eres la niñera, pero eso no puede ser verdad. Alexei tiene demasiada clase como para acostarse con la niñera.

–No lo sé –replicó ella–. Se acostó contigo. No debe de ser muy exigente.

Tara ni siquiera parpadeó.

–Ay, Maisy. ¡Cómo eres! Asegúrate de que te dé acciones cuando te mande a paseo. Duran más tiempo –dijo mientras se ponía de pie–. Solo quiero que sepas una cosa más, Maisy. Hoy estoy aquí porque él me ha invitado.

Maisy derramó el champán y vio cómo le caía sobre el carísimo vestido y convertía su regazo en una oscura mancha. De repente, Ivanka apareció a su lado y le rodeó cariñosamente la cintura.

–Tenemos que limpiar esa mancha. Vamos.

Maisy agradeció el fuerte brazo de Ivanka y el hecho de que ella conociera tan bien el yate. Cuando llegaron a uno de los camarotes, la condujo directamente al cuarto de baño.

–Quítate el vestido. Tenemos que mojar la mancha –dijo Ivanka. Al ver que Maisy dudaba, sonrió–. Eres un amor. Iré a buscar un albornoz.

Maisy se quedó completamente desnuda, tan solo con unas braguitas y los brazos cruzados sobre el pecho. Salió al camarote. Se sentía algo mareada, pero vio que había un hombre en la puerta. Él le dijo algo en un idioma extranjero y Maisy volvió precipitadamente al cuarto de baño y cerró la puerta. Se sentía aterrorizada. No hubiera sido capaz de decir el tiempo que había pasado hasta que oyó que alguien llamaba suavemente a la puerta.

–Maisy, soy Ivanka.

–Había un hombre en la puerta –dijo, tras abrir la del cuarto del baño y ponerse rápidamente el albornoz–. Me vio.

–¿Estás bien? –preguntó Ivanka tras lanzar una maldición.

–Creo que estoy borracha.

–Sí, ya vi a la bruja lanzando su maléfico conjuro. No creas nada de lo que te haya dicho, Maisy. Le ha costado mucho acostumbrarse a la vida sin Ranaevsky.

–Creo que necesito tumbarme un poco –susurró ella. El cuarto de baño había empezado a dar vueltas.

–Bien –dijo Ivanka–. Creo que es mejor que vayamos a la cama. Deduzco que no bebes, ¿verdad?

–No –musitó Maisy mientras se tumbaba en la cama ayudada por Ivanka.

–Pues Tara Mills empujaría a cualquiera al alcoholismo –comentó Ivanka. Había comenzado a acariciarle suavemente las sienes–. ¿Sabes? Yo creo que las elige porque son las mujeres que jamás lograrían llegarle al corazón. Eso te convierte a ti en un milagro. Mi marido Valery, al que conociste antes, fue con Alexei al orfanato.

¿Orfanato? Maisy abrió los ojos de par en par.

–¿Tiene eso algo que ver con la hermandad?

–¿Hermandad? Eso te lo ha dicho Tara, ¿verdad? No hay hermandad. Son solo cuatro hombres, tres ahora que Leo ya no está.

El cerebro de Maisy consiguió pensar. Orfanato en Rusia. Cuatro niños. De repente, la vida de Alexei se presentó ante ella como un libro abierto. Los sueños. La noche anterior. El modo en el que él se estaba comportando aquel día. Tal vez no tenía nada que ver con ella.

¿Un orfanato?

Él nunca había hablado de su familia y ella no le había preguntado, temerosa de que él le preguntara por la suya. Deseó haber tenido más valor.

–No lo sabía...

–¿No te lo ha dicho? No me sorprende. Yo no me enteré hasta un año después de casarme. Valery tardó mucho en decírmelo. Se conocieron de niños en un orfanato. Ni te imaginas cómo son los orfanatos en Rusia. Son muy viejos. Según cuentan, Alexei los ayudó a escapar. Vivían en las calles, durmiendo en parques o en los sótanos de los edificios públicos cuando hacía mucho frío.

Maisy se sentó en la cama.

–¿Y nadie hizo nada por ellos?

–No le importaban a nadie. En mi país, los niños sin hogar están por todas partes. Valery dice que si no hubiera sido por Alexei, todos estarían muertos. Tenía instinto de supervivencia hasta con ocho años.

–¿Ocho? ¿Y no tenía padres?

–Sí que los tenía. Su padre se marchó cuando él era muy joven y su madre regresó a casa un día y le dijo que se iba a tomar un pequeño descanso durante unos días y que regresaría a buscarle. No lo hizo nunca.

–¿Qué le ocurrió?

–¿Y quién sabe? Seguramente un hombre nuevo, una oportunidad mejor. Le había estado costado mucho ejercer su profesión con un niño de siete años colgado del cuello.

–¿Su profesión?

–Era prostituta.

Maisy no sabía si debería estar teniendo aquella conversación con Ivanka. Si Alexei se enteraba, pensaría que lo había traicionado.

Su madre lo había abandonado con siete años. Eso explicaba su interés por proteger a Kostya. Quería hacer por él lo que nadie había hecho por él.

—¿Cómo sobrevivían?

—Como podían. Valery y Stiva terminaron en una institución, pero entonces Alexei y Leo tuvieron suerte. Los Kulikov los vieron y adoptaron a Leo.

—¿Y Alexei?

—Ellos tenían otros niños. Decidieron que ya no podían hacer nada por Alexei. Que él sería una mala influencia. Con once años, se ocupaba del contrabando de cigarrillos para un delincuente de la zona. Sin embargo, Alexei siempre fue el más listo. Sabía que terminaría metido en un mundo muy sórdido si no encontraba algo más adecuado. Entonces, los cuatro empezaron con los barcos. Creo un negocio de alquiler de barcos en el lago Ladoga. Solo tenía quince años. Los cuatro empezaron así. Y a ninguno le ha ido mal.

—No sé qué decir...

—No le digas a Alexei que te he contado todo esto porque provocaría muchos problemas entre Valery y él. La muerte de Leo los ha afectado a todos mucho, pero a Alexei el que más. Estaban muy unidos. Alexei lo cuidaba, pero Leo le daba el apoyo emocional que necesitaba y que no encontraba en ninguna otra parte. Ahora, antes de que empecemos las dos a llorar, ¿cómo está Kostya? Me muero de ganas de verlo. Siempre que veíamos a Leo y a Anais, el niño jamás los acompañaba. Sospecho que estaba en casa contigo.

—Sí. Yo he cuidado a Kostya durante dos años.

—Y así os conocisteis Alexei y tú. Eres muy joven para haber criado a ese niño. Siempre me dio la impresión de que Anais no pasaba mucho tiempo en casa. Ella no era una mujer de su casa. Maisy. Yo sí lo soy y estoy encantada de serlo. Tengo dos hijos a los que conocerás esta noche, Por el contrario, tú eres otra cosa...

Maisy guardó silencio. No estaba dispuesta a traicionar a su amiga, pero Ivanka parecía comprender a la perfección la situación.

—Dime cómo os conocisteis Alexei y tú —añadió.

—Me atacó en la cocina de los Kulikov.

Maisy le contó más o menos lo ocurrido aquella noche, omitiendo lo ocurrido en su dormitorio, y cómo se habían marchado a Ravello para luego viajar por todo el mundo.

—Y entonces, me enamoré de él —concluyó simplemente.

Era la primera vez que lo decía en voz alta. No pudo contener las lágrimas. Por ella misma. Por Alexei, pero principalmente por el niño que había sido abandonado por su madre y que había tenido que salir adelante por sí solo. Ivanka le acarició suavemente el cabello hasta que, de repente, una extraña paz invadió el cuerpo de Maisy. Con ella, acudieron también las náuseas. Afortunadamente, consiguió llegar a tiempo al cuarto de baño.

Y allí fue donde Alexei la encontró.

—Está borracha.

Alexei no se lo podía creer. Ivanka le dijo algo en ruso, algo que le hizo quedar en silencio. Maisy se sentó sobre su trasero y cerró los ojos. Estaba completamente segura de que acababa de caer en desgracia.

Como pudo, se puso de pie, y a tientas se acercó al lavabo para enjuagarse la boca. El espejo no fue amable con ella. Estaba muy pálida y su bonito peinado había empezado a deshacerse.

La actitud de Alexei revelaba muy claramente lo enojado que estaba con ella. Ivanka se había marchado

—¿Te encuentras bien? —le preguntó.

–Sí. Ivanka me ha ayudado. Es muy amable.

–¿Cuánto has bebido?

–No lo sé.

–Pero si tú no bebes.

–Hasta hoy, no hacía muchas cosas –musitó ella.

–¿Dónde está tu vestido? ¿Por qué estás desnuda?

–Derramé una copa de champán sobre él. Ivanka se lo ha llevado para que lo limpien. Creo que un hombre estuvo aquí y me vio. Cuando no tenía la ropa puesta.

–Ya lo he oído. Y me he ocupado de ello.

–¿Qué quieres decir?

–Todo el mundo se ha ido. He vaciado el yate.

–Oh...

Alexei se acercó a ella. No estaba enfadado con ella.

–¿Te dijo algo? ¿Te tocó?

–No. Me encerré aquí.

La expresión de Alexei cambió. Entonces, dio un paso hacia ella. Se sentía muy nerviosa. No comprendía por qué él no la abrazaba.

–No lo lamento –dijo él–. Me niego a arrepentirme de lo que ocurrió en Londres, pero lamento que te sintieras maltratada.

Maisy no comprendía nada.

–Yo no me sentí así –respondió mientras se preguntaba por qué volvían a hablar de Londres. Entonces sintió náuseas de nuevo y se abalanzó hacia el cuarto de baño–. Vete –añadió. Comenzó a intentar vomitar, pero ya tenía el estómago vacío. Entonces, sintió las manos de Alexei sobre los hombros–. El glamour de ser tu amante –musitó.

Se limpió la boca con el reverso de la mano. No le importaba nada. Se dejó caer en el suelo. No quería ver el asco que seguramente se estaba reflejando en el rostro de Alexei.

Para su asombro, él se sentó en el suelo a su lado. Maisy vio que su rostro estaba pálido y tenso. Se dio cuenta de que estaba sufriendo. Lo único que había hecho todo el día era preocuparse por sí misma, sus sentimientos, su tristeza. Por fin conocía los de él.

—No te preocupes —susurró—. Estoy aquí...

No debería haber dicho aquello. Alexei se tensó y le ofreció la mano. Cuando ella no la tomó, la levantó como si se tratara de una muñeca. Maisy ni siquiera se molestó en resistirse. Se sentía vacía.

—No estás bien. Tienes que tumbarte —dijo él. Su actitud había vuelto a cambiar de repente. Parecía que ya no sentía nada por ella.

—Quiero bajarme de este barco. Quiero irme a casa.

Alexei la tumbó en la cama. Miró por la ventana, pero no veía nada. Se sentía frío. Llevaba todo el día sintiéndose frío.

Era el diecisiete de mayo. Siempre pasaba aquel día en su yate, rodeado de gente. Ya todos se habían marchado y solo quedaba Maisy, que tenía un aspecto muy pálido y maltrecho. No sabía nada. Él la había llevado todo el día de un sitio a otro, pero en realidad no había comprendido nada de lo que ella había dicho o de lo que le había preguntado.

Sin embargo, no se iba a olvidar de cómo se había sentido cuando uno de sus invitados, el hijo del magnate naviero Aristotle Kouris, había cometido el error de contarle a Stiva que la amante de Ranaevsky estaba completamente desnuda en uno de los camarotes. El miedo se había apoderado de él. Si Valery no hubiera estado allí, habría matado a Kouris. Afortunadamente, la había encontrado sana y salva al cuidado de Ivanka. No había sido atacada, pero Ivanka le había dedicado una extraña mirada que no deseaba analizar en aquellos momentos.

Todo lo ocurrido aquella tarde le había llevado a pensar en Londres. Ella jamás le había invitado a pasar a su dormitorio. Él había invadido su intimidad, se había impuesto a ella y la había tomado. Igual que todos los hombres que entraban en el apartamento de su madre. Le levantaban el vestido, hacían lo que iban a hacer y le dejaban el dinero en la mesa. Dinero para bebida, ropa para ella y drogas. Si no hubiera sido por sus vecinos, él se habría muerto de hambre.

De repente, Maisy se incorporó en la cama y lo miró a los ojos.

—Ivanka me ha contado lo del orfanato.

—Ivanka no tenía ningún derecho a hacer eso —replicó él con dureza.

—Tal vez no, pero tú jamás me lo habrías contado. Alexei, tenías siete años...

Él apartó la mirada.

—¿Qué significa el día de hoy?

Maisy terminó de acercarse a él y le rodeó la cintura con las manos. Temía que él la apartara de su lado, pero no lo hizo. Ella se estrechó contra su cuerpo y apretó la mejilla contra su pecho. Oyó cómo le latía el corazón.

—El diecisiete de mayo es mi cumpleaños.

Así celebraba su cumpleaños. Con una fiesta en el barco. Y nadie lo sabía.

—Ojalá me lo hubieras dicho.

—Es un día cualquiera.

—Pero te hace recordar el pasado.

—Mira, sé que tienes buenas intenciones, *dushka*, pero no necesito esto.

—¿Esto? ¿El qué? ¿Confiar en mí?

—Compasión. Ya soy mayor, Maisy. Haré que te envíen algo de ropa —dijo mientras se daba la vuelta para marcharse.

–No te estoy ofreciendo compasión –afirmó ella–. No te vayas así, Alexei. ¿Por qué no me dejas entrar en tu vida...?

–Maisy...

–En algunas ocasiones, me parece que no sé nada sobre ti –admitió ella–. Valery y Stiva son tu familia, ¿verdad? Deben de quererte mucho y a Leo debes de echarle mucho de menos. Sin embargo, yo estoy aquí. Esta tarde he conocido a Tara Mills. Tenía la estúpida idea de que tus exnovias eran perfectas diosas, pero Tara era solo... fría y distante. Está enfadada contigo. Muy enfadada.

–Yo no la invité, Maisy. Vino con Dimitri Kouris.

Maisy sonrió y se encogió de hombros.

–Sea como sea, no importa, pero me hizo pensar que no podrías haber sido feliz con ella y que, sin embargo, tú habías parecido feliz conmigo hasta hoy.

–Soy feliz, Maisy.

–Pareces tan feliz como yo, Alexei. Eres un hombre maravilloso. Haber llegado hasta aquí desde donde empezaste te convierte en alguien muy especial.

–¿Significa eso que ahora soy tu héroe?

–No. Eres mi novio.

Aquella afirmación le borró a Alexei la sonrisa que se le había formado en los labios.

–No muestres ese aspecto tan preocupado, Alexei. Sé que hoy es un día muy duro para ti y yo no te lo he facilitado, pero me habría gustado que hubieras confiado en mí un poco. ¿A quién se lo habría contado yo? ¿A Kostya?

–Siento haberte aislado.

–No lo has hecho. Ha sido agradable que estemos los tres solos, pero comprendo que no es suficiente para ti. Me gustan tus amigos, o lo que he visto de ellos. Ivanka se ha portado muy bien conmigo.

–¿El qué no es suficiente para mí?

–Que estemos los tres solos. Yo. No me había dado cuenta hasta hoy lo diferente que tu vida debió de haber sido antes de nosotros. Leo y Anais llevaban una vida muy tranquila en casa. Yo no veía este lado de las cosas. En este barco ha habido personas famosas.

–Son solo personas. Y no particularmente interesantes, a pesar de su dinero o de su fama.

–Entonces, ¿por qué las has invitado?

–No tengo ni idea... Ha sido un desastre.

–Siento haberlo estropeado todo. No tenías que haber echado a todo el mundo.

–Tú no has estropeado nada. He sido un necio. El problema es que tú no encajas en esta vida, Maisy. Jamás lo has hecho. Siento que tú hayas tenido un día tan malo. Soy responsable de ello.

–Yo me he puesto en ridículo sin ninguna ayuda por tu parte, Alexei.

–Nadie cree que seas una idiota, Maisy –susurró él. Entonces, le enmarcó el rostro y la besó suavemente–. Te compensaré mañana.

Mañana. El futuro que no tenían.

–¿Adónde vas? –preguntó ella cuando Alexei hizo ademán de darse la vuelta.

–Necesitas ropa, *dushka*, y nos tenemos que ir. Tengo invitados, ¿recuerdas?

Maisy se sonrojó. No había dicho que los dos tenían invitados, sino que los invitados eran suyos. Y que ella le estaba entreteniendo.

–Maisy, esto no es problema tuyo. Es problema mío, ¿de acuerdo?

–No, Alexei. Tiene que ver con nosotros, pero tú no quieres que haya un nosotros. Eres más feliz solo. Vete.

Deja que me vista. Nos espera una larga velada y, en estos momentos, no estoy muy contenta contigo.

Alexei tuvo el buen gesto de bajar la cabeza. Sin embargo, tenía razón. Era un adulto. Ella tenía heridas que lamerse. Y él podía cuidarse solo.

MIENTRAS Maisy se vestía, Alexei se marchó al despacho para llamar en privado a Valery a la casa. No había estado allí desde aquel día, cuando todos se habían reunido a bordo del *Firebird* para hablar de Kostya. Parecía que había pasado una eternidad.

Aquella visita a Lantern Square había cambiado su vida irrevocablemente y no había vuelta atrás. Tampoco él deseaba que la hubiera. Maisy lo había cambiado todo.

«Eres mi novio». Aquellas sencillas palabras habían resumido su relación de un modo sencillo. Efectivamente, él se había estado comportando como un novio desde aquel día, en el parque de Ravello. Se había convencido de que sería solo sexo de principio a fin, pero no podría haber estado más equivocado.

«Tú no quieres que haya un nosotros».

No era así. Claro que lo quería. Aquello era precisamente la ironía de aquella historia. Quería una vida con Maisy. Había estado solo tanto tiempo que, simplemente, no sabía lo que hacer al respecto.

Después de que Maisy se diera un agradable baño, Maria le llevó a Kostya. El niño la ayudó a escoger un vestido. El elegido fue el vestido de cóctel que había llevado desde Londres.

El vestido le caía hasta los tobillos, pero era tan ligero que cuando se movía, se le pegaba a la figura como si fuera una segunda piel.

Alguien llamó a la puerta.

—Adelante —dijo pensando que era Maria de nuevo. Sin embargo, era Stefania.

—Vaya, estás guapísima... ¡Ay, el niño! —exclamó al ver a Kostya. Se acercó inmediatamente al niño y lo tomó en brazos—. Es tan guapo... Y a ti se te da muy bien cuidarlo, Maisy. No sé cómo me las voy a arreglar yo cuando tenga uno. Sé que todo el mundo tiene una niñera, pero creo que Ivanka tiene razón. Ella lo hace todo sola.

—Está loca. Todo el mundo necesita ayuda.

—Pero tú has criado a Kostya sola. Alexei nos ha dicho que llevas dos años haciéndolo.

¿Alexei? Maisy estaba dirigiendo aquella información cuando Stefania añadió:

—Necesitas algo alrededor del cuello. Muéstrame tu colección de joyas para que podamos escoger algo.

—Yo no tengo colección de joyas.

—¿Estás de broma? ¿Alexei no te ha abierto las puertas de las mejores joyerías? Voy a hablar con él.

—¡No! Por favor, Stefania. No quiero joyas.

Stefania la miró como si Maisy hubiera dicho que no necesitaba respirar.

—Está bien, pero tienes que ponerte algo, Maisy. Deja que te preste uno de mis collares. Te prometo que no será nada exagerado. Sencillo. Femenino. Es lo que te gusta. Lo noto.

Minutos después, Maisy llevaba un hilo de perlas tan puras que parecían relucirle en el cuello. Stefania sonrió al verla.

Eran ya las siete cuando bajaron. Kostya debería ya

estar en la cama, pero Maisy sabía que los Abramov y los Lieven habían ido a la mansión para ver al niño. Lo llevaba de la mano, vestido con su mejor pijama. Con sus rizos angelicales tenía un aspecto delicioso.

Alexei se quedó boquiabierto cuando Maisy entró en la sala. Kostya iba de la mano de las dos mujeres. Maisy era la elegancia personificada con su vestido blanco. Se había recogido el cabello, de manera que se destacaba los delicados pómulos de su rostro. Sonreía a todos los presentes y contestaba las preguntas que le hacían sobre Kostya. Sus gestos eran elegantes, seductores a pesar de estar sentada de rodillas sobre una alfombra, con un niño de dos años corriendo a su alrededor. ¿Desde cuándo era tan sofisticada? Ella tenía algo que a él le había faltado toda su vida: el valor de entregarse a otros.

No podía dejar de observarla. A pesar del día tan horrible que había tenido, se mostraba alegre y generosa no sólo con Kostya, sino también con sus amigos.

Había sido un completo idiota.

Maisy miraba a Alexei a medida que la velada iba transcurriendo, pero no se acercó a él. Alexei tenía que acercarse a ella, pero, a medida que iba pasando el tiempo, le parecía que aquello no iba a ocurrir jamás.

Después de la cena, Maisy se excusó mientras servían los cafés y buscó la soledad de la terraza. Esperaba que Alexei la siguiera, aunque no podía estar segura de que fuera a hacerlo. Trató de concentrarse en la envidiable vista del mar, pero no podía. «Aprovecha. Tienes los días contados. Esto no va a durar».

–Maisy... ¿Por qué estás aquí sola?

–Solo quería tomar un poco el aire –dijo ella, casi aliviada de escuchar su voz.

–Bien.

Sabía que él no se había movido. Sintió cómo la observaba. El viento había arreciado y se echó a temblar. Tenía los pezones erectos bajo la delicada seda blanca. Se le puso la carne de gallina y se frotó los brazos para hacerse entrar en calor.

Alexei se despojó de su chaqueta y se la colocó sobre los hombros, pero sin tocarla.

–Quiero que hablemos, Alexei.

–No es el momento ni el lugar, Maisy.

–Es una pena, porque yo tengo unas cuantas cosas que decirte –le espetó ella–. En primer lugar, te amo. Estoy enamorada de ti. He sido una estúpida porque otra mujer se habría dado cuenta mucho antes que yo.

Alexei guardó silencio.

–¿Acaso no tienes nada que decirme, Alexei?

–Este amor del que hablas, ¿hizo su aparición después de que Ivanka te contara mi historia o antes? No me irás a decir que te enamoraste de mí cuando entré en la cocina de la casa de Leo y te di un buen susto.

–En este momento, no sé por qué te amo –le dijo ella airadamente–. Tal vez sean los orgasmos múltiples.

Alexei soltó una carcajada.

–Sé que crees que me amas, Maisy –dijo con una fría sonrisa–. Básicamente, soy el primer hombre con el que has tenido contacto íntimo. Es comprensible que te imagines algo así.

–¿Básicamente?

–Sí. Él no te provocó un orgasmo.

–¿Cómo lo sabes?

Alexei se movió tan rápidamente que ella ni siquiera tuvo oportunidad de resistirse. La agarró por los brazos y la besó, exigiendo una sumisión que ella no iba a darle. Sin embargo, la sorpresa ante aquella reacción y el anhelo de estar entre sus brazos la obligaron a responder. Ella lanzó un pequeño gemido y le devolvió el beso.

–Por eso lo sé, *dushka*. Solo yo.

–¿Y cuándo te diste cuenta de eso, Alexei? –preguntó ella mientras se limpiaba la boca con la mano–. ¿Hoy? ¿Ayer? ¿La semana pasada?

–Hace siete semanas. Llevas en mi cama seis semanas y cinco días. Tardé siete días en lanzarme. Algo lento, considerando que podría haberte poseído aquella primera noche en Londres.

Maisy trató de conservar la compostura a pesar de que Alexei nunca antes se había comportado así con ella. Podría haber sido frío, pero nunca desagradable.

–Eso no es cierto... –susurró–. Estás tergiversando la verdad. Estaba tan avergonzada que no podía creer que te hubiera permitido...

–*Da*. Estabas tan avergonzada que, el día que aparecí aquí, te morías de ganas por meterte en mi cama. Debió de ser muy dura tanta espera, *dushka*. Eso explica por qué te calentaste tan rápido en el momento en le que tu espalda tocó ese colchón.

Maisy lo escuchaba con incredulidad. «No lo dice en serio, no lo dice en serio...».

Alexei estaba esperando que ella respondiera, que hiciera algo, pero se mantuvo firme. Entonces, lanzó una maldición en ruso y cortó el aire con un gesto de frustración.

–Así soy yo, Maisy Soy el que ha puesto tu vida patas arriba, el que te ha empujado a una relación sexual, el que te lleva por todo el mundo, exhibiéndote como una muñeca como si fueras un trofeo. Soy un verdadero canalla, Maisy. Es mi reputación. Pareces ser la única persona de todo el planeta que aún no lo sabe.

–Escúchame. Para tu información, jamás habría dejado que las cosas llegaran tan lejos aquella noche en Londres –rugió ella–. La única razón por la que me he acostado contigo es porque quería hacerlo, porque era todo lo que había soñado y porque tú eras dulce, amable y considerado. Todo lo que afirmas que no eres. Sin embargo, estoy cansado de estar en el exterior de tu vida. Jamás te perdonaré por haberme arrojado en la cara mis sentimientos a menos que te pongas de rodillas y me pidas perdón.

Con eso, se dio la vuelta y se dirigió al interior. Al menos, había dicho lo que pensaba. Lo que ocurriera a continuación dependía de él. Se le ocurrió que sus amigos seguramente habían oído mucho de lo que se habían dicho, pero no le importó. Casi se sintió contenta de haberlo hecho. ¿Qué le importaba lo que pensaban unos desconocidos? Estaba luchando por la vida y por el hombre que deseaba. Se negaba a avergonzarse de eso.

Se sentó y aceptó un vaso de té helado que le ofreció Valery. En ese momento, Alexei entró en la sala con las manos en los bolsillos. Se detuvo junto al sofá y la miró fijamente.

–Maisy, arriba... Ahora mismo.

–No. Sin embargo, si tú eres el canalla que afirmas ser, ¿por qué no me sacas de aquí arrastrándome por el cabello?

Oyó que Stefania contenía el aliento y sintió que Ivanka se sentaba a su lado. Alexei no iba a hacer algo tan primitivo... aunque en realidad no podía estar segura.

Alexei se acercó a ella.

–¿De verdad quieres hablar de esto aquí y ahora?

–Sí. Alexei cree que soy demasiado buena para él –respondió ella en voz alta.

–Sí, por que lo eres –comentó Stiva jovialmente.

–Trató de convertirme en su amante, pero no lo soy. Soy su novia, aunque nunca me ha comprado un ramo de flores.

–Ni joyas –apostilló Stefania.

–No me importan las joyas porque yo le dije que no las quería, pero no dije nada de las flores. Me habría bastado con una única rosa del jardín, o tal vez flores silvestres del campo...

De repente, unas fuertes manos le quitaron el vaso de té y la agarraron por la cintura. La levantó del sofá sin esfuerzo. Maisy le rodeó el cuello con los brazos y dejó que él la transportara. Algo preocupada, lo miró, pero vio que no estaba enfadado. Estaba decidido.

–¿Adónde vamos? –le preguntó, aunque era más que evidente.

–¿Por qué no podemos tener nosotros peleas como esa? –se quedó Stefania en voz alta.

Maisy sospechaba que él le iba a hacer el amor. Solo un milagro habría hecho que él hablara. Maria apareció en lo alto de las escaleras. Maisy trató que Alexei la dejara en el suelo, pero él la retuvo.

–Tengo malas noticias para ti, Alexei –dijo Maria–. El *bambino* quiere a su *mamma*.

Alexei se detuvo en la puerta de la habitación de Kostya, esperando que no le costara mucho calmar al niño. Harían falta muchos meses para convencerlo de que sus padres no iban a regresar. El psicólogo se lo había dicho.

El niño estaba con la niñera que cuidaba de él por la noche. Tenía el rostro enrojecido por el llanto. Alexei se sentía verdaderamente indefenso. No podía comunicarse con Maisy ni proteger a Kostya de todo aquello.

–¡Mamá! –gritó el niño al ver a Maisy mientras saltaba del regazo de la niñera.

Ella lo tomó en brazos y se sentó en una silla. Kostya dejó de llorar casi inmediatamente.

Alexei lanzó una maldición. Había estado ciego. El niño no quería a Anais, sino a Maisy. Ella había ejercido el papel de madre desde el principio.

En la habitación de Kostya todo estaba tranquilo por fin, pero Maisy sabía lo que le esperaba fuera. Ella había provocado aquel enfrentamiento y tendría que enfrentarse a ello, estuviera lista o no. Alexei los observaba cruzado de brazos. Como el niño estaba profundamente dormido, Maisy supo que el momento había llegado.

Después de acostar al niño, los dos salieron de la habitación. Maisy estaba ya a mitad del pasillo cuando escuchó la voz de Alexei.

–No tan rápido...

En aquel momento, Maisy se dio cuenta de que, inconscientemente, había estado tratando de escapar de él. Se detuvo inmediatamente y se dio la vuelta. Alexei se dirigió hacia ella a grandes zancadas. Las temblorosas manos de Maisy se colocaron automáticamente en las caderas.

–Si crees que me voy a meter en la cama contigo para que tú hagas que nos olvidemos de esto y todo siga como antes...

–Eso ya lo hemos hecho, Maisy. Lo que me gustaría saber es a qué ha venido lo del salón. Me refiero a lo de las joyas.

–Siento haberte avergonzado, pero estaba muy enfadada...

–No me has avergonzado, Maisy. Lo que quiero saber es a qué ha venido eso. ¿Qué es lo que quieres de mí? Mañana te traeré joyas. Podrás tener lo que quieras.

–¡No quiero joyas! –explotó ella–. ¿Cómo puedes ser tan cortito?

–¿Cortito? Me dejaste muy claro en París que todo lo que yo te comprara sería como si te estuviera pagando.

–¿Entonces es todo culpa mía? Yo nunca antes he sido la amante de un hombre rico. Perdóname si cometo errores. No me diste el libro de instrucciones –le dijo ella con sorna.

–Tú no eres mi amante. Yo jamás te he tratado como tal.

–Me vistes, me llevas a todas partes en limusinas, me mantienes separada de tu trabajo y, hasta ahora, no había conocido a tus amigos. ¿Qué soy?

–Te estoy cuidando. A ti y a Kostya. Los tres.

–No, Alexei. Solo eres tú. Lo único que haces es protegerte. Te encierras en ti mismo. Eliges mujeres que están contigo por lo que puedes darles. Nunca hay sentimientos. Y Dios santo si alguien se atreve a pedir algo más que eso o se enamora de ti. Tienes miedo de volver a ser vulnerable ante alguien, confiar para ser abandonado de nuevo.

Alexei dijo algo en ruso. El sonido fue tan duro que bastó para ahogar las palabras de la boca de Maisy.

–Yo sé que jamás abandonaría a un niño que me necesitara –insistió ella–. Anais jamás tuvo ningún vínculo con Kostya. Sé lo que es ser abandonado porque vi cómo le ocurría a un niño al que adoro. Eso me empujó aún más a hacer todo lo que podía para cuidarlo. Evidentemente, tú sentías lo mismo, porque fuiste enseguida a buscarlo. Así es como se demuestra amor. Se ofrece protección. Sin embargo, yo no necesito la tuya. No tengo dos años. Necesito que te abras a mí y confíes en que yo no voy a aprovecharme de ti ni a hacerte daño.

—¿Qué es lo que quieres de mí? Dímelo y lo haré.

Alexei aún no estaba preparado para correr riesgos. Maisy supo lo único que podía hacer. Tenía que dejarlo y regresar a Londres. Había hecho todo lo que podía hacer que Alexei se diera cuenta de que lo amaba, pero no sabía si iba a conseguir que él cambiara. Nada de lo que le había dicho parecía tener efecto alguno. Necesitaba protegerse emocionalmente para que él no la destruyera. Era el único camino hacia delante para los dos. Significaba que, posiblemente, ella podía perderlo, pero él no le había dejado elección.

—¿Cualquier cosa? En ese caso, deja que me lleve a Kostya de nuevo a Londres. Déjame ir.

—Kostya es mi responsabilidad, no la tuya.

—No puedo dejarlo aquí.

Alexei se dio la vuelta. Maisy notó la tensión que atenazaba su cuerpo.

—Tú eres la única madre que ha conocido —susurró él en voz baja, como si estuviera hablando solo—. Me he dado cuenta esta noche.

Maisy sintió que el tiempo se detenía cuando él comenzó a darse la vuelta muy lentamente. La miró fijamente, como desafiándola.

—Considerando todas las cosas, creo que volver a Londres podría ser exactamente lo que necesitas, *dushka*. Sin embargo, yo formo parte de la vida de Kostya. Mientras estés con él, no podrás librarte de mí.

—Voy a hacer las maletas ahora mismo —respondió ella. Tragó saliva—. Me marcho a primera hora de la mañana. ¿Nos puedes organizar el transporte a Kostya y a mí?

–*Da*, pero esto no se ha terminado, Maisy.

Ella se encogió de hombros. No había nada más que decir, al menos por su parte. A partir de aquel instante, todo dependía de Alexei.

Capítulo 12

MAISY oyó que sonaba el timbre. Aquel día no había programado ningún cliente, por lo que supuso que sería Alice, que llegaba algo antes después de llevar a los niños al colegio. Los ojos le dolían un poco de mirar tanto el ordenador, pero Alice se pondría muy contenta cuando escuchara las buenas noticias. Había conseguido un proveedor de encaje de *Valenciannes* a un buen precio.

Para ella, la pequeña tienda de Alice era un sueño hecho realidad. Tras regresar a Londres, los primeros días habían sido para que Kostya volviera a la rutina y para encontrarle una guardería. Así ella podría empezar a buscar trabajo.

Un día, mientras estaba con las mamás de otros niños de la guardería, conoció a Alice. Como sus hijos ya estaban en el colegio, ella había decidido sacar su negocio de sombreros de señora de Internet para crear una tienda. Maisy vio su oportunidad y la aprovechó. Lo único que tenía que hacer era buscar los materiales, algo de contabilidad y controlar los pedidos tres veces a la semana. Era perfecto.

Así se mantenía ocupada. De hecho, era la primera mañana que se despertaba y no pensaba en Alexei en primer lugar. Por supuesto, había pensado en él muchas veces después, pero solo había pasado un mes desde que se separaron. No esperaba olvidarlo en un futuro próximo.

Además de su trabajo, había establecido un pequeño círculo de amistades a través de las actividades de Kostya. Su vida era sencilla y tranquila, pero le gustaba. Lo de las limusinas, hoteles y mansiones jamás había ido con ella. Si Alexei no formaba parte de su vida, no era porque Maisy no lo hubiera intentado. Le había dicho lo que quería de él. Cada vez resultaba más evidente que él no podía dárselo.

Cuando se dio cuenta de quién estaba en la puerta, estuvo a punto de caerse al suelo. No era Alice, sino el hombre al que llevaba añorando durante cuatro largas semanas. Iba vestido con unos pantalones oscuros y una camisa blanca y tenía el aspecto de lo que era, un hombre cruel y sofisticado, completamente fuera de lugar entre los encajes y las cintas de una sombrerería de señoras. Estaba tan fuera de lugar que resultaba casi divertido.

Casi.

Alexei vio los ojos abiertos de par en par, las mejillas sonrojadas y la sorpresa y decidió aprovecharse de ello inmediatamente. No había razón para perder el tiempo.

Ella estaba tan encantadora como siempre. Sin embargo, no hizo ninguna de las cosas que él habría esperado que hiciera. Se limitó a quedarse inmóvil. No se movió hacia él, pero tampoco se apartó.

No tendría que haberle sorprendido. Había mostrado carácter en los últimos días que los dos habían compartido. Se había enfrentado a él cuando pocos hombres se atrevían a hacerlo. Además, al contrario de casi todas las mujeres que había conocido, no había utilizado el sexo para manipularlo. Le había dado un ultimátum y no se había echado atrás. Alexei jamás se había imaginado que tenía tantas agallas. Lo único que él había visto era la joven dulce y cariñosa de la que se había enamorado a primera vista.

—Alexei...

—Hola, Maisy.

—¿Qué estás haciendo aquí?

—He ido a Lantern Square para comprobar la seguridad.

Aquello no era lo que Maisy había esperado que él dijera.

—Hice que la cambiaran mientras vosotros estabais conmigo en Ravello —añadió.

—En realidad, no creo que sea necesario —dijo ella, tan fríamente como pudo—. No creo que Kostya esté en peligro

—No se trata solo de Kostya, Maisy. También quiero que tú estés segura.

—¿Yo? ¿Y por qué iba alguien a querer hacerme daño a mí?

—No creo que nadie quiera hacerte daño. Solo... —se interrumpió y se mesó el cabello con la mano. Entonces, sonrió—. Estoy haciendo lo que tú dices que hago. Estoy demostrándote lo mucho que te quiero protegiéndote.

Maisy se alegró de tener una mesa detrás. Si no, se habría caído.

—Maisy, te suplico que me perdones. Quiero que Kostya y tú vengáis conmigo a Ravello, donde los dos debéis estar. Quiero que seamos una familia.

Maisy se humedeció los labios. La boca se le había quedado seca.

—¿Y has tardado casi cuatro semanas en decidir esto?

–¿Tan difícil te ha sido estar sin mí?

–No –mintió ella.

–Yo no he podido ni respirar –confesó él–. Me duele cada vez que lo hago.

«A mí también».

–Cuatro semanas, Alexei.

–Y mira lo que tú has hecho con ese tiempo.

Alexei sonrió. Maisy quiso sonreír también, pero no se atrevía a hacerlo por el momento.

–Tenías miedo de amarme –se atrevió a decir.

–Pocas cosas me dan miedo, *dushka,* pero contigo fue diferente desde el momento en el que nos conocimos –confesó, tan sinceramente que ella no pudo evitar acercarse a él–. El día del yate, todo se desmoronó. Cuando viajábamos juntos, resultaba más fácil mantenerte oculta. Sé que te sentiste marginada, pero eso no era lo que yo pensaba. Tú me pertenecías, a mí, no al hombre de negocios. No quería dejar que entrara el aire en aquella atmósfera estanca que teníamos. Todo era demasiado valioso para mí.

–Ojalá me lo hubieras dicho...

–Ni yo me había dado cuenta de eso. Me dejaba llevar por el instinto, pero sabía que no era justo contigo. Por eso, decidí usar el *Firebird* como una presentación.

–Aunque yo era tu amante a ojos de todo el mundo.

–Ninguna de las personas importantes pensaba eso. Todos los que tuvieran ojos en la cara podían ver claramente lo mucho que te amaba.

Había dicho que la amaba. Maisy le colocó una mano sobre el torso.

–Comprendí que te estaba alejando cuando lo único que quería era intimidad. Simplemente no sabía cómo protegerme a mí mismo y, al mismo tiempo, tenerlo todo contigo. Supe que había cometido un grave error, pero eso significaba volver a evaluar todo lo que conocía. Cuando Leo murió, me sentí perdido. Entonces, te encontré y todo pareció encajar de nuevo.

Alexei no había dejado de mirarla a los ojos. Su sinceridad estaba dificultando que Maisy pudiera responder. Además, necesitaba escucharlo todo. Desesperadamente.

—Al verte con Kostya, al ver que has sido como una madre para él desde que nació y luego ver cómo te abrías conmigo... Los dos tenemos mucha suerte de tenerte en nuestras vidas. Simplemente, me costó un poco acostumbrarme y tú no hacías más que presionarme. Sin embargo, me alegro que lo hicieras. Conseguiste que yo me enfrentara a algunas verdades. Entonces, cuando tú me dejaste claro lo que querías, comprendí que me había estado engañando.

—No creí que tuviera mucho que perder –confesó ella–. Me habrías apartado de todos modos. No querías que yo te amara.

Alexei le enmarcó el rostro entre las manos.

—Te aseguro, Maisy, que no tenía intención alguna de perderte.

—Pues me enviaste de vuelta aquí.

—Tú lo pediste. Te di lo que querías.

—Si te hubieras opuesto a mí, te habría odiado –admitió ella–. Necesitaba volver a encontrarme, Alexei. Necesitaba ver si podía salir adelante sola.

—Pues lo has conseguido. Tienes un trabajo.

Alexei extendió la mano y le enredó un dedo a través de los rizos.

—Y ahora, yo he venido a buscar lo que quiero.

—Pareces estar muy seguro de ti mismo –susurró Maisy.

—*Da,* pero te gusto así, *dushka.*

–Mandón.

–Te gusta que me haga con el mando, que no te dé elección.

Se inclinó sobre ella y la besó. La ternura que mostró hizo que Maisy se rindiera totalmente.

–Sin embargo, ahora puedes tenerlo todo, Maisy. Puedes regresar conmigo, formar una familia a mi lado, compartir tu vida con la mía... Puedes tenerlo todo, *dushka*.

Maisy le agarró la pechera de la camisa y se la arrugó completamente.

–Quiero estar contigo, Alexei.

Era un eco de otro momento, de otro lugar. Alexei lo reconoció inmediatamente. A lado de la fuente del jardín, cuando los dos habían comprendido el impacto de lo que podría significar estar juntos.

Alexei le hizo soltar las manos suavemente. Entonces, se arrodilló ante ella y la miró.

–Te amo, Maisy Edmonds. ¿Me harías el honor de convertirte en mi esposa?

Maisy permaneció mirándolo durante lo que le pareció una eternidad. Alexei estaba enamorado de ella. Quería casarse con ella.

–Sí. Lo haré encantada –respondió ella, con una enorme sonrisa en el rostro.

Al ver el enorme anillo que él se había sacado del bolsillo, tragó saliva.

–Respira profundamente. Sé que no te gustan mucho los diamantes –murmuró él.

Se lo deslizó lentamente en el dedo. Encajaba casi a la perfección.

–Es tan hermoso –musitó–. Eres tan hermoso...

–Eso debería decirlo yo, *dushka*.

Volvió a ponerse de pie y la tomó entre sus brazos.

El alivio que se reflejaba en su rostro resultaba casi tan emotivo como aquella dulce proposición de matrimonio, tan a la antigua usanza. Maria le había dicho en una ocasión que, a pesar de las apariencias, Alexei era un hombre muy tradicional, pero ella no había querido escucharla.

A Alexei sí lo estaba escuchando.

–Te amo, Maisy –dijo él con voz sincera sin dejar de mirarla a los ojos–. Vayámonos a casa.

BIANCA

ROBYN DONALD
UNA NOCHE EN ORIENTE

Habían pasado cinco años desde la última vez que lo había visto. Ella había crecido y ya no era una adolescente perdida en la fantasía del príncipe azul.

No tenía sentido que su llegada le afectara tanto. Sus atractivos rasgos y su arrogante presencia le dotaban de un magnetismo irresistible para todas las mujeres.

Por eso, era mejor alejarse de su peligroso carisma...

ABBY GREEN
LA LLAMADA DEL DESIERTO

Doce años atrás Julia le había entregado su corazón al jeque Kaden. Sus ardientes noches en las dunas, bajo un manto de estrellas, le habían hecho pensar que eran los únicos seres humanos en el planeta... hasta que una amarga traición lo destruyó todo.

Cuando volvió a encontrarse con Kaden, Julia decidió ignorar su pasado juntos, pero el magnetismo sexual de Kaden era difícil de ignorar...

N.º 492

LUCY ELLIS
EN LA TORRE DE MARFIL

Maisy Edmonds montó en cólera cuando un desconocido intentó llevarse al pequeño huérfano que tenía a su cargo, además de robarle unos excitantes besos. ¿Podía Alexei Ranaevksy ser el padrino del niño? Cuando se vio obligada a instalarse en la mansión que Alexei tenía en Italia, la única intención de Maisy era proteger al pequeño Kostya... y nada más.

La horrible infancia que Alexei vivió le impedía formar vínculos emocionales con nadie. Sin embargo, Maisy iba a cambiar aquello...

¡YA EN TU PUNTO DE VENTA!

BIANCA.

EMMA DARCY

UNA TENTACIÓN PROHIBIDA

Jake Freedman esperaba vengarse del hombre que había destruido a su familia. Y, si aceptando una cita a ciegas con la hija de Costarella podía calmar a su peor enemigo, Jake se pondría su mejor traje y ocultaría su cinismo tras una sonrisa seductora…

Las caricias expertas de Jake atraparon a la inocente Laura Costarella en una peligrosa aventura amorosa. Y Jake acabó deseando más conquistar a Laura que la ruina de Costarella.

UNA OFERTA INCITANTE

Las revistas del corazón solían dedicar muchas páginas al magnate griego Ari Zavros y a la larga lista de modelos con las que compartía su cama.

Tina Savalas no se parecía a las amigas habituales de Ari, pero aquella chica normal escondía el más escandaloso secreto: seis años atrás, había acabado embarazada después de una apasionada aventura con Ari.

N.º 493

Al conocer la noticia, Ari solo vio una solución: la inocente Tina sería perfecta para el papel de dulce esposa. Y, aparentemente, contraer matrimonio en la familia Zavros no era una decisión… era una orden.

¡YA EN TU PUNTO DE VENTA!

DESEO

YVONNE LINDSAY
NOCHE SECRETA

En una aventura de una noche, Ethan Masters le reveló a Isobel Fyfe un inquietante secreto familiar. Y cuando Isobel apareció en su bodega, contratada por su hermana, Ethan se dio cuenta de que estaba metido en un buen lío. ¿Podía confiar en que ella no revelara su secreto? Estaba en juego el bienestar de su familia y él estaba jugando con fuego... porque la deseaba.

ANNA DePALO
ENAMORADA DEL HOMBRE EQUIVOCADO

La diseñadora de moda Mia Serenghetti necesitaba desesperadamente encontrar pareja para la gala más importante de la temporada. Su única opción era el ardiente magnate de la tecnología, Damian Musil, cuya familia era el mayor rival de los Serenghetti en el negocio de la construcción.

N.º 557

JOSS WOOD
VALOR PARA AMARTE

Jamie Bacall, ejecutiva de publicidad, quería una relación sin ataduras con Rowan Cowper, un irresistible promotor inmobiliario. Él también estaba por la labor, pero Jamie se quedó embarazada. Estaba convencida de que el compromiso era una palabra prohibida, sin embargo, Rowan estaba decidido a demostrarle que podían tenerlo todo. ¿Podría convencerla para cruzar una línea más?

DESEO

MAUREEN CHILD

EL SOLTERO PERFECTO

Hannah Yates, propietaria de una empresa de construcción, llevaba casco de protección en su trabajo. ¡Ojalá le sirviera para proteger también su corazón del hombre que estaba a punto de hacer famosa a su constructora! Lo único que tenía que conseguir era cumplir el plazo imposible que le había impuesto Bennett Carey, un hombre de negocios de sangre azul, y resistirse a la atracción que había entre ellos.

Sin embargo, cuando una jornada de trabajo acabó en una noche inolvidable para los dos, Hannah tuvo que preguntarse si iba a arriesgar todo aquello por lo que tanto había trabajado, o si, en aquella ocasión, se había enamorado del verdadero hombre de su vida.

N.º 558

MÁS QUE UN NEGOCIO

Sadie Harris no había podido resistirse a los encantos del empresario Justin Carey y tampoco había conseguido convencerlo para que se quedara. Después, había cometido el error de ocultarle su embarazo cuando cada uno había seguido su camino.

Ahora Justin había regresado para cerrar un trato con la familia de Sadie… y conocer a su hijo. Con los sentimientos a flor de piel, enseguida ambos pasaron de la cólera a la pasión, e incluso a algo más. ¿Estaría él dispuesto a quedarse esta vez?

JAZMÍN

HANNAH BERNARD
UNA NUEVA FAMILIA

Nada más descubrir que alguien había entrado en su casa, Laura recibió la ayuda de su guapísimo vecino Justin Bane, pero resultó que el intruso era un precioso bebé que alguien había dejado sobre su cama sin explicación alguna.

Laura tenía que admitir que el pequeño guardaba un increíble parecido con su vecino. Entonces, ¿por qué estaba Justin tan seguro de que el bebé no era suyo? De una manera u otra, ambos se vieron obligados a aprender a cuidar a un niño juntos...

ALLY BLAKE
ELEGIR UN MARIDO

La organizadora de fiestas Holly Denison había decidido que, si quería ser alguna vez la protagonista de una de las bodas que organizaba, tenía que ponerse manos a la obra. Seguramente sus amigos podrían concertarle unas cuantas citas a ciegas.

Y así fue como conoció a Jake Lincoln. Era guapo, rico..., el marido perfecto. Ahora solo le faltaba que accediera.

CARA COLTER
APRENDER A AMAR

N.º 582

Al retirarse de las Fuerzas Armadas Canadienses, el comandante Cole Standen creyó que se alejaba de los trabajos de riesgo para siempre. Pero entonces aparecieron aquellos cinco pequeños en su puerta, pidiendo a gritos un poco de ayuda. Cole no había contado con que además tendría que cuidar a la tía de los niños, Brooke Callan, una belleza de enormes ojos que también parecía estar necesitada de ayuda.

Cole no tardó en darse cuenta de que Brooke tenía mucho más que unos ojos vulnerables y unos labios de lo más tentadores.

ANNA CLEARY
MI VECINO ITALIANO

Los planes de vacaciones de Pia Renfern eran sencillos: relajación y recuperación eran los únicos puntos de su lista de cosas pendientes. Y suponía que no iban a ser demasiado difíciles de conseguir en Positano, el bello y exclusivo pueblo…

Pero incluso antes de salir del aeropuerto, el corazón de Pia se había desbocado, le cosquilleaba la piel y su mente estaba llena con imágenes alocadas y desinhibidas de una aventura de vacaciones. ¿El culpable? Valentino Silvestri: glorioso semidiós italiano y nuevo vecino de la puerta de al lado… Teniéndolo a él en el umbral a diario, ¿cómo iba a poder relajarse?

N.º 477

ABIGAIL STROM
EL DESEO DEL MILLONARIO

Era el trato más sencillo del mundo. Lo único que Allison Landry tenía que hacer era salir con el magnate informático Rick Hunter durante unos meses. A cambio, él la ayudaría a financiar su organización benéfica.

¿Cómo iba ella a negarse? Sobre todo, cuando se trataba del hombre más atractivo que había visto jamás.

Rick tenía una merecida reputación de soltero recalcitrante. Sin embargo, si seguía comportándose como un playboy, perdería el único hogar que había conocido. Y Allison encajaba a la perfección en su plan, pues ninguno de los dos buscaba una relación estable. Aunque la joven pronto le haría soñar con un futuro juntos...

¡YA EN TU PUNTO DE VENTA!

BIANCA™

Él es el jefe…
¡su pasión no obedece a nadie!

UNA APUESTA CONTRA EL DESEO

LUCY KING

N.º 220

El director ejecutivo Adam Courtney debe permanecer sin cambiar de amante durante un verano o perderá la apuesta para conseguir la empresa Helberg Holdings, donde tiene intereses personales. No hay problema… Hasta que llega a su oficina para hacer una auditoria Ella Green, una mujer con la que tuvo un breve pero intenso encuentro unas semanas antes.

Para Ella, estar en la órbita de Adam a diario, sin poder tocarlo, es una tortura, pero no volverá a arriesgar su carrera por nadie.

Sin embargo, cuanto más prohibido es su deseo, más arde y más rápido pierden el control…

DESEO

*Sus besos le despertaban
un deseo largamente dormido*

UNA NOCHE
PARA AMAR

SARAH M.
ANDERSON

N.º 233

Jenny Wawasuck sabía que el legendario motero Billy Bolton
no era apropiado para una buena chica como ella. Sin embargo, cambió de parecer cuando vio el vínculo que Billy
estaba forjando con su hijo adolescente. Por si fuera poco,
sus caricias le hacían arder la piel. De modo que decidió
pujar por él en una subasta benéfica de solteros. Billy tenía
una noche para conquistar a la mujer que ansiaba. Pero,
en un mundo lleno de chantajistas y cazafortunas, ¿tenían
el millonario motero y la dulce madre soltera alguna oportunidad de estar juntos?